btb
Aus Freude am Lesen

btb

Buch

Es ist Sommer in Palermo. Die Hitze liegt schwer über der Stadt. Der Biologe Lorenzo La Marca erträgt es mit heiterer Gelassenheit wie jeder überzeugte Palermitaner. Das ändert sich schlagartig, als er seinen Freund und Kollegen Raffaele erhängt im Botanischen Garten findet. Lorenzo ist davon überzeugt, daß es sich nicht um einen Selbstmord handelt, ganz im Gegensatz zu Kommissar Spotorno – einem früheren Bekannten von Lorenzo. Warum sollte sich Raffaele kurz vor der Hochzeit mit seiner amerikanischen Freundin Darline umbringen? La Marca beginnt auf eigene Faust zu ermitteln, und schon bald bestätigt sich sein Verdacht: Das Geheimnis liegt im biologischen Institut in der Via Medina-Sidonia. Bei seinen Nachforschungen im Institut deckt er tödliche Seitensprünge, Spionage-Geschichten und allerlei Betrügereien von Karrieristen auf. Aber erst zwei weitere Morde bringen La Marca auf die richtige Spur ...

Autor

Santo Piazzese wurde 1948 in Palermo geboren, wo er heute lebt. Er arbeitet als Biologe an der Universität Palermo. Er ist Filmkenner und Musikliebhaber. »Die Verbrechen in der Via Medina-Sidonia« ist sein erster Roman, der in Italien begeistert aufgenommen wurde.

Santo Piazzese

Die Verbrechen in der Via Medina-Sidonia

Roman

Aus dem Italienischen von Monika Lustig

btb

Die Originalausgabe erschien 1996 unter dem Titel
»I delitti di via Medina-Sidonia« bei Sellerio editore,
Palermo

btb Taschenbücher erscheinen im Goldmann Verlag,
einem Unternehmen der Verlagsgruppe Bertelsmann.

1. Auflage
Genehmigte Taschenbuchausgabe Juli 2000

Umschlaggestaltung: Design Team München
Umschlagfoto: Wolf Huber
Satz: IBV Satz- und Datentechnik GmbH, Berlin
RK · Herstellung: Augustin Wiesbeck
Made in Germany
ISBN 3-442-72652-2

FÜR OLIMPIA

I Schirokko

Ja, ja, der gute Auguste le Breton ... hat er nicht gesagt, jede ordentliche Geschichte müsse mit der Geburt der Hauptfigur beginnen? In meinem Fall müßt ihr darauf verzichten. Zunächst ist gar nicht gesagt, daß ich im Mittelpunkt der Geschichte stehe. Und außerdem will ich den Leuten keinen Schrecken einjagen, die jenen Teil meines privaten Logbuchs fürchten, den ich mit Zitronensaft im Tank meines Kommunionsfüllers geschrieben habe. Wenn ihr also unbedingt einen Protagonisten braucht, dann nehmt das Wetter. Einmal, weil ich wetterfühlig bin, wie es schlimmer nicht geht; zum andern, weil die Geschichte im Grunde genommen mit einem Schirokkosturm beginnt, der die dramatische und zugleich komödiantische Seite des Wetters ist. Hat der liebe Gott dem aus Lehm erschaffenen Adam etwa nicht von Südosten her das Leben eingeblasen? Also wehte der Schirokko schon vor Adams Zeiten. In der Genesis findet sich kein Anhaltspunkt – die Sache war halt einfach selbstverständlich.

Wenn ihr es nicht schon bei Sonnenuntergang begreift, da sich kein Lüftchen regt, es weder heiß noch kühl ist und sich euch knisternd die Haare auf den Armen aufstellen, wenn ihr nicht darauf achtet, daß die Geräusche nun aus größerer Ferne kommen, wenn die violette Färbung der Berge und das Gold, das sich über die Steine der Kathedrale ergießt, euch nichts sagen, wenn ihr die rubinrote Kanonade ignoriert, die die Sonne hinter den Fialen von San Domenico hervorschießt,... wenn ihr also schlichtweg nicht begreifen wollt, daß der Schirokko im Anzug ist, dann heißt das, ihr seid nicht von hier. Nicht schlimm, es ist ja nicht eure Schuld. Schließlich lebt jeder, wo er nun einmal ist. Aber der nächste Tag wird die Hölle für euch sein, der reinste Scheiterhaufen, der nahende Weltuntergang: Der Schirokko aus Afrika wird euch hart treffen und euch die Luft zum Atmen nehmen.

Ich bin in dieser Stadt geboren, und hier lebe ich auch, daran gibt es nichts zu rütteln. Und doch muß ich an jenem Freitag abend mit meinen Gedanken wer weiß wo gewesen sein. Sonst hätte ich mich, nachdem ich geprüft hatte, aus welcher Richtung der Wind wehte, schleunigst zu meiner Schwester aufs Land verzogen, wo ich immer zu Gast bin, wenn mir danach ist. Und ich hätte mich am Samstag morgen nicht ins Auto gezwängt, das wie ein Backofen glühte, und wäre nicht in dieses verdammte Institut gefahren, um zu versuchen, ob sich eine stockende Arbeit nicht doch noch zurechtbiegen läßt. Das wäre besser gewesen, zumindest für mich. Weniger für den armen Raffaele Montalbani, der schon vor meinem Eintreffen leichenstarr am Ficus magnolioides schaukelte.

Statt dessen bin ich hier, und mein Gehirn ist wie mit Pech verkleistert, während ich nach Luft schnappe und zwischen Eismaschine und meinem Arbeitszimmer pendle, das einen Ausblick auf die Städtischen Botanischen Gärten bietet – Freud und Leid des Fachbereichs für Angewandte Biochemie der Universität unserer Stadt Palermo, »la Felicissima«, die alles zerstückelt, aufsaugt und in ihren Stoffwechsel einschließt. Bei Schirokko hört man die Stimme des Löwen. Nein, damit meine ich nicht die Stimmen aus der Savanne, die der Südwind von den Küsten Afrikas herüberträgt. Keine Übertreibungen bitte. Tatsache ist, daß am Ende des Gartens nach Süden zu, genau unter der Ringmauer, ein Käfig mit einem

Löwen steht. Es ist ein alter, ausgemergelter Löwe, der Afrika niemals zu Gesicht bekommen hat, nicht mal auf einem Foto. Ich bin mir sicher, daß man ihn hinter Gitter gesperrt hat, um *ihn* vor der Außenwelt zu schützen, und nicht umgekehrt. Wer weiß, was ihm bei Schirokko so durch den Kopf geht. Vielleicht verliert er die Nerven wie alle anderen auch. Oder er wittert als einziger die Gerüche, die der Wind aus Afrika herüberträgt und die sich nicht völlig über dem Mittelmeer verloren haben. Sei es nun deshalb oder wegen bestimmter chemischer Verbindungen in seinem Blut, die mir unbekannt sind ... jedenfalls brüllt der Löwe, wenn der Schirokko weht, daß es eine wahre Freude ist. Und wenn ihr näher ans Fenster tretet und die Washingtonia betrachtet, wie sie über der Chorsyia und den Myrtensträuchern schaukelt, dann ist die Illusion von Afrika besonders stark. Ich weiß natürlich, daß ihr niemals eine Washingtonia in der Savanne finden würdet, nicht mal für gutes Geld. Was zählt, ist die Illusion. Besonders für mich, der ich noch nie in Afrika war.

Und so kam es, daß ich an jenem Morgen beim ersten Gebrüll des Löwen mit der Nase an der Fensterscheibe klebte, um hinauszuschauen. Und mir das Schimpfwort aus sieben Buchstaben rausrutschte, das jeder Sizilianer, der etwas auf sich hält, mindestens hundertmal am Tag, in verstümmelter oder langgezogener Form, schreit, flüstert oder beschönigend einfließen läßt. Und das ist noch das Wenigste, was einem beim Anblick eines Erhängten rausrutschen kann, der auf der südöstlich/nordwestlichen Diagonalen schaukelt, wo normalerweise nur Büsche zu sehen sind.

Nicht, daß ich Raffaele gleich erkannt hätte. Ganz im Gegenteil! Daß es sich um ihn handelte, erfuhr ich erst einige Zeit später. Was wollt ihr, ich bin eben kurzsichtig – blind wie ein Maulwurf – und eigentlich hielt sich Raffaele, den letzten Meldungen zufolge, zu jenem Zeitpunkt irgendwo zwischen den Vereinigten Staaten und Kanada auf.

Um die Wahrheit zu sagen, ich hätte nicht einmal schwören können, daß es sich bei dem, was ich sah, tatsächlich um einen menschlichen Körper handelte. Zwischen meinem Fenster und dem Riesengummibaum liegen einige hundert Meter, und die Aussicht ist nicht völlig unverstellt. Wenn ich trotzdem merkte, daß dort etwas nicht stimmte, habe ich das dem Schirokkowind zu verdanken, der von Zeit zu Zeit das Gesträuch auseinanderbog und Ausblicke freigab, die sonst dem Auge verborgen bleiben.

Deshalb war auch niemandem vor mir etwas aufgefallen. Und auch, weil kaum einer so verrückt war wie ich und sich an einem Samstagvormittag Anfang Juni bei 42 Grad im Schatten in den Räumen des Instituts in der Via Charlie-Marx auf die Jagd nach konkreten Ergebnissen für unsere gloriose Arbeit machte.

Sucht ruhig die Via Charlie-Marx auf dem Stadtplan. Eure Mühe wird vergeblich sein. Was glaubt ihr denn, eine Via Charlie-Marx in Palermo! Der Name stammt noch aus der Zeit von '68. Auch wenn, um die Wahrheit zu sagen, '68 in Palermo erst mit etwas Verspätung anlangte. Dennoch waren es heiße Zeiten. Offiziell heißt die Straße Via Medina-Sidonia, das kann man heute noch auf dem Straßenschild unter der Aufschrift Via Charlie-Marx entziffern, die jemand während der Revolte von 1971 mit knallroter Ölfarbe darübergepinselt hat.

Ich erinnere mich noch gut an das Gesicht und den Kommentar des guten Professors Ruggero Montalbani, ein echter Gentleman alten Stils mit seinem eleganten, rauchgrauen Zweireiher und einigen Dezilitern blauen Bluts in den Adern, als er des Affronts gewahr wurde:

»Ein schönes Ende hat der gute Herzog von Medina-Sidonia da genommen!«

Montalbani ist Raffaeles Vater. Zumindest war er das, sein Tod liegt doch schon einige Jahre zurück.

Der Tote von heute baumelte weiterhin vor meinen Augen. Aber täuschte mich mein Blick auch nicht? Konnte man wirklich schon die Totenglocken läuten, ohne fürchten zu müssen, daß es sich bei genauerer Überprüfung in Wirklichkeit um einen aufgehängten Stoffetzen handelte?

Trotz des Schirokkos funktionierten meine Reflexe noch recht ordentlich. Nach kurzem Überlegen kam mir Cannarozzo in den Sinn. Er wohnt in einem alten Gebäude der Gartenanlage, das früher als Geräteschuppen gedient hatte und dann für ihn als Wohnstatt hergerichtet worden war. Cannarozzo ist jenseits der siebzig, doch ihr solltet sehen, wie er zum Beschneiden der Äste auf den Bäumen herumturnt. Don Mimì ist eine richtige Institution. Es gibt keinen Studenten, der zur Pflanzenbestimmung nicht durch seine Hände gegangen ist. Und – in weniger metaphysischem Sinne – auch so manche Studentin, wie man munkelt. Jetzt ist er in Rente, aber angesichts des halben Jahrhunderts, das er in den Botanischen Gärten arbeitend zugebracht hat, wurde ihm dort offiziell lebenslanges Wohnrecht zugesprochen. Tatsächlich kann man auch heute nicht auf seine Dienste verzichten. Cannarozzo verläßt praktisch nie das Gartengelände. Unerklärlich ist, wie er an die Tiere herankommt, die er eigenhändig präpariert, um mit ihnen die Wände seiner Wohnung zu schmücken. Das letzte Mal, daß ich mich bei ihm umsah, hing da ein neues Käuzchen. Meiner Meinung nach geht er nachts in den Botanischen Gärten auf Jagd. Eine *lupara* besitzt er ja, das weiß ich sicher, denn einmal habe ich ihm sogar Blei für die Patronen besorgt; er bastelt sie nämlich nach eigenen Rezepten. Ich griff zum Telefon und wählte seine Nummer.

»Ja, bitte.«

»Hallo, Don Mimì, störe ich?«

»Ah, La Marca, du bist's. Und was willst du bei dieser Hitze?«

»Hören Sie, Don Mimì, mir scheint, als gebe es beim großen Ficus irgendwelche Umtriebe. Jetzt kann ich sogar Rauch erkennen.«

»Beim Blut des...«, setzte Don Mimì an. Er hat nämlich *Don Gesualdo* gelesen.

»Vielleicht sollte man mal einen Blick aus der Nähe darauf werfen...«

»Das besorge ich schon.«

Ich legte auf und ging ans Fenster zurück. Ich beruhigte mein Gewissen wegen der Notlüge. Mir war kein besserer Vorwand eingefallen, um Don Mimì bei der Hitze aus dem Haus zu locken. Ich zündete mir eine Camel an. Eigentlich rauche ich nicht viel, hin und wieder mal eine. Wenn ich nervös bin, ein paar mehr. Jetzt aber brauchte ich wirklich eine Zigarette. Nach fünf oder sechs Zügen konnte ich Don Mimì erkennen. Eine hagere Gestalt, ungefähr sechzig Kilo, die Coppola eingerechnet, eilte wie ein Blitz über die Wege in Richtung Ficus. Fünfzig Meter vor dem Baum blieb er mit einem Schlag stehen. Er hatte den Toten, oder was auch immer es war, erblickt. Vorsichtig tat er noch ein paar Schritte und hielt erneut inne. Dann rannte er plötzlich los. Ich verlor ihn aus den Augen, bis er genau vor dem Erhängten wieder auftauchte. Jetzt gab es keinen Zweifel mehr. Ich sah, wie sich Don Mimì die Haare unter der Coppola raufte. Das genügte schon.

Ich griff zum Telefon, wählte die Nummer des Polizeipräsidiums und verlangte meinen Freund Vittorio Spotorno, seines Zeichens Kommissar.

Wenn ihr glaubt, daß sich einer, nur weil wir uns in diesen Breitengraden befinden, damit begnügt, die Polizei anzurufen, einen Todesfall zu melden, den Hörer aufzulegen und Amen, dann habt ihr euch getäuscht. Besonders wenn der Anrufer ein Ex-Achtundsechziger ist, gebildet, intelligent, raffiniert, ironisch und selbstbewußt (was haltet ihr von diesem Selbstportrait? Und darüber hinaus bin ich, wenn das Licht von einer bestimmten Seite fällt, beinahe schön, so wie Peter O'Toole in dem Film *Was gibt's Neues, Pussy?* Kino ist eine meiner Leidenschaften. Doch er, O'Toole, ist blond, und ich bin schwarz wie der Teufel. Das nur zu eurer Information).

Herrn Doktor Spotorno kenne ich seit meiner Universitätszeit, als ich Student der Biologie war und er sich in der juristischen Fakultät herumplagte, an dem Fachbereich, an dem es seinerzeit nicht die geringsten Anzeichen einer kommenden Protestbewegung gab. Als echter Streber verpaßte Vittorio nie eine Vorlesung oder einen Prüfungstermin: sämtliche Examina bestand er mit der höchsten Punktezahl, das versteht sich von selbst. Unsere Freundschaft verdankt sich einem reinen Zufall. Wir machten miteinander Bekanntschaft, als wir eines Morgens Seite an Seite zwischen den Säulen im Universitätshof Slalom rannten, ein halbes Dutzend Faschisten auf den Fersen. Angesichts der Latten in ihren Fäusten blieb uns nichts anderes übrig, als die Beine in die Hand zu nehmen

Ein Sprichwort in Palermo besagt, daß Fliehen eine Schande sei, doch das Leben rette. Das war auch in unserem Fall so. Das Schöne an der Sache war, daß Spotorno mit dem Ganzen überhaupt nichts zu tun hatte. Im Unterschied zu mir. Ich hatte den braven Kameraden, das muß ich zugeben, leichte Schwierigkeiten bereitet: Ich war nämlich vor Gericht als Belastungszeuge gegen sie aufgetreten, wegen verschiedener Gewaltaktiönchen, und hatte ihnen übel mitgespielt. Und dann heißt es, wir Sizilianer folgen immer dem Gesetz des Schweigens! Es hätte nicht viel gefehlt, und die Unsrigen hätten mich ebenfalls verprügelt; sie bezichtigten mich, mit übertriebener Skrupellosigkeit den Rechtsweg zur Vernichtung des bürgerlichen Staats zu beschreiten. Vielleicht hatten sie sogar recht. Auch wenn heutzutage …

Aber lassen wir die Polemik! Was zählte, war, daß uns die gelungene Flucht auf immer zusammenbrachte … doch halt, sagen wir bis heute.

Als ich im Polizeipräsidium anrief, wußte ich nicht, ob Spotorno tatsächlich im Dienst war. Doch die Telefonistin stellte sofort die Verbindung her.

»Spotorno.«

»Vittorio? Ich bin's, Lorenzo.«

»Ist dein Paß abgelaufen?«

»Ach, laß doch sein, was heißt hier Paß. Vittò, hier gibt es einen Toten.«

»Was für einen Toten? Wo?«

»Was weiß denn ich, was für ein Toter! Soweit ich von hier aus sehen kann, hängt er noch immer am Baum.«

»Aber von welchem Baum sprichst du denn? Ist bei dir vielleicht eine Sicherung durchgebrannt? Von wo aus telefonierst du eigentlich?«

»Was glaubst du wohl, wo ich bin? In meinem Zimmer, wo denn sonst? Und der Tote ist dort draußen, in den Botanischen Gärten. Spreche ich vielleicht Chinesisch?«

»Ist schon gut, beruhige dich wieder und sag mir genau, wohin ich kommen soll.«

In ruhigerem Ton erklärte ich es ihm; ich wollte am Eingang auf ihn warten. Ich warf noch einen Blick nach draußen. Don Mimì war verschwunden. Ich ging hinunter und stellte mich ans Tor. Der Schirokko nahm zu.

Sie brauchten nur sieben Minuten. Kein Wunder, bei einer solchen Hitze herrscht auf den Straßen nur halb soviel Verkehr, und die Sirenen neutralisieren bekanntlich jede Ampel. Sie kamen mit einer braunen Alfetta; der Wagen hatte noch nicht richtig angehalten, und schon war Spotorno herausgesprungen. Die altbekannte Aura gelangweilter Effizienz umgab ihn. Gefolgt von zwei Beamten kam er auf mich zu, im echten Bullenlook mit seinem braunen Leinenanzug, seinem präpotenten Gang und dem scharf rasierten Gesicht.

Ich muß zugeben, daß ich keine Ahnung habe, welchen Rang er in der Sbirrenhierarchie einnimmt. Nicht weil er immer in Zivil ist. Ich weiß genau, daß er Kommissar ist. Was ich nicht weiß, ist, ob ein Kommissar mehr oder weniger zählt als ein Inspektor oder ein stellvertretender Polizeipräsident. Ich habe mich seinerzeit um den Militärdienst gedrückt, zu meines und des Vaterlands Glück – und obendrein besitze ich einen angeborenen Widerwillen gegen alles Formale, Bürokratische, Hierarchische, Numerierte, Katalogisierte, Archivierte, Verstaubte, Koffeinfreie – einfach gegen alles Langweilige.

Ich habe immer gehört, daß Vittorio mit Doktor Spotorno angeredet wird. Er genießt großes Ansehen und ist sehr beliebt, und nicht nur im Bullenmilieu, das ist mir ebenfalls bekannt. Doch die Tatsache, daß er sich höchstpersönlich wegen einer so geringfügigen Angelegenheit herbemüht hatte, entsprach gewiß nicht der Vorstellung, die man sich von einem hohen Tier macht. Doch vielleicht war heute in der Hauptstadt des Verbrechens ein flauer Tag.

»Also, wo ist dieser Tote?«

Ich deutete vage in Richtung Gartenanlage.

»Gehen wir.«

Wir traten durch das Portal, und ich führte ihn und seine Männer raschen Schritts zur fraglichen Stelle. Die Parkwärterin beachtete uns nicht, es war reguläre Öffnungszeit, und der Eintritt ist bekanntlich frei. Es war keine Menschenseele zu sehen. Auf dem Weg schilderte ich Vittorio in knappen Worten den Ablauf des Geschehens. Was nicht gerade viel war. Wir hatten beinahe den Ficus erreicht, als ich Don Mimì entdeckte, der sich von der gegenüberliegenden Seite näherte und eine Gartenleiter hinter sich herschleifte. Das zeugte von einem wachen Verstand. Er mußte die Sirene gehört und dann den glücklichen Einfall gehabt haben, die Abwicklung des Ganzen etwas zu beschleunigen. Wie auch immer, am Ende wäre es sowieso seine Aufgabe gewesen. Auch Spotorno sah ihn jetzt.

»Wer bist du denn?«

Das verschlägt mir jedesmal die Sprache. Wie kommt es bloß, daß einer, der in seiner Jugend die Diskretion, die Herzlichkeit, die Wohlerzogenheit, die Sanftmut in Person gewesen war, sich in einen argwöhnischen, barschen Mr. Hyde verwandelte, der einen hilflosen alten Mann duzte? Zugegeben, Don Mimì war alles andere als hilflos, doch Vittorio konnte das ja nicht wissen. Als ich den zukünftigen Kommissar Spotorno, derzeit der Spitzenmann der örtlichen Ermittlungsbehörden, kennenlernte, hatte er sogar einen Anflug von weichem »R« in der Aussprache.

Und da er obendrein leicht misogyn war, sagten ihm böse Zungen nach, daß es nicht nur eine Frage des weichen »R« bei ihm sei. Kurz nach dem Staatsexamen hatte Vittorio mit einem Schlag das weiche »R« verloren und eine Frau gefunden. Und ich kenne niemanden, der sich erkühnte, ihm die Vaterschaft seiner zwei Nachkömmlinge abzusprechen, die ihm aufs Haar gleichen.

Don Mimì ließ sich nichts gefallen.

»Cannarozzo Domenico, Sohn des Onofrio. Ich kann mich nicht erinnern, daß wir zusammen im Krieg gewesen sind«, erwiderte er trocken.

Da stand er, sechzig Kilo beleidigtes Ehrgefühl. Don Mimì läßt sich von keinem auf den Füßen herumtrampeln. Spotorno begriff den Wink und wechselte zum Sie über, ohne aber seinen Ton zu entschärfen.

»Stellen Sie sich dort hin und rühren Sie nichts an. Und halten Sie sich für die schriftliche Niederlegung bereit.«

»Was für eine Niederlegung denn? Was soll ich denn legen, ein Ei? Verwechseln Sie mich vielleicht mit einer Ente? Oder mit einem Huhn?«

Gewöhnlich drückt sich Don Mimì in perfektem palermischem Dialekt aus. Aber wenn er will, spricht er auch ein recht passables Italienisch, Ergebnis seines Verkehrs mit zahlreichen Akademikern im letzten halben Jahrhundert. Er lehnte die Leiter an den Ficus und warf mir einen Blick zu, durchdringend wie ein Laserstrahl:

»Und du, Unglückseliger...«

Damit war ich gemeint. Spotorno fiel ihm ins Wort.

»Jetzt reicht's, Cannarozzo.«

Vittorio vergewisserte sich, daß der Tote auch wirklich tot und in dieser Hinsicht nichts mehr zu machen war. Dann schickte er einen seiner Männer weg, um über Funk die Zuständigen zu informieren und die Ermittlungsmaschinerie in Gang zu setzen. Das stelle sich einer mal vor! Ich konnte mir das Lachen kaum verkneifen. Und überhaupt, was für ein Vertrauen hatte er bloß zu mir gehabt! Meine Meldung, daß es einen Toten gebe, war für ihn kein ausreichender Grund, um gleich die Leute mitzubringen, die es »in Gang zu setzen« galt. Jetzt mußte man auch noch auf die Beamten der Spurensicherung, den Untersuchungsrichter, den Gerichtsmediziner und, wer weiß, vielleicht auf den Totengräber mit dem Sarg aus rohem Pinienholz warten. In der Zwischenzeit achtete mein Freund Spotorno sorgfältig darauf, sich die Hände nicht schmutzig zu machen und etwa einen der trivialsten und gemeinhin bekannten polizeilichen Handgriffe auszuführen. Jeder weiß genau, was in einer solchen Situation zu tun ist. Das haben wir millionenfach in Filmen und Büchern dieses Genres gesehen und gelesen. Gewöhnlich steckt der diensthabende Beamte seine Hand in die Taschen des Toten und befördert Ausweise, Streichholzschachteln, auf die geheimnisvolle Telefonnummern gekritzelt sind, Abholzettel von der Gepäckaufbewahrung oder gebrauchte Straßenbahnfahrscheine ans Tageslicht, von denen Philo Vance ableitet, daß der Tote eine hinkende Stieftochter hat, die von einem kurzsichtigen Puertorikaner geschwängert worden ist. Ich sprach Vittorio darauf an. Er stellte sich taub.

»Kennst du ihn?« fragte er mich geradeheraus.

Teufel noch mal! Wenn ich ihn erkannt hätte, hätte ich dann vielleicht geschwiegen?

Doch ich muß gestehen, bis dahin nur einen flüchtigen Blick auf den Erhängten geworfen und peinlichst vermieden zu haben, ihm ins Gesicht zu schauen. Darum kam ich nach Vittorios Frage nun nicht mehr herum.

Ich weiß, daß es nur schwer zu glauben ist, es ist einfach so. Ich könnte es beim Leben der Kinder von wem auch immer schwören: nicht einmal jetzt erkannte ich ihn. Vittorio hält mir das heute noch vor, sooft er kann. Ihn hätte ich an meiner Stelle sehen mögen, wenn er wie ich Raffaele in den guten, alten Zeiten gekannt hätte.

Man stelle sich eine Vogelscheuche vor, die amateurhaft aus Resten gebastelt worden ist; des weiteren noch einen wirren, schwarzen Haarschopf, einen zotteligen Bart, und man kleide die Figur im Geiste mit Lagerbeständen aus der letzten Fuhre der »San Vincenzo« für die Opfer des Erdbebens im Jahr 1908: das war der Raffaele Montalbani, den ich kannte. Man hätte ihn mit einem jener verwilderten Psychoanalytiker verwechseln können, die vor einigen Jahren in Mode waren.

Was aber hatte eine solche Gestalt mit dem hier zu tun, der zwar tot war, aber trotzdem eine gute Figur machte: von den Spitzen der braunen Timberland, die einen halben Meter über dem Erdboden schwebten, bis zu der Ray-Ban-Sonnenbrille, die eineinhalb Meter darüber aus der Brusttasche eines gediegenen Sporthemds hervorblitzte?

Und dann sein Gesicht. Habt ihr jemals einen Toten gesehen, der durch Erhängen zu Tode kam? Ich nicht, bis zu jenem Augenblick zumindest. Meiner Ansicht nach gibt es eine lange Liste von Dingen, die einem solchen Anblick vorzuziehen sind. Hege ich doch keine besondere Vorliebe für graue Hautverfärbungen, für dick herausquellende Zungen und für Augäpfel, die aus ihren Höhlen treten. Ich weiß nicht einmal, ob das Eigenschaften sind, die allen Erhängten gemeinsam sind, oder ob der Erhängte vor mir eine Ausnahme darstellte. Die Zeit, die ich der Überprüfung widmete, ließe sich in Nanosekunden messen.

Und übrigens, wo waren der Zottelbart und der wilde Haarschopf, die mich in Ermangelung weiterer Indizien wenigstens zu einem zweiten, flüchtigen Blick hätten verleiten können, um Zweifel zu zerstreuen? Der Unbekannte hatte lediglich den bläulichen Schatten eines Zweitagebarts und, um mir das Leben noch schwerer zu machen, trug er einen Haarschnitt im Stile der Marines, für den auch John Wayne ohne Schwierigkeiten als Sponsor hätte auftreten können.

Das Ergebnis meiner blitzschnellen Begutachtung war, daß es sich bei dem Toten um niemanden handelte, den ich als solchen zu identifizieren fürchtete – oder *hoffte.* Und kein ahnungsvoller Schauer durchfuhr mich.

Wer wollte mich dafür verdammen, daß die einzige Antwort, die ich Spotorno geben konnte, lautete, daß ich den da noch nie in meinem Leben gesehen hatte? Und da Vittorio gerade in Schwung war, stellte er Don Mimì die gleiche Frage:

»Und Sie kannten ihn, Cannarozzo?«

»Noch nie gesehen!«

Bestimmt hatte Don Mimì mehr Zeit gehabt als ich, um den Verstorbenen eingehend zu betrachten. Abgesehen davon war er als Amateur-Präparator sicherlich nicht so schrecklich zimperlich wie ich. Heute noch bin ich davon überzeugt, daß er in dem Erhängten Raffaele erkannt hatte. Tatsache ist, daß Don Mimì keinem über den Weg traut. Schon gar keinem Bullen, der selbst auf fremder Leute Territorium jegliche Anstandsregeln mißachtet.

Spotorno nahm die negative Auskunft zur Kenntnis und bat mich, nachdem er seinen zweiten Mann zur Überwachung zurückgelassen hatte, ihm zum Eingang zu folgen. Vor dem Pförtnerhäuschen hielt er inne. Die Portiersfrau mußte den Funkruf des ersten Polizeibeamten mitgehört haben. Das war an ihrem halb erfreuten, halb furchtsamen Gesichtsausdruck zu erkennen.

»Wie heißen Sie?« herrschte Vittorio sie an.

»Mazzara Nunzia.«

»Wie alt?« (Was geht dich das an, Spotorno?)

»Einundvierzig.«

»Waren heute viele Besucher da?«

»Heute morgen hat sich niemand blicken lassen, bei diesem Schirokko!«

»Nicht mal die Gärtner?«

»Die kommen samstags nie.«

»Und gestern?«

»Gestern ja. Am Nachmittag. Da war eine Gruppe ausländischer Touristen hier, fünfundzwanzig, dreißig Leute.«

»Haben sie alle zusammen den Park wieder verlassen?«

»Ja.«

»Um wieviel Uhr?«

»Um sieben. Wir schließen um sieben, und die sind bis zur letzten Minute geblieben.«

»Haben Sie bemerkt, ob jemand fehlte?«

»Nein. Wie hätte ich das merken sollen, bei der Masse von Leuten?«

»Stimmt. Und die Gärtner?«

»Die haben um sechs Uhr Feierabend.«

»Und Sie?«

»Ich schließe um fünf nach sieben ab. Und wer drinnen ist, bleibt drinnen, und wer draußen ist, ist draußen.«

»Und dann?«

»Dann gehe ich nach Hause. Ich habe einen invaliden Mann und Kinder zu versorgen.«

»Ich wünsche, daß Sie einen Blick auf die Leiche werfen. Halten Sie sich bereit, wenn die anderen Beamten kommen.«

Das war der zweite Streich. Auch die Frau Parkwärterin hatte jetzt ihren Teil. Die anderen Männer Spotornos tauchten genau in jenem Moment auf. Es waren aber nicht alles Männer.

Trotz ihrer Sonnenbrille, dem *profeschionel* Look, den Henna-Reflexen im Haar und den rund zehn Jahren, die wir uns nicht gesehen hatten, erkannte ich sie sofort. Und ob ich sie wiedererkannte! Warum sie und nicht Raffaele?

Erstens weil sie am Leben war, sichtbar lebendig war (tödlich lebendig, ließe sich hinzufügen, hätte ich nicht eine Abneigung gegen Mickey Spillane und versuchte ich nicht, bei mir eine gewisse Neigung zum übertriebenen Gebrauch der Oxymora zu bremsen). Zweitens, weil sie anzuschauen mir keinerlei Schwierigkeiten bereitete. Ich hätte es stundenlang tun können. Drittens, auch sie hatte mich wiedererkannt. (Viertens, fünftens und sechstens: hätte man daran zweifeln können?)

»Ciao, Lorenzo.«

Ihre Stimme war voller geworden. Das kam wahrscheinlich von den Zigaretten.

»Bonjour, Michelle.«

Michelle Laurent. Einen Kuß rechts und links auf die Wangen. Der bekannte Duft von Amazone (ein geblümter Bikini und eine schwarze Männerbadehose trocknen vor einer weißgekalkten Mauer. Daneben zum Dörren aufgehängte Tomatengirlanden und halb geschlossene, blaue Fensterläden. Tiefstehende Sonne, gegen Westen. Die Musik zu dieser Szene: der Mezzosopran einer Zikade, einsam und mit Unterbrechungen. Eher der Werbespot eines Touristikunternehmens als eine Rückblende).

Aus Verlegenheit ergingen wir uns in ausgewählten Floskeln, weil wir nicht wußten, was wir sonst sagen sollten, außerdem waren Spotorno und Anhang zugegen.

Schließlich mischte sich Vittorio ein.

»Allons, Madame.«

Michelle sah ihn verblüfft an. Ich ebenfalls. Der gute, alte

Spotorno hat keinen blassen Schimmer von der französischen Sprache, das wissen alle. Amalia erinnert sich noch an Vittorios mythisches *voiture photographique,* als er auf ihrer Hochzeitsreise einen Passanten darum bat, sie mit der Pentax vor der Place du Tertre zu knipsen. Einmal, zuvor, hatte ich mit ihm eine heftige Auseinandersetzung gehabt: er hatte nämlich behauptet, daß Bois de Boulogne der Name eines Parfums wäre. Bei der erstbesten Gelegenheit habe ich ihm dann *Paris, ein Fest fürs Leben* geschenkt. Nicht im Traum war daran zu denken, daß er das lesen würde. Vielleicht befürchtete er, daß der Östrogenspiegel in seinem Blut ansteigen könnte. Tatsache ist, daß Spotorno jeder Sinn für Humor fehlt. Während ich davon im Übermaß besitze. Das bringt ihn auf die Palme, und so nennt er mich einen unverbesserlichen Aufschneider.

Was ihn dieses Mal zornig stimmte, war die Tatsache, daß Michelle und ich uns kannten. Und vor allem, daß er, der allmächtige Sbirre, nie zuvor diese Vertrautheit zwischen mir und der hochgeschätzten Frau Doktor Laurent gewittert hatte. Doch müßte er mittlerweile wissen, daß ich meine verschiedenen Freundschaften nicht gerne mische.

Die Hochverehrte heißt eigentlich Michèle, doch zu Ehren von Lennon-McCartney hatte sie sich seinerzeit das Doppel-L zugelegt. Trotz des Namens spricht sie nur leidlich Französisch, denn sie ist in Palermo geboren und hat immer hier gelebt. Unvergeßlich sind jedoch die Episoden, in denen sie empört ausrief, daß sie doch *Frantschäse* sei, wenn nämlich die Verkehrspolizei sie wegen ihres rowdyhaften Verhaltens im Straßenverkehr zur Rede stellte, was zu Zeiten unserer Bekanntschaft bei ihr gang und gäbe war.

Ihr Vater ist ein charmanter Ex-Marseillese. In der Nachkriegszeit hatte er sich in Palermo niedergelassen, in Bann geschlagen von einer schwarzhaarigen, sizilianischen Schönheit, eben Michelles Mutter. Monsieur Laurent ist einer jener Antiquitätenhändler, die alle herkunftskontrollierten Holzwürmer an der richtigen Stelle sitzen haben. Michelle dagegen ist Gerichtsärztin. Oft liest man über sie in der Zeitung.

Schweigend gingen wir in Richtung Ficus. Das ist kein Baum wie alle anderen, sondern ein echtes Nationaldenkmal. Schon allein wegen seines Alters, das auf mehrere tausend Jahre geschätzt wird. Aber auch, weil er mit all den »gotischen Türmchen«, Kränzen, Aushöhlungen und Kulissen ohne weiteres dem Vergleich mit der »Sagrada Familia« von Barcelona standhält. Und obendrein haben Gärtner mit wahrem Erfindergeist Sitze in die riesigen, hervorstehenden Wurzeln gesägt, und wenn ihr euch das alles vorstellt, begreift ihr, welche Szenerie sich jener arme Teufel ausgesucht hatte, um seine letzten Atemzüge zu tun. Er hätte sich genausogut am Mittelschiff im Dom von Monreale aufhängen können.

Viele verwechseln die Städtischen Botanischen Gärten mit dem Botanischen Garten und dem Ex-Kolonialgarten. Nichts falscher als das. Der Botanische Garten liegt in der Via Archirafi, neben der Villa Giulia. Die Städtischen Botanischen Gärten beginnen gleich hinter der Via deglie Orefici, von wo die Via Charlie-Marx abgeht, die, eine sanfte Mondsichel nachzeichnend, längs der Gärten beinahe bis zu deren Ende verläuft. Die Via Charlie-Marx ist eine Sackgasse, im Westen von der Ringmauer der Gärten begrenzt. In der nachachtundsechziger Zeit gab das dem alten Ruggero Montalbani Anlaß für eine reaktionäre Bemerkung: Wer den Weg des Marxismus beschreitet, stößt unweigerlich gegen eine Mauer.

Abgesehen davon sind sich die beiden Gärten zum Verwechseln ähnlich; das gilt auch für die verschiedenen Stämme anthropomorpher Zweifüßler, die sich darin tummeln. In der Zwischenzeit war auch der Untersuchungsrichter eingetroffen, ein junger Milchbart mit dem Gesicht eines krankhaften Onanisten im letzten Stadium; geziert von einem Paar eifrig glühender, aber dennoch stumpfsinniger Fledermausohren.

Die Fotoapparate der Kriminalpolizei blitzten grell auf. Sie fotografierten den Verstorbenen von allen Seiten, verpackten ihn gut in ihren 6 x 6-Zelluloid-Friedhöfen. Dann wurde der Strick heruntergelassen. Am Ende wurde die Leiter, die Don Mimì gebracht hatte, doch nicht gebraucht. Der Strick erwies sich als gewöhnliches Elektrokabel und war an einer der herausragenden Wurzeln des Baums befestigt. Von dieser Stelle aus führte es in die Höhe, über einen Ast und verlief dann abwärts, mit seiner Last in der Schlaufe. Es schien sich um einen eindeutigen Fall von Selbstmord zu handeln. Der Verstorbene war, nachdem er das Kabel befestigt hatte, auf einen jener Sitze gestiegen, hatte den Hals in die Schlinge gelegt und war dann gesprungen, mit den besten Empfehlungen. Jetzt wurden alle geschäftig und machten sich schnaubend wie Seerobben zu schaffen. Michelle kniete sich über den Toten, berührte ihn, zwickte ihn an manchen Stellen, schob das Kabel beiseite und begutachtete dessen Spuren auf Raffaeles Hals. Sie schnaubte nicht bei der Arbeit und notierte etwas in ihrer einem Mondrian gleichenden Handschrift ins Notizbuch. Ich beobachtete sie und vermied es sorgsam, dem Toten ins Gesicht zu sehen. Als sie mit der Untersuchung fertig war, nahm Spotorno sie am Ellenbogen und zog sie ein Stück von mir weg. Er versuchte, mir gegenüber an Boden zu gewinnen, der gute Freund. Er stellte ihr eine Frage, und ich bekam trotz der Entfernung alles mit.

»Zeitpunkt des Todes?«

»Der ist nicht einfach zu bestimmen, bei dieser Hitze. Ich werde Ihnen nach der Autopsie Genaueres sagen können. Über den Daumen gepeilt, liegt der Zeitpunkt nicht weniger als zwölf, vielleicht sogar fünfzehn Stunden zurück.«

Es war jetzt zwölf Uhr mittags. Endlich war jemand auf die Idee gekommen, in den Taschen des Toten zu kramen. Keine Ausweispapiere, keine Kreditkarten. Ein sauberes, baumwollenes Taschentuch, ein Schlüsselbund, eine Messingklammer, die einige Zehntausender- und Fünzigtausenderscheine zusammenhielt. Ah, da gab es etwas Interessantes! Sieben Hundertdollarscheine in der hinteren Hosentasche. Handelte es sich gar um einen Amerikaner? Michelle unterzeichnete einige Papiere.

»Ich wäre fertig. Ich gehe jetzt.«

»Ich lasse Sie von einem Beamten begleiten.«

»Soll ich dich irgendwohin mitnehmen?« hörte ich mich fragen.

Fünf Sekunden Luftanhalten. Oder fünftausend.

»Warum nicht?«

Da ging Spotorno zum Angriff über.

»Du rührst dich nicht vom Fleck, ich brauche deine Aussage.«

»Soll das ein Scherz sein? Falls erforderlich, komme ich dich in deinem Büro besuchen. Später oder morgen vielleicht. Oder besser noch am Montag.«

Bei diesen Worten war ich schon Richtung Ausgang unterwegs. Vittorio lief purpurrot an, steckte aber wortlos den Schlag ein und kehrte uns den Rücken. Seine Reaktionen sind ebenso vorhersehbar wie die Schlußtakte eines Blues.

Schweigend gingen wir Seite an Seite, darauf bedacht, uns nicht zu nahe zu kommen. Die Wärterin folgte uns mit den Augen, so lange sie konnte.

Ich mußte ins Institut zurück, um die Schlüssel des Golfs zu holen. Michelle wollte lieber unten auf mich warten. Um die guten Geister zu beschwören, nahm ich mir Arbeit für zu Hause mit.

Als ich auf die Straße trat, stand sie auf dem Gehsteig im Schatten einer blühenden Jakaranda. Wahrlich ein hübscher Anblick. Ich öffnete ihr die Wagentür, setzte mich ans Steuer und ließ den Motor an.

»Wo soll ich dich absetzen?«

Keine Antwort. Es folgte ein höchst gefährliches Schweigen.

Schließlich wagte ich die Worte: »Einen Aperitif?«

»Warum nicht?«

Eben, warum nicht? Und damit waren wir schon beim zweiten »Warum nicht?«.

»Mußt du vorher in deinem Büro vorbei?«

»Nein. Samstags arbeite ich nur vormittags, wenn nichts Dringendes ansteht.«

»Dann hast du also Zeit.«

Das war eher eine Frage als eine Behauptung. Erneutes Schweigen. Bedeutete das Zustimmung? Unterdessen war ich in die Via Crispi eingebogen. Der Verkehr war mittelstark bis schwach – ein gutes Zeichen. Ich entschied still und fuhr parallel zum Hafen weiter. An der Straßenüberführung fragte sie überrascht:

»Wohin fahren wir eigentlich?«

Als gäbe es da noch eine Frage. Als hätten die braven Palermitaner, wenn sie Ausgang haben und an dieser Stelle angelangt sind, eine andere Wahl, als nach Mondello zu fahren. Jetzt blieb ich ihr die Antwort schuldig. Als eine erste Wiederbelebung des Kontakts nach über zehn Jahren war das nicht übel. Ich wählte die Küstenstraße über Addaura. An den Erhängten verlor ich keinen Gedanken mehr.

Wenn der Schirokko das Meer vor Mondello geglättet hat, meint man, einen Dokumentarfilm über die Tropen zu sehen. Das kommt von den glasklaren Farben, bei denen das Smaragdgrün überwiegt, in dem unvermittelt indigoblaue Streiflichter aufleuchten. Genau wie die Stimmung, in die ich mich, meiner masochistischen Ader nachgebend, treiben ließ. Ich ertappte mich dabei, wie ich im Geiste *Mood Indigo* pfiff. Eine unvermeidliche Kettenreaktion, denn der Jazz ist eine weitere Leidenschaft von mir. Wie im übrigen alle Musik. Der Sender in meinem Hirnkasten hatte die Version mit der Stimme von Rose Mary Clooney gewählt. »Die größte nichtschwarze Stimme des Jazz«. Mit anderen Worten: niemand reicht an sie heran. Mit einer Version von Ellington aus dem Jahr 1933 gewann ich die Kontrolle über die Situation wieder zurück. Der Tag zeigte sich so von einer völlig anderen Seite. Ich hätte auch *Blue and Green* in Charlie Hadens Fassung mit Ernie Watts am Tenorsaxophon wählen können. Aber damit hätte ich Tränen der Rührung riskiert. Ich parkte in der Nähe der Piazza, beinahe schon in der Abschleppzone, und wir ließen uns im Freien an einem Café-Tischchen unter einer Markise nieder. Campari Soda, Pastis, Salzgebäck und Herzklopfen. Sobald der Kellner uns den Rücken zukehrte, begannen wir beide gleichzeitig zu reden:

»Also, was ...«

Der gleiche Anfang. Beide nervös lächelnd. Kehrtwendung in der Stimmung. Meine Blicke wichen den ihrigen jetzt nicht mehr aus. Eingehend studierte ich ihr Gesicht. Nichts Neues oder fast nichts. Drei winzige Querfalten auf der Stirn, das war alles. Sie nahm die Sonnenbrille ab. Keine Spur von Schminke, eine Illusion von Schatten auf den Lidern und die Augen von der Farbe, die das Universum eine Sekunde vor dem Urknall gehabt haben muß.

»Bekomme ich jetzt eine Note verpaßt? Ich bin älter geworden ...«

»Quatsch! Sag lieber selbst, wie findest du *mich*?«

Ich fragte nicht einfach nur so, sondern aus Eitelkeit. Ich bin nämlich krankhaft eitel.

»Ich finde, du wirkst jetzt gesetzter.«

Touché. Dieses Urteil gefiel mir ob der impliziten Bedeutungen überhaupt nicht.

»Daran ist der Schirokko schuld«, erwiderte ich. Und fragte gleich weiter: »Und die Familie?«

Ein Tiefschlag. Ich spürte, wie die Spannung zunahm.

Selbstvergessen ruhte ihr Blick auf mir, während sie sich im stillen fragte, was ich wohl über ihr Privatleben wisse. Die drei Fältchen vertieften sich.

Ich wußte tatsächlich nicht viel, abgesehen von ihrer brillanten Karriere als Ärztin für Mordopfer. Und abgesehen von ihrer Ehe mit einem, der zwanzig Jahre älter als sie und dreißig Kilo schwerer als ich ist; Kilos, die sich bei ihm allein um den Bauchnabel versammelt haben. Sie seufzte tief.

Ah je!

Bei Michelle bestand gewiß nicht die Gefahr, daß sie mich mit einer Klagemauer verwechselte. Doch wer weiß, wie sie sich in diesen zehn Jahren verändert hatte und in welche Geschichten sie verwickelt sein mochte? Auf gewisse Weise jedoch schmeichelte mir jener Seufzer. Ich wußte, daß sie mit ihrem Gatten keine Kinder hatte, weshalb meine Frage nach der Familie weder völlig ziellos noch sonderlich harmlos war. Michelle hatte den Sinn meiner Frage genau entschlüsselt: Die Familie bestand nur aus ihr und dem eingebildeten Widerling, den sie sich zum Ehemann auserkoren hatte.

»Willst du wissen, wie meine Ehe läuft?«

Sie sagte das in einem Tonfall...

»Hm, jetzt ist das auch nicht mehr nötig.«

Erneut kam ein Seufzer über ihre Lippen. Ich fühlte mich deprimiert bis in die Zehen. Und bis in die Haarspitzen voll des Triumphes.

»Wieso gibst du ihm nicht den Laufpaß?«

Die Frage brach aus mir heraus wie eine Verwünschung. Ich wollte ihr zeigen, daß ich in Wirklichkeit doch nicht so friedlich war.

»Ich habe ja meine Arbeit.«

Ah, so ist's recht, Frau Doktor Scarpetta. Sie sah mich herausfordernd an, begriff aber kurz darauf, daß sie zu weit gegangen war. Jetzt war sie an der Reihe:

»Und du bist noch immer Junggeselle, ich weiß...«

»Single, bitte schön. Das Wort Junggeselle klingt wie alte Jungfer in männlicher Version. Es hat den Beigeschmack von nicht freiwillig. Das Single-Dasein ist eine Lebenshaltung.«

Einer meiner üblichen Bluffs. Doch sie schluckte ihn nicht, sie kannte mich zu gut. Sie ließ ein Lächeln aufblitzen, das wie ein Adrenalinstoß wirkte, ein Lächeln, mit einem Verlauf wie eine Gaußsche Normalverteilung. Bis sie in Lachen ausbrach. Genau das wollte ich.

»Und was machst du Schönes im Leben, außer den Single spielen?«

»Ich züchte Cyprinidae.«

»Was ist das für Zeugs?«

»Goldfische.«

»Schwachsinn!«

»Das ist das Seriöseste, was ich in den letzten zwei Jahren zustande gebracht habe: ich habe eine Woche lang den Goldfisch meines Neffen Peppino am Leben erhalten, nachdem er ihn in Coca-Cola gelegt hatte. Dann ist er gestorben und wurde im Tiefkühlregal eines Supermarkts begraben, und zwar in einer Schachtel Fischstäbchen, heimlich natürlich. Er hieß Peluffo.«

»Na so was!«

Ein zweiter Aperitif; es war schon 14 Uhr.

»Und wenn wir zusammen mittagessen gingen?« warf ich ein.

»Gute Idee. Aber keine Austern, bitte.«

Das war zwar nur so dahingesagt, doch ich verspürte den wohlbekannten Stich eine Handbreit unterhalb des Bauchnabels. Trotzdem gab ich mich keinen Illusionen hin. Auch ich kenne sie gut.

Während ich an der Kasse bezahlte, telefonierte Michelle mit dem Fettwanst, um ihm zu sagen, daß sie mit einem Freund auswärts zu Mittag esse. Offensichtlich kommt er nie vor Abend nach Hause. Zum Mittagessen verzehrt er in der Klinik seine persönliche Ration an Goldbarren und Menschenfleisch, der Rekordarbeiter mit der Bauchsonde. Soviel ich mitbekam, erhob er keinerlei Einwände. Ja, was glaubt ihr denn? Der erlauchte Herr Professor Benito De Blasi Bosco, unumschränkter Herrscher über Spekula und Wundhaken, läßt sich doch nicht dazu herab, seine rechtlich Angetraute zu fragen, wer jener Freund sei und wann sie zum Teufel sich wieder ins eheliche Heim zurückzubegeben beabsichtige (ah, der gute Truffaut!).

Michelle war mir schon ein Stück voraus, während ich dem Kellner noch schnell ein Trinkgeld in die Hand drückte. Absichtlich verlangsamte ich meinen Schritt, denn ich wollte sie vor mir hergehen sehen. Die Art, wie sie sich bewegt, gefällt mir. Einfach super. Wenn ich sie anschaue, muß ich automatisch jedesmal an den berühmt-berüchtigten Satz in dem Film *Der Mann, der die Frauen liebte* denken. Also Truffaut: Die Beine der Frauen sind die Kompasse, die die Erde vermessen, sie verleihen ihr Gleichgewicht und ungeahnte Harmonien. Oder so ähnlich. Bei Zitaten darf man nicht so genau sein. Das zeugt von einem schlechten Charakter. Diese Maxime stammt von La Rochefoucauld. Oder war es der Kommissar Colombo? Ich erinnere mich nicht mehr genau. Einige böse Zungen meinen, ich besäße sowieso einen schlechten Charakter. Ich weiß nur, daß ich nach Truffaut verrückt bin. Und zufällig hat Michelle eine vage Ähnlichkeit mit Fanny Ardant.

Als ich wieder an ihrer Seite war, lotste ich sie, immer nah an den Hausmauern entlang, jedem Anschein eines Schattens nachjagend, zu einem Restaurant auf der anderen Seite der Piazza. Auf dem Weg kaufte ich die Zeitung und warf einen Blick auf die Aufmacher. Es war das typische Titelblatt einer Nachmittagszeitung in Sommerversion, was bedeutete, es stand so gut wie nichts drin: »MYSTERIÖSER SELBSTMORD«, in Riesenbuchstaben. Und im Untertitel: »UNBEKANNTER JUNGER MANN ERHÄNGT SICH IN DEN

BOTANISCHEN GÄRTEN«. Artikel auf Seite 12. Über den Text ein Foto, das den Toten sehr unscharf und die über ihn knieende Michelle um so deutlicher zeigte. Im Hintergrund war sogar meine Wenigkeit zu erkennen. Nicht alle Blitzlichter vom Vormittag stammten also von Fotokameras aus der technischen Abteilung der Kriminalpolizei. Die Bildunterschrift ging ausführlich auf die brillante Gerichtsärztin Dr. Michelle Laurent ein, der Tote schien zweitrangig zu sein. Die brillante Gerichtsärztin zuckte mit den Schultern. Sie hat sich längst daran gewöhnt. Der Artikel im Zeitungsinnern enthielt ebenfalls nichts Neues.

Das Lokal hatte Air-condition, und unsere Konversation verlief so glänzend, daß sie eine richtiggehende Nebelwand zwischen uns bildete. Gekünstelte, geistreiche Bemerkungen wurden mit noch ausgewählteren Antworten pariert, die allesamt aus dem Drehbuch eines anderen Autors hätten stammen können. In dieser Kunst hatten wir mittlerweile Übung.

Zu den Antipasti di mare, den Busiati mit Pesto à la Erice und dem überbackenen Seebarsch in Mandelmilch leerten wir beinahe zwei Flaschen Regaleali. Ich machte den Vorschlag, den Kaffee anderswo zu uns zu nehmen.

Just in diesem Augenblick erschien der Chef des Lokals mit der Rechnung an unserem Tisch. Wir kennen uns seit Jahren. Er ist ein unerträglicher Besserwisser.

»Es ist schon eine Weile her, seitdem du dich das letzte Mal mit einer schönen Dame hast blicken lassen«, sagte der gute Freund voller Taktgefühl. Ich hätte ihn erwürgen können

»Setz die Preise herunter, und du wirst mich öfters sehen«, konterte ich. Auch ich kann taktvoll sein, wenn ich will.

Draußen erwartete uns erneut die Hölle: Wir traten aus dem Lokal, sofort hilflos verloren in dem infernalischen Glutofen. Der Schirokko schien an einem einzigen Tag seinen gesamten Hitzevorrat für die ganze Saison erschöpfen zu wollen.

Es glich einem Wunder, aber mein Auto hatte im Schatten des einzigen Baums im Umkreis von fünfzig Metern gestanden und empfing uns wie eine warme Oase inmitten einer Wüste halbgeschmolzener Blechteile. Wieder eingestiegen, kreuzten wir hart am Wind über die Viale Regina Margherita Richtung Piazza Leonie. Offensichtlich waren im Frühjahr die Werbeflächen gedüngt worden, die Abfahrt nach Valdesi war reichlichst mit ihnen bestückt. Ich nahm die Via Libertà und fuhr weiter bis zu ihrer Mündung in die Wogen der Piazza Castelnuovo. Wirbelnde Platanenblätter und Papierabfälle im Gleitflug. An der Kreuzung Via Cavour bog ich links ab und fuhr geradeaus weiter bis zur Piazza-XIII-Vittime, dann nach rechts Richtung Cala und Staatsstraße 113. Die Unterhaltung stockte. Ich verspürte eine winzige Spannung, die zwischen Gehirn und Mund lauerte. Worauf steuerte ich eigentlich zu? Im übertragenen Sinne, meine ich, denn im topographischen wußte mein Autopilot sehr gut, in welche Richtung es ging.

An der Kreuzung nach Bagheria bog ich Richtung L'Aspra ab und dann nach Mongerbino. Kurz hinter dem wie ein Zuckerbrot geformten Vorgebirge fuhr ich auf die höchst kurvenreiche Straße, die von Santa Elia, schmal wie eine Gasse, zwischen Felsen und steil abfallender Küste, bis zum Kap Zafferano führt. Wäre uns ein Auto entgegengekommen, ihm wäre nichts anderes übriggeblieben, als einige Kilometer Kurven im Rückwärtsgang zurückzulegen. Anfang Juli läßt sich jedoch selten jemand hier blicken. Es ist ein unberührter, geheimnisvoller Ort, ideal für eine Pilgerfahrt (*du ju rimemba', bäbi?*).

Seitdem wir auf dieser schmalen Straße fuhren, hatte Michelle nicht mehr den Mund aufgemacht. Sogar der Kaffee war in Vergessenheit geraten. Auch ich schwieg. Seit einigen Minuten dröhnte die Filmmusik zu *Die Sommerinsel* in meinem Kopf. Zahlreiche Ereignisse während des Tages, aber auch seine ruhigen Phasen sind von Filmmusik begleitet; unhörbar im Innern, wie in jenem Fall, oder laut vernehmlich, wenn ich eines meiner Hi-Fi-Spielzeuge anwerfe, die in meiner Wohnung herumstehen. Und es besteht eigentlich immer ein Zusammenhang zwischen dem, was ich tue, und dem, was mir mein Hi-Fi im Kopf Minute für Minute vorspielt. Es kann sein, daß ich den Zusammenhang nicht sofort erkenne, doch früher oder später wird er mir klar.

Was ging eigentlich vor? War ich gar dabei, die Gemahlin des Fürsten aller aufgeblasenen Fettsäcke zu begehren? Die Musik in meinem Kopf wurde schriller.

Jetzt waren wir beim Leuchtturm angelangt. Ich machte den Motor aus, und schweigend blieben wir eine Weile im Auto sitzen, den Bug zum Meer hin. Es war ein drückendes Schweigen. Diese Seite des Kaps lag schon im Schatten, und der Schirokko hatte nachgelassen. Nach einer Weile stieg Michelle aus, ich folgte ihr. Sie zündete sich eine Zigarette an, die erste in fünf, sechs Stunden. Sie mußte versucht haben, sich das Rauchen abzugewöhnen. Ich zündete mir ebenfalls eine an, eine von meiner Sorte, bestimmt nicht so ein widerliches Kraut wie diese leichten Damenzigaretten, die sie rauchte. Wir spazierten bedächtig rauchend ein Stück die kleine Straße entlang: die zwei aufrechtesten Tölpel, die jemals Dampf zwischen den Felsen des Kaps abgelassen hatten. Die Gefahr, sich im Pathetisch-Sentimentalen zu verlieren, war groß. Immer enger umfing mich jener Ort, bis er mich beinahe erdrückte. Und der Leuchtturm erschien mir dieses Mal geradezu unerträglich süßlich.

»Gehen wir.«

»Läßt du mich fahren?«

Ich überließ ihr das Steuer. Als sie den Motor anließ, erinnerte mich ihr Gesichtsausdruck an den von Jeanne Moreau in den letzten Szenen von *Jules und Jim,* kurz bevor ihr Wagen in die Seine stürzte. *Nimm dich in acht, Jules...* Ich betete, daß dies keine Wiederholung sein würde. Während sie wie eine Wahnsinnige raste, immer nah daran, in den Abgrund zu stürzen, mußte sie erahnt haben, was mir durch den Kopf ging: Leise begann sie die Melodie der Filmmusik zu summen. Ich habe immer schon gewußt, daß sie in manchen Augenblicken meine Gedanken lesen kann. Ehrlich gesagt hatte ich sie im Verdacht, diese kleine Episode eigens für mich inszeniert zu haben. Als wir wieder auf der Fahrstraße waren, bog sie nach links ab. Gut so. Denn das bedeutete, daß noch keine Rede davon war, nach Hause zu fahren. Wir erreichten Solunt.

»Du hattest mir einen Kaffee versprochen«, sagte sie nach einer perfekten Vollbremsung auf dem Parkplatz des Cafés, knapp unterhalb der archäologischen Ausgrabungsstätten. Der Tag glich immer mehr einer *Recherche* als einer Pilgerfahrt. Aber keiner von der nervigen Art, wie sie der mit dem minimalistischen Schnauzbärtchen angestellt hat.

Das Café war halbleer. Wir ließen uns an einem Tisch in Fensternähe nieder. Von da aus hatte man einen großzügigen Blick auf die gesamte Küstenbreite zwischen Kap Zafferano, Cefalù und weiter bis zu den Inseln Alicudi und Filicudi, die im Sonnenlicht funkelten. Das ist das Panorama bei trockenem Schirokko. Ich finde es zum Sterben schön.

Ich bestellte unsere Kaffees. Michelle zündete sich die zweite Zigarette an.

»Du rauchst weniger, habe ich so den Eindruck.«

»Ja, du auch, nicht wahr...«

»Ich habe es mir fast abgewöhnt, die Zigaretten und die Oxymora.«

»Es ist ein Zeichen von gestörtem Gleichgewichtssinn zwischen der rechten und der linken Gehirnhälfte. Der übertriebene Gebrauch von Oxymora, meine ich.«

»Ja, stimmt. Das kommt daher, weil ich den Kindergarten und die erste Klasse Grundschule übersprungen habe.«

»Ach je! Und deine Arbeit?«

»Ein wahres Wunder. Ich bin voller Ideen! Sie rasen mir so schnell durch den Kopf, daß ich sie nie rechtzeitig zu fassen kriege. Und auch nicht zu sehen. Es sind ausgesprochen fortschrittliche Ideen, die mir immer einen halben Kilometer vorauseilen. Und meine Kurzsichtigkeit kommt mir dabei wahrlich nicht zugute, das weißt du ja. Die Kurzsichtigkeit ist etwas Psychogenes. Und etwas Gewerkschaftspolitisches.«

»Mach's mal nicht so tragisch.«

»Statt dessen wird mein Gehör immer schärfer. Manchmal kann ich des Nachts in meinem Single-Bett hören, wie sich meine Neuronen in Nichts auflösen. Es ist wie ein verlängerter *Swish. Swish,* und schon fallen einige hundert von ihnen in sich zusammen wie Salatköpfe, *swish,* und wieder sind weitere hundert von den Guten dahin.«

»Das wird die zufällige Resonanz sein.«

»Du willst sagen, das Chaos. Und dann verharre ich reglos und warte auf das dicke Ende, einen Alzheimer oder etwas in dieser Richtung. Danach frage ich mich immer, wie ich es nur schaffe einzuschlafen.«

»Da bist du ja übel dran, mein Guter.«

Sie imitierte die Stimme der Bacall in *Haben und Nichthaben,* als sie zu Bogey sagt: Wenn du mich willst, brauchst du nur zu pfeifen; du kannst doch pfeifen, oder? Ich beziehe mich natürlich auf die Originalfassung, nicht auf die in Computerbearbeitung, bei der die Stimmen klingen, als hätten die Schauspieler vergiftete Fleischklöpse geschluckt, genau so wie in den Serien für dümmliche Teenies.

»Warum sprechen wir nicht über Filme?«

»Ich gehe kaum mehr ins Kino, es sei denn, ich bin auf Reisen. Ich bin wegen meiner Arbeit öfters allein unterwegs (mach nur so weiter, Michelle). Der letzte Film, den ich im Kino gesehen habe, war *Der Tod kennt keine Wiederkehr,* den ich in einem Off-Kino im Norden entdeckt hatte. Weißt du, dieser Film von Altman ...«

»Mit Elliot Gould in der Rolle des Detektivs Marlowe: ein echtes Genie. Trotzdem, für mich ist Robert Mitchum der wahre Marlowe. Schade nur wegen seines Nachnamens, der klingt wie ausgespuckt.«

»Ja, und was ist mit Bogey?«

Bogey ist und bleibt die Nummer eins. Der Marlowe von Mitchum ist gerade erst zur Hälfte ergründet. Die Portion an Verbitterung, die er auf die Leinwand bringt, ist genau richtig; hätte ihm bloß jemand soviel ironisches Feingefühl vermittelt, daß er Sätze wie *Ich sammle Blondinen im Einmachglas* nicht wie ein Totengräber aufsagte, – dann wäre er vollkommen. Er ist einfach schon zu alt, um die Rolle völlig auszufüllen. Etwas Tragisches umgibt ihn. Unter der Regie von Hawks hätte er es vielleicht geschafft. Ich hätte Mitchum gerne unter der Regie von Kubrick in einem Remake von *Tote schlafen fest* gesehen.

»Ich stehe auf das Paar Scorsese/De Niro. Oder im äußersten Fall noch Cimino an Stelle von Scorsese...«

»Das ist eine Frage der Gewohnheit.«

»... aber sie müssen sich beeilen, bevor es für De Niro zu spät ist. Er würde nämlich Gefahr laufen, einen allzu dämmrigen Marlowe abzugeben.«

»Der Begriff *dämmrig* darf nur für die letzten Filme von John Wayne verwendet werden; er scheint eigens für ihn geprägt zu sein. So wie die Rolle der Witwe, die für Irene Papas erfunden wurde. Bis zu jenem Zeitpunkt hatte man keine Vorstellung, was eigentlich eine Witwe ist. Das kann man in jedem Wörterbuch nachlesen.«

»Daß Irene Papas der Inbegriff der Witwe ist, haben die Kritiker schon vor dir gesagt.«

»Ich weiß. Aber es war kein Alibi.«

Wieder schwiegen wir. Es war ein schönes, intelligentes Schweigen. Als der Kellner mit der Bestellung kam, fand Michelle die Sprache wieder und rückte endlich mit der Frage heraus, die ihr schon seit dem Aperitif auf der Zunge lag.

»Und wie steht es mit der Frauenbewegung?«

»Der Umsatz läßt zu wünschen übrig, aber ich will mich nicht beklagen.«

»Gibt es da jemand Bestimmtes?«

»Du kennst mich doch. Wenn ich eine an der Hand habe, fehlen mir weitere neunundneunzig, um mich in Hochform zu fühlen.«

»Du alter Angeber! Kann man mit dir nie ein vernünftiges Wort wechseln?«

»Es ist wie eine Konditionierung bei mir. Der alte Pawlow sah, wie der Hund sabberte, und beeilte sich, die Glocke zu läuten.«

»Du bist ein richtiger Clown geblieben, Junge.«

»Einem jeden ist sein Weg vorherbestimmt. Daran läßt sich nichts mehr ändern.«

»Wie schon Alan Ladd im Finale des Films *Mein großer Freund Shane* sagte.«

»Tüchtig, gut hast du das behalten. Doch wenn du unbedingt willst, können wir gern dieses ernsthafte Gespräch führen.«

»Jetzt ist es schon spät. Verschieben wir es aufs nächste Mal.«

»Besser so. Dann ist die Wahrscheinlichkeit größer, daß du bis dahin ruhig schlafen kannst.«

Die Sonne stand niedrig und machte aus unseren violetten Schatten lange Streifen. Jetzt setzte ich mich wieder ans Steuer. Obwohl es angeblich spät für sie war, wollte sie noch einen Abstecher an die Hafenanlage von Porticello machen, um nach *Ewigkeiten* mal wieder einen Blick darauf zu werfen, und zu schauen, ob es noch immer den Direktverkauf für frischgefangene Fische gab. Es gab ihn noch.

Es war beinahe dunkel, als wir vor ihrem Haus anhielten. Sie und der aufgeblasene Kerl wohnen in einem kleinen Palazzo in der Gegend von Villa Sperlinga – ein Viertel, in dem

Herz, Leber und andere edle Innereien des vornehmen Palermo versammelt sind. Das hört man schon an der Aussprache des E, das in dieser exklusiven Gegend offener gesprochen wird ... offener als die Geschäfte des Viertels Borgo Vecchio nach dem offiziellen Ladenschluß. Es zeugt schlichtweg von Top Class. *L'élite du demi-monde,* sagte Raffaele, der hier mit seinem Vater lebte.

Der Abschied versprach schwierig zu werden. Zumindest was mich betraf.

»Sehen wir uns wieder?« fragte ich sie und biß mir bei soviel Banalität beinahe die Zunge ab.

»Vielleicht.« Ein Vielleicht aus Michelles Mund bedeutet tatsächlich vielleicht.

»Morgen?«

»Ich rufe dich an.«

Ich gab ihr meine neue Telefonnummer, die sie mit Bleistift auf die Rückseite eines Tickets der römischen U-Bahn kritzelte, das sie aus einer ausgebleichten, abgewetzten Handtasche zog. Meine alte Nummer mußte sie mittlerweile in abgelegten Notizbüchern begraben oder im Synapsenlabyrinth verloren haben.

Bevor sie ging, beugte sie sich zu mir herüber und streifte mit den Lippen meinen Wangenknochen. Ich blieb stocksteif sitzen und rührte mich nicht: Auf der gegenüberliegenden Straßenseite hatte ein schwarzer Mercedes angehalten, in dem außer dem Chauffeur niemand zu sehen war. Dieser stieg aus, öffnete den hinteren Wagenschlag und blickte ehrerbietig drein, während der aufgeblasene Fettwanst seine Füßchen auf das Trottoir niedersetzte.

Ein Niemand, wie schon der alte Winston Churchill sagte, als sich Mr. Attlee in der Downing Street Nummer zehn vorstellte. Ein Niemand. Und das nicht im homerischen Sinne. Dieser hier war ein echtes Nichts, ein aufgeblasener Luftballon, und das trotz des umfangreichen Volumens seines übergroßen Egos, das ihn wie eine Hülle aus stinkenden Gasen umgab, – meines Wissens das einzige Ego, das mit bloßem Auge von jedem Punkt des Weltalls aus erkennbar ist.

Michelle stieg aus. Der Fürst der Beschauer fremder Intimitäten sah sich nicht einmal um. Er ging auf das Gartentor zu, öffnete es in dem Augenblick, als Michelle ihn erreichte, und hielt es offen, um sie hineinzulassen. Dann schritt er selbst durch das Tor, schloß es mit einem bedrohlichen Geräusch, das Bilder von Stacheldraht und Spanischen Reitern vor meinem geistigen Auge wachrief. Mir gönnte er nicht einmal einen Blick aus dem Augenwinkel. Offenkundig war es ihm völlig gleichgültig, wer, Teufel noch eins, seine Frau Gemahlin am Ende eines gemeinsam verbrachten Tages nach Hause begleitete.

Wenn ich zurückdenke, steigt mir heute noch das Blut in den Kopf. Hätte ich eine Frau wie Michelle, wäre ich sogar auf ihre Träume eifersüchtig. Vielleicht war das Verhalten des widerlichen Dickwanstes lediglich das typische Nebenprodukt einer beliebigen Standardehe. Man hätte so richtig Lust gehabt, ihm ein Paar ellenlange Hörner auf die Stirn zu pflanzen. Vielleicht würde ihn auch das kaltlassen. Ich schwor mir, dem auf den Grund zu gehen.

Ich lebe in der Altstadt von Palermo. Hier besitze ich ein vierstöckiges Mietshaus, schmal und hoch emporragend, mit einer Wohnung je Stockwerk. Das Gebäude ist eher alt als antik zu nennen und erhebt keine Ansprüche in puncto Noblesse. Es ist nicht aus Sandstein. Ich habe es in leicht heruntergekommenem Zustand von meinen Großeltern mütterlicherseits geerbt, die Getreidehändler waren. Meine Wohnung liegt im obersten Stock und hat eine viereckige Terrasse, die nach hinten auf die Valvidrera-Gasse geht. Die anderen Etagen habe ich teuer an einen Arzt und an ein paar Handelsbüros vermietet. So genieße ich eine gewisse finanzielle Unabhängigkeit und habe ein wenig Handlungsspielraum. Das alles bringt aber auch viel Ärger mit sich. Vor Jahren habe ich sämtliche Ersparnisse zusammengekratzt und das Haus innen und außen renovieren lassen, wobei ich die alte Aufschrift AGNELLO & C. SEMENTI & GRANAGLIE gerettet habe, die sich über die ganze Hausfront zieht.

Von Zeit zu Zeit bekomme ich Kaufangebote für das Haus, die immer höher werden. Die Altstadt kommt wieder in Mode. Es heißt, die großen Immobilienunternehmen hätten schon alles abgegrast. Aber ich lasse mich auf nichts ein. Ringsherum ist alles ein einziges Ruinenfeld.

Ich betrat den Innenhof und verschwand im Aufzug. Er ist das Prachtstück des Hauses. Fin de siècle in den letzten Zügen; die Scheiben sind aus rauchfarbenem, verziertem Glas, und er bewegt sich ausgesprochen leise.

Im Innern des Hauses herrschte dank der dicken Wände eine erträgliche Temperatur. Vor dem Verlassen meiner Wohnung hatte ich alle Fensterläden geschlossen. Das ist das Beste, was man bei Schirokko tun kann. Aber jetzt konnte ich es nicht in verschlossenen Räumen aushalten. Ich riß die Balkonläden im Wohnzimmer auf und trat auf die Terrasse, machte es mir auf einem Liegestuhl bequem und ließ für eine Weile meinen Blick über die Dächer der Stadt schweifen.

Der Ausblick von meiner Wohnung ist wirklich nicht übel. Ein Meer von alten Ziegeln, mit vertrockneten Moosschichten bedeckt. In einiger Entfernung sind die Dächer des Astronomischen Observatoriums und des Palazzo dei Normanni zu sehen, dann, eine hinter der anderen, die Kuppeln der Kathedrale, der Kirche von San Giuseppe, der Casa Professa, der von Santa Caterina, die Spitzen des Stadttors Porta Nuova, die Kirchentürme Dell'Olivella, die von San Domenico und Sant'Agostino, die kleinen arabischen Kuppeldächer von San Cataldo, die des Palazzo Steri und bei Tag auch ein Stückchen Meer zwischen Dächern und Himmel.

Die Dächer sind ein Problem, da sie ohne Schwierigkeiten zu erreichen sind. Von den Nachbardächern bis zu meiner Terrasse ist es bloß eine Armeslänge, was die Katzen beweisen, die manchmal vorbeikommen und diskret ihre Duftmarke auf meiner Petersilie hinterlassen. Bis jetzt ist die Gegend noch recht ruhig. Sie ist eines der Hauptquartiere der aus dem Maghreb heimgekehrten Emigranten, die nun wieder die Stadtviertel bevölkern, die ihre Vorfahren vor rund tausend Jahren verlassen hatten. Es sind brave Leute, die fleißig ihrem Broterwerb nachgehen. Seit geraumer Zeit besitzen sie sogar ihre eigene Moschee; die Kurie hat ihnen freundlicherweise eine entweihte Christenkirche zur Verfügung gestellt; dazu gehört auch ein Kaffeehaus im Casablanca-Stil. Wenn der Wind richtig steht, kann man sogar die Stimme des Imam hören, der im Namen des Gnädigen und Barmherzigen Herrn zum Gebet ruft. Beschwören könnte ich es nicht, aber es ist eine Illusion von Nomadenleben, der ich dann nachhänge und die mir so manchen Schauder bereitet.

Ich ging hinein, um mir etwas zu trinken zu holen und eine Platte aufzulegen. Ich besitze einige tausend Schallplatten und Compactdiscs. Gewöhnlich ziehe ich das warme Rauschen des Vinyl der eisigen Perfektion des Laserstrahls vor. Mit sicherem Griff holte ich jetzt die Compactdisc mit der Filmmusik zu *Fahrstuhl zum Schafott* von Miles Davis heraus. Zweiundsiebzig Minuten Musik ganz nach meinem Geschmack; darunter auch sechs Stücke, die im Film nicht gespielt werden. Dann griff ich wahllos zwischen die Schallplatten und hielt eine Scheibe von Billie Holiday zwischen den Fingern. Von ihr habe ich einen ganzen Stapel Aufnahmen, und ich achtete nicht einmal auf den Titel. Vorsichtig nahm ich sie in die Höhe und legte sie neben den Plattenspieler; sie war als nächstes an der Reihe. Bevor ich unter die Dusche ging, machte ich mir den dritten Pastis des Tages zurecht. Es ist nicht hundertprozentig mein Lieblingsgift, aber bei Schirokko genau das Richtige. Die Alternative ist Wasser mit Zammù, das jedoch nicht auf die gleiche Weise beflügelt.

Kaum war ich unter der Dusche hervorgekommen, hatte mich der heiße Wind auch schon abgetrocknet. Ich kehrte zu meinem Liegestuhl zurück, und während ich entspannt die Lichter in Küstennähe betrachtete, zogen die Ereignisse des Tages langsam an meinem geistigen Auge vorüber. Das ist nicht außergewöhnlich und passiert mir öfters, wenn ich aus meiner Tagesroutine gedrängt werde.

Ich ließ Fakten und Worte – vor allem die ungesagten – Revue passieren. Dazu brauchte ich einen weiteren Pastis und die Zeit, bis die Platte zu Ende war. Die Trompete von Miles weckte in mir ein sehnsüchtiges Verlangen zwischen Kehlkopf und Mageneingang. Wenn nicht noch mehr. Mein Freund vom Polizeipräsidium hätte diese Regung als mangelnde Nahrungszufuhr gedeutet. Und das ist ein weiterer Unterschied zwischen ihm und mir: läßt irgend jemand den Namen McDonald fallen, muß ich an Lew Archer denken, Spotorno aber kommt bloß ein blutiger Big Mac in den Sinn.

Jedenfalls machte ich mir ein trockenes Brötchen mit Öl, Salz, Pfeffer und Origano und legte die ausgewählte Schallplatte auf. Während Billie in ihrem *Love me or leave me* aufging, kamen mir wie in einer Rückblende Bilder des Erhängten in den Sinn. Ich mußte nicht jede einzelne Szene neu durchgehen. Woran ich mich jetzt erinnerte, war mir am Morgen sofort aufgefallen und im Gedächtnis haftengeblieben. Wie Geistesblitze kam es mir wieder ins Bewußtsein ... ähnlich wie bei den Standfotos des erhängten Don Jaime in *Viridiana.*

Der Selbsterhaltungstrieb ist stärker als der Wille zu sterben. Auf ihn geht am Ende alles zurück. Ich erinnere mich noch gut an die letzten Seiten in *Martin Eden,* als dieser mit seinem Leben Schluß machen und sich im Ozean ertränken will. Der erste Versuch schlägt fehl, da Martin Eden zuerst alle Luft ausatmet und anschließend versucht unterzutauchen. Das geht schief, denn er gerät sofort in Atemnot, und da er nicht tief genug unter Wasser getaucht ist, treibt ihn sein natürlicher Überlebensinstinkt an die Oberfläche, um ihn Luft holen zu lassen. Also ändert er seine Taktik. Er atmet soviel Luft ein, wie die Lungen fassen, und schwimmt entschlossen in die Tiefe, seinem sicheren Ende entgegen. Er weiß genau, wenn er nicht weiterkommt, wird ihm der Sauerstoff fehlen, um umzukehren – da kann auch der stärkste Selbsterhaltungstrieb nichts mehr ausrichten. Und genau so geschieht es auch.

Das ist der richtige Weg, wenn einer ernsthaft alle Brücken hinter sich abbrechen will. Genau aus diesem Grund bedient sich ein entschlossener Freitodkandidat, der sich ohne fremdes Zutun erhängen will, eines Hockers, eines Stuhls, einer Leiter oder irgendeines anderen Hilfsmittels, das sich im entscheidenden Augenblick mit einem Tritt wegstoßen läßt – und der Erhängte baumelt endgültig in der Höhe. Würde er es anders handhaben, suchten seine Füße unwillkürlich nach dem festen Untergrund, von dem sie heruntergeglitten waren. Es sei denn, er springt aus großer Höhe. Und das war bestimmt nicht der Fall bei dem Erhängten an diesem Morgen. Ich erinnere mich noch gut, daß der Abstand zwischen seinen Füßen und dem Holzsitz, der in den Ficus eingelassen war, nur wenige Zentimeter betrug und ihm bequem erlaubt hätte, sein Genick in eine weniger verhängnisvolle Stellung zu bringen. Und keine noch so heftige Todessehnsucht hätte das verhindern können.

Dieser Gedanke war mir sofort gekommen, als ich mich dem Toten näherte. Auch wenn das nicht ausreichte, mir Gewißheit zu verschaffen, daß es sich nicht um Selbstmord handelte ... es gibt ja noch andere Dinge zwischen Himmel und Erde. Wie zum Beispiel den Schirokko, unter dessen Einwirkung die tollkühnsten Unternehmungen durchgeführt werden. Vittorio gegenüber hatte ich keine Silbe verlauten lassen. Als Gesetzeshüter ist er ja ganz in Ordnung, und dumm ist er auch nicht. Es war also unwahrscheinlich, daß ihm ein solches Detail entgangen sein konnte. Doch das war schließlich nicht meine Angelegenheit.

Zumindest glaubte ich das.

Und die surrealistische Note am Ende dieses Tages setzte Billie Holiday. Oder anders gesagt, mein Unterbewußtsein. Was wollt ihr, wenn einer ein unheilstiftendes Unterbewußtsein und zugleich ein schwaches Über-Ich hat ... wer glaubt da noch an Zufälle?

Tatsache ist, daß das Trompetensolo von *Strange fruit* einsetzte, als ich mit meinen Grübeleien über den Toten so gut wie am Ende war, und Billie stimmte die erste Strophe an:

Southern trees bear strangefruit

Blood on the leaves and blood at the root...

Mich wunderte das keineswegs. Ich wußte, daß es kein bloßer Zufall war. Die Wahl einer Schallplatte ist wie ein Striptease der Seele.

Ich ging zu Bett, ohne müde zu sein, und nahm mir zum zweiten Mal das Buch von William Irish alias Cornell Woolrich *Deadline at Dawn* vor. Um vier Uhr war ich auf der letzten Seite angelangt. Was soll's, morgen war ja Sonntag.

Das Sonnenlicht weckte mich viel zu früh, denn ich hatte vergessen, die Fensterläden zu schließen. Noch im Halbschlaf stellte ich mich unter die Dusche und blieb eine ganze Weile unter dem Wasserstrahl, während ich mich mit dem üblichen sonntäglichen Drama herumschlug: Rasieren oder nicht? Dieses Mal entschied ich mich dafür und begann, mich zu den Noten von *My funny Valentine,* in einer raren Aufnahme, einzuseifen. Die engelsgleiche Stimme und die Trompete von Chet Baker waren das Höchste für eine sanfte Rasur.

Erst nach dem Kaffee dachte ich an Michelle ... hatte

ich ihr nicht ein halbes Versprechen entlocken können, daß sie mich anrufen würde? Mit gespitzten Ohren wanderte ich durch die Wohnung. Schließlich ging ich an den Kiosk hinunter, um mir den üblichen Stapel Sonntagszeitungen zu besorgen. Jetzt hatte der Schirokko die Altstadt völlig im Griff und zückte seine Waffe Kaliber 45 Grad Celsius, mit der er jegliche Art von Panzer durchbohrte. Die Saison war in Palermo voll im Gange, was an der hohen Konzentration kartoffelessender Krauts zu erkennen war, die mit phosphoreszierenden Shorts, weißen Unterhemden und schweißabsorbierenden Stirnbändern durch die Straßen marschierten. Sie sahen so aus, als wollten sie mit ihren mächtig gewölbten Bäuchen ganze Panzerwagen in Richtung polnische Grenze schieben. Ich sah einen, der mit surrender Videokamera vor dem Auge Katzen filmte, die auf überquellenden Müllcontainern nach Freßbarem suchten. Ja, das gibt das richtige Mitbringsel für die Freunde in der Heimat! Mit den besten Empfehlungen vom örtlichen Fremdenverkehrsverein. Ich spürte einen zweifachen Impuls: mich bei ihm wegen des Anblicks zu entschuldigen und ihm gleichzeitig die Kamera ins Auge zu rammen.

Nicht, daß ich ernsthaft etwas gegen die kartoffelessenden Krauts hätte – nur als Massenexportartikel flößen sie mir etwas Unbehagen ein. Entsprechend ausgewählt mißfallen sie mir ganz und gar nicht. Im Gegenteil, mit einigen Exemplaren, denen ich in meinem Vagabundendasein begegnet bin, wäre ich bestimmt dick Freund geworden, hätten wir nur länger miteinander zu tun gehabt. Wie zum Beispiel die Krankenschwester aus Nordrhein-Westfalen, die technische Fachliteratur aus dem Italienischen übersetzte und Psychoanalyse studierte. Ihr habe ich es zu verdanken, wenn ich den gebackenen Hering in saurer Sahne, das 4711, das Kölsch, den Rosenwein, den Dom von Altenberg, die erste wirkliche Erektion eines gotischen Bauwerks, und den Wolkenkratzer von

Bayer Leverkusen kenne, der bei Sonnenuntergang Kölnisch Wasser auf die Dächer der gleichnamigen Stadt spritzte (doch das ist nur eine meiner typischen Übertreibungen).

Sogar mit einem Typ à la Aschenbach könnte ich rasch Freundschaft schließen, vorausgesetzt, er behielte seine Hände bei sich: im Höchstfall schauen – mit Mäßigung und aus gebührendem Abstand – aber nicht anfassen. Und dabei würden dann die wahren mitteleuropäischen, geistvollen Gespräche geführt, wie beispielsweise über die Erhöhung der Sauerkrautpreise, die Reichweite der Dicken Berta und so weiter.

Alles in allem war es besser, wieder nach Hause zu gehen. Ich zögerte, bis auf ein uraltes Brötchen hatte ich nichts im Haus, nicht einmal eine Dose Sardinen. Hier in der Gegend ist die Versorgung an Sonntagen oder zu Nachtstunden nie ein Problem. Das ist einer der Vorteile, wenn man im Zentrum wohnt.

Lustlos dachte ich nach und gab dann die Idee auf, im Viertel San Francesco ein Fladenbrot mit Méusa oder sonstwo ein Brötchen mit Panelle zu essen; ich hatte noch keinen Hunger. Ich machte bei einem Gemüsehändler Halt und ließ ihn ein halbes Dutzend Papiertüten mit geröstetem Gemüse, gekochten Kartoffeln, Tomaten und drei Sorten eingelegter Oliven füllen, entsprechend den drei Stimmungen, die ich im Verlauf des Vormittags bei mir festgestellt hatte. Zum Schluß kaufte ich noch Brot bei einem fliegenden Händler, der allen Vorschriften zum Trotz seine Ware feilbot, und sicherte mir meine Ration an Eiweiß, Stärkemehl und Vitaminen für die nachmittägliche Katalyse.

Für mich allein koche ich so gut wie nie. Wenn ich Gäste habe, kann es vorkommen, daß ich mich in höchst eigene und unmoralische Auslegungen der mediterranen Küche stürze. Rezepte mit viel Pfeffer und wenig Carvalho. Leider besitze ich keinen Kamin, in dem ich die Werke Vázquez Montalbáns verbrennen könnte. Alle aber sind einstimmig der Meinung, daß ich Riesenfortschritte gemacht habe seit den Zeiten der Großen Besetzung. Damals, bei meinem ersten öffentlichen kulinarischen Auftritt, hatte ich versucht, das halbe Kampfkomitee mit einer Pasta mit Erbsen aus der Dose zu vergiften. Umgehend wurde das Gericht »Give-peas-a-chance« getauft, und zwar eben von meinem verstorbenen (noch wußte ich das nicht) Freund Raffaele.

Ich klemmte mir die Einkäufe unter die Arme und ging nach Hause zurück, sicher, daß sie nicht den Achselgeruch jener Stangenbrote angenommen hatten, die in gewissen Bistros im Quartier Latin serviert werden (in jedem Fall wäre es der Schweiß *meiner* Achseln gewesen). Ich lud die Sachen auf dem Küchentisch ab und widmete mich den Zeitungen.

Um zwölf Uhr hatte ich die »Sicilia« ausgelesen. Es gab nichts Neues zum Thema Erhängter. Eine knappe Spalte im Teil Tagesgeschehen, ohne Foto oder besonderen Kommentar. Nur eine Beschreibung des Toten und seiner Kleidung in der Hoffnung, daß sich jemand entschließen würde, Rechenschaft für das Verschwinden des lieben Anverwandten zu verlangen.

Mich wunderte, daß Vittorio Spotorno mir noch keine Rauchzeichen gegeben hatte, lag doch auf seinem Schreibtisch ein Protokoll, das meiner Unterschrift harrte. Ich stellte mir vor, daß der Herr Kommissar wegen der Ereignisse vom Vortag noch immer sauer auf mich sei. Sicherlich wollte er sehen, wie viele Meter des langen Stricks, den er mir insgeheim wünschte, ich brauchte, um mich zu erhängen.

Seit langem herrscht kalter Krieg zwischen uns. Mein Polizistenfreund erträgt die Vorstellung nur schlecht, daß ich in Ruhe kommen und gehen kann, wann und mit wem ich will. Er, der gesetzte und verheiratete Mann, wünschte, daß ich mich mit Händen, Füßen und vor allem mit dem Ringfinger an ein beliebiges, braves Mädchen bände, das mich auf den Boden der Tatsachen holte. Das mich mästen und mich zwingen würde, in einem Schlafanzug zu schlafen. Das mein Leben in die Hand nähme und einen einzigen Film daraus machte, von einem ununterbrochenen Hochzeitsmarsch unterlegt. Und das tut er nicht etwa aus Neid. Es ist der Beweis einer uralten Freundschaft, die er mit den Erfahrungen einer glücklichen Ehe vermengt: der seinigen nämlich. Vittorio läßt keine Gelegenheit aus, um mich jeden heiligen Samstag und Sonntag und an sonstigen Feiertagen, ob vom Kalender diktiert oder nicht, zu sich nach Hause einzuladen. Gelegenheiten, die ich meide wie den Mundgeruch der Dekanin. Vittorio macht sich etwas vor, wenn er glaubt, ich könne mir seine Ehe zum Vorbild nehmen, um mich dauerhaft auf solidere Bahnen zu begeben. Nicht daß mir Vittorio samt Haus und Anhang mißfiele. Es ist der traute Kreis der Familie, auf den ich allergisch reagiere. Seine Frau ist nicht übel, und auch die Gören sind ganz passabel. Und in meinem Wertesystem stehen solche Prädikate für größtmögliche Zustimmung. Andererseits, auch ich mißfalle ihnen nicht. Sie sind immer so rührend nett zu mir wie Besitzer eines Feinkostladens. Es läßt sich ohne weiteres behaupten, daß sie mich verwöhnen, und dafür haben sie ja auch allen Grund. Bloß nicht sein Licht unter den Scheffel stellen!

Ich legte die »Sicilia« beiseite und griff zu anderen Zeitungen. Doch fast augenblicklich verlor ich das Interesse an ihnen. Ich starrte auf die Wand vor mir, und ein echter Gähnanfall überkam mich. Ich schaltete den Fernseher ein, um einen Blick auf die Programme zu werfen. Auf den nationalen Sendern kam nichts Sehenswertes. Ich graste den Dschungel der lokalen Sender ab: da erwarteten mich ausschließlich Teleshopping und Kartenleger.

Im Fernsehen sehe ich mir fast nur Spielfilme an. Auch auf die Nachrichtensendungen verzichte ich, weil sonst am nächsten Tag die Lektüre der ersten Zeitungsseiten kein Vergnügen mehr ist. Auch wenn von echtem Vergnügen beim Leser eigentlich nie die Rede sein kann. Fernseher und Videogerät habe ich mir nur deshalb angeschafft, weil ich in meiner Wohnung keinen Platz für einen anständigen Filmprojektor habe. Als Notbehelf ist das Fernsehen gerade noch akzeptabel, und obwohl ich nicht gerade völlig begeistert von Kinofilmen bin, die auf kathodischem Wege ausgestrahlt werden, besitze ich eine recht ansehnliche Sammlung von Spielfilmaufzeichnungen. Natürlich ist der gesamte Bogey darunter, auch die Originalversion von *Casablanca* – ein wahrhaftes Bad der Emotionen. Die Plakate der Bogeyfilme und die einiger anderer sind die Prunkstücke meiner Wandverkleidung.

Ich führte mir zum hundertsten Mal *Hafen des Lasters* zu Gemüte. Alte Filme, die man in- und auswendig kennt, haben etwas Beruhigendes an sich. Wie der erste Schnuller.

Am Ende des Films spürte ich ein heftiges Rumoren im Magen. Hungrig verschlang ich das Gemüse und spülte es mit tschechoslowakischem Bier hinunter.

Und wieder wanderte ich ziellos in der Wohnung auf und ab. Ich trat auf den Balkon, um zu sehen, ob sich meine automatische Bewässerungsanlage gegen den Schirokko zur Wehr setzen konnte. Das Wasser hatte noch einen Vorsprung gegenüber dem Wind. Ich wandelte zwischen den Pflanzentöpfen umher. Bald würde es einer Machete bedürfen, um sich zwischen Crataegus pyracantha, dem Feigenkaktus, dem Rosmarin und der Bougainvillea einen Weg zu bahnen, die sich, an den Wänden entlangrankend, ausgebreitet hatten wie der Dschungel über den Khmer-Tempeln von Angkor. Die Jasminstöcke, die Plumeria alba und die Stephanotis verströmten schwere, beinahe sichtbare Düfte, die sich in der Luft vermischten und, in meinen Nasenlöchern wieder getrennt, einen beschwörenden und unaufhörlichen Geruchs- und Farbenrausch auslösten. Aber vielleicht war das reine Einbildung.

Welche Vergeudung! Welcher Verlust, hier allein herumzuhängen, ein weiteres farbloses, sozusagen blankes, weißes Wochenende vor sich, das so einsam war wie ein Trompetensolo am Stadtrand und beinahe ebenso trostlos.

Selbst der große Einzelgänger Marlowe (Philip, nicht Christopher: die beiden verbindet das »Ph« in ihren Namen, weil sie im Grunde denselben basischen Säurewert haben. Oh, da ist mir ja schon wieder ein Oxymoron rausgerutscht – die Base ist nämlich das genaue Gegenteil einer Säure; das häufige Auftreten von Ph's im Englischen muß wohl der Auslöser für das große Palaver über Sodbrennen sein, das man ständig in den Unterhaltungen der britischen Zugreisenden in der Post-Thatcher-Ära mitbekommt), also selbst Marlowe konnte sich schon auf Seite eins von *Die kleine Schwester* der Gesellschaft einer farbenfroh schillernden Schmeißfliege rühmen. Ich konnte höchstens auf ein paar einfarbige Blattläuse zählen, die ihr klimaabhängiges Nomadenleben führten und glücklich die Hitze, die Insektenvertilgungsmittel und die Unbill des Schicksals überlebt hatten. Ich hatte im voraus die Wintersaison eingeleitet. Nicht nur *weiße* Weekends, sondern richtiggehende *weiße* Wochen. Der letzte Schrei. Bei Lorenzo La Marca gibt es *weiße* Wochen mit Schirokko. Das ist das alternative Angebot der »Südstaaten« zum Skiurlaub in Cortina d'Ampezzo. Preisermäßigung für Gruppenreisen. Und vielleicht, wer weiß, wenn ich standhaft wäre, würden nicht nur Wochen, sondern sogar Monate, Jahre, Äonen, Erosionen meiner persönlichen Version einer Tartarenwüste in umgekehrter Form möglich sein. Stets zu Diensten, Leutnant Ogord.

Ich sollte mein Leben ändern. Den Beruf, das soziale Umfeld, die Stadt, das Land, das Universum wechseln. In eine parallele Hemisphäre auswandern, in der meine Existenz eine entscheidende Wende nehmen würde, wie sich die Schaumschläger und Schönschwätzer der Talkshows ausdrücken.

Eine innere Stimme sprach laut und deutlich: »Ändere dein Leben.« Es war eine Stimme mit schönen, tiefen Schwingungen, eine Stimme, wie man sie bei der Telefonseelsorge oder im Radio Libero zu nächtlicher Stunde vernimmt. Eine Stimme, die zur großen Überraschung meine war.

Ich lehnte mich über das Terrassengeländer. In der Valvidrera-Gasse ließ ein Mischlingshund von irgend etwas Interessantem auf dem Boden ab und starrte mich von unten herauf an. *Ich* war offenbar interessanter für ihn.

Vielleicht stand ich am Rande des Wahnsinns. Auf alle Fälle ließ ich mich gefährlich weit in Richtung Selbstmitleid treiben. Ich ging wieder hinein und legte *Frank's Wild Years* von Tom Waits auf; das war wie homöopathische Medizin.

Doch es half nichts. Ich hätte es mit *Bandiera rossa* versuchen sollen. Sicher täte ich gut daran, mir dieses Stück zu besorgen. Wieder griff ich nach den Zeitungen, doch bald glitten sie mir aus der Hand und landeten halb zerfleddert auf dem Boden.

Nach gründlicher Durchsicht meines DOC-Bücherregals angelte ich mir Claude Avelines *L'abbonè del ligne U* hervor und vertiefte mich in die Lektüre. Auch mehrmals gelesene Bücher sind eine sichere Wärmequelle in eisigen, langen Winternächten, die manchmal sogar an Ferragosto mit Polarwind und sibirischem Wolfsgeheul übers Land fegen und an der Tür rütteln.

Das Telefon. Ich zwang mich, den dritten Klingelton abzuwarten, bevor ich antwortete.

»Lorenzo, ich bin's, wie geht's?«

»Es geht so, Marù. Besser gesagt, es geht nicht.«

Es ist zwecklos, Maruzza etwas vormachen zu wollen. Sie hat viel zu feinfühlige Antennen. Doch ist sie zurückhaltend und geht einem nicht auf die Nerven. Sie sind einfach in Ordnung, sie und ihr Armando, ihr Angetrauter, mein Schwager. Dieses Prädikat trifft gewiß nicht auf ihre drei Sprößlinge zu, die wie eine Kriegsmaschinerie auftreten und die ich nur deshalb nicht Tick, Trick und Track nenne, um nicht automatisch die Rolle des Onkel Dagobert übernehmen zu müssen.

Maruzza stellte keine Fragen. Sie weiß, daß ich von selbst erzähle, wenn ich Lust habe. Ich hatte nichts hinzuzufügen, und sie beschränkte sich darauf, mir einen gutgemeinten Vorschlag zu machen.

»Warum kommst du nicht her? Ich habe Gazpacho gemacht. Hier ist die Luft erträglich...«

»Ich habe keine Lust, mich heute noch groß in Bewegung zu setzen. Morgen muß ich früh aus dem Haus.«

Es ist ein zeitraubendes Unternehmen, von dem Vorort, wo Maruzza wohnt, mit dem Auto in die Stadt reinzufahren. Und Montag ist für mich sowieso immer ein Tag auf halbmast. In groben Zügen erzählte ich ihr, was geschehen war, und erklärte, daß ich zeitig ins Polizeipräsidium gehen wolle, um die Sache hinter mich zu bringen. Im übrigen konnte ich mir nicht vorstellen, daß es mit einer simplen Unterschrift getan sein würde. Herr Doktor Spotorno würde nicht im Traum daran denken, mich umgehend wieder aus seinen Fängen zu entlassen. Insgeheim beschloß ich in diesem Moment, überhaupt nicht ins Polizeipräsidium zu gehen. Soll sich Vittorio doch selbst an seinem langen Strick aufhängen.

Das Telefonat mit meiner Schwester dauerte fast eine halbe Stunde, denn jedes der drei Kinder hatte mir etwas schrecklich Wichtiges zu erzählen. Zum Schluß war mein Schwager an der Reihe, der mich bat, ihm bei der Landwirtschaftlichen Genossenschaft in der Via Archirafi einige Samen zu kaufen. Das war lästig, weil es einen höllischen Anfahrtsweg bedeutete.

Als ich aufgelegt hatte, war meine Stimmung nicht mehr ganz so trüb. Ich beschloß zu duschen und auszugehen. Früher oder später lasse ich mir eine Badewanne mit Massagestrahl einbauen; ich hätte es längst schon gemacht, besäße ich nicht eine tiefe Abneigung gegen die schwächlichen, rückgratlosen Typen in gewissen amerikanischen Minimal-Romanen, die ständig in solche Whirlpools hinein- oder wieder aus ihnen heraussteigen und unschlüssig zwischen den Zeilen herumstreichen. Ich betrachte mich als eine Art Blutsbruder des jungen Holden Caulfield. Das Alter spielt da keine Rolle. Wenn man mit fünfzehn Holden Caulfield ist, bleibt man es sein Leben lang.

Trotz der Hitze hatte ich Lust, mich feinzumachen. Der Schirokko weckt auf dramatische Weise mein barockes Lebensgefühl. Ich schlüpfte in einen klassischen, havannabraunen Leinenanzug und in ein dazu passendes hellblaues Hemd mit gestrickter Seidenkrawatte. Das Ganze machte mich etwas älter. *Pazienza* .

Vor dem Haus versuchte ein als Hetero aufgemachter Gay, mit Augenaufschlag bei mir zu landen. Aber er hatte das falsche Geschlecht. Ich tat so, als hätte ich nichts gemerkt, und ging meines Wegs. Leben und leben lassen. Er roch nach Tuberose wie meine Tante Carolina, aber in Billigausgabe. Und wenn Tante Carolina je geahnt hätte, wer eines Tages in mir die Erinnerung an sie wachriefe, wäre sie total geschockt gewesen. So wie das eine Mal, als sie zusammen mit ihrer Freundin Agata ins Kino ABC gegangen war, um *Heat* zu sehen, weil irgend jemand zu ihr gesagt hatte, das sei ein schöner Dokumentarfilm über Afrika, und beide nach zehn Minuten wieder hinausgingen und sie anschließend an den Papst geschrieben hatte. Das war zu Zeiten, als die Porno-Filme noch nicht auf Kinoplakaten angepriesen wurden. Zu gerne hätte ich das Gesicht des Kassierers gesehen, denn Tante Carolina war ein Typ à la Jessica Tandy.

Ich freute mich, daß es die gute, alte Essenz der Tuberose noch gab. Schon immer hatte ich eine feine Nase. Ich habe mir sogar diesen spanischen Schnupper-Reflex zugelegt (zuerst war es ein Reflex, mittlerweile ist es ein Ritus): es ist ein behutsam sich steigerndes, auf das Wesentliche abzielendes Aufnehmen der Witterung auf dem *Paseo* , kein heftiges Beschnuppern. Es beginnt einige Schritte bevor die Blicke sich kreuzen, erfährt dann seinen Höhepunkt, dem ein kurzer Atemstillstand folgt. Keine hat je etwas davon gemerkt. Manchmal wäre es allerdings besser, keinen Geruchssinn zu haben.

Die Sonne stand schon tief, und in den schattigen Gassen war die Hitze nicht mehr ganz so unerträglich. Der Schirokko nahm ab. Am nächsten Tag würde es um so schlimmer sein; wenn die Luft schwer von Feuchtigkeit herabdrückte und der Wind sich in winzige Wassertröpfchen, große Perlen aus Sand und mieser Stimmung auflöste.

Ziellos wanderte ich durch die mäandernden Straßen des alten Palermo bis zum Stadtviertel Vucciria, das jetzt halbverlassen dalag, abgesehen von den Katzen, die sich auf nächtliche Abenteuer vorbereiteten. Die Fassaden einiger antiker Palazzi waren hinter Baugerüsten verborgen. Ach, wäre das schön, wenn es endlich richtig losginge mit der Altstadtsanierung, von der schon seit vierzig Jahren die Rede ist. Einmal fragte mich ein Professor aus Schanghai, der für ein Gastsemester bei uns am Institut war, woher all diese Ruinen stammten.

»Das war der Krieg«, gab ich ihm zur Auskunft.

»Mafia bombs?«

Als ich ihm erklärte, daß ich den Zweiten Weltkrieg und nicht den letzten Mafiakrieg meinte, sah er mich ungläubig an. Er wußte nicht, ob er mir trauen sollte. Tatsächlich erkundigte er sich tags darauf noch bei jemand anderem.

Meine Füße hatten mich schließlich zum Teatro Massimo getragen, und automatisch steuerte ich in die Via Ruggero Settimo. Es war schon eine Weile her, daß ich das letzte Mal hier flanierte. Trotz des Schirokkos waren eine ganze Menge Leute unterwegs, die eine Runde nach der anderen ihrer sonntäglichen Promenade in der guten Stube der Stadt zurücklegten – auf allen Abszissen und Ordinaten unserer schirokkobewehten Fauna.

Seit dem letzten Mal hatten einige Läden schließen müssen. Eine Folge der Krise. In der Innenstadt sprossen bis vor kurzem Geschäfte wie Pilze aus dem Boden, und zwar von der edelsten Sorte. Den Stimmen der Einheimischen zufolge konnte man hier einen steten Kreislauf beobachten: Einkauf, Investition und Recycling der sauer verdienten Narko-Lire.

Noch heute ist es mit einigermaßen geübtem Auge nicht schwierig, die Narko-Lire zu erkennen. Sie sind den Bösewichten ins Gesicht geschrieben, die auf ihren schweren Motorrädern wie auf Panzerwagen hocken und euch provokant anpeilen, wenn ihr nicht schleunigst die Straße freimacht; jederzeit bereit, euch auf den Gehwegen von Mondello plattzuwalzen. Ihr erkennt sie an der goldnen Halskette und an der Rolex am Handgelenk, die erfolgreich die Swatch abgelöst hat; und an den bunt zusammengewürfelten Designermarken, die sie am Leib tragen: Sturzhelm, Brille, Jacke, T-Shirt, Schuhe und wer weiß, was nicht noch alles, und hier ist ja nur die Rede vom Sichtbaren. Ihr erkennt sie an ihren Frauen, die pelzbehangen aus brandneuen Mercedessen steigen und anstelle der Unterschrift vielleicht nur ein Kreuz machen können.

Als Alternative bleibt nur die Statistik. Die Soziologen haben mit *absoluter* Genauigkeit bis zur sechsten Dezimalstelle den Prozentsatz der Männer aus der Spezies Mafiosi berechnet, die sich unter den Normalbürgern verbergen: Er beträgt eins zu fünfzig Komma irgendwas. Wie viele Soziologen, mit denen sich meine Weg kreuzten, haben mich wohl zu dieser Schar gerechnet? Und wie vielen Mafiosi werde ich ganz zufällig auf meinen Spaziergängen schon begegnet sein?

Einem launischen Einfall nachgebend begann ich mit dem Zählen. Die Nummer einundfünfzig war ein unscheinbarer, zu kurz geratener Typ um die sechzig in grauem Anzug. Das sind die Allergefährlichsten. Ich strengte mich an, möglichst viel Abscheu in meinen Blick zu legen. Er sah mich unschlüssig an. Nachdem wir aneinander vorbei waren, drehte ich mich um und starrte ihm hinterher. Auch er wandte sich um und beschleunigte seinen Schritt. Lorenzo La Marca, der Schrecken der Cosa Nostra.

Unter den Portici stand das Thermometer auf 33 Grad Celsius. Die Grade Christi. Oder die Zahl der Dolchstöße gegen Cäsar. In der Via Principe-di-Belmonte spielten zwei Inkas Musik aus den Anden. Wohlerzogen wartete ich ab, bis das Stück zu Ende war, und steckte dann diskret fünftausend Lire in den Gitarrenkasten. Meine Hosentaschen scheinen nur Banknoten für die Dritte Welt zu enthalten, die sofort anfangen zu rumoren und wie abflugbereite Lerchen zu flattern, sobald Leierkastenspieler, Jongleure, Gaukler, Feuerschlucker, Hobos oder Klimperer irgendeines Instruments in der Nähe sind, Hauptsache ihr Instrument wird auf dem Gehweg, auf der Piazza, auf der Straße, in Kellerräumen, auf Sitzbänken und unter Brücken gespielt. Vielleicht sollte ich bei einem Portemonnaie aus echtem, tränenreichem Krokodilleder Zuflucht suchen.

Mehrere Schichten von Flugblättern, die geheimnisvolle Waren zu stadtniedrigsten Preisen versprachen, bedeckten die Gehsteige. Seltsame Blätter fallen von den Bäumen des Südens und bescheren uns dauerhafte Wahlkampfherbste.

Unentschieden hielt ich auf der Piazza Politeama an – sollte ich umkehren oder die Allee der Via Libertà einschlagen? Weiter westlich beginnt die Meile der Gedenksteine.

Ich ließ mir Zeit und las die Filmplakate. Da durfte man keine großen Ansprüche haben: Es wurden sexhungrige Jungfrauen, läufige Porno-Tiere und kochende Körperteile angepriesen. Der Rest der Kinos bot die Ödnisse der Sommerpause.

Der Anblick soviel nackten Fleischs im Sonderangebot hatte meine Peristaltik in Bewegung gebracht. Das Gemüse vom Mittag war längst nur noch eine vage Erinnerung in der Magengegend. Der Magen hat ein rein ephemäres Erinnerungsvermögen wie das RAM eines Computers. Das hat schon Hipponax gesagt. Ich trat in eine Bar und betrachtete die trostlose Rostbraterei hinter der Theke. Ich verzehrte einen Calzone mit eiskalter Füllung. Oder wahrscheinlich wurde ich von diesem aufgezehrt.

Anschließend ließ ich mich noch von einem ansprechenden Stück Obstkuchen verführen. Im »Pinguino« rundete ich das Mahl mit einem Glas frischgepreßter Zitrusfrüchte ab und sprang dann auf einen Stadtbus, wohl wissend, daß ich keinen Fahrschein hatte. Insgeheim hoffte ich, daß der Kontrolleur käme und es wagte, mir etwas zu sagen. Eine richtig rauflustige Stimmung hatte mich gepackt, und ich hatte keinerlei Absicht, dagegen anzukämpfen.

Ich ging nach Hause, um schnell die Schlüssel meines Golfs zu holen, und steuerte in Richtung Westend. Dort gibt es ein Lokal mit Live-Musik: einheimische Gruppen, Rock oder Heavy Metal, oder wenn man Pech hat, home music. Erwischt man aber den richtigen Tag, kann man ganz anständige Bluessänger oder neue Jazz-Gruppen hören. Und das altbekannte Aroma libanesischen Dopes zu schmecken bekommen. Wenn einem die Musik des Abends nicht gefällt, kann man sich jederzeit draußen an einem der Tische unter den Zitronenbäumen niederlassen.

Als ich eintraf, stand ein lang aufgeschossener Kerl am Mikrofon, der abwechselnd mit Mundharmonika und Stimme eine nicht üble Version von *Blues in the night* hinlegte. Ungewöhnlich, aber entspannend. Ich bestellte einen Laphroaig pur und blickte mich um. Ich fiel unter der Zuhörerschar auf wie Lord Jim unter den Malaien. Ich war der einzige in Jackett und Krawatte. Doch keiner schien dem Beachtung zu schenken, nicht mal eine Gruppe leuchtfarbener Cyber-Jugendlicher beiderlei Geschlechts.

Altersmäßig lag ich leicht über dem Durchschnitt des Publikums. Keine Sorge. Auch sie würden es eines Tages dahin bringen. Wer weiß, vielleicht auch nicht. Zu dem langen Kerl hatten sich noch eine Gitarre und ein elektrischer Baß gesellt, und gemeinsam legten sie los mit einer übertrieben swingenden Variation von *Prelude to a kiss*. Ein sehr gewagtes Unternehmen – sie konnten einem wirklich leid tun.

Fast augenblicklich verließ ich das Lokal. Der Abend war wieder zu einem tristen Fado geworden.

II Raffaele

Mein schizoider Stoffwechsel macht mir das Frühaufstehen unmöglich. Um acht Uhr gewaschen, rasiert, angekleidet und mit der ersten Dosis Koffein im Kreislauf ausgehfertig zu sein war ein echter Rekord. Erst recht an einem Montag. Wie vorherzusehen war aus dem Schirokko ein unsteter, schwacher Wind geworden, der kaum spürbar eine feucht-klebrige Luftkappe bewegte.

Beim Betreten meines Zimmers hatte ich den Blick automatisch in Richtung Ficus schweifen lassen, der ohne baumelnde Leichen zu etwas Banalem geworden war. In den Etagen des Fachbereichs herrschte das übliche Hallo. Das läßt sich nicht vermeiden, sobald die Standfauna komplett versammelt ist: immerhin rund dreihundert Personen, darunter Techniker, Hausmeister, Taschenträger, Dissertationsschreiber, Spezialisten und die erlesene Elite der akademischen Aristokratie, wie sich der Kollege Peruzzi, der nach den letzten Wettbewerben um einen Lehrstuhl von Mailand hierher versetzt worden war, ohne eine Spur von Ironie auszudrücken beliebte.

So viel Gehirn und nicht eine Knarre.

Die Nachricht von der samstäglichen Episode hatte sich herumgesprochen. Francesca und Alessandra, die beiden Doktorandinnen, die ich zur Dissertation zu lotsen hatte, auch wenn sie im Grunde gar keinen Lotsen bräuchten, waren neugierig und machten eine bissige Bemerkung. Es sind brave Mädchen mit messerscharfer Zunge, schnell mit Schimpfworten bei der Hand und bedenkenlos im Gebrauch eines spezifischen Leck-mich-am-Arsch-Jargons im postfeministischen Stil, für den sie eigentlich einen Waffenschein brauchten.

Gewöhnlich ziehe ich es vor, mit Frauen zusammenzuarbeiten. Nicht wegen der altbekannten Geschichte von der endokrinen Ergänzung. Mit Frauen zu tun zu haben, ist einfach erholsamer. Sie gehen dir nicht ständig damit auf den Geist, was für knallharte Typen und fähige Burschen sie sind, und schwätzen dir nicht den Kopf voll von ihren Bälgern, ihrer Hardware, ihren Schwedinnen vom letzten Sommer und ähnlichem Schwachsinn, wie es der größte Teil der mir bekannten Männer südlich des Brenners tut.

Die beiden hatten gerade ein vielversprechendes Wortgefecht begonnen: Francesca war mit einem neuen Punk-Haarschnitt aufgetaucht, der aussah, als hätte ihr jemand auf den Kopf gespuckt, und Alessandra hatte ihr bescheinigt, sie sähe aus wie ein Küken, das gerade aus der Schleuder käme. Das Läuten des Telefons ließ sie verstummen.

»Professor La Marca?« Drei Sekunden lang eine höfliche Stimme mit leicht campanischem Einschlag.

»Am Apparat, wer spricht bitte?«

»Puleo hier, vom Polizeipräsidium. Ich rufe Sie im Auftrag von Herrn Doktor Spotorno an. Der Herr Doktor wünscht, daß Sie sich so schnell wie möglich in seinem Büro einfinden.«

Mich von seinem Handlanger anrufen zu lassen, bedeutete, daß Vittorio weiterhin sehr gereizt mir gegenüber war.

»Sagen Sie ihm, daß ich zwischen eins und zwei bei ihm vorbeischauen werde.«

»Der Herr Doktor möchte Sie aber sofort sehen, weil...«

»Hören Sie, Puleo, sagen Sie dem Herrn Kommissar, daß hier bei uns gearbeitet wird, und daß wir nicht jedem...«

Ich konnte den Satz nicht zu Ende sprechen: Vittorio griff selbst zum Hörer. Er schien einem Schüttelkrampf nahe. Als sei bei ihm eine Sicherung durchgeknallt.

»»Mach keine Geschichten und beeil dich«, brachte er mit gepreßter Stimme heraus, »wenn du nicht in einer halben Stunde bei mir auftauchst, schicke ich dir einen Streifenwagen vorbei.«

»Ja so was! Hat man dir heute morgen den Schnuller zu früh weggenommen?«

»Paß auf, das ist kein Scherz. Es gibt Entwicklungen, die dich betreffen. Schwerwiegende Fakten.«

Donnerwetter! Langsam wurde ich neugierig. Keineswegs besorgt. Weshalb hätte ich mir Sorgen machen sollen? Die beiden Mädchen sahen mich verwundert an.

»Was ist los, Chef?«

Der gesamte Fachbereich beneidet mich darum, daß ich es geschafft habe, mich mit Chef anreden zu lassen. Ich machte eine abfällige Handbewegung. Wir brauchten noch ungefähr zehn Minuten, um die Voraussetzungen für eine spektroskopische Analyse abzustimmen; dann machte ich mich auf den Weg und verschwand im Aufzug.

Im Erdgeschoß ging die automatische Türöffnung mit dem üblichen, kratzigen Quietschen auf, und schon stand ich Don Mimì gegenüber.

Er hielt inne und musterte mich.

»La Marca, du hattest mir gar nicht gesagt, daß du einen Freund bei den Schergen hast.«

»Ich kann Ihnen ja nicht alles sagen, Don Mimí. Und Spotorno ist im Grunde genommen ein guter Kerl.«

»Ein Aas ist er! Und du ebenfalls, weil du ihm hinterherläufst. Wenn du ihn siehst, sag ihm ruhig, daß ich keine Angst vor ihm und weiteren hundert von seiner Sorte habe!«

Spotorno mußte seine ganze Wut auf mich an Don Mimì ausgelassen haben, nachdem ich mich am Samstag mit Michelle aus dem Staub gemacht hatte. Ich zuckte nur mit den Schultern.

Seit Jahren hatte ich Don Mimì nicht mehr hier im Innern des Fachbereichs gesehen. Wer weiß, wohin er auf dem Weg war.

Eine geschlagene Viertelstunde suchte ich nach einem freien Parkplatz. Als letzter Akt der Rebellion machte ich an der Bar des Polizeipräsidiums halt, um meinem Blutkreislauf eine zweite Dosis Koffein zu gönnen. Manchmal bin ich ein richtiger Kindskopf. Um zwölf Uhr und null Sekunden wurde ich bei dem gallengiftigen Doktor Vittorio Spotorno vorgelassen.

Mit finsterem Gesicht hockte er hinter seinem Schreibtisch. Der gute Freund und Polizist, zum Schein ins Studium einiger Unterlagen vertieft, wirkte unzugänglich wie ein Nierenstein. Bei meinem Eintreten würdigte er mich keines Blicks.

»Ich hab's eilig, wem soll ich meine Aussage diktieren?« fragte ich herausfordernd.

Da hob er sein Haupt und musterte mich eine gute halbe Minute mit Kommissarenblick.

»Raffaele Montalbani«, hauchte er schließlich.

Jetzt starrte ich ihn verständnislos an.

»Kennst du ihn?«

»Ja, aber was hat er damit zu tun?«

»Hat zu tun, hat zu tun!«

Er streckte seine Hand nach einem Kuvert aus, öffnete es, zog ein Bündel Fotos heraus und reichte sie mir.

»Bitte schön«, flötete er.

Ich ließ mich von dem freundlichen Getue, das er seit ein paar Sekunden an den Tag legte, nicht beeindrucken. Ich nahm die Fotos in die Hand und sah sie mir eins nach dem anderen an. Mit einem Schlag stellten meine Speicheldrüsen ihre Funktion ein. Der Erhängte vom Samstag morgen. Jetzt hatte ich verstanden. Einmal abgesehen von Spotornos eingeflüsterten Worten, ist es ein gehöriger Unterschied, ob du von Amts wegen einen flüchtigen Blick auf eine Leiche aus Fleisch und Knochen wirfst, oder ob du eine aseptische 18 x 24er Aufnahme prüfst und sie bis in alle Einzelheiten seelenruhig studieren kannst. Bis sie sich dir im Gehirn festsetzen, bis ein dreidimensionales Phantombild entsteht, das sich über die vierte Dimension, die der Erinnerung legt, und dich in Ungläubigkeit und Verwirrung stürzt.

»Nun also?«

Vergeblich nach Worten suchend blickte ich von den Fotos auf. Spotorno war etwas von seinem hohen Roß heruntergestiegen. Er hatte sich von mir eine völlig andere Reaktion erwartet; er rechnete damit, daß ich mich bis aufs letzte verteidigte oder mich zumindest aggressiver verhielte. Statt dessen sah er, wie verstört ich war, und ließ davon ab, gegen mich zu wüten. *Parcere victis et debellare superbos.* Doch wollte er unbedingt mehr von mir wissen, obwohl es eine Art Doppelspiel war: Einige der Informationen, die er aus mir herausquetschte, hatte er nämlich bereits, wie ich später feststellte. Ein echter Bullentrick.

»Also! Wer war dieser Montalbani?«

Ich klärte ihn auf und sagte ihm, wie ich ihn kennengelernt und dann aus den Augen verloren hatte.

»Warum hast du tags zuvor so getan, als ob du ihn nicht erkennen würdest?«

»Ich habe mich nicht verstellt. Welchen Grund hätte ich haben sollen, um ...«

»Das mußt du wissen.«

»Ich habe dazu nicht viel zu sagen. Wenn du ihn gekannt hättest, wäre es dir wahrscheinlich auch nicht anders ergangen. Der lebendige und der tote Raffaele waren zwei völlig verschiedene Gestalten. Abgesehen davon, daß ich ihn seit Ewigkeiten nicht mehr gesehen habe.«

Vittorio sah mich skeptisch an.

»Und wenn ich mich recht erinnere, hat auch Don Mimí ihn nicht wiedererkannt.« Ich unterließ es, ihm meine Zweifel in dieser Hinsicht kundzutun.

»Wie, auch Cannarozzo kannte ihn?«

»Weißt du denn nicht, wer Raffaeles Vater war?«

»Nein, wer war er?«

Ich klärte ihn mit wenigen Worten auf. Vittorios Haltung war mittlerweile ganz annehmbar. Und jetzt war ich an der Reihe, mehr aus ihm herauszuholen.

»Wie seid ihr auf meinen Namen gekommen?«

»Durch das Mädchen.«

»Welches Mädchen?«

»Die Freundin des Toten, die Amerikanerin.«

Ich zog die linke Augenbraue hoch. Vittorio begriff, daß ich keine Ahnung hatte.

»Du wirst mir doch nicht sagen wollen, daß du nichts davon wußtest?«

»Von wem hätte ich denn etwas erfahren sollen?«

»Ja, wie? Und die Sache mit dem Trauzeugen?«

Ich war versucht, ihm die Stirn zu befühlen, wie wir es als Kinder taten, um dem Gegenüber zu verstehen zu geben, daß er wohl heftig fiebere. Das hätte er mir sicher übelgenommen.

»Wovon sprichst du eigentlich?« fragte ich ihn, jedes Wort einzeln betonend.

Er sah mich an, als wollte jetzt er mir die Stirn betasten, und nach und nach kam die ganze Geschichte ans Tageslicht.

Raffaele kommt Freitag nachmittag mit besagter Amerikanerin aus den Vereinigten Staaten nach Italien; sie aber bleibt ohne ihren Raffaele übers Wochenende bei amerikanischen Freunden in Rom. Am Sonntag abend dann nimmt sie die letzte Maschine nach Palermo und landet eine Stunde später auf dem Flughafen Punta Raisi. Mit dem Taxi fährt sie zum Hotel, wo aber weder Raffaele noch eine Nachricht auf sie warten. An der Rezeption erklärt man ihr, daß Signor Montalbani, wie angekündigt, am Freitag nachmittag im Hotel eingetroffen und kurz darauf weggegangen sei. Seit jenem Zeitpunkt hätten sie ihn nicht mehr zu Gesicht bekommen. Sein Gepäck sei auf dem Zimmer, der Paß noch beim Pförtner. Bevor das Mädchen auftauchte, habe sich niemand Sorgen gemacht. Das Doppelzimmer sei schon bei der Reservierung von den Vereinigten Staaten aus für eine Woche bezahlt worden.

Im ersten Augenblick weiß das Mädchen nicht, was sie tun soll. Sie denkt, Raffaele wird jeden Augenblick wieder auftauchen. Am Ende beschließt sie, eine Nacht darüber zu schlafen.

Am Montag morgen wacht sie auf, überdenkt die ganze Lage und fängt an, sich Sorgen zu machen. Alles hat seine Grenzen. Auch die berühmten Extravaganzen des Verstorbenen. Ist in diesen wilden Gegenden denn nicht hinter jedem Lichtmast ein Mafioso mit Lupara versteckt, ein echter Far West für jeden unbedachten Fremden? Auch wenn Raffaele eigentlich kein Landesfremder war...

So begibt sie sich zum Portier und bittet ihn, die Polizei zu verständigen. Man fordert sie auf, eine Beschreibung des Vermißten zu liefern, was sie auch tut.

Die Antwort des diensthabenden Polizisten lautet: »Kommen Sie bitte her.« Das Mädchen nimmt ein Taxi und fährt zum Polizeipräsidium. Eine halbe Stunde später begleitet man sie in ein eisiges, übelriechendes Leichenschauhaus. In einem Raum befinden sich Tische, die mit weißen Tüchern bedeckt sind, auf denen sich beunruhigende Konturen abzeichnen. Man führt sie zu einem der Tische, und jemand zieht das Tuch herunter. Wenn die Beamten nicht prompt die Arme ausgebreitet hätten, wäre sie lautlos zu Boden gesunken.

Eine Weile später hatte sie sich soweit gefangen, daß sie

dem Toten einen Vor- und Nachnamen geben und Spotorno das erzählen konnte, was er mir jetzt freundlicherweise berichtete.

»Aber fanden Sie es nicht seltsam, ihn bei Ihrer Ankunft nicht anzutreffen?« hatte Vittorio sie an einem bestimmten Punkt gefragt.

Gewiß hatte sie das verwundert. Doch auf dem Flug hatten sie eine kleine Auseinandersetzung gehabt. Nichts Schlimmes, schwor sie.

»Was für eine Auseinandersetzung?« hatte Spotorno in seinem recht passablen Englisch höflich, aber bestimmt nachgefragt.

Nun, Raffaele war verärgert gewesen, weil das Mädchen unbedingt in Rom Zwischenstation machen wollte. Auf der Rückreise würde ihnen dafür noch genügend Zeit bleiben, hatte er zu bedenken gegeben. Doch sie hatte darauf bestanden und war geblieben. Wie gesagt, nichts Schwerwiegendes. Wenn das alles war.

Dann hatte Vittorio sie gefragt, ob sie jemanden in Palermo kenne. Als sie meinen Namen nannte, war Vittorio einen halben Meter von seinem Stuhl hochgefahren. Und das ist also der Grund, warum ich hier bin.

»Und die Geschichte mit dem Trauzeugen?«

»Dein Freund und die Amerikanerin wollten offensichtlich heiraten. Eben deshalb waren sie nach Palermo gekommen. Das sagt sie zumindest. Und du hättest ihr Trauzeuge sein sollen.«

»Aber ich weiß von nichts!«

Vittorio zuckte mit den Schultern, doch er glaubte mir. Vielleicht begann auch er sich eine Vorstellung von Raffaeles bizarrem Charakter zu machen.

»Wo ist das Mädchen jetzt?«

»In ihrem Hotel.«

Zum Schlafen hatten sie ihr ein Beruhigungsmittel geben müssen. Vielen geht es so, nach dem ersten Adrenalinstoß stehen sie unter Schock. Jetzt war sie außerstande, jemanden zu sprechen oder zu sehen.

Mir ging es sicher nicht viel besser. Das war doch ein wenig zuviel, selbst für einen Montag.

Das letzte Mal, daß Raffaele Montalbani, wenn auch als Leiche, in meinem Leben aufgetaucht war, war nicht weniger traumatisch als das erste Mal. Und dann noch diese Geschichte, von Amerika hier einfach so hereinzuschneien und heiraten zu wollen... Und mich als Zeugen dafür einzuspannen, ohne mich zuvor auch nur ein einziges Mal, wenigstens ganz am Rande, um mein Einverständnis gefragt zu haben. Nicht, daß mich die Vorstellung, Trauzeuge spielen zu sollen, aus dem Gleichgewicht gebracht hätte, im Gegenteil, ich bin daran gewöhnt. Sowohl bei der Hochzeit meiner Schwester als auch bei der meines Sbirren-Freundes war ich Trauzeuge gewesen. Ohne die anderen vier Male für eine Reihe von Freunden und Kollegen des Fachbereichs zu zählen – und im Fall meines Freundes Giovanni Di Maria tat ich das seinen Worten nach sogar nicht für, sondern *gegen* ihn. Mein Gesichtsausdruck flößt einfach Vertrauen ein. Lorenzo La Marca, der Vertrauenerweckende.

Unvermittelt kam mir wieder in den Sinn, was ich mir zum Thema Überlebensinstinkt ausgeklügelt hatte, daß er nämlich stärker ist als das Bedürfnis zu sterben oder sonstige Triebe. Ich sprach darüber mit Vittorio. Er war einer Meinung mit mir. Doch, wie er im ordinärsten Bürokratenjargon des Sbirrenmilieus betonte, die von Frau Doktor Laurent durchgeführte Autopsie hätte die Bestätigung erbracht, daß Raffaele tatsächlich in der Schlinge den Tod gefunden hatte: Ersticken durch Erdrosselung mit den typischen Läsionen an der Halswirbelsäule und am Rückenmark.

Als Todesstunde war die Zeit zwischen zwanzig und zweiundzwanzig Uhr am Freitag abend angegeben worden. Ich persönlich tippte auf die spätere Stunde. Zwischen halb neun und neun ist es wegen der offiziellen Sommerzeit noch ziemlich hell. Instinktiv hatte ich Raffaeles Entschluß, aus dem Leben zu scheiden, in die Finsternis verlagert. Das entsprach auch eher seinem Charakter.

Ich versuchte ihn mir bildhaft vorzustellen, wie er die Botanischen Gärten betritt, vielleicht inmitten der Schar von Touristen, von denen die Parkwächterin geprochen hatte.

Hatte er den Haupteingang benutzt, oder war er nicht doch durch das Tor geschlüpft, das dem Personal des Fachbereichs vorbehalten war? Dieser zweite Eingang stellt die direkte Verbindung zwischen dem Innenhof des Fachbereichs und den Botanischen Gärten dar. Theoretisch müßte er immer geschlossen sein. In Wirklichkeit ist er das so gut wie nie. Tatsache ist, daß jeder dieses Tor benutzen kann. Wir alle besitzen einen Schlüssel dafür. Obendrein kontrolliert auch niemand den Eingang zum Fachbereich. Das Portal ist für Studenten und Besucher von acht bis achtzehn Uhr geöffnet. Danach hat nur derjenige Zugang, der über einen eigenen Schlüssel verfügt.

»Woher stammt das Kabel?«

»Unter dem Fenster des Gebäudes liegt ein ganzer Haufen, er hat sich dort bedient.«

Im Institut waren derzeit Bauarbeiten zur Verstärkung der elektrischen Anlage im Gange.

»Hat die Wächterin die Leiche noch zu Gesicht bekommen? Was hat sie dir gesagt?«

»Sie behauptet, nicht bemerkt zu haben, daß dein Freund an ihr vorbeigegangen ist.«

Das bedeutete allerdings nicht viel.

»Was läßt sie so sicher sein? Und wenn er mit dem Touristentrupp hineingegangen ist?«

»Montalbani hat erst nach achtzehn Uhr das Hotel verlassen, und da tummelten sich die Besucher schon längst in den Gärten. Und die Wächterin versichert, danach niemanden mehr gesehen zu haben.«

Es wäre immerhin noch möglich, daß sie vorübergehend nicht aufgepaßt hatte oder möglicherweise gar nicht auf ihrem Platz gewesen war, als Raffaele das Wächterhäuschen passierte. Doch mir kam es viel wahrscheinlicher vor, daß er den Seiteneingang benutzt hatte. Das teilte ich Vittorio mit.

»Was für einen Eingang?«

»Hat dir die Wärterin nichts gesagt?«

»Nein.«

»Auch Don Mimì nicht?«

»Nein, keiner hat mir irgend etwas gesagt.«

Ich hätte darum gewettet. Das sagte ich ihm.

»Aber wenn ich recht verstanden habe, muß man, um den Seiteneingang zu benutzen, erst den Innenhof überqueren. Wenn das Eingangsportal des Fachbereichs um achtzehn Uhr geschlossen wird, wie konnte dein Freund dann hineinkommen?«

»Ich bin sicher, daß Raffaele seinen alten Schlüssel fürs Institut aufbewahrt hat. Ab und an kam er ja zurück. Und die Schlösser sind nicht ausgetauscht worden.«

Am Ende ließ sich auch Vittorio überzeugen. Im übrigen war durch die Laboruntersuchung der Kleidungsstücke auszuschließen, daß Raffaele möglicherweise nach Schließung der Tore über die Ringmauer in die Botanischen Gärten gestiegen war. Die Mauer ist in sehr schlechtem Zustand, und die Kleider hätten gegebenenfalls Spuren zerbröckelten Sandsteins aufweisen müssen.

Vittorio kam meiner nächsten Frage zuvor und fügte hinzu, daß das nekroskopische Gutachten die Hypothese widerlegt habe, nach der das Opfer durch einen Schlag auf den Kopf bewußtlos gemacht, dann zum Tatort geschleift und am Baum aufgehängt worden sei. Es ließen sich auch keine Blutergüsse, Kratzer, Druckstellen, Hautrötungen oder andere Merkmale einer handgreiflichen Auseinandersetzung zwischen Täter und Opfer feststellen, die Indizien des äußersten Widerstandes gegen die Schlinge wären. Man wartete noch auf andere Ergebnisse, vor allem auf die der toxikologischen Untersuchungen. Ich wunderte mich nicht, wieviel Eifer Vittorio in dieser Sache an den Tag legte. Ist er doch ein hartnäckiger und gnadenloser Sbirre.

Draußen war ein Licht wie am day after. Der Himmel hing tief und verschlang die Spitze des Monte Grifone. Ich spürte meinen Schädel randvoll gefüllt mit fixen Ideen, die zu Wortstalaktiten versteinert waren. Eine Frühform des fossilen Denkens.

Ich fuhr mit dem Autopiloten zum Fachbereich. Es war schon nach vierzehn Uhr, und ohne Schwierigkeiten fand ich einen Parkplatz vor dem Eingang. Ich holte den Aufzug und fuhr zum siebten Stock. Dort befindet sich der Sitz der Fachbereichsleitung. Ich weiß nicht, warum ich es tat. Mein Zeigefinger war ganz von selbst nach oben geschnellt und hatte den Knopf gedrückt. Ich schaute ihn angewidert an. Vielleicht hatte er beschlossen, daß jetzt der Augenblick gekommen sei, der Autorität Tribut zu zollen. Ich zögerte einen Augenblick vor der Tür, klopfte an und trat ein.

Professor Filippo Serradifalco, Direktor und Höchstes Wesen des Fachbereichs, saß bequem auf seinem großen, schwarzledernen Sessel hinter dem Schreibtisch und blätterte teilnahmslos die letzte Ausgabe von »Nature« durch.

»Ah, Lorenzo, gibt's Neuigkeiten?«

»Grüß dich, Fifi.«

Immer die gleichen, lähmenden Höflichkeitsfloskeln, seit jenem Tag, da ich meinen Fuß in die Institutsräume in der Via Charlie-Marx gesetzt hatte, zwanzig Jahre nach ihm. Was mehr oder weniger auch der Abstand zwischen unseren Geburtsdaten ist. Im Fachbereich war es schon immer üblich, sich zu duzen, ohne auf offizielle Ränge zu achten – innerhalb ungenauer, aber dennoch kodifizierter Grenzen.

Er zwang sich, eine fragende Miene aufzusetzen, und streckte das Kinn vor, wie ein Buddha, der unter Verdauungsstörungen leidet. Sein Gesicht gestattet ihm keine großen Variationen der Mimik. Was so mancher auch über Omar Sharif sagte, nachdem er die Rolle des Doktor Schiwago gespielt hatte. Serradifalco verfügt über das gesamte Ausdrucksvermögen einer reifen Birne. Doch vielleicht bin ich ungerecht. Einer alternativen Denkschule nach handelt es sich nicht so sehr um Mangel an Ausdruck, sondern um Unbeirrbarkeit. Als ob die als große Tugend zu gelten hätte!

An eine reife Birne erinnert auch seine Körperform im allgemeinen. Doch damit ist der Vergleich auch schon erschöpft, denn Fifì ist stark wie ein Bulldozer. Man kann ihn kaum einen Schwächling nennen. Nur fehlt ihm, wie soll man sagen, ein gewisser Funke eigener Ausstrahlung, jenes einprägsame Etwas an Persönlichkeit, das einen zweimal hinschauen läßt, wie bei den Leuten, die eine solche besitzen, so wie – nur zum Beispiel – meine Wenigkeit oder die geschätzte Frau Doktor Michelle Laurent. Fifì gehört eher zum Club der Schreibtischhengste: zwölf, fünfzehn Arbeitsstunden zieht er täglich durch, den Hintern hingebungsvoll auf seinem echtledernen Sessel festgeklebt. Am Mittag begnügt er sich fast immer mit einem belegten Brötchen, das er sich von der Bar heraufbringen läßt; und da es schwierig ist, nach elfeinhalb Monaten stupider Arbeit intelligente Ferien zu machen, kurt er jedes Jahr zwei Wochen in Chianciano Terme. Gesundes Wasser, gesunde Leber – das ist alles, was er sich an mondänem Leben leistet. Von dort schickt er gnadenlos diese Ansichtskarten mit mehreren Abbildungen an den Fachbereich und unterzeichnet sie knallhart mit *Euer ergebener Filippo.*

Er ist Junggeselle, und es ist unklar, ob er je etwas mit einer Frau gehabt hat. Ebensowenig mit Männern, um das klarzustellen. Manchmal denke ich, er ist einfach ein bißchen vertrottelt. Aber wer ist das nicht in den heutigen Zeiten?

Fifi war auch dieses Mal ganz der Alte. »Hast du von dem Erhängten am Samstag gehört?« begann ich geschickt, aber ohne langwierige Umwege, die Unterhaltung.

»Hm.«

»Es war Raffaele Montalbani.«

»Was sagst du da?«

Keine Regung. Als hätte ich ihm das Datum des heutigen Tages mitgeteilt. Nur daß er nach dem scharfen Skalpell griff, mit dem er gewöhnlich seine Bleistifte spitzte. Das ist sein Tick, in Ermangelung eines besseren. Wenn er mit jemandem spricht, fährt er sich fortwährend mit der Klinge dieses verdammten Messers über die Innenseite des Daumens. Mir geht das fürchterlich auf die Nerven. Hin und wieder läßt er sich ablenken oder fährt beim Läuten des Telefons auf – und schon hat er sich geschnitten und klebt gleich ein Pflaster auf den Daumen, wie an jenem Tag. Geschieht ihm recht. Also ihr seht, ich bin nicht verrückt nach dem Großen Chef. Sagen wir mal, er bringt mein Blut nicht gerade in Wallung. Umgekehrt wird es nicht anders sein, da bin ich mir sicher. Und trotzdem schätze ich ihn auf gewisse Weise. Und auch das, glaube ich, beruht auf Gegenseitigkeit.

Ich lieferte ihm eine nüchterne Zusammenfassung der Vorfälle einschließlich meiner und Vittorios Hypothesen, wann und auf welchem Weg Raffaele am Ficus gelandet sein könnte. In Vittorios Bericht waren die vier Stunden zwischen dem Verlassen des Hotels und dem Zeitpunkt des Todes noch nicht geklärt. Es war nicht auszuschließen, daß er jemanden im Fachbereich aufgesucht hatte.

»Hat er sich vergangenen Freitag etwa hier im Institut blicken lassen?«

»Nein, hier wurde er nicht gesehen. Aber ich bin schon um sieben weggegangen, als letzter. Vielleicht ist Raffaele später gekommen.«

Wenn Fifì geht, kann er ohne Probleme sehen, ob noch jemand in den Räumen ist, denn er benutzt immer die Treppen. Das ist sein einziger Sport. Einmal habe ich ihm vorgeschlagen, Darts zu spielen, wie es Nero Wolfe tut. Doch Fifì, genau wie Vittorio, besitzt keinen ausgeprägten Sinn für Humor. Oder besser gesagt, seiner ist besonders selektiv: Fifì lacht nur über seine eigenen witzigen Bemerkungen. Und keiner lacht mit, abgesehen von den Heerscharen der üblichen Arschkriecher.

Der einzige Zugang zum Fachbereich ist das Tor, das auf die Via Medina-Sidonia geht. Von dort aus gelangt man ohne weitere Hindernisse zu allen sieben Etagen des Gebäudes; in jedem Stock gehen sowohl der Aufzug als auch das Treppenhaus direkt auf den Korridor. Die Labors, die Toiletten und die Arbeitszimmer der Herren Dozenten liegen zur Linken und zur Rechten des Gangs. Und jeder hält es mit seiner Zimmertür, wie er will: der eine verriegelt sie doppelt und dreifach, auch wenn er nur kurz in die Bar geht, der andere läßt alles offen, auch während der Sommerferien, so wie ich es zu tun pflege.

Mit dieser schönen Logistik und im Einklang mit den Prinzipien der Thermodynamik ähnelt der Fachbereich immer mehr einem Hafen mit seinen Legionen fliegender Händler aus Schwarzafrika, die längst die Hehler geschmuggelter Zigaretten verdrängt haben.

Filippo Serradifalco regiert sein Imperium mit fester, aber leichter Hand. Den Vorposten des Reichs hat er beim Tode von Raffaeles Vater, des tiefbetrauerten Professors Ruggero Montalbani, geerbt und es dann Stück um Stück bis hin zu den heutigen Grenzen erweitert.

Ruggero Montalbani begründete die erste Abteilung, den Kern des heutigen Fachbereichs: das Institut für Angewandte Biologie. Das Institut verdankt ihm Rang und Namen, und umgekehrt. Eine rasant verlaufende Leukämie setzte seinem Leben innerhalb von sechs Monaten, kurz vor der Gründung des heutigen Fachbereichs, ein Ende.

Montalbani hatte sich mit Leib und Seele in dieses Projekt hineingekniet. Es ging darum, verschiedene Universitätsinstitute zusammenzulegen, um eine weitverzweigte Struktur zu schaffen, die zugleich eine starke Verhandlungskapazität gegenüber jenen öffentlichen Einrichtungen besäße, von denen üblicherweise die Gelder für die Forschung kommen: den Ministerien, dem Nationalen Forschungsrat, den zuständigen Referaten auf Regional- und Kommunalebene, den Industrieunternehmen und den Banken.

Jahre hatte ihn dieses Projekt gekostet. Jahre, in denen er geduldig persönliche Beziehungen knüpfte, stundenlange Gespräche führte, um die anderen großen Universitätsbarone zu überzeugen, in denen er Tabellen, Absichtserklärungen, Programme und Planungsentwürfe erstellte. Montalbani wäre die Schlüsselfigur der gesamten Operation gewesen, der Mann, der sie für die kommenden Jahre hätte leiten sollen. Für einige der Oberen war das der härteste Bissen, den sie zu schlucken hatten. Doch am Ende, als sie die Bedeutung des Projekts begriffen hatten, stimmten sie zwangsläufig der Wahl Ruggero Montalbanis zum zukünftigen »Duce« des Unternehmens zu.

Während all dieser Jahre stand Filippo Serradifalco unauffällig an der Seite des alten Montalbani. Er war bei allen Treffen und Telefonaten zugegen, führte die Korrespondenz und erteilte dem Herrn Professor Ratschläge. Das war die Rettung des Projekts. Und die unser aller.

Die erste Bestürzung über den Tod des großen Alten war abgeklungen, das Unternehmen schien unausweichlich dem Untergang geweiht, da nahm Fifì Serradifalco die Maske des treuergebenen Zöglings des verstorbenen Meisters herunter und erklärte, daß nichts verloren sei. Mit dem Messer zwischen den Zähnen brach er auf, um die Mächtigen der Universität für sich zu gewinnen. Einen nach dem anderen brachte er auf seine Seite. Das geschah in endlosen und ermüdenden Wortgefechten, an deren Ende Fifis Kontrahenten sich aus Machtgier oder schlichtweg aus Erschöpfung ergaben. Seine Waffe war die Beharrlichkeit, sein Sitzfleisch war einfach das dickste.

Die gegnerische Phalanx wurde zuerst zersplittert und wechselte dann einstimmig in sein Lager über. Obendrein unterschätzten die anderen ihn. Man hielt ihn für schwach genug, um ihm die Direktorenstelle pro tempore anzuvertrauen. Er sollte als eine Art Schießbudenfigur herhalten, derer man sich entledigen wollte, sobald ein allseits befriedigendes Kräftegleichgewicht erreicht wäre.

Genau das war es, was Fifì wollte. Er startete einen Gegenangriff. Dank der geduldig geschlossenen Bündnisse mit der Außenwelt und seiner ausgezeichneten Kenntnis der Mechanismen zur Sicherung der Geldflüsse, von denen das Überleben des Instituts abhing, wußte er sich schon bald vor jedem Hinterhalt in Sicherheit. Ganz zu schweigen von den Stipendien, den neuen Stellen für das technische Personal und den neuen Lehrstühlen, die er verheißungsvoll in Aussicht stellte. Und die zu gebührender Zeit vorhanden sein würden.

Bald war allen klar, daß es keinem zugute käme, den Lauf der Dinge zu ändern.

Filippo Serradifalco hat sich nie als Boß aufgespielt. Keiner hat je mit der Faust auf den Tisch schlagen müssen, um bei ihm zu seinem Recht zu kommen oder zu dem, was ihm versprochen worden war. Die Forschungsgruppen arbeiten autonom, und jede verfolgt eigene Wege, ohne daß er ihnen dreinredet. Und um die Wahrheit zu sagen, bringt die Stelle des Fachbereichsleiters laufend Ärger, ein Großteil ihres alten

Glanzes ist einfach dahin. Das, was sie bei uns so einzigartig macht, ist der Mensch Fifì. Trotz der ganzen persönlichen Unzulänglichkeiten, der lächerlichen Ambitionen und der Ausstrahlung als »Zuständiger für die Skelette im Schrank«.

Ich gestehe, daß ich mir von ihm jedoch eine lebhaftere Reaktion auf meine Mitteilung über die Identität des Erhängten erwartet hatte. Handelte es sich doch immerhin um den Sohn seines alten Meisters. Statt dessen zeigte sich Fifì wieder einmal von seiner praktischen Seite.

»Wer kümmert sich um das Begräbnis?«

Mir wäre das nie in den Sinn gekommen. Raffaele hatte weder hier noch anderswo Angehörige. Er war der einzige Sohn eines Witwers, seine Mutter war gestorben, als er noch ganz klein war. So klein, daß er sich nicht mehr an sie erinnerte. Zumindest wollte er das zu verstehen geben. Und fügte immer hinzu, daß es besser so sei. Ich hatte da meine Zweifel. Seit eh und je war ich der Meinung, daß das einer der ungelösten Knoten in seinem Kopf war. Zahlreich und ineinander verschlungen machten sie aus ihm ein Bündel von Elan, Hysterie, Paranoia, Verdrängungsmechanismen, Melancholie, Launen, Verschlossenheit, Extravaganz und Infantilität. Und von Genialität. Es war nicht eigentlich Genie und Ausschweifung: bei ihm handelte es sich um eine düstere, verstiegene Genialität, die er in ebenso düsteren und verstiegenen Formen zum Ausdruck brachte. Für Raffaele bedeutete eine gerade Linie nichts anderes als die langweiligste Verbindung zwischen zwei Punkten – sie war deshalb unbedingt zu vermeiden. Er behauptete, das geradlinige und das kurvige Denken würden aufgrund der Krümmung des Weltalls früher oder später zwangsläufig zusammenstoßen: die Gehirnhemisphären als aufgeblasene Metapher unseres relativistischen Universums. Im Grunde genommen war er ein verdammter Snob, aber nicht ohne einen gewissen Charme.

Wirkt das wie handgestrickte Psychologie? Mein Freund Giovanni Di Maria ist felsenfest davon überzeugt, daß die Psychologie bei der Beurteilung menschlicher Lebewesen immer fehlleitet. Ich bin der gleichen Ansicht. Doch ab und zu überkommt es mich einfach.

Filippo bot sich an, die Angelegenheit zu regeln. Voll Dankbarkeit nahm ich an, weil ich für solche Dinge völlig ungeeignet bin. Er hingegen ist der geborene Organisator. Nach zehn Minuten und ein paar Telefonaten war alles geklärt. Einschließlich des kleinen unwichtigen Details, daß Raffaele als Selbstmörder theoretisch kein Anrecht auf den Trost der Heiligen Mutter Kirche gehabt hätte.

Die Begräbnisfeierlichkeiten waren für den nächsten Vormittag in der Kirche Santo Spirito auf dem Friedhof von Sant'Orsola angesetzt. Dort befindet sich die Familiengruft, wo Ruggero Montalbani und Gattin ruhen. Für die Abfassung des Nachrufs bestellte Filippo Mauro de Gregori zu sich.

Mauro ist wie geschaffen für solche Dinge. In seinem geistigen Archiv muß er einen vorsorglich verfaßten Nachruf auf jeden von uns für künftiges Angedenken bereit haben. Das ist schon an seinem Äußeren zu erkennen. Man stelle sich Robert De Niro, Marlon Brando, Paul Newman, Sean Connery und Richard Burton vor, nehme von jedem das Beste, setze es zu einem Ganzen zusammen und betrachte das Ergebnis; dann zwinge man sich, an jemanden zu denken, der das genaue Gegenteil ist, was Gesichtsausdruck und Ausstrahlung angeht: und neunundneunzigprozentig erhält man das Portrait Mauro de Gregoris, der aus unnennbaren Gründen den Spitznamen Tabacco d'Harar trägt. Um das Bild abzurunden, fährt er obendrein einen Jeep mit jeder Menge Ausstattung, und keines der Etiketten, Designerfirmen und Statussymbole, die einen echten Durchschnittsarsch ausmachen, fehlt ihm. Das hat er zwangsläufig mit einer überspitzten Form von zerebralem Kryptorchismus zu büßen.

Zum Ausgleich ist sein Vater jedoch ein hohes Tier und besitzt großes Geschick, zugunsten des Instituts zu manövrieren. Und zugunsten des Sohns. Mauro ist die rechte Hand des Herrn Direktors. Was bedeutet, Fifis Ideen arten unglücklicherweise in Arbeit für Mauro aus.

Genau zehn Sekunden, nachdem der *padrone* ihn gerufen hatte, betrat er ohne anzuklopfen das Zimmer. Als er mich sah, legte er graziös die niedere Stirn in Falten. Wahrlich kein schöner Anblick: Seine wasserhellen Augen, die aus dem dahinterliegenden Hohlraum zu den blaugefärbten Gläsern der Markensonnenbrille hin gedrückt wurden, sahen aus wie zwei von Blauschimmel befallene Katarakte. Seit ein paar Wochen hatte er obendrein begonnen, sich ein blaßblondes Bärtchen zu züchten, eine behaarte Endemie, die ihm gerade das Kinn zu verunstalten begann. Der Herr Direktor forderte ihn auf, sich auf den einzig freien Stuhl vor dem Schreibtisch zu setzen.

»Schlechte Nachrichten, Mauro. Raffaele Montalbani ist tot. Er war der Erhängte vom Samstag. Wir müssen ein paar Zeilen für den Nekrolog schreiben.«

Amen. Mauro machte das passende Gesicht zum traurigen Anlaß. Von vorgetäuschter Bestürzung wechselte er über zu Betrübnis à la Saint Louis Gonzaga Blues. Dann griff er sich an die Brust:

»O nein!«

Obwohl er sich große Mühe gab, brachte er nur einen kläglichen Laut heraus, gleich dem Geblöke eines hinkenden Schafs. Zusammen gaben die beiden, Fifì und er, wahrlich ein schönes Beispiel warmer, mediterraner Anteilnahme ab!

Mauro mußte notwendigerweise über einige Einzelheiten der ganzen Angelegenheit aufgeklärt werden. Salbungsvoll und mit gespielter Unterwürfigkeit machte er sich dann an seine Aufgabe, jene vier Worte zusammenzuleimen, die die »Gefühle tiefer Trauer« von seiten des Fachbereichs und anderes Geschwafel ausdrücken sollten.

Ich fühlte mich immer unwohler in meiner Haut und rutschte auf dem Stuhl hin und her. Die Stühle in Fifis Zimmer sind unbequemer als ein türkisches Klo. Er hat sie absichtlich so ausgewählt, um von zu langen Besuchen verschont zu bleiben. Ich glaubte, meine Pflicht getan zu haben, und hatte keine Lust, Mauro zuzusehen, wie er unter den Augen des *leader maximus* Banalitäten absonderte.

»Darf ich mich verabschieden, Fifi? Wir sehen uns morgen auf dem Friedhof.«

Dann nickte ich Mauro zu und machte mich aus dem Staub. Im Korridor begegnete ich Milly Clemente. Unsere Perle von Labuan, Konsumentin von alkoholfreiem Bier, Kleie und Magerjoghurt. Mauros Fiancée (das zur Schau getragene Laster). Die Frau des Augapfels des Chefs (die verruchte Tugend).

Daß sie es war, konnte ich schon von weitem hören, noch bevor ich sie überhaupt zu Gesicht bekam. Kein Wunder bei all dem Gold, das sie am Hals, an den Armgelenken und um die Finger trug, wie eine Madonnenfigur vom Land. Es war ein rhythmisches Geräusch, fast wie Tellergeklapper. Sie kam aus der »Altjungfernecke«, so haben meine scharfzüngigen Mädchen den Abschnitt des Korridors zwischen Sekretariat und den Zimmern der Starvation Army getauft, der Legion magersüchtiger Jungfrauen, der Vestalinnen, die sich auf immer den »niederen« Wissenschaften verschrieben haben, der nachachtundsechziger Ex-Urfeministinnen mit dem synthetischen Gedächtnis, die ewig auf die künstliche Erinnerung an unausgelebte, vergangene, revolutionäre Glanzzeiten eingestellt sind.

Milly hat Mauros Gehirn zu einem Drittel für sich gepachtet. Ein anderes Drittel ist von Papa de Gregori in Beschlag genommen, und das verbleibende Drittel gehört Fifi. Doch sollte Mauros Kopf früher oder später einmal implodieren, würde man nur Millys Stimme in den Aufzeichnungen des Flugschreibers finden.

Beide, Mauro und sie, haben einander ganz und gar verdient. Soweit ich weiß, bilden sie zusammen das vollkommenste Paar, das je auf dem Weg der kalten Kernfusion zusammengefunden hat: das genaue Gegenteil der bei einem Binom zu erwartenden Potenzierung. Wer weiß, worüber sie sich unterhalten, wenn sie alleine sind. Einmal habe ich mitgekriegt, wie sie in der Öffentlichkeit debattierten, was nun erotischer sei – die Pulsation einer peristaltischen Pumpe oder das Geröchel einer Ultrazentrifuge Spinco beim Austrudeln. Meine fixe Idee ist die, daß sie eine richtige Sammlung von Hardcore-Bändern mit Aufnahmen ihrer Laborgeräusche besitzen, die vermutlich die Hintergrundmusik zu ihren laschen, flüchtigen Umarmungen abgeben.

Milly ist im gleichen Alter wie Michelle, sieht aber so aus, als müsse sie sich dringend einer Erstrevision unterziehen. Sie gleicht dem freiwilligen Opfer einer nicht geglückten Vergewaltigung. So etwas wie eine Null-Option, zumindest für mich. Und ich bin gewiß keiner von den verdammten Machos. Nicht mal ein Krypto-Macho. Das haben mir Scharen von Feministinnen bestätigt.

Reden wir nicht um den heißen Brei herum! Die Wahrheit ist, daß ich ihr noch immer eine alte Geschichte aus der Zeit nach dem Examen nachtrage. Wenn ich einmal eine Abneigung gegen jemanden gefaßt habe, dann zieht sie sich hin wie ein Guerilla-Krieg. Damals hatte Milly mich gefragt, ob ich sie auf dem Heimweg ein Stück im Auto mitnähme.

»Okay«, sage ich.

Wir kommen zum Auto, und ich will ihr die Türe öffnen … eine völlig automatische Geste bei mir.

»Was machst du denn da?« zischt sie mich an. Und versucht mich mit einem glotzäugigen Beleidigte-Jungfrau-Blick zu versteinern. Ich starre zurück und frage mich, ob ich ihr zufällig ohne Vorankündigung auf den Fuß getreten sei.

»Wie bitte?« frage ich schließlich.

Da ergeht sie sich in einer Schimpfkanonade gegen jene bourgeoisen Sitten, Ausbund eines schlechten Gewissens und schreit, daß es an der Zeit sei, Schluß zu machen mit den falschen Zugeständnissen, den heuchlerischen Formen eines maskierten Machismo, des schlimmsten, des hinterhältigsten, des brudermörderischsten, und so kotzt sie sich aus in einem nicht enden wollenden Strom, der sich direkt aus ihrem Unbewußten ergießt. Falls ihre Mutter sie als Baby in den Styx getaucht hat, dann hat sie es bestimmt nicht an der Zunge festgehalten, dem einzigen Körperteil Millys, der sicher nicht totzukriegen ist.

Ich höre ihr mit offenem Mund zu. Dann wage ich zu entgegnen, daß es sich bei mir um reine Wohlerzogenheit handle, an die ich nun einmal gewöhnt sei.

»Ich halte auch den Männern die Wagentür auf«, füge ich in sinnlosem Bemühen um Aufrichtigkeit hinzu.

»Du wirst doch keine homosexuellen Neigungen haben?« schießt es aus ihr heraus, und sie strahlt übers ganze Gesicht. Sie benutzte genau diesen Ausdruck, es war kein Scherz von ihr. Sie sagte nicht: ein bißchen schwul oder so ähnlich, wie alle anderen es gemacht hätten.

»Darf ich das als Verführungsversuch betrachten?« erwidere ich eisig. Sie fährt auf, beißt sich auf die Zunge, und wir lassen es dabei bewenden. Innerlich aber kochte ich noch tagelang.

Das war Millys feministische Phase. Heute würde sie diese Episode auch unter Folter leugnen. Jetzt pflegt sie eher einen Stil à la Jessica Rabbit, mit ihren strohigen Haaren, die nur eins der grün geschminkten Augen von undefinierbarem Braun freilassen. Wahrscheinlich ist sie fest davon überzeugt, ihr wirklich ähnlich zu sehen. Um bei den Comic-Figuren zu bleiben – für mich gleicht sie eher Olivia.

Kaum hatte mich Milly erblickt, schenkte sie mir eines ihrer gekünstelten Reißverschlußlächeln, mit denen sie jetzt alle männlichen Wesen, die ihren Weg kreuzen, beglückt. Ich sagte ihr nichts über Raffaele, das sollte tun, wer wollte.

Seinerzeit war sie ihm ein bißchen nachgestiegen. Das war natürlich noch vor dem Tod des alten Montalbani gewesen. Dann hatte sie sich umgesehen und beschlossen, besser auf einen anderen Gaul zu setzen. Gäule hat sie reichlich gewechselt, bevor sie auf dem Rücken des Richtigen gelandet ist; den Anlauf dazu machte sie mit einer bunten Ansichtskarte aus Cancun, die Mauro darüber in Kenntnis setzte, mit einem Mal sowohl eine Ex-Ehefrau als einen Ex-Herzensfreund zu haben. Milly gehört zu jener besonderen Fauna, die eine gepanzerte Seele und ewig abgebrochene Fingernägel hat, da sie ständig in den Überresten der vorletzten Machthaber herumwühlt.

Bin ich gar zu giftig und von Vorurteilen belastet, um einen gebildeten, intelligenten, raffinierten und selbstbewußten Ex-Achtundsechziger abzugeben? Nun, dies ist meine Dr. Jekyll Seite. Mr. Hyde ist ein südlicher Typ, voll übler Säfte, leidenschaftlich, rachsüchtig, der sich mit Leib und Seele hingibt. Und ich gestatte meiner wohlbekannten Unvoreingenommenheit nicht, sich in meine gefestigten Vorurteile einzumischen. Andernfalls ginge so einiges an psychophysischem Gleichgewicht verloren.

Milly arbeitet genau wie Mauro in der obersten Etage, unter Fifis Fittichen. Ich machte ihr ein Zeichen zum Gruß und stieg in den Aufzug. Als ich mein Zimmer betrat, waren Alessandra und Francesca schon da, und ihnen erzählte ich alles. Sie waren betroffen, auch wenn sie Raffaele nicht persönlich kannten. Es sind zwei wirklich brave Mädchen.

Ich hatte nicht die geringste Lust zum Arbeiten. Mein verstorbener Freund hätte das ein Motivationsdefizit genannt. Ich zwang mich zur Konzentration, aber immer wieder blitzte in meinem Kopf das Standfoto einer im Wind baumelnden Leiche auf. Daß ich trotzdem etwas zustande brachte, war eher das Verdienst der Mädchen. Wie sagen doch so schön die kartoffelessenden Krauts: Zum Arbeiten muß man in Stimmung sein. Was soviel heißt, man muß die richtige Laune haben, und das bestätigt meiner Meinung nach, daß Krauts neapolitanisches Blut in den Adern haben.

Die Mädchen machten heute früher Feierabend. Auch ich beschloß zu gehen. Ich wollte in Raffaeles Hotel vorbeischauen.

Ich stellte mich dem Portier vor und erklärte ihm die Lage. Ich erzählte ihm, daß mein verstorbener Freund und ich wie Brüder gewesen seien. Dann fragte ich ihn ohne Umschweife:

»Können Sie feststellen, ob Herr Montalbani jemanden angerufen hat, bevor er Freitag nachmittag das Hotel verließ?«

»Soll das ein Witz sein? Und, verzeihen Sie, was befugt Sie eigentlich zu solchen Fragen?«

Ich beharrte mit größter Artigkeit auf meinem Anliegen und schmeichelte ihm wie ein Schlangenbeschwörer. Ich rühmte mich der Freundschaft mit dem Kommissar Spotorno vom Hauptpolizeipräsidium. Schließlich hatte er genug, sagte, ich solle warten, und verschwand.

Nach ein paar Minuten tauchte er wieder auf und reichte mir ein Stück Papier, auf das zwei Telefonnummern gekritzelt waren. Die erste hatte die Vorwahl von Mailand. Ich betrachtete sie gründlich, ohne daß mir ein Licht aufging. Die zweite Nummer kannte ich auswendig, es war die des Fachbereichs. Leider war mir nicht vergönnt zu erfahren, zu welcher Uhrzeit die Telefonate stattgefunden und wie lange sie gedauert hatten. Es war einfach nichts mehr aus dem Portier herauszubringen. Kommissar Spotorno wisse alles, sagte er mir. Wenn mich die Sache tatsächlich so stark interessiere, warum versuche ich dann nicht, mir von ihm die Zusammenhänge erzählen zu lassen, zumal er doch mein Freund sei? Ja, warum versuchte ich das eigentlich nicht?

Draußen fielen einige Tropfen Wasser vermischt mit rotem

Saharasand, die lediglich meinem weißen Golf einen verlebten Look à la Camel Trophy verliehen, sonst aber nichts weiter ausrichteten.

Mit wem hatte Raffaele gesprochen, vorausgesetzt, er hatte die betreffende Person erreicht? Vielleicht war ich die Person, nach der er suchte. An jenem Nachmittag hatte ich mich schon recht früh verdrückt, da ich einiges in der Stadt zu erledigen hatte. Anschließend war ich geradewegs nach Hause gegangen.

So wie die Dinge lagen, war es für mich beinahe unmöglich herauszufinden, ob Raffaele nach mir gesucht hatte. Unsere Telefonzentrale gleicht einem Bermuda-Dreieck, wo alle Telefonate Schiffbruch erleiden und sich in Nichts auflösen, wenn der Gesuchte gerade mal abwesend ist. Der für die Telefonzentrale zuständige Mann ist ein völliger Chaot. Es ist völlig zwecklos, von ihm zu verlangen, die ankommenden Gespräche zu filtern, anstatt sie gleich durchzustellen. Er gibt sich nicht einmal Mühe, den Namen des Anrufers zu verstehen. Unvorstellbar, daß er eine simple Nachricht weitergeben könnte, wie zum Beispiel: Herr X hat um die und die Uhrzeit nach Ihnen gefragt, Ende der Durchsage.

Und abgesehen vom Telefonisten, hatte Raffaele noch mit jemand anderem Kontakt aufnehmen können? Wenn ja, dann aber weder mit Serradifalco noch mit Mauro. Die hatten ja keine Ahnung, daß Raffaele in Palermo war, bevor ich es ihnen gesagt hatte. Es sei denn, sie haben mir etwas vorgemacht. Aber warum sollten sie das? Es war schwierig, der Sache auf den Grund zu gehen; hier sollte ich wohl noch eine kleine Untersuchung anstellen. Wie auch immer, ich machte mir keine übertriebenen Hoffnungen.

Ich machte mich auf den Weg nach Hause. An einer Ampel kaufte ich eine Ausgabe der »L'Ora« von einem Afrikaner, der einer sternenlosen Nacht glich. Der Verkehr war heftig, wütend und böse; es war Stoßzeit für Leibwächter und gepanzerte Fahrzeuge, schnelle Wagen, Sirenengeheul und Zeigefinger auf dem Abzug. Ich fühlte, wie sich eine Schlinge um meinen Grimmdarm legte.

Auf dem Corso Vittorio, Höhe Piazza Marina, geriet ich in einen fugenlos ineinander gekeilten Stau, wie er in sämtlichen Lexika unter dem Stichwort »Palermitanisches Puzzle« beschrieben wird. Wie hypnotisiert starrte ich auf einen langen, stark behaarten Arm, der aus dem Wagenfenster eines Fiat Cinquecento neben mir baumelte; der Anblick brachte mir Raffaeles Worte in Erinnerung: so ein hängender Arm ist das Gegenstück zur heraushängenden Zunge eines Hundes, der vor Hitze am Eingehen ist, und der Besitzer jenes Arms hatte unbestreitbar etwas von einem Spürhund.

Vor meinem Haus herrschte das übliche Durcheinander der nach lokaler Gepflogenheit geparkten Autos. Abgestellt, wo es gerade paßte. Auf der einen Seite der schmalen Straße weist ein Schild auf die Abschleppzone hin. Auf der anderen ist das Parken frei und wild. Ohne das Schild erst lang zu suchen, läßt sich leicht feststellen, welches die verbotene Seite ist: die, auf der die Autos einen weniger schuldbewußten Eindruck machen.

Ich brauchte eine Viertelstunde, bis ich vierhundert Meter von meiner Wohnung entfernt eine passende Lücke gefunden hatte. Diese Probleme habe ich gewöhnlich nicht, weil ich nur selten so früh heimkomme. Nach Geschäftsschluß könnt ihr sogar für einen ganzen Autozug Platz finden. Nur kann es dann am nächsten Morgen sein, daß ihr von einem Dutzend Autos zugeparkt seid. Diese Sucherei geht mir jedes Mal richtig an die Leber.

Während ich das Haustor schloß, kontrollierte ich meinen Briefkasten. Außer Rechnungen, Zahlungsaufforderungen und großen, cremefarbenen Kuverts, die tropische Paradiese im Gemeinschaftsbesitz versprechen, erhalte ich nicht viel Post. Ich bin kein eifriger Briefeschreiber, ich telefoniere lieber. Noch lieber ist mir das Flugzeug. Ich bin ein Meister der Schreibfaulheit.

Dieses Mal fand sich ein Brief im Kasten mit der Aufschrift »Special-delivery Letter« in Riesenbuchstaben. Es fehlte der Absender, aber der war nicht notwendig. Ich wußte, von wem der Brief war. Trotz der Aufschrift »Eilbrief« trug er das Porto einer gewöhnlichen Sendung: ein kleines Viereck zu fünfzig Cents. Es war klar, warum der Brief zwanzig Tage unterwegs gewesen war.

Ein Brief aus einer anderen Welt. In doppeltem Sinn – gewissermaßen. Den Namen der Stadt auf dem Stempel konnte ich nicht entziffern, aber die Briefmarke mit dem Bild George Washingtons stammte zweifellos aus den USA.

Im Aufzug hielt ich das Kuvert in der Hand, schloß die Wohnungstür auf und knipste das Licht im Flur an. John Wayne sah mich vom Filmplakat zu *Ringo* an. Ich ging ins Wohnzimmer und riß die Fenster auf. Den Brief legte ich ungeöffnet auf den niedrigen Tisch neben dem Sofa und verschwand in der Küche. Abgesehen von einigen Tassen Kaffee hatte ich seit dem Vorabend nichts mehr zu mir genommen. Aber ich hatte keinen Hunger. Statt dessen brannte meine Kehle, ein solcher Durst war bei mir ungewöhnlich und ein wenig verdächtig. Ich warf reichlich Eiswürfel in einen Krug, goß Zammù darüber, füllte das Ganze bis zum Rand mit kaltem Wasser und gab zum Schluß einen weiteren Spritzer Zammù und ein Stück Zitronenschale hinzu. Wer wollte da noch von einfachem Wasser sprechen?

Ich brachte alles ins Wohnzimmer und ließ mich aufs Sofa fallen. Genüßlich trank ich mein Zammùwasser und betrachtete das Bild an der Wand vor mir. Die Reproduktion eines Ölgemäldes von Andrew Wyeth. Es stellt eine junge Frau von hinten in halbliegender Position dar. Sie ist mager, schwarzhaarig und hat die Beine zur Seite hin ausgestreckt; mit der rechten Hüfte berührt sie den Boden und hält, auf die Handflächen gestützt, den Oberkörper aufrecht. Sie blickt in die Ferne, zu zwei alten Scheunen auf einer Anhöhe. Zwischen der Frau und den Häusern breitet sich eine Ebene mit gelbem, teils gemähtem Gras aus. Es ist eine Landschaft in Maine. Das Bild trägt den Titel *Christina's World.* Das Mädchen ist an Kinderlähmung erkrankt. Das Bild gefällt mir, vielleicht ist es etwas pathetisch, aber dennoch nicht kitschig. Es vermittelt dem Betrachter ein Gefühl der Sicherheit. Ein typisches Beispiel aus der psychopharmakologischen Kunst.

Ich leerte den Krug und streckte die Hand nach dem Briefumschlag aus. Beim Öffnen durchfuhr mich unweigerlich ein leichtes Frösteln. Gewiß nicht, weil dies die erste Nachricht war, die ich von Raffaele erhielt, einmal abgesehen von einer Postkarte aus Kuba vor einigen Jahren. Sie zeigte eine Ansicht Havannas von der Statue des Cristo a Casablanca aus und lautete: Ich habe es bis dort oben geschafft! Eine Karte aus Havanna und ein Brief eines verstorbenen Infanten. Es klang fast literarisch: postume Schriften, die raffaelitische und die kubanische, denn Raffaele ist tot und das Leben Havannas seit einiger Zeit erloschen. Kuba war immer Raffaeles Traum. Seit den Zeiten des Praktikums hatte er die fixe Idee, dort in einem berühmten Institut für biochemische Forschung zu arbeiten, das sich damals noch rollender Rubel erfreute.

In gewisser Weise, wenn auch nicht ohne einen Anflug von Skepsis, betrachtete er sich als eine Art Panzerkreuzer Potemkin, der mit Lichtgeschwindigkeit ins Weltall Richtung marxistisches Paradies geschossen wird, an Bord den Amerikanischen Traum: die Chimäre Albert Sergej Ei(se)nsteins.

Der Brief war vor eineinhalb Monaten geschrieben worden. Das war typisch für Raffaele. Er hatte den Brief ins Kuvert gesteckt, es zugeklebt und wochenlang mit sich herumgeschleppt. Erst vor zwanzig Tagen war ihm eingefallen, ihn abzuschicken. Es sei denn, er hatte versehentlich ein falsches Datum geschrieben. Auch das sähe ihm ähnlich.

Es war kein langer Brief, wenngleich er zwei Seiten füllte:

Lieber Lorenzo,
hol Deinen Frack aus dem Schrank, stell den Champagner kühl, und halte dich für Mitte Juni frei, denn Du mußt mein Trauzeuge sein. Ja, Du hast richtig gelesen, ich werde heiraten. Seit Tagen schon versuche ich, Dich anzurufen, aber Du bist nie da. Vielleicht liegt es an mir, weil ich die Zeitverschiebung falsch berechne. Also habe ich beschlossen, Dir zu schreiben. Es ist alles schon vorbereitet: die Heiratspapiere, die Buchungen, das Aufgebot und so weiter. Das hat Darline besorgt. Wir werden Freitag, den 1. Juni, in Palermo eintreffen. Vielleicht wunderst Du Dich über meine Entscheidung, in Palermo heiraten zu wollen, anstatt eine Feier in kleinem Rahmen in Amerika zu machen. Ich muß Dir gestehen, ich bin selbst verwundert, aber mir ist bewußt geworden, daß all jene Geschichten über die eigenen Wurzeln keine Märchen sind. Ich habe lange mit Darline darüber gesprochen. Am Ende war sie es, die darauf bestand. Sie stammt aus Des Moines und ist schwer in Ordnung. Aber davon wirst Du Dich bald selbst überzeugen können. Ansonsten geht es mir recht gut. Ich wohne in New York und, wie Du vielleicht weißt, bin ich Research Assistant an der Universität von New Jersey – immer noch besser als zu arbeiten, wie unser gemeinsamer Freund Giovanni sagt (apropos, teile Du ihm die Neuigkeit mit, ich habe keine Zeit, ihm zu schreiben). Übrigens denke ich darüber nach, nach Italien umzuziehen – und wer weiß, sogar an unser Institut. Das wäre ein schöner Streich. Auch Darline ist damit einverstanden, zumindest sagt sie das. Letztes Jahr war ich um Weihnachten herum einige Tage in Pa-

lermo. Fifi hat mir gesagt, Du seist im Ausland, wo weiß ich nicht. Auch im Sommer davor, im August, habe ich Ausschau nach Dir gehalten, vielleicht hat Giovanni es Dir gesagt, obwohl ich damals eigentlich von Anfang an wußte, daß ich Dich nicht antreffen würde. Ich mache Schluß, auch weil das Papier zu Ende ist (denken wir an die armen Bäume). Wir sehen uns ja schon bald. Ich rufe Dich gleich an, sobald ich in Palermo bin. Bis bald

Raffaele

Des Moines. Iowa. The corn belt. Mais und Schweine. Madre de dios! Dort gibt es mehr Schweine als Einwohner. So wie ich Raffaele kenne, könnte ich wetten, daß er nur deshalb nicht bei einer Schweinehirtin des staubigen Midwest gelandet war, weil diese Spezies in der Gegend seit einer Weile ausgestorben ist. Dort ist heute alles hochtechnologisiert.

Seid nicht überrascht ob meiner geographischen Kenntnisse über die States! Ich habe nicht einmal das Lexikon zur Hand nehmen müssen. Die ersten zwanzig Jahre meines Lebens habe ich alles über Amerika verschlungen, was mir in die Finger kam. Ich hätte die Umrisse von Manhattan mit geschlossenen Augen aufzeichnen können, lange bevor ich mit Woody Allen Bekanntschaft gemacht habe. Und ich kann mit *absoluter* Sicherheit sagen, was sich an der Nummer 10 086 des Sunset Boulevard befindet, ohne je meinen Fuß in Kalifornien oder sonstwo auf amerikanischen Boden gesetzt zu haben.

Das war nicht der Brief eines Selbstmordkandidaten. Selbst wenn sich in eineinhalb Monaten so manches ändern kann. Ist euch noch nie aufgefallen, daß viele von denen, die drohen, sich das Leben zu nehmen, früher oder später einen anderen in den Selbstmord treiben? Stimmt, Raffaele hatte sein Vorhaben mehrfach erwähnt. Doch das waren Ankündigungen, kein Todestrieb, das ist etwas völlig anderes.

Wie die Sache mit der Handschrift. Raffaele hatte als Jugendlicher eine enge, komprimierte Schrift aus richtig bedrohlichen Buchstaben, die einander zu verfolgen schienen und sich immer mehr in sich zusammenzogen wie vor der zerstörerischen Explosion. Beinahe eine Zeitbombenschrift. Eine Schrift, die sich in allem von der des Briefs in meinen Händen unterschied. Die einzelnen Buchstaben im Brief hatten am Anfang jeder Zeile normales Format, wuchsen jedoch gegen den rechten Rand hin immer weiter an, bis sie die doppelte oder dreifache Größe erreicht hatten. Die gleiche Tendenz hatten die Buchstaben, wenn man das Schriftbild von oben nach unten verfolgte. Die Buchstaben der letzten Zeile waren absurderweise größer als die der ersten. Eine Art Schreib-Agoraphobie. Als ob Raffaele fürchtete, das Blatt nicht vollzukriegen.

Die Veränderung in Raffaeles Schreibweise trat ein, nachdem sich einer unserer Bekannten durch Einnahme von Glaspulver umgebracht hatte. Er hatte die Angewohnheit gehabt, auf so anormale Art zu schreiben. Zu jener Zeit besuchten Raffaele und ich noch das Gymnasium, und ich erinnere mich, daß wir die Episode unter sämtlichen Gesichtspunkten kommentierten. Am Ende kamen wir zu dem Schluß, daß eine derartige Schrift Anzeichen für das gestörte Gleichgewicht eines Selbstmordkandidaten sei. Das waren natürlich reine Hirngespinste.

Das Schöne war, daß Raffaele sich eifrig bemühte, jene Handschrift nachzuahmen. Anfangs brauchte er Ewigkeiten dazu. Doch der Zeitaufwand lohnte sich: Denn so konnte er sein Image eines unverbesserlichen Exzentrikers, an dem er so sehr hing, festigen.

Aber Raffaele konnte mir nichts vormachen. Nicht mal während der Zeit auf dem naturwissenschaftlichen Gymnasium »Cannizzaro«, wo wir fünf Jahre lang in derselben Klasse waren. Auch die Umstände, die uns einander menschlich näher brachten, sind exemplarisch für gewisse Seiten von Raffaeles Charakter.

Mir ist klar, daß meine Worte so klingen, als ginge es um einen klinischen Fall. Aber es kostet mich einige Mühe, bei der Erinnerung an jene Zeit nicht auch ihre Terminologie und Atmosphäre heraufzubeschwören. Damals führte ich mir *Angst und Schuld, Die Psychologie des Transfers, Komparative Pathologie der Neurosen* und andere leichte Lektüre dieser Art zu Gemüt. Im Vergleich dazu war die *Psychopathologie des Alltags* des alten Sigmund für uns wie ein Comic-Heft. Ich muß damals ziemlich gestört gewesen sein. Aber was willst du denn mit dem ganzen Psychokram anfangen? fragte mich Tante Carolina immer wieder, und deutlich stand ihr die Ablehnung ins Gesicht geschrieben. Paß nur auf, daß sich dir die Nerven nicht am Magen festkleben! fügte sie jedesmal hinzu. Gott sei Dank vermutete damals keiner etwas von der Existenz eines gewissen Lacan...

Raffaele und ich waren uns in den ersten zwei Jahren auf dem Gymnasium vorsichtig aus dem Weg gegangen. Ich hatte meinen Freundeskreis, und er neigte dazu, sich abzukapseln. Mir schien, daß es zwischen uns keine Berührungspunkte gab. Genaugenommen tat er alles, um die Aufmerksamkeit der anderen auf sich zu lenken. Es war, als ob er ständig widersprüchliche Signale aussandte, wie zum Beispiel: laßt mich in Ruhe/nehmt mich in eure Runde auf.

Eines Tages brachte er mir einen Messerstich bei. Das klingt zwar übel, aber in Wirklichkeit war es nicht so dramatisch. Auch wenn es sich um eine regelrechte Verletzung handelte.

Es geschah während der Vormittagspause, als die Hälfte der Klasse im Klassenraum war, während die andere Hälfte auf den Gängen herumspazierte. Einer unserer Schulkameraden hatte sich mit einem Schweizer Armeemesser eine Orange geschält und es dann auf dem Fensterbrett im Korridor liegen lassen. Raffaele hatte es in die Hand genommen, das Gewicht geschätzt und war mit offener Klinge gegen einen imaginären Feind vorgegangen. In diesem Moment trat ich aus dem Klassenzimmer und stieß mit ihm zusammen. So zog ich mir einen Messerstich am linken Ringfinger zu. Die Narbe ist heute noch zu sehen. Für mich ist das eine Entschuldigung, nicht zu heiraten, denn ich könnte dort nie einen Ring ertragen.

Ungläubig war ich stehengeblieben und blickte einmal das unaufhaltsam auf den Boden tropfende Blut, dann wieder Raffaele an. Der fiel ganz einfach in Ohnmacht. Beide wurden wir auf die Sanitätsstation gebracht. Er mußte getragen werden, weil er keine Anstalten machte, aus der Ohnmacht zu erwachen. Um nicht zu verbluten, mußte ich mir selbst Erste Hilfe leisten. Auch weil die schöne, blonde Krankenschwester mit sich kämpfte, nicht ihrerseits darüber ohnmächtig zu werden, daß es ihr nicht gelang, Raffaele wieder zu Bewußtsein zu bringen. Das Ganze dauerte ungefähr zehn Minuten, und danach machte Raffaele nicht den Eindruck, als könne er alleine nach Hause gehen. Am Ende wurde er von mir und noch zwei anderen heimgebracht.

Von da an begannen wir, ein paar Worte miteinander zu wechseln, was sich langsam intensivierte und in eine Art Freundschaft mündete.

Leute dieser Art gibt es mehr, als man glaubt. Im Fachbereich haben wir sie zuhauf erlebt. Kräftige Typen, die dich auf dem Gang sehen, wie du ein Reagenzglas mit irgend etwas Rotem in der Hand hältst, und dich fragen, was das denn sei. Wenn du antwortest, das sei Tinte, dann ist alles in Ordnung. Aber versuch einmal, ihnen zu sagen, es handle sich um Blut, um Hühnerblut gar, dann sinken sie ohnmächtig vor dir nieder, wie ein Umweltschutz-Anfänger beim Anblick einer verwesenden Mönchsrobbe.

Ruggero Montalbani, die gute Seele, durchlebte schlaflose Nächte. Für seinen einzigen Sohn träumte er von der Karriere eines Arztes. Um der Wahrheit die Ehre zu geben, Raffaele machte tatsächlich den Versuch. Ihr könnt euch vorstellen, was in der ersten Unterrichtsstunde Angewandte Anatomie geschah? Es hätte nicht viel gefehlt, und man hätte eine zweite schöne und ganz frische Leiche zur Verfügung gehabt, die zum Entzücken der Anatomopathologen auf der Stelle in Scheiben zu schneiden gewesen wäre.

Und so kam es, daß ich ihn während des Studiums neben mir auf den Bänken in der Via Medina-Sidonia wiederfand. Und auch hier hatte er ganz hübsche Probleme. Ich erspare euch die Einzelheiten über die Schweißausbrüche eines leichenblassen Zytologie-Assistenten, als bei der praktischen Übung zu den roten Blutkörperchen die Reihe an ihm war.

Auf der Universität wurden wir echte Freunde. Allen Vorhersagen zum Trotz gelang es ihm sogar, sich in einen kleinen Freundeskreis zu integrieren, der außer mir und ihm auch noch Giovanni Di Maria und drei oder vier andere einschloß, die ich mittlerweile aus den Augen verloren habe. Es war eine Art privater Freimaurerloge, die keinerlei Macht ausübte, wenn man von der Nichtbeachtung absieht, die wir dünkelhaft all jenen zuteil werden ließen, die wir intellektuell für unter unserer Würde hielten.

Um ehrlich zu sein, verhielten wir uns wie echte Mistkerle. Die erste Tat unserer Praktikantenzeit erschöpfte sich darin, in unseren weißen Laborkitteln in die Bar zu gehen, um Eindruck bei den Erstsemestlern zu schinden, natürlich in erster Linie bei jenen weiblichen Geschlechts, das versteht sich von selbst. Das Schöne war, daß es uns tatsächlich gelang. Versucht das mal bei der heutigen Generation …

Nach dem Staatsexamen haben aus unserem Freundeskreis nur Giovanni Di Maria und ich eine feste Anstellung an der Universität gefunden. Giovanni gehört heute zur Gruppe um

Fifì Serradifalco, trotzdem sind unsere Beziehungen ausgezeichnet.

Nach der Prüfung hatte Raffaele eine ausgesprochen schlechte Phase. Sein Vater wollte ihn am Institut für Angewandte Biologie einführen, das er damals leitete. Raffaele versuchte es ein paar Jahre, dann wollte er nichts mehr davon wissen und entzweite sich mit seinem Vater. Sie sprachen nicht einmal mehr miteinander. Eine Zeitlang lungerte er herum und hatte sogar ein kleines Geplänkel mit der Justiz. Eine üble Geschichte, die noch mal gut ausging, vermutlich weil ein hohes Tier und Freund des alten Montalbani eingegriffen hat. Es ging dabei um gewisse Cannabispflänzchen, die ein eifriger Student, der seine Militärzeit bei der Polizei absolvierte und sich partout nicht um seine eigenen Angelegenheiten kümmern wollte, in einer abgelegenen Ecke der Gärten entdeckt hatte. Der glaubte nun, Raffaele als den Züchter dieser Pflanzen verantwortlich machen zu können.

Selbst heute kann ich nicht sagen, ob Raffaele in die Sache verwickelt war oder nicht; ich habe ihn nie danach gefragt. Sicher ist aber, daß Don Mimì sehr wohl wußte, wem diese liebevolle Züchtung zuzuschreiben war. Er verhielt sich in dieser Angelegenheit ein wenig merkwürdig. Es wäre für ihn ein leichtes gewesen, Raffaele zu entlasten, wenn er nur gewollt hätte. Doch zwischen Don Mimì und Montalbani senior herrschte böses Blut; schuld daran war eine alte Geschichte, die wir allesamt, wenn auch in unterschiedlichen Versionen, kannten. Und der arme Raffaele mußte das dann ausbaden. Don Mimì hätte von Nemesis gesprochen, wäre ihm der Begriff geläufig gewesen.

Raffaele schien für bestimmte Sachen geradezu prädestiniert zu sein, denn das war nicht das einzige Mal, daß er sich in Unannehmlichkeiten solcher Art brachte. Einige Jahre später, als er gerade seinen Ph. D. in Kanada machte, wurde er an der Grenze zu den Vereinigten Staaten festgehalten, weil in dem Auto, in dem er saß, reichlich LSD-Trips gefunden wurden. Dieses Mal hatte er wirklich nichts damit zu tun, denn er hatte nur eine Mitfahrgelegenheit bei Bekannten wahrgenommen, die dann immerhin so anständig waren, ihn aus der Geschichte wieder herauszuholen. Er behielt also eine reine Weste. Aber den einen oder anderen Joint rauchte er, alles in allem, schon. Das weiß ich.

Mit einem Schlag wurde mir bewußt, daß es längst dunkel war, und meine Gedanken drehten sich im Kreise. Immer wieder landete ich am selben Punkt, denselben Überlegungen, Erinnerungen. Sich in Gedanken an die guten alten Zeiten zu verlieren, war noch nie mein Fall und ist oft auch gefährlich. Ich beschloß, die Geschichte erst einmal ruhen zu lassen.

Bei den Klängen des Harfenquartetts von Bartók, gespielt vom Takacs Quartet, überflog ich die »L'Ora«. Krise im Justizpalast. Auf der Titelseite krächzten die Unglücksraben, verrieten sich Spitzel durch allzu heftiges Werkeln im Untergrund und böse Zungen verbreiteten giftige Gerüchte. Der Lokalteil brachte die Nachricht über den sizilianischen Professor, der aus Amerika herübergeflogen war, um sich just in Palermo das Leben zu nehmen. Zwischen den Zeilen wurde etwas von einem sentimentalen Beweggrund angedeutet. Schwachsinn.

Ich legte die Zeitung aus der Hand und ging in die Küche, um den Kühlschrank zu inspizieren. Da war nichts, rein gar nichts. So ist es, wenn niemand etwas hineintut. Ich blieb einen Augenblick vor dem geöffneten Kühlschrank stehen. Dann ging ich ins Wohnzimmer zurück und rief Di Maria an. Der nahm gleich beim ersten Klingeln den Hörer ab.

»Hallo.«

»Hast du schon gegessen?«

»Nein, ich habe absolut nichts im Haus.«

»In zwanzig Minuten bin ich bei dir. Warte unten auf mich.«

»Okay.«

Mit Giovanni kann man in solchen Zeiten immer rechnen.

Was die häuslichen Dinge angeht, besitzt er noch weniger Organisationstalent als ich, und bei ihm kommt erschwerend hinzu, daß er verheiratet ist und seine Frau sich gewöhnlich um alles kümmert. Wenn sie nicht da ist, wie alljährlich zwischen den Iden des Juni und denen des September, ist das für ihn die totale Katastrophe oder anders gesagt, er droht regelrecht zu verhungern. Die Familie besitzt ein Ferienhaus in San Vito, und jedes Wochenende besucht Giovanni sie dort und bleibt den ganzen August über. Wir sehen uns öfters abends zum Essen. Immer außer Haus.

Er wohnt in der Gegend der Via Malaspina, nahe bei der Bahnstation Notarbartolo. Da sah ich ihn auch schon, wie er am Hauseingang auf mich wartete. Ich ließ ihn einsteigen und fuhr weiter die Via Libertà entlang, wieder Richtung Stadtzentrum. Wir gaben uns wortkarg, wir, zwei starke, schweigsame Männer. Von der Via Maqueda bog ich auf die Piazza Bellini ab und parkte am Anfang der Dei-Giudici-Gasse.

Wir ließen uns an einem der kleinen Tische in einer Pizzeria im Freien mit Blick auf die Chiesa della Martorana und die roten Kuppeln von San Cataldo nieder. Uns gegenüber befanden sich das Atrium der Universität und die Kirche San Giuseppe dei Teatini, rechter Hand der Palazzo delle Aquile und die Kirche Santa Caterina. Dem Theater Bellini kehrten wir den Rücken zu. Wir waren umgeben von über tausend Jahren Geschichte in Monumenten. Belauscht von den Jahrhunderten. Ein schöner Ärger.

Im Palazzo delle Aquile war eine Stadtratssitzung im Gange. Die Fenster waren hell erleuchtet, und lautes Stimmengewirr drang aus dem Innern und von der dahinterliegenden Piazza Pretoria zu uns herüber. Sollte sich das Volk von Palermo gar zum Sturm auf den Stadtpalast erheben?

Wir bestellten die Pizzen und schluckten die ersten fünf Zentimeter helles Faßbier. Unvermeidlich kamen wir auf Raffaele zu sprechen.

»Was hältst du davon?« schnitt ich das Thema an.

»Wovon?«

»Von dieser Geschichte mit dem Selbstmord.«

»Nun, was soll ich dir sagen ... du weißt doch, was Raffaele für ein Typ war ...«

Ich verzog das Gesicht.

»Warum, hast du Zweifel?«

Ich erläuterte ihm meine These von der Mechanik des Freitods durch Erhängen, vom Überlebensinstinkt und sonstigen Begleitumständen. Giovanni zeigte sich nicht besonders beeindruckt. Er ist ein gesetzter Typ; solide, aber nicht von dieser rückständigen und konventionellen Solidität wie mein Gevatter, der Bulle. Er gestattet sich hin und wieder einen Pindarschen Flug und so manchen umstürzlerischen, wenngleich nur kurzlebigen Ausbruch aus dem Alltag sowie einen Zwirbelbart, den er, nach der Farbe zu schließen, regelmäßig mit Schuhcreme düngt. Und er bildet sich ein, auf Frauen einfach unwiderstehlich zu wirken.

»Einverstanden, aber es könnte ja eine ganze Menge anderer Erklärungen geben.«

»Nenn mir eine.«

»Nimm an, er habe unter Drogen gestanden.«

»Das ist das einzige, was mir noch eingefallen ist. Wenn es nicht Mord war.«

»Uh, sogar Mord. Und warum das?«

Ich reichte ihm feierlich Raffaeles Brief. Da ich Überraschungen auf offener Szene liebe, hatte ich damit noch gewartet.

»Nun, sag mir bitte, ob das die Worte eines Menschen sind, der sich das Leben zu nehmen gedenkt?« fragte ich ihn, als er mit dem Lesen fertig war.

»Was willst du damit sagen? Und guck mal aufs Datum: Der Brief ist gut zwei Monate alt! Apropos, ich habe dir doch Raffaeles Grüße ausgerichtet, oder nicht?«

»Nein, wann?«

»Als er letztes Jahr im August hier war. Wir sind uns zufällig über den Weg gelaufen, als ich eines Tages im Fachbereich war, um nachzusehen, ob Post für mich da ist. Ich traf ihn zufällig in Millys Zimmer. Aber bist du sicher, daß ich dir das nicht gesagt habe?«

»Ganz sicher. Und habt ihr euch an Weihnachten gesehen?«

»Nein. An Weihnachten war ich in Piano Zucchi, erinnerst du dich nicht?«

»Ach ja. Und was für einen Eindruck hat Raffaele im August auf dich gemacht?«

»Einen besseren als früher, würde ich sagen. Er steckte offensichtlich mitten in einer Entwicklungsphase; hatte ein bißchen Fleisch auf die Rippen gekriegt und sah wesentlich gepflegter aus. Insgesamt wirkte er weniger neurotisch.«

»Hat er nichts von dieser Darline angedeutet?«

»Absolut nichts.«

Vielleicht war die junge Dame damals noch nicht am Horizont aufgetaucht. Außerdem war Raffaele immer eifersüchtig darauf bedacht, sein Privatleben zu hüten. Nur Fifì gegenüber gab er sich offener, wie es schien.

Filippo Serradifalco hatte nach dem Tod des alten Montalbani dessen Sprößling unter die Fittiche genommen. Es handelte sich nicht um eine gesetzliche Vormundschaft, das ist klar. Raffaele war ja schon volljährig, wenn auch noch nicht gegen alles gefeit. Es war ein umsichtiger, abschirmender Schutz, der sich in Ratschlägen und handfester Unterstützung ausdrückte. Nach dem Tod des Vaters hatte Raffaele sich zu einem Ortswechsel entschlossen. Fifì stand ihm beim Verkauf des väterlichen Hauses und anderer Immobilien, die der Professor dem Sohn vererbt hatte, tatkräftig zur Seite. Dann besorgte er ihm ein Stipendium an einer kanadischen Universität. Auch der Wechsel an die Universität von New Jersey und der Aufstieg auf der Karriereleiter waren in gewisser Weise Fifis Werk. Besonders das letzte war mir völlig neu. Zwischen einem Bissen Pizza und einem Schluck Bier berichtete Giovanni nähere Einzelheiten. Er unterhielt einfach engere Beziehungen zu Serradifalco als ich.

Raffaele und ich hatten uns nach seinem Umzug in die Staaten beinahe ganz aus den Augen verloren. Von Briefkontakt war nie die Rede gewesen. Anfangs waren wir uns hin und wieder auf irgendwelchen europäischen Kongressen begegnet. Später auch das nicht mehr. Von Zeit zu Zeit, im Sommer oder an Weihnachten, kehrte Raffaele nach Palermo zurück, da er weiterhin als Wissenschaftler mit der Serradifalco-Gruppe zusammenarbeitete. Regelmäßig ergab es sich, daß ich einige Tage vor seiner Ankunft abfuhr. Natürlich nicht mit Absicht, ganz im Gegenteil. Hätte er sich nur bequemt, mir rechtzeitig Bescheid zu geben, hätte ich mich gerne nach ihm gerichtet.

Das Thema Raffaele war erschöpft, kaum daß wir mit unserer Pizza zu Ende waren. Beim Zahlen beschlossen wir noch ein wenig spazierenzugehen. Wir steuerten Richtung Piazza Politeama auf die Via Maqueda zu und machten Halt in einer Bar in der neuen Fußgängerzone der Via Principe-di-Belmonte. Das mit der Fußgängerzone durfte natürlich nach ortsüblichem Brauch nicht ernst genommen werden: Ehe man es sich versah, machten sich auch schon einige Motorradfahrer ein Vergnügen daraus, im Slalom zwischen den Zwergpalmen und Tischen der Straßencafés hindurchzurasen.

In der letzten Zeit haben im Zentrum einige protzige, auf antik gestylte Kneipen aufgemacht. Sie sind immer brechend voll, und in meinen Augen ist es eine Schande, daß nicht eines der echten historischen Lokale überlebt hat. Wie zum Beispiel das Café, in dem ein Fürst die Kapitel eines Buchs über Leoparden und andere Spezies geringeren Ranges geschrieben hat, das alte »Caflisch«, die glorreiche Bar im Viale, das zu einem x-beliebigen »Gran Café Nobel« heruntergekommen ist; nicht einmal in Stockholm wäre so etwas möglich. Abgesehen davon klingen in meinen Ohren alle Namen, die mit Gran beginnen, wie der Anfang eines Schimpfworts.

Guter Gott, wie sehr fehlt mir doch der alte, mediterrane Kult des Kaffeehauses!

Ich bestellte einen Laphroaig ohne Eis und Giovanni ein Spongato aus Schokolade und schwarzen Maulbeeren. Ich bin für die leninistische Linie im Eiscafé: die Vermischung von Fruchteis und Milcheis geht in Ordnung, vorausgesetzt es wird eine klare Demarkationslinie zwischen den zwei Ideologien gezogen. Um sie ganz auszukosten, sollte man dann zwei verschiedene ideologische Geschmackspapillen einsetzen.

Eine gute halbe Stunde saßen wir da und beobachteten die Mädchen in voller Blüte (die, wie man weiß, in der Nacht keine Schatten wirft).

Ein großartiges Erwachen aller fünf Sinne und von manch anderem. Die Saison ging ihrem Ende entgegen, und einmal richtig in Fluß gebracht, kamen die schlummernden Hormone des vergangenen Winters wieder in Wallungen und erblühten in Gestalt lüsterner Gedanken.

Giovanni bemühte sich vergeblich, einen Blick von einer wunderbaren, kaffeebraunen Schönheit zu erhaschen, die mehrere Meter Bein erster Klasse ausfuhr und sich anschickte, ein Erdbeereis zu verspeisen, während sie in der linken Hand ein ellenlanges Mundstück mit halbaufgerauchter Muratti hielt (*Smoke gets in your ice-cream*, sang eine Stimme in meinem Kopf). Sie war in Begleitung eines südländischen Typs, der wie ein echter Lackel aussah und ihr bestimmt nur bis zum Bauchnabel reichte. Die Geheimnisse des Eros.

Nach einer Weile erzählte uns der Kellner der Bar, daß das Halbblut ein Mann sei. Giovanni wäre beinahe in Ohnmacht gefallen.

Kurz nach ein Uhr war ich zu Hause. Ich putzte mir die Zähne, zog mich aus und versuchte zu lesen.

Das Herumstochern in der Erinnerung an Gymnasialzeiten, die von miesen Lektüren begleitet waren, hatte seine Wirkung getan. Meine Bibliothek ist nicht schlecht ausgestattet mit ihren mehreren tausend Bänden, beinahe alles zeitgenössische Literatur. Doch mein Blick fiel sofort auf *Gradiva* von Wilhelm Jensen. Seit mindestens fünfzehn Jahren war mir dieser Titel nicht mehr unter die Augen gekommen, ja ich hatte sogar vergessen, daß ich das Buch überhaupt besitze. Es ist die Ausgabe des Verlags Boringhieri mit einem Essay des alten Sigmund, der die Träume der Hauptfigur deutet, und mit einem Kommentar von Musatti zu Freuds Essay. Die Erzählung ist spannend, und auch der Rest ist nicht schlecht. Ich las rund dreißig Seiten, stellte dann den Radiowecker auf halb acht, schaltete das Licht aus und schlief ein.

Doch nicht das Radio weckte mich. Im Morgengrauen war ich wegen eines Traums plötzlich hellwach. Nur selten erinnere ich mich an meine Träume. Dieser blieb mir aber noch lange im Gedächtnis haften. Was mich aus dem Traum herauskatapultierte, war das Gefühl, seine Botschaft nicht fassen zu können. Und die Verwirrung, die sich deswegen in mir breitmachte.

Die Atmosphäre des Traums war die der Anfangsszenen des *Doktor Schiwago,* als Jurijs Mutter beerdigt wird. Ein mittelmäßiger Film, abgesehen von Rod Steiger in der Rolle des Komarowskij. Es begann mit einer Großaufnahme: man sah einen Graben, in den ein Sarg herabgelassen wurde. Gesichtslose, schwarzgekleidete Männer und Frauen standen reglos um den Graben herum. Ich wußte, daß Raffaeles Leichnam in dem Sarg lag.

Szenenwechsel, man sah in Nahaufnahme ein Paar Beine, die Beine des Mörders, die in Stiefeln steckten. Für mein Urterbewußtsein bestand also keinerlei Zweifel, daß es Mord war. Wieder wechselte die Szene, und jemand schaufelte Sand auf den Sarg; jemand, von dem nur die Hände um den Schaufelgriff zu sehen waren: die Hände des Mörders. Mein Blick glitt den Schaufelstiel entlang, zum Griff hin, doch der Griff verlängerte sich unaufhörlich (oh, Vater Sigmund! Eine Schaufel ist eine Schaufel, auch wenn ihr Griff immer länger wird), und die Hände rutschten immer weiter nach oben, wurden überblendet, während ich verzweifelt versuchte, ihren Besitzer zu identifizieren.

Es war eine gekreuzte Überblendung, und in der folgenden Szene hatte jemand eine halbaufgeschlagene Ausgabe der »Sicilia« in der Hand und las laut, mit einem Timbre à la Fischer-Dieskau, die Todesanzeigen:

> Nach vierundachtzig Tagen und vor allem nach vierundachtzig Nächten Trockenheit ist überraschend Lorenzo La Marca verstorben. Der Freund Mauro de Gregori macht den Lamarchianern, den Darwinisten und denen, die ihn gekannt haben, davon Mitteilung. Keine Fische, sondern wohltätige Spenden.

Dann wurde die Zeitung zur Fernseh- oder Filmkamera, oder was es war, hingedreht, und ihr Objektiv strich über mein Portrait in einem schönen, ovalen Rahmen, wie man sie gewöhnlich in den Nachrufen solcher Blätter wie »Der piemontesische Landwirt« oder »Der Herold von San Gaspare« bewundern kann. Nur daß es sich jetzt um das Foto meiner Erstkommunion handelte, gekrönt von der Schrift »HIER LEBTE UND STARB«, was genau das Epitaph war, das ich mir zugedacht hatte, als wir im Gymnasium die Romantik durchnahmen.

Da mußte ich mir aber schleunigst an die Hoden packen, um Unheil abzuwenden.

Am Ende senkte sich die Zeitung, und man konnte sehen, daß dahinter der verstorbene Patriarch von Konstantinopel, der alte Athenagoras höchstpersönlich, hockte und las – in meinen Träumen bin ich immer leicht größenwahnsinnig.

Ein weiterer Schlag in den Magen war die Filmmusik, mit der die ganze Szene unterlegt war. Ein klangvoller Widerhall (eher ein Donnerhall) meiner Kindheit. Es war die langsame und rhythmische Melodie der Dieselmotoren von Sandschleppern, die im Morgengrauen begannen, Sand vom Grund des Golfs aufzuladen, dann in Richtung Porta Carbone aufbrachen und ihre Fracht auf dem Hafenkai der Cala löschten. Eine schwere körperliche Arbeit. Die Männer tauchten ununterbrochen sehr lange Schaufeln ins Meer und zogen sie wieder hoch, um jedesmal wenige Kilo eines grünlichen, wassergetränkten Sandes in den Schiffsrumpf zu laden (zuviel Sex für einen einzigen Traum!). Unter ihrer viel zu großen Last drohten die Boote unter die Wasseroberfläche zu sinken.

Das helle Pochen jener Motoren, von dem ich manchmal wach wurde, das einzige Geräusch inmitten einer vollkommenen Stille, ist eine verlorengegangene Musik, die ich sofort gegen zwei Dutzend meiner Lieblingsplatten eintauschen würde, ausgenommen der Préludes von Debussy, gespielt von Benedetti Michelangeli, der Goldberg-Variationen mit Gould am Klavier, in der Aufnahme aus dem Jahr 1982, und einer alten Langspielplatte von Gino Paoli.

Diese altvertrauten Töne als Begleitmusik zum Anblick mörderischer Hände – kein Wunder, daß ich an jenem Morgen mit einem Schlag wach geworden war.

Dann schlief ich mehr schlecht als recht wieder ein. Genau wie in meinen Jugendjahren.

III Szenen eines Begräbnisses

Es versprach ein seelenloser Tag zu werden. Der Himmel, weder Fisch noch Fleisch, verbarg sich hinter einer milchigen Wolkenschicht, die träge pulsierte wie ein resignierter Tintenfisch.

Das Begräbnis war für zwölf Uhr Mittag festgesetzt. Dank mehrerer Tassen Kaffee war ich zeitig genug im Institut, um meine kleine Privatermittlung durchzuführen.

Als erstes nahm ich mir den Telefonisten vor. Die Telefonzentrale befindet sich im vierten Stockwerk, in einem Glasbau inmitten des Korridors. Der zuständige Mann heißt Lo Cascio, aber alle nennen ihn Schlappzunge. Ich fragte ihn, ob er sich an Raffaeles Anruf erinnerte.

»Von wem?«

»Montalbani. Raffaele Montalbani. Er hat Freitag nachmittag zwischen vier und sechs hier angerufen.«

»Was weiß denn ich!«

»Denken Sie gut nach, Lo Cascio. Es ist wichtig.«

»Ich kann mich doch nicht an alle Anrufer erinnern, die...«

»Okay, ist schon gut...«

Ich nahm den Aufzug bis zur letzten Etage und stieg von dort Stockwerk um Stockwerk hinab, auf der Suche nach den potentiellen Empfängern von Raffaeles Anruf. Ich zog diese Vorgehensweise dem Telefonieren vor, weil ich den Leuten in die Augen sehen und ihre Reaktionen beobachten wollte.

Reaktionen gab es keine. Trotzdem dauerte die ganze Operation über eine Stunde, und am Ende hatte ich nichts weiter als eine herrliche Sammlung von Fehlschlägen beisammen. Letztlich ging es ja nur um gewisse Zweifel, die lästig in meinem Kopf summten. Eine allerletzte Information fehlte mir noch, bevor ich meine restlichen Bedenken zerstreuen konnte: Ich war auf die Ergebnisse der toxikologischen Untersuchung gespannt. Denn schloß man einmal die Möglichkeit des Selbstmords aus, lag die Vermutung nahe, daß jemand Raffaele durch irgendein Teufelszeug im Kaffee, oder was er sonst so trank, eingeschläfert hatte, um ihn dann am Ficus zu erhängen.

Bevor ich ins Auto stieg, genehmigte ich mir in der Bar noch eine Dosis Koffein. Auf der Schwelle begegnete ich dem Paar Clemente-de Gregori, strahlend wie zwei vergnügte Seeleute auf Landurlaub. Kaum hatten sie mich erblickt, versuchten sie, eine vor-begräbnismäßige Miene aufzusetzen.

In Sichtweite der Poliklinik blieb ich eine Viertelstunde im Stau stecken, und die ganze Zeit über kreisten zwei Polizeihubschrauber wie eisenfressende Aasgeier über den Autos, als warteten sie auf die Vernichtung der Zündverteiler, die Auflösung der Zündkerzen, das Röcheln ersterbender Motoren, den letzten Atemzug der Schalldämpfer, um mit dem Schmaus zu beginnen. In den Straßen der Friedhöfe warten zweifingertief unter Asphalt begraben neun Schichten ausgedienter Stoßstangen auf die liebevollen Finger des Herrn Schliemann-Benz.

Nahe dem Eingang von Sant'Orsola fand ich eine Parklücke, in die ich meinen Golf quetschen konnte. Ich ließ ihn dort stehen und betrat das Friedhofsgelände. Bedächtig ging ich die Wege entlang und hielt von Zeit zu Zeit inne, um die Namen auf den Grabsteinen und den Stirnseiten der Grabkapellen vornehmer Familien zu lesen. Gewöhnlich bin ich Friedhöfen, in kleinen Mengen genossen, nicht abgeneigt. Dieses Mal versank ich beim Anblick der alten Schwarzweiß-Fotos, die überall angebracht waren, in eine düstere Stimmung wie damals im Winter des letzten Schuljahres, und eine schreckliche Melancholie überfiel mich. *Das Tragische am Tod ist, daß er unser Leben in Schicksal verwandelt.* Von welchem Franzosen, zum Teufel, stammte das schon wieder?

Die Messe hatte noch nicht begonnen, als ich die Kirche betrat und auf der Höhe der hinteren Bänke stehenblieb. Ungefähr dreißig Personen waren anwesend. In der ersten Reihe fielen mir Fifì Serradifalco und die Seinen ins Auge: Mauro de Gregori zu seiner Linken, Milly Clemente zu seiner Rechten und die anderen in lockerer Sitzordnung. Auf der anderen Seite saß die Dekanin mit ihrem versteinerten Hormonhaushalt und den durch Cholesterol-Stalaktiten verstopften Arterien. Mir schien, sämtliche Anwesenden hatten auf irgendeine Weise etwas mit dem Institut zu tun. Kurz darauf traf Giovanni ein und stellte sich neben mich. Wie zu erwarten, fehlte Don Mimì.

Es gab zwei Überraschungen. Die erste war Vittorio Spotorno. Freund Sbirre hatte die Geschichte mit dem Selbstmord also doch nicht geschluckt. Und getreu der Maxime, ein Mörder bleibe nie dem Begräbnis seines Opfers fern, hatte er beschlossen, es hier zu versuchen. Vittorio ist wahrhaftig nicht einfach ein Gesetzeshüter der technologischen Ära, er kann sich auch noch auf seinen Riecher und sein Gefühl verlassen. Er ist vom typischen Maigret-Syndrom befallen. Wie sein französischer Kollege muß auch Spotorno – natürlich erst nach gebührender Unterscheidung: Wer wird schon das authentische Palermo Spotornos mit dem künstlichen Paris eines Maigret gleichsetzen wollen? – in der Gegend herumschnüffeln, den Leuten in die Augen sehen, Plätze aufsuchen, die gleichen Sachen essen und trinken wie die Mörder und die Opfer seiner Fälle. Ich glaube, ihm fehlen nur die Unterhaltungen mit den Portiersfrauen. Nicht, daß es hier in Palermo keine gäbe, nur würde er von den hiesigen nicht einmal die Uhrzeit in Erfahrung bringen.

Vittorio betrat die Kirche und setzte sich in meiner Höhe auf die andere Seite des Mittelgangs. Ein knappes Nicken in meine Richtung, und dann begann er, sich unauffällig umzusehen.

Die zweite Überraschung hatte Form und Ausmaße eines riesigen Ballons. Ja, genau er, der König der goldenen Ausschabelöffel, der illustre Herr Professor Benito De Blasi Bosco, Michelles Angetrauter. Nach dem Motto »Der Letzte wird der Erste sein«, betrat er mit der Anmut einer Dampfwalze die Kirche und marschierte entschlossen und kämpferisch wie ein Truthahn in den Wechseljahren um sich blickend auf die erste Reihe zu. Verwirrt überließ ihm Mauro den Platz neben Fifì. Doch der reichte für ihn nicht, und Mauro mußte in eine andere Bank wechseln. Ein wenig Unterwürfigkeit im rechten Augenblick kann ja nicht schaden. Vor allem nicht, wenn man Karriere machen will.

Von hinten sah der Kopf des aufgeblasenen Ballons wie die glorreiche Metapher eines Denkmals für die Gefallenen aus: um die spiegelblanke Glatze legte sich der Kranz einer Löwenmähne, die im Laufe der Jahre die Farbe einer ranzigen Blutwurst angenommen hatte. Mit De Blasi Bosco hatte man eigentlich rechnen können. Seinerzeit waren er und Professor Ruggero Montalbani ja dicke Freunde gewesen, auch wenn der Herr Professor ein gutes Vierteljahrhundert älter war. Beide gehörten der gleichen Kaste an, der Kaste der *Leoparden,* die heutzutage, wie vor Zeiten schon vorherzusehen war, längst den Aasgeiern und Leichenfledderern aller Art das Feld überlassen hat.

Gewiß war De Blasi Bosco von Fifì über Raffaeles Tod und die Totenfeier unterrichtet worden. Um seinem Ansehen keinen größeren Schaden zuzufügen, durfte er es unter keinen Umständen an Respekt gegenüber dem Angedenken des Herrn Professor fehlen lassen und mußte deshalb zwangsläufig der Bestattung von dessen einzigem Erben beiwohnen.

Fifì und er sind einander nicht grün. Das liegt nicht an Fifì. Ganz im Gegenteil verzehrt er sich danach, in die Kreise von De Blasi Bosco aufgenommen zu werden. Für den Sohn eines Eisenbahners wäre das ein ganz schöner Schritt nach vorne. Doch das erlesene Grüppchen duldet keine Eindringlinge. Um zu De Blasi Boscos Gesellschaft zu gehören, braucht man einen stattlichen, nach allen Seiten hin einwandfreien Stammbaum. Beruflicher Erfolg allein gilt wenig, geht dem nicht ebenfalls der Erfolg der Väter und möglichst auch der Großväter voraus. Ich glaube, der arme Fifì macht daraus ein echtes Drama. Gewiß gäbe er Jahre seines Lebens dafür, um in diese Schar von Wüstlingen aufgenommen zu werden, die die Seele der »Bruderschaft der Ritter der Insel San Giuliano« ausmachen. Michelles Gatte spielt die Rolle des Großen Zuckermelonenverkäufers, des Ersten Pfeifenbläsers, des Obersten Lüstlings oder welche Anrede auch immer dem Bandenhäuptling zukommt. Dieser Titel war seinerzeit exklusives Privileg des alten Montalbani und Anlaß zu Zwistigkeiten zwischen Vater und Sohn. Man kann sich lebhaft vorstellen, wie Raffaele zu lästern begann, wenn er die Kostümierung sah, die sein Vater – Mantel und Kapuze im Stil der Rächersekte der Beati Paoli – zweimal im Jahr anläßlich der Zusammenkünfte der Sekte zu tragen hatte!

Fifì wirkte in der Kirche, an der Seite De Blasi Boscos, sehr pathetisch. Er erinnerte mich stark an den Hauptdarsteller eines Films, den ich vor kurzem gesehen hatte, *Die Verlobung des Monsieur Hire*, nach einem Simenon-Roman ohne Maigret. Ein trister Michel Blanc, immer im gleichen schwarzen Anzug und ebenso schwarzer Weste. Glatzköpfig, häßlich und finster. Es gab eine Szene, in der Monsieur Hire im Dunkeln in seinem Zimmer steht, ein düsterer Raum mit einem

Bett und alten Möbeln, alles ziemlich spießig. Das ist sein gesamtes häusliches Universum. Vom Fenster aus beobachtet der Mann eine junge, schöne Sandrine Bonnaire, rein und halbnackt, im Haus gegenüber. Aufrecht in der Dunkelheit stehend, schaut er zu dem Mädchen hinüber und ißt gleichzeitig mit einem Löffel ein wachsweiches Ei. Eine Sequenz, die Filmgeschichte gemacht hat. Sie ging mir für den Rest des Abends nicht mehr aus dem Kopf (auch weil mich weichgekochte Eier irgendwie anekeln).

Fifì warf ab und zu einen verstohlenen Blick in Richtung De Blasi Bosco, und in seinen Augen stand das gleiche, gierige Verlangen, mit dem Monsieur Hire das Ei löffelt und das Mädchen anstiert.

Der Priester kam. Die Totenpredigt war allgemein gehalten, denn der Geistliche kannte weder den Glaubensbruder Raffaele noch einen der Anwesenden persönlich. Mir gefiel sie nicht. Ich hege großes Mißtrauen gegen Leute, die Begriffe wie »Letzter Gruß« verwenden. Und gegen die Prediger, die völlig unpassend das Buch Jesus Sirach bemühen, um sich darüber auszulassen, daß jedes Ding zu seiner Zeit geschehe, und andere Banalitäten. Als echter Wetterfühliger, der ich nun einmal bin, wäre mir höchstens die meteorologische Interpretation der Bibelstelle in den Sinn gekommen, denn draußen herrschte ein echtes Begräbniswetter. Ich dachte auch an die Gespräche mit Raffaele und den anderen zur Zeit unseres Praktikums; es waren höchst philosophische Diskurse zu nächtlicher Stunde gewesen, mit hohem Alkoholpegel und niedrigem inhaltlichen Nährwert: Das Leben und der Tod; wer sind wir, woher kommen wir, wohin gehen wir, und sind Personen wie Mauro de Gregori ein Beweis für oder gegen die Existenz Gottes.

In der Zwischenzeit betrachtete ich ausgiebig das Innere des Baus. Es ist eine meiner Lieblingskirchen: schmucklos und aus dem Naturstein jener Farbe, die mir bei Naturstein am besten gefällt. Wirklich schade, daß die Kirche nur bei Totenfeiern benutzt wird. Natürlich gehörte Mut dazu, Hochzeits- oder Tauffeiern in ihr abzuhalten, dort wo sie steht, mitten auf einem Friedhof.

Bald war der Gottesdienst zu Ende. Die Totengräber setzten sich mit dem Sarg auf den Schultern in Bewegung, und die Anwesenden schlossen sich ihnen an. Milly und Mauro schritten langsam und feierlich Richtung Ausgang, den Kopf nach links und nach rechts neigend, als würden sie von den Freunden Beileidsworte zum Ableben ihrer Hauskatze entgegennehmen. Vielleicht war das nur die Generalprobe für ihre bevorstehende Hochzeit (eine aufblitzende Reminiszenz aus dem Hamlet: Der Braten vom Leichenschmaus wird kalt an der Tafel des Hochzeitsgelages serviert ...). Wegen Annullierung der ersten Ehe wartete Mauro noch auf Rauchzeichen von Seiten der Rota romana. Und man stelle sich Millys Ungeduld erst vor ...

Als Paar machten sie den gleichen Eindruck wie immer: nämlich ein schlagendes Argument für die Geburtenkontrolle. Meine Gedanken schweiften zurück zu jener Schmach, die eine Braut vor rund sieben Jahrhunderten genau vor dieser Kirche hatte erdulden müssen. Doch mir schien es unwahrscheinlich, daß die baldige Vereinigung der Häuser de Gregori und Clemente die gleiche Kettenreaktion auslösen könnte, wie es seinerzeit die Sizilianische Vesper getan hatte. Begräbnis hin oder her, der bloße Gedanke, daß es einem beliebigen, hier vorbeiziehenden Franzosen in den Sinn kommen könnte, Milly gegenüber den Galan zu spielen, hätte mich um ein Haar vor allen Versammelten in Hohnlachen ausbrechen lassen.

Als ich mich zum Gehen wandte, fiel mein Blick auf Mauros Vater im hinteren Teil der Kirche. Auch seine Anwesenheit war aufgrund der uralten Beziehung zu Ruggero Montalbani und der jetzigen zu Fifì ein Pflichtakt. Und er gehört ebenfalls zum »De-Blasi-Bosco-Club«. Die drei begrüßten einander mit gedämpfter Herzlichkeit. Mauros Vater ist ein hohes Tier in der Regionalverwaltung, wir nennen das eine hohe Mohnblume. Und etwas von einer Mohnblume mußte er seinem Sohn weitergegeben haben: verschlafen wie der war, wird er jene Gene geerbt haben, die für die entsprechenden Alkaloid-Verbindungen verantwortlich sind.

In einem Seitensträßchen ganz in der Nähe stand das Gehäuse für den aufgeblasenen Ballon bereit, ein unendlich langer, schwarzer Mercedes. Der Fahrer saß hinterm Steuer und las eine rosafarbene Zeitung. War es das Wirtschafts- oder das Sportblatt?

Giovanni, Vittorio und ich stießen ganz am Ende des Trauerzugs zueinander. Ich machte die beiden miteinander bekannt und zeigte Spotorno den Brief von Raffaele. Er las und gab ihn mir achselzuckend zurück. Dann wollte er wissen, wer die Anwesenden im einzelnen seien. Mit gesenkter Stimme zählte ich ihm die Namen auf.

»Hast du die Schlüssel überprüfen lassen, die Raffaele bei sich hatte?«

»Ja, er war noch im Besitz sämtlicher Institutsschlüssel.«

Eben. Alle schwiegen eine Weile.

»Ich kann die Amerikanerin nirgendwo sehen«, sagte ich schließlich.

»Sie ist im Hotel geblieben. Heute morgen habe ich sie angerufen und ihr angeboten, sie auf den Friedhof zu begleiten, aber ihr war nicht danach zumute.«

»So tief war sie vom Gram gebeugt?«

»Wann hörst du endlich mit diesen pseudozynischen Sprüchen auf? Wirst du denn nie erwachsen?«

»Ich bin zumindest nie Mitglied der Monarchischen Jugend gewesen.«

Beleidigt kehrte er mir den Rücken, grüßte Giovanni und entfernte sich ein Stück.

Das Familiengrab der Montalbanis war eines der vornehmen. Eine kleine, sehr alte Kapelle aus hellem, schlichtem Stein in heruntergekommenem Zustand. Die Öffnung schloß mit einem Rundbogen ab; an der Seitenmauer hing ein einfaches, eisernes Kreuz, das bis auf den Kern verwittert war. Der vom Regen heruntergewaschene Rost hatte auf dem Mauerwerk verschwommene Figuren hinterlassen, wie sich auflösende Familienwappen, ein vages Epitaph für eine ausgestorbene Familie und für das Ende einer Epoche, geistige Verwandte des alten Hundefells aus dem *Leoparden,* das im Flug aus dem Fenster eine letzte Erinnerung heraufbeschworen hatte: *Man hätte meinen können, in der Luft tanze ein Vierfüßer mit langem Schnurrbart – die rechte Vordertatze drohend erhoben.«*

Was im Innern des Gemäuers vor sich ging, blieb mir so gut wie verborgen, da alle dicht gedrängt am Eingang standen. Ich bekam lediglich mit, daß eine schwere Marmorplatte aus dem Fußboden gehoben wurde; danach wurde der Sarg hinabgelassen und die Gruft wieder verschlossen. Die Ergriffenheit hielt sich in Grenzen. Über dem Ganzen lag die Atmosphäre des Bringen-wir's-hinter-uns. Niemand wagte es jedoch, sich zu verabschieden, um vor Serradifalco und dem Dickwanst ja keine schlechte Figur zu machen. Mit einem Schlag erinnerte ich mich an den morgendlichen Traum, und ein leichtes, aber anhaltendes Frösteln überkam mich.

Beim Abschied stellte ich fest, daß viele der älteren Angehörigen des Fachbereichs De Blasi Bosco kannten. Vielleicht waren auch sie Mitglieder der altbekannten, widerlichen Bruderschaft. Um ein Uhr war alles zu Ende.

Zu Fuß machte ich mich auf den Weg zu Michelles Arbeitsstätte. Wie durch ein Wunder fand ich ein funktionstüchtiges Telefon, eines jener modernen Allesfresser, die sich sowohl mit Telefonmünzen, Kleingeld als auch Plastikkarten betreiben lassen. Auf der Flüssigkristallanzeige blinkte die Schrift »SGANCIARE« auf, was den Hörer abnehmen, aber auch herausrücken bedeutet: Der kategorische Imperativ unserer Zeit. Offenkundig war heute ein metaphernreicher Tag. Ich gehorchte, rückte zweihundert Lire raus und rief bei der Telefonzentrale an.

»Verbinden Sie mich bitte mit Frau Doktor Laurent.«

Um mich verständlich zu machen, mußte ich den Nachnamen Michelles so aussprechen, wie er geschrieben ist. Michelle hat sich längst daran gewöhnt.

Es dauerte eine Weile, bis ich ihre neue Stimme eines Blauen Engels vernahm.

»Hallo?«

»Michelle, ich bin's.«

»Eeh... ah, ja...

Sie stotterte ein wenig, ich aber ließ ihr keine Bedenkzeit:

»Können wir uns sehen? Vielleicht auf ein schnelles Mittagessen...«

»Einverstanden. Um drei muß ich aber wieder hier sein.«

»Ich bin unten und warte auf dich.«

Beim Warten wurde ich von einer verwahrlosten, verpickelten Sechzehnjährigen angemacht:

»Hast du mal hundert Lire?«

Gern reichte ich ihr zweitausend Lire, sie war wirklich so hoffnungslos häßlich, daß ihr ohnehin nicht zu helfen war. Der eigentliche Grund aber war ihr T-Shirt mit Ches Portrait darauf und der Schrift *Hasta la victoria siempre.*

»Weißt du, wer das ist?« fragte ich sie und deutete mit dem Kinn auf ihr Hemd.

»Ein amerikanischer Rap-Sänger.«

Ich nahm ihr das Geld zwar nicht weg, war aber den Tränen nahe.

Michelle erschien fünf Minuten später. Sie trug ein blaues Leinenkostüm, der Rock reichte ihr bis ans Knie, dazu blaue Strümpfe und flache Schuhe. Die ganze Aufmachung verlieh ihr das Flair einer braven Schülerin der katholischen Privatschule ›Ancelle del Sacro Cuore‹ (wir ungezogenen Burschen der öffentlichen Schulen machten daraus die *Ascelle* – Achselhöhlen). Ich hütete mich, ihr das zu sagen, sie wäre bestimmt stocksauer auf mich gewesen. Wir gingen zu einer Trattoria in der Nähe, inmitten des Stadtviertels Albergheria. An der Mauer eines halbzerfallenen Hauses entdeckte ich die mit unsicherer Hand und schwarzer Farbe hingepinselten Zahlen: »1932 –1939«. Es war das Haus der schönen Cosimina Scimone. Die Aufschrift gab es schon seit einem halben Jahrhundert, sie war mir noch nie ins Auge gefallen. Ich weiß nicht weshalb, aber sie schien mir ein gutes Vorzeichen zu sein.

Wir bestellten Bucatini mit Anchovis, doch ich hatte keinen Appetit. Beerdigungen hemmen bei mir immer die Peristaltik.

Ohne lange Vorrede fragte ich sie:

»Hat dir dein Gemahl gesagt, wer der Erhängte vom vergangenen Samstag war?« Sie zog die Augenbrauen hoch, und mit knappen Worten klärte ich sie über alles auf.

»Aha, also dieser Montalbani.«

Persönlich hatte sie ihn nie kennengelernt, sie hatte immer nur durch mich über ihn gehört. Sie fragte mich nicht, warum ich Raffaeles Leiche nicht hatte identifizieren können. Trotzdem nannte ich ihr die Gründe dafür; sie klangen in meinen Ohren nicht sehr überzeugend. Sie hatte damit aber offenbar keine Probleme.

»Was kannst du mir über die Ergebnisse der toxikologischen Untersuchung sagen?«

»In ein paar Stunden werden wir die Standardanalysen haben. Für die vollständigen Resultate brauchen wir gewöhnlich sechzig Tage. Doch meiner Einschätzung nach wird nicht viel dabei herauskommen.«

»Hat man keine Nadeleinstiche gefunden?«

»Nichts dergleichen, rein gar nichts. Auch keine Blutergüsse, Kratzer oder andere verdächtige Spuren.«

Sie wiederholte eigentlich nur, was ich schon von Vittorio wußte. In ihrem Gesicht stand die Frage, worauf ich eigentlich hinauswollte. Ich zog Raffaeles Brief aus der Tasche und reichte ihn ihr. Das Stück Papier hatte Aussicht, in die Hitliste der meistgelesenen Bestseller des Jahres aufgenommen zu werden. Vom häufigen Herausziehen aus Kuvert und Tasche hatte der Brief mittlerweile die Patina eines historischen Dokuments bekommen.

Sie las ihn aufmerksam und reichte ihn mir zurück.

»Und was überzeugt dich nicht?«

Ich erinnerte sie an die merkwürdige Position des Erhängten, die Füße hatten sich nur wenige Zentimeter unterhalb des Holzsitzes befunden. Natürlich war auch ihr diese Einzelheit nicht entgangen.

»Aber«, setzte sie fort, »wenn auch die toxikologischen Untersuchungen negativ sein werden ...«

Sie sprach den Satz nicht zu Ende. Ich nickte. Alles in allem dachte ich wieder einmal, passieren ständig und überall auf der Welt noch merkwürdigere Ding als diese.

Nehmt zum Beispiel Michelle. Was ich nie begreifen werde ist ihre Berufung zur Gerichtsmedizin. Daß es einer Frau wie ihr Freude macht, in den verwesenden Innereien fremder Leute herumzuwühlen, verschlägt mir immer wieder die Sprache. Hätte sie sich nicht zufriedengeben und, was weiß ich, Neurochirurgin werden können? Und denke ich an ihre Ehe mit dem unangenehmen Fettsack, muß ich mir sagen, dem schlechten Geschmack sind keine Grenzen gesetzt. Vielleicht hängen die beiden Dinge auch zusammen und sind nur zwei Symptome ein und derselben Geisteskrankheit. Es kann aber auch sein, daß die Krankheit nur in meinem Kopf existiert.

Michelle lehnte sich entspannt auf ihrem Stuhl zurück und steckte sich eine Zigarette an. »Hast du die Amerikanerin aus dem Brief schon kennengelernt?«

»Bis jetzt noch nicht. Ich hab vor, sie noch heute zu sehen.«

Ich erzählte ihr von dem Begräbnis und stichelte ein wenig herum, wegen der Anwesenheit ihres Gatten. Sie zuckte nur mit den Schultern. Dann machten wir uns auf den Weg zu ihrem Büro.

»Ich besuche dich in ein paar Tagen wieder, um etwas über das Ergebnis der Analysen zu erfahren.«

Sie lächelte, kniff mich in den Arm und verschwand durch das Portal. Diesmal bekam ich keinen Kuß. Damit hatte ich auch nicht gerechnet.

Ich ging zu meinem Auto zurück und fuhr zum Institut. Ich hatte überhaupt keine Lust, mich in mein Zimmer einzuschließen. Mein Stimmungsbarometer stand auf »gedankenvoll, veränderlich«. Ich strich mir mit der Hand über den Schopf: Hier bedurfte es dringend einer Schere. Eine hervorragende Ausrede, um nicht hinaufzugehen. Und im übrigen meditiere ich beim Friseur immer sehr gut, vorausgesetzt man läßt mich in Ruhe. Mein Stammfriseur hat seinen Laden in der Nähe des Fachbereichs. Diese Möglichkeit verwarf ich sofort. Er war einer, der alles über Molekularumläufe, elektronische Oktette, Schwefelstoffverbindungen und Fettsäuren wußte. Das hat er in einem Kurs für höhere Skalp-Kunde in Paris gelernt. Aus Frankreich zurück, redete er mir den Kopf damit voll und wollte an demselben sogleich seine neu erworbenen Künste ausprobieren. Er bestand darauf, meine natürlich gewellten Haare zu glätten, sie dann zu schneiden und hinterher künstlich zu wellen. Ein schwachsinniges Unterfangen. Doch was mich noch mehr verstimmt, ist die Tatsache, daß er meines Wissens nach der einzige Friseur ist, der ein überzeugter Keynes-Anhänger ist. Ein richtiger Eierkopf.

Ich ging Richtung Stadtzentrum. In der Via Maqueda machte ich vor den Auslagen von »Pustorino« Halt und begutachtete die Krawatten. Ich hege eine echte Leidenschaft für lange, schmale, ausgefallene Krawatten mit einem Hauch von Würde, die aber die Grenze zum Seriösen nicht überschreiten darf. In manchen Dingen bin ich anspruchsvoll wie ein zweisprachiges Kindermädchen. Aber weniger sparsam.

In der Nähe der Piazza Politeama fand ich einen neuen Coiffeur mit schwarzer Kristallfensterscheibe, die jeden Blick ins Innere verwehrte. Dahinter hätte sich alles mögliche befinden können. Vergeblich versuchte ich die Eingangstür aufzudrücken, bis ich eine Klingel entdeckte. Alles in allem war das nicht sonderlich ermutigend. Ich wollte gerade weitergehen, als jemand von innen die Tür ein Stück weit öffnete und sich ein aufreizendes weibliches Wesen zeigte, sehr mager bis auf ein überraschendes Doppelkinn. Sie bat mich einzutreten.

»Bitteschön«, flötete sie.

Das schummrige Licht eines Warteraums im Boudoirstil umfing mich. Auf der Couch saßen wie hingegossen zwei nach der letzten Ciané-Mode gekleidete Schönlinge. Ihr Look mußte zwangsläufig auf die Ausübung des Zuhältergewerbes zurückzuführen sein. Oder vielleicht führte er erst darauf hin. Sie musterten mich kritisch.

»Haben Sie eine Verabredung?« hauchte das Mädchen.

O mein Gott! Wo war ich nur hingeraten?

»Mit wem?« fragte ich vorsichtig zurück.

Die junge Dame gestikulierte verzweifelt. Die zwei Typen tauschten vielsagende Blicke aus. Sie mußten mich für ein Relikt aus fernen Zeiten halten.

»Ich will mir die Haare schneiden lassen«, versuchte ich es erneut in hoffnungsvollem Ton.

»Okay, aber haben Sie einen Termin?«

»Ich habe verstanden. Ich schneide sie mir selbst.«

Ich nutzte ihre Überraschung aus, um mich aus dem Staub zu machen. Bei Nobel-Läden dieser Art kehre ich erst recht den Snob heraus. Der Zwischenfall bewirkte, daß ich fast wieder guter Dinge war. Ich verschob das Haareschneiden und ging ins Institut zurück.

Gegen Abend entließ ich meine zwei Doktorandinnen und befand, jetzt sei der Moment gekommen, einen Blick auf die Amerikanerin zu werfen, die so gut wie zur Familie gehörte.

Zum zweiten Mal innerhalb von zwei Tagen betrat ich die Halle des Hotels. Ich bat den Portier, mich mit dem amerikanischen Fräulein sprechen zu lassen, die mit jenem Herrn zusammen war, der...

Zimmer 409.

Das Zimmertelefon läutete lange, doch niemand hob ab. Ich war noch unentschieden, ob ich mir Sorgen machen sollte, als der Portier den genialen Einfall hatte, einen kurzen Blick auf das Schlüsselbrett zu werfen. Der Schlüssel für Zimmer 409 hing an seinem Platz.

»Die Dame ist ausgegangen.«

Brillant gefolgert. Ich ließ mir ein Stück Papier geben, um ihr eine Nachricht zu hinterlassen. In meinem bestmöglichen Schriftenglisch bat ich das Mädchen höflichst, mich zu Hause anzurufen, sobald sie zurück sei. Darunter schrieb ich meine Telefonnummer. Als ich fertig war, überlegte ich es mir anders und zerriß den Zettel in tausend Fetzen. Ich hatte keine Lust, auf den Anruf des Mädchens zu warten. Vielleicht käme sie erst spät zurück und wollte dann den Rückruf lieber auf den nächsten Tag verschieben. Auf derart ungewisse Anrufe zu warten, macht mich immer nervös.

Zurück in meinen vier Wänden legte ich die Platte mit der Filmmusik von *Der letzte Tango in Paris* auf. Dann schenkte ich mir einen Fingerbreit Ricard über einen Eiswürfel ein und machte es mir auf dem Sofa bequem; die Füße hochgelegt, mit Blick auf Christina, lauschte ich Gato Barbieri und seinem Saxophon. Nach zehn Minuten klingelte das Telefon. Es war meine Schwester. Sie hatte erst aus der Zeitung von Raffaeles Tod erfahren. Ich hatte ein schlechtes Gewissen, weil ich nicht daran gedacht hatte, ihr sofort Bescheid zu geben, doch offensichtlich war das für sie nicht so schlimm.

Merkwürdig, daß sie davon gelesen hatte. Gewöhnlich wirft sie erst zwei oder drei Tage später einen Blick in die Tageszeitungen, nämlich dann, wenn sie die Abfälle darin einwickelt. Ich sehe sie in Gedanken vor mir, wie sie mit einem Ruck innehält, nachdem die Zeitung schon beinahe vollständig um die armen Reste gewickelt ist, und wie sie dann dasteht und liest, was ihr unter die Augen kommt. Am Ende sind die Zeitungsmeldungen immer älter als der Abfall und wesentlich weniger beeindruckend. Meine Schwester legt großen Wert darauf, den schönsten Müll in der ganzen Nachbarschaft zu haben und macht aus ihm richtige Geschenkverpackungen mit bunten Bändern und Schleifchen. Dahinter muß eine bestimmte Philosophie stecken. Doch ich habe keine große Lust, lange danach zu suchen. Mein Schwager hat immer viel zu tun und liest Zeitungen nur, wenn sie ihm zufälligerweise zwischen die Finger kommen. In unserer Familie bin ich derjenige, der den Schnitt hochhält.

Maruzza war völlig fassungslos. Raffaele hatte meinen Neffen Peppino, den Erstgeborenen, über das Taufbecken gehalten. Ich erinnere mich noch gut an Raffaeles Auftritt in der Kirche. Zu jener Zeit stand er kurz vor dem Abschluß seines Ph. D. in Kanada und hatte seine Ferien in Sizilien wegen der Taufe meines Neffen um einige Tage vorgezogen. Erst kurz vor dem Abflug war ihm eingefallen, daß er keinen passenden Anzug für das Ereignis besaß. Er ging zum Herrenausstatter

»Ich brauche einen Anzug«, sagte Raffaele.

»Was für eine Art Anzug wünschen Sie?« erkundigte sich der Verkäufer.

»Einen Anzug für einen Paten«, erwiderte Raffaele.

Und so steckte er in einem wunderbaren, schwarzen Zweireiher mit Nadelstreifen wie ein echter Mafiaboß; der Verkäufer hatte wahrscheinlich gedacht, der Anzug sei für ein Kostümfest bestimmt. Raffaele wirkte in diesem Aufzug, mit locker gebundener, breiter Krawatte, wie ein Mittelding zwischen aufgeputzter Vogelscheuche und einem Killer eines abgewirtschafteten Mafiaclans.

Ich berichtete Maruzza alles, was sich seit unserem letzten Telefonat zugetragen hatte, und verschwieg auch nicht, daß ich ebenso wie Vittorio Spotorno Bedenken bezüglich der Umstände von Raffaeles Tod hatte. Ich erwähnte auch den Brief und las ihn ihr vor. Dann verabschiedeten wir uns.

Ich versuchte, die Amerikanerin zu erreichen. Man sagte mir, sie sei noch nicht zurück. Kein Wunder. In solch einer Situation hätte ich es auch in keinem Hotelzimmer allein ausgehalten.

Ich suchte einen Film im Fernsehen. Mich schauderte, als ich auf *Umberto D.* stieß. Nein, heute war nicht der Abend dafür. Ich überquerte den Atlantik und landete bei *Orfeo Negro,* der noch tragischer ist; aber wenigstens handelt es sich hier um ein exotisches Schicksal, und die Filmmusik gehört zu meinen Lieblingsstücken – ein Fado, der sich in eine Saudade verwandelt.

Wiederholt rief ich im Hotel an, ohne Erfolg.

Als der Film zu Ende war, dachte ich, es sei jetzt bestimmt zu spät, und beschloß, es am nächsten Tag wieder zu versuchen. Ich verließ das Haus und fuhr zur Piazza Politeama, wo ich noch eine geöffnete Rosticceria fand und mir etwas Fettgebackenes kaufte.

Wieder zu Hause schenkte ich mir einen Laphroaig pur ein, um das Abendmahl abzurunden.

Es brauchte noch etwas Symbolträchtiges, um jenen metaphernreichen Tag würdevoll zu beschließen. Ich ging das Regal mit den Schallplatten durch und hielt kurz bei Mahlers *Kindertotenliedern* inne. Zu melodramatisch. Und zu unheilvoll. Ich höre sie mir nie an und habe sie nur, weil sie auf der vierten Seite der Doppel-LP mit der Fünften Symphonie sind. Auch Charo Cofrè kam nicht in Frage. Zu rührselig. Am Ende fiel meine Wahl auf eine alte LP mit kubanischen Liedern, heitere, von Beny Moré gesungene Stücke. Ich mußte die Platte vor Urzeiten auf dem Kubanischen Abend bei der Festa dell'Unità erworben haben, gegen Ende des Paläozoikums. Als Schlußepitaph.

Während die Musik lief, blätterte ich die »L'Ora« durch. Ich drehte die Platte nicht um, als die erste Seite mit einem kratzigen Nebengeräusch endete, das Vinyl ist schon zu abgenutzt. So blieb es ein halber Nachruf. Raffaele, lebte er noch, hätte das bestimmt zu schätzen gewußt.

Ich landete mit *Gradiva* im Bett. Gegen Morgen träumte ich dann von einer hennagefärbten Nackten.

IV Darline

Um acht Uhr war ich schon außer Haus. Es stand eine Sitzung des Fachbereichsrats auf dem Programm. Fifì ist immer so pünktlich, als wäre er leibhaftiger Sohn der Schweizer Bahngesellschaft und nicht der eines Lokführers aus Caltanisetta. Eine unglaubliche Paranoia. Ich fuhr am Hotel vorbei, aber es war keine Zeit, um nach dem Mädchen zu fragen. Im Institut angelangt, ging ich direkt nach oben in den Konferenzsaal im siebten Stock. Im Aufzug stieß ich auf Peruzzi:

»Ciao, La Marca.«

Wenn mich jemand mit meinem Nachnamen anspricht, bin ich immer baß erstaunt. Peruzzi macht das bei allen so. Und fast hat es etwas Ansteckendes, denn mir ist noch immer nicht gelungen, seinen Vornamen in Erfahrung zu bringen.

»Wie geht's, Peruzzi?«

Er brauchte eine halbe Ewigkeit, bevor er sich zu einem langsamen und anhaltenden Kopfnicken entschied, was in seinem Gestenjargon soviel bedeutet wie »gut«. Nach jeder Begegnung mit ihm habe ich das Gefühl, ich täte besser daran, mich von einer Depression übermannen zu lassen.

Es wurden ein paar triviale Bemerkungen über die Angelegenheit mit Raffaele laut, bevor Fifì die Sitzung für eröffnet erklärte. Viele waren nicht gekommen. Vielleicht hatten die Herrschaften Angst, sich wegen der Geschichte mit Don Mimì bloßzustellen. Das war der einzige Punkt von Bedeutung auf der Tagesordnung und verhieß heftige Wortgefechte. Ich zumindest war fest entschlossen, in die Schlacht zu ziehen. Der Unterstützung von seiten Peruzzis war ich mir so gut wie sicher, denn ihm ist jede Gelegenheit recht, Fifì eins auszuwischen. Vor allem aber rechnete ich mit Giovanni, auch wenn er offiziell auf der gegnerischen Seite stand.

Klipp und klar gesagt, ging es darum, Don Mimì aus dem Haus der Botanischen Gärten zu werfen. Dieser Punkt ging auf einen Vorschlag von Mauro zurück, der in der vorangegangenen Sitzung darauf bestanden hatte, ihn auf die heutige Tagesordnung zu setzen. Mauro und Milly verfolgten nämlich den ehrgeizigen Plan, sobald der Alte das Haus geräumt hatte, dort ein kleines Speziallabor für angewandte Pflanzen-Gentechnik einzurichten. Für so etwas brauchten sie einen abgeschiedenen, überschaubaren Ort, an dem sie vor allem nicht so viele Leute zwischen den Beinen haben würden. Selbstverständlich bedurfte es auch des stillschweigenden Einverständnisses von seiten Filippo Serradifalcos. Und die Tatsache, daß der Punkt schwarz auf weiß auf der Tagesordnung stand, bedeutete, daß die Zustimmung gewährt war. Selbstverständlich wurde feierlich erklärt, für Don Mimì eine alternative Lösung suchen zu wollen. Vielleicht in Form eines Baumhauses oder einer Handvoll Münzen.

Großes Staunen machte sich breit, als Mauro seinen Vorschlag äußerst elegant zurückzog. Obendrein war er auch noch so dreist und führte humanitäre Gründe dafür ins Feld:

»Don Mimì ist ja schon alt«, stotterte er überzeugend wie ein hinkendes Schaf, »wo könnte er denn schon hinziehen?«

Als wäre die Idee, den Alten rauszuschmeißen, dem harten Schädel eines Extremisten von der Lega Nord entsprungen. Und nicht seinen Gehirnwindungen. Ich wollte schon eine bissige Bemerkung machen, doch um jegliches Wiederaufflammen des Gedankens zu vermeiden, schluckte ich sie herunter. Wie die Sache auch immer sein mochte, für Don

Mimì bestand keine Gefahr mehr. Dieses ganze Manöver war in meinen Augen ganz und gar nicht überzeugend.

Aus den Augenwinkeln beobachtete ich Filippo Serradifalco. Ich hätte auch offen hinschauen können, denn aller Augen waren auf ihn gerichtet. Fifì, der Undurchdringliche, verzog keine Miene. Mauro hingegen war ziemlich angeschlagen. Ebenso wie Milly. Die ganze Zeit, während Mauro sein soziologisch-sentimentales Geschwafel von sich gab, hatte sie so getan, als wollte sie ihn mit den Augen verschlingen. Es ist nur eine Frage des Magens. Sie benahmen sich wie ein verliebtes Stockfischpärchen. Romantisch wie ein Paar Spiegeleier.

Es gab so gut wie nichts mehr zu besprechen, und die Sitzung war früher als erwartet zu Ende. Wie die anderen erhob auch ich mich und stieß auf dem Weg zum Ausgang auf Giovanni.

»Wußtest du nichts davon?«

»Nichts, rein gar nichts.«

Seelenruhig und mit entrücktem Blick stand er da. Sollte ich ihm glauben? In diesem Augenblick fiel mir meine Begegnung mit Don Mimì am vergangenen Montag ein. Bestand vielleicht ein Zusammenhang zwischen seinem Besuch im Fachbereich und der Änderung der Pläne von seiten Mauros? Oder war diese eher Fifì zuzuschreiben? Und warum nicht Giovanni oder sogar Milly?

Im Innern ihres Klüngels herrscht eine merkwürdige Dynamik: sich überkreuzende Einsprüche und gegenseitige Zugeständnisse. Und Fifì bezieht nicht immer eindeutig Stellung. Metaphorisch gesprochen, ließe sich alles auf das Verhältnis von Killern und ihren Auftraggebern reduzieren. Mauro, der dazu vorgesehen war, Don Mimì aus dem Weg zu schaffen, hatte schließlich sein eigenes Vorhaben um die Ecke gebracht. Wer aber stand dahinter?

Beim Weggehen hörte ich Peruzzi eine anzügliche Bemerkung machen, und sogleich ertönte Millys emanzipiertes Gelächter.

Ich ging in mein Arbeitszimmer hinunter und wählte die Nummer des Hotels. Ich erfuhr, daß das Mädchen just in dieser Sekunde in den Aufzug gestiegen und unterwegs zu ihrem Zimmer sei. Ich solle am Apparat bleiben, denn sicherlich würde sie jeden Augenblick am Hörer sein.

»Nein danke, ist schon gut. In ein paar Minuten komme ich selbst vorbei.«

Dieses Mal würde sie mir nicht entwischen.

Es war wieder heiß geworden und feucht wie in einem Treibhaus. Eine drückende Wolkenschicht, unheildrohend wie halbgares Eiweiß, lag über dem Ganzen (Tante Carolinas Eiweiß geriet immer so – es rächte sich; daher rührt auch mein Mißtrauen gegenüber den Verlockungen der Hausmannskost). Im Hotel behandelte man mich schon wie einen Stammgast. Ich trat an die Rezeption und bat, mit dem Mädchen sprechen zu dürfen.

»Ja, ich bin hier.«

Die Stimme kam von der Sitzecke in der Halle, und eine Person erhob sich von einem der Sofas und kam auf mich zu.

»Ich bin Darline Campbell.«

Gut gemacht, Raffaele...

Es wäre mir natürlich schwergefallen, in diesem Mädchen eine potentielle Schweinehüterin aus dem staubigen Midwest zu sehen. Aber sonst... Bestenfalls hätte ich eine x-beliebige Brenda, eins jener strammen Mädchen aus diesen amerikanischen Idiotenfilmen, erwartet: Jeans, Kaugummi und breiter Hintern. Statt dessen fand ich mich einer völlig unerwarteten Darline gegenüber.

Sprecht einmal laut die beiden Namen aus, wickelt sie euch um die Zunge und laßt sie entlang des Gaumens gleiten. Dar-li-ne. Bren-da. Hört ihr den Unterschied? Die Musik eines plätschernden Bergbächleins gegen das Kettengeklirre eines

Panzerwagens. Schon bei ihrem Namen hätte ich es erahnen müssen. Und hat nicht bereits der alte Kerouac gesagt, daß die Mädchen aus Des Moines die schönsten der Welt sind?

Gut gemacht, Raffaele...

Aber bitte keine falschen Vorstellungen. Sie war keine Frau mit atemberaubenden Kurven, flammendroter Mähne, geschmeidigem Raubtiergang, glutvollen Augen oder »einem erotischen und sinnlichen Touch, der den wilden Klang ferner Trommeln hervorrief«.

Darline war eher der Typ Mädchen, den man der Großmutter vorstellen kann. Mager, blond, anmutig, mit feinen, etwas unregelmäßigen Gesichtszügen und einer schönen, geraden Nase. Keine klassische Schönheit. Sie hatte den Charme einer thailändischen Hosteß; man könnte von einer Art asiatischer Blondine sprechen, ein Blond, das weich und erholsam war. Möglicherweise ein stilles Wasser. Ihre sanften, rehbraunen Augen waren leicht umschattet, was von ihrer Quasi-Witwenschaft herrühren mußte. Sie trug weiße Jeans und ein Jackett im Herrenschnitt aus grobem, naturfarbenem Leinen; über der Schulter hing eine mit Leder abgesetzte Stofftasche, an deren Riemen ein Halstuch (kein Markenprodukt) festgeknotet war. Ich schätzte ihr Alter auf neunzehn oder zwanzig. Tatsächlich war sie sechsundzwanzig.

Ihre Stimme war es, die mir besonders unter die Haut ging. Mir war, als würde ich sie kennen – im Geiste hatte ich sie schon gehört – und sie erinnerte mich an eine Episode, die Raffaele bei seiner Rückkehr von einer Reise nach England erzählt hatte.

In London hatte er einen winzigen Laden ausfindig gemacht, in dem eine vorlaute Göre im Alter von fünf oder sechs Jahren, die Tochter der Besitzerin, das Sagen hatte (Britannia rules the waves, oder vielmehr: the wives rule Britannia?). Jeden Morgen betrat Raffaele dieses Geschäft und kaufte eine kleine Tafel Cadbury's Schokolade, nur weil er hören wollte, wie die Kleine von ihm sechs Pence verlangte. Ihm gefiel die Art und Weise, wie sie Six pence sagte, und er tat, als verstünde er sie nicht richtig, damit sie es ihm zwei-, dreimal wiederholte. Man muß noch hinzufügen, daß Raffaele Cadbury's verabscheute. Aber es war die einzige Ware, die ganz bestimmt sechs Pence kostete.

Raffaele war es gelungen, mir den Klang jener Stimme zu vermitteln. Und in Darline hatte ich die erwachsene Stimme jenes kleinen Mädchens entdeckt. Auch ihm mußte es so gegangen sein. Ich hätte alles darauf verwettet.

Das Mädchen hatte Italienisch gesprochen. Und ich hatte gedacht, daß ihr Wortschatz mit den Höflichkeitsfloskeln auch schon erschöpft sei. Doch da täuschte ich mich. Sie sprach ein gutes, flüssiges Italienisch, nur manchmal verhaspelte sie sich bei der Aussprache längerer Wörter, oder sie gebrauchte Hilfsverben falsch. Und sie neigte dazu, bei den Satzkonstruktionen das Verb ans Ende zu stellen, nach sizilianischer Art.

Wenn es etwas gibt, was meinen Hormonhaushalt in Aufruhr versetzt, dann ist es das Italienisch, das manche Ausländerinnen sprechen. Hat jemals der Klang der Worte »un capusino e un cornuto con crema«, mit denen eine britische Jungfer mit engelsgleicher Miene bei einem dialektsprechenden Palermer Barkeeper einen Cappuccino und ein cremegefülltes Hörnchen bestellt, euer Ohr entzücken können? Das Italienisch, das die Französinnen und die Engländerinnen – natürlich nicht alle, es gibt Grenzen – sprechen, läßt mich weniger wählerisch bezüglich aller anderen Eigenschaften jener Damen sein. Was das angeht, hätte ich Darline beinahe alles nachsehen können. Doch mir schien, als gäbe es bei ihr gar nichts nachzusehen. Ich stellte mich vor, aber sie wußte natürlich schon, wer ich war.

»Ja, ich weiß, du bist Lorenzo. Raffaele hat oft von dir gesprochen.« (Und wenn ich nun zu ihr gesagt hätte: ich heiße

Bond, James Bond? Manchmal kommen mir die abwegigsten Ideen in den Sinn).

Ich wußte es zu schätzen, daß sie schon in der Lage war, über Raffaele in der Vergangenheitsform zu sprechen. War das amerikanischer Pragmatismus oder einfach nur promptes Reaktionsvermögen? Eine Weile herrschte verlegenes Schweigen. In gewissen Situationen fehlt mir nämlich jegliches Reaktionsvermögen. Stumm in der Vorhalle eines Hotels herumzustehen, behagt mir aber gar nicht, und so geleitete ich sie in die klimatisierte Zone der Bar.

Sobald der Kellner auftauchte, bestellte Darline frischgepreßten Zitronensaft mit Soda und Eis, anstelle der unvermeidlichen *Diet* Cola. Ich staunte nicht schlecht. Das war eindeutig eine Errungenschaft ihrer raffaelitischen Zeit. Mein verstorbener Freund war ein leidenschaftlicher Zitronensafttrinker. Auch ich bestellte ein Glas davon und erkundigte mich nach ihren Plänen.

»Ich bleibe zwei Wochen in Sizilien.«

Es klang entschieden. Von der Möglichkeit heimzufliegen war nicht die Rede. Ihr war einfach nicht danach. Und die zwei Wochen entsprachen auch genau der Dauer des Aufenthalts, den sie mit Raffaele geplant hatte. Sollte die junge Dame gar eine winzige, romantische Ader haben?

Gab es etwas, was ich für sie tun konnte?

»Nein danke, alles okay.«

Ihre Stimme verriet, daß sie den Tränen nahe war. So bohrte ich nicht weiter. Ich fragte, ob es ihr etwas ausmachte, wenn wir über die Ereignisse redeten.

Nein, ganz im Gegenteil, ihr lag viel daran, klarer zu sehen. Ich wollte wissen, was sie darüber dachte.

»Ich weiß nicht, was ich davon halten soll. Mir kommt alles so unglaubwürdig vor.«

War ihr in den letzten Wochen nichts Besonderes an Raffaele aufgefallen? Etwas, das als Vorzeichen zu deuten wäre.

Ja doch, einige Tage vor ihrem Abflug war er recht seltsam geworden.

»Seltsam, inwiefern?«

Er war einfach wie verwandelt. Nervös, launisch, streitsüchtig, und hin und wieder verfinsterte sich seine Miene mit einem Schlag. Einfach merkwürdig.

Von wegen merkwürdig, dachte ich. Das Mädchen hatte ein Bild von Raffaele gezeichnet, das mir absolut vertraut war. Mein Freund mußte sich also stark verändert haben, wenn jenes Benehmen für sie eine Neuigkeit darstellte.

Mit einem Schlag kam mir das Telefongespräch mit der Vorwahl null-zwei in den Sinn, das Raffaele vor der Geschichte mit dem Ficus vom Hotel aus geführt hatte. Ich zog den Zettel mit der Nummer heraus und zeigte ihn ihr.

Nein, sie hatte keine Ahnung, wer dahintersteckte.

Im stillen nannte ich mich einen Vollidioten, weil ich nicht früher drauf gekommen war, auf dem nächstbesten Telefon einfach die Nummer zu wählen, um herauszufinden, wer sich melden würde. Es war wohl besser, das nicht in Darlines Beisein zu tun. Ich wollte es später von meinem Arbeitsplatz oder von zu Hause aus versuchen. Und gewiß hatte Spotorno schon daran gedacht. Ich ließ es dabei bewenden und fragte sie, ob auch sie zum Kreis der »Erwählten« gehöre. Sie verstand den Sinn meiner Frage nicht.

»Habt ihr zusammen gearbeitet, du und Raffaele?«

Ohne lange zu überlegen, hatte ich sie in dieselbe Berufssparte gesteckt. Tatsächlich hatte sie aber ein geisteswissenschaftliches Studium an der Universität Iowa absolviert. In Darlines Ausbildung hatte es also kein Vassar-Mädchencollege gegeben. Nicht, daß ihre Familie sich das nicht hätte leisten können. Der Großvater besaß eine Riesenfarm, und der Papa war einer der angesehensten Tierärzte im ganzen Umkreis: Ich hätte ja wetten können, daß am Ende doch wieder Schweine ins Spiel kommen würden.

Ihre Mutter war Hausfrau. Eine Familie wie aus dem Bilderbuch. Aber wo und wie war Raffaele, die gute Seele, in dieses hübsche Bildchen geraten?

Er betrat die Szene im Village, sagte sie mir, wo sie sich kennengelernt hatten. Im Village? Meinte sie wirklich das Village von New York?

Ja, sie meinte genau Greenwich Village. Und was hatten sie und Raffaele mit dem Village zu tun?

Nun, sie versuchte sich seinerzeit beim Off-Broadway...

Das Off-*Brodwäi*, Teufel noch eins! Meiner Meinung nach würde man dort aus so einer wie Darline einen leckeren Happen für die Haie machen, die sich gewöhnlich in diesen Breitengraden bewegen. Doch wie auch immer, bei ihr war es schiefgegangen. Das hätte ich auch sehen wollen. Bestimmt bestand ein gehöriger Unterschied zwischen dem Off-Broadway und den Theateraufführungen im Gemeindezentrum oder der Laienspielergruppe des aktiven Flügels des Country Clubs von Des Moines, Iowa. Sie gestand mir, daß man sie mit Haut und Haar verschlungen hätte, wäre da nicht Raffaele aufgetaucht.

So ein Pech! Warum habe ich das nicht früher gewußt? Ich hätte für den Grabstein ein schönes Heiligenbildchen drucken lassen, auf dem der Erzengel Raffaele zu sehen ist, wie er die Bösen niedersticht und die Jungfrau vom Off-Broadway rettet. Ich konnte mir Raffaele in der Rolle des wagemutigen Ritters ohne Furcht und Tadel einfach nicht vorstellen. Der bloße Gedanke daran rief in mir die Erinnerung an das Heldenepos des kühnen Anselmo wach. Gewiß nicht an das von Beowulf oder Lord-Randal-mein-Sohn, wie es der junge Holden Caulfield in seinen verzweifelten Erinnerungen nennt.

Wem ist es nicht schon so ergangen, daß ihm die Melodie eines dummen Kinderliedchens im Kopf herumgeht, die seine Gehirnzellen einfach nicht freigibt? Den Rest des Vormittags saß die Strophe des kühnen Anselmo in meinem Hirn fest.

Mich machte das ganz zappelig, auch wenn kein Außenstehender mir etwas anmerkte.

Wir sprachen von dem vor kurzem bestatteten Freund, und wie eine Blindschleiche im hohen Gras drang ein böser kleiner Geist in meine opportunistischen Neuronen und begann, mir zuzuflüstern:

Es vergeht ein Tag und noch ein andrer
nie und nimmer kehrt der kühne Anselmo zurück...

Ich hörte mir die Geschichte von den vergeblichen Bemühungen eines Mädchens aus der provinziellsten aller amerikanischen Provinzen an, und jener da machte weiter:

... denn er war sehr schlau
zog in den Krieg und trug den Helm...

Ich hatte noch immer nicht begriffen, was Raffaele eigentlich mit dem Off-Broadway zu tun hatte.

(... trug den Helm auf dem Kopf
um nicht Schad zu nehmen allzu sehr...)

Das war einfach, er gab den Schauspielern Italienischunterricht.

(... und zog los, zum Kampf gerüstet,
hoch zu Roß...)

Es fehlte nicht viel, und ich wäre an einem Stück Zitrone erstickt.

Italienisch?

Ja, Italienisch, was war denn daran so komisch?

Im Village?

Genau.

Und wer hatte Raffaele dazu gebracht, im Village Italienischunterricht zu geben und obendrein für Schauspieler?

Nun, die Schauspieler kamen erst später auf den Plan. Tatsache ist, daß Raffaele, man weiß nicht wie, in einen Kreis von Italo-Amerikanern geraten war. Alles Leute, die in der Sprache ihrer Väter keine einzige Silbe herausbrachten. Anfangs war die Idee mit dem Sprachkurs einfach nur so dahingesagt. Dann nahm sie Gestalt an, und unversehens steckte Raffaele mitten in der Sache. Einer der jungen Leute war Off-Broadway-Schauspieler. Die Schauspielertruppe hatte für ihre Arbeit im Village eine ehemalige Garage gemietet. Zwei Abende in der Woche hielt Raffaele dort seinen Italienischkurs ab. Die Sache machte ihm einen Mordsspaß. Eines Tages war dem Anführer der Schauspielerbande die Idee gekommen, irgendeine avantgardistische Schmierenkomödie auf italienisch vor einem exklusiven Publikum (vor welchem bloß?) in Little Italy aufzuführen. Anschließend konnte Raffaele seine Zuhörergemeinde verdoppeln.

Die Schauspieler waren ein lasterhaftes Völkchen. Mit Ausnahme von Darline, dachte ich mir banalerweise im stillen. Und bei dieser Gelegenheit hatte es zwischen den beiden gefunkt.

Da blieb einem vor Staunen der Mund offen. Dieser Teufelsbraten von Raffaele, wer hätte das gedacht? Bestimmt hat er sich von einem jener Bastarde von Psychoanalytikern in der Park Avenue in die Mangel nehmen lassen.

Natürlich verlangte ich von dem Mädchen keine Bestätigung für die Vermutung. Während des Erzählens war etwas Leben in sie gekommen. Dann gab sie noch Raffaeles Streich am Abend der Premiere zum besten. Das heißt, bei der ersten Unterrichtsstunde, of course. Er hatte sich mitten auf die Bühne gestellt und in klarem und kategorischem Ton diktiert, daß die Regel Nummer eins im Italienischen laute: das Verb steht immer am Satzende.

Die Folge war ein unvorstellbares Durcheinander. Und das war schon an und für sich Off-Broadway. Nur ein echtes Genie konnte solche Sachen aushecken. Darline tat sich noch immer schwer mit der üblen Angewohnheit, das Verb ans Satzende zu stellen. Vor allem in kurzen Sätzen fiel das auf. Es klang etwas schockierend, wenn sie mit ihrem Midwest-Akzent Dinge sagte wie: stanca sono. Man bekam richtig Lust, das von Raffaele begonnene erzieherische Werk fortzusetzen und noch zu verbessern.

Es war spät geworden, und ich lud sie zum Mittagessen ein. Sie lehnte ab. Sie sagte, sie fühle sich nicht ganz wohl und wolle versuchen zu schlafen. Unsicher blickte sie mich an und machte einen Gegenvorschlag:

»Geht es heute abend?«

Gewiß ging das. Zum Abschied begleitete sie mich bis zum Hoteleingang.

Bevor ich in den Fachbereich zurückkehrte, gestattete ich mir eine doppelte Portion frittierter kleiner Sepia und Tintenfische, die ich im Stehen am Stand eines Panelle-Verkäufers zu mir nahm; als Nachtisch verzehrte ich ein Schokoladeneis mit Schlagsahne – damit mein Magengeschwür weiterhin auf der Hut blieb.

Von meinem Zimmer aus wählte ich sofort die Nummer mit Mailandvorwahl: »Hier ist der automatische Anrufbeantworter der ›Errepiemme Instrumente‹. Unsere Büros sind wegen dringender Inventaraufnahme in dieser Woche nur von halb neun bis dreizehn Uhr dreißig geöffnet. Nach dem Pfeifton können Sie uns eine Nachricht auf Band hinterlassen.« Das war die sinnliche Stimme eines waschechten Mädchens aus der Emilia Romagna. Der Signalton überraschte mich, ich wußte nicht, was ich sagen sollte. Den altbekannten, sizilianischen Fluch ausstoßend, knallte ich den Hörer auf und hoffte, das Gerät würde alles registrieren.

Dann eilte ich in den vierten Stock, schlüpfte in die Telefonzentrale und griff nach dem Telefonverzeichnis von Mailand. Ich suchte »Errepiemme«. Reinfall. Dann hatte ich eine geniale Idee und versuchte es unter R. P. M. Wieder nichts.

Und noch eine Eingebung: Ich wollte es auf den Gelben Seiten unter dem Stichwort Instrumente versuchen. Nichts – unter der Kategorie chirurgische und medizinische Instrumente genauso wenig wie unter Instrumente für Ingenieurwesen. Die musikalischen Instrumente überging ich schlichtweg. Unter dem Stichwort wissenschaftliche Instrumente hieß es: »siehe wissenschaftliche Geräte und Instrumente«. Ich gehorchte. Und fand sofort die »R. P. M. Instrumente GmbH« dick eingerahmt. Nicht, daß mich das sehr viel weiter gebracht hätte. Es stand nämlich nur geschrieben, daß die Firma Diagnose-Geräte, elektronische Instrumente und Präzisionswaagen vertrieb.

Frage Nummer eins: warum hatte Raffaele, kaum war er in Palermo angekommen, in Windeseile die R. P. M. angerufen? Frage Nummer zwei: wenn Anrufbeantworter eher Mordinstinkte auslösen als Selbstmordabsichten zu verstärken, bestand dann überhaupt eine Verbindung zwischen der aufgezeichneten Nachricht und der Schlinge einige Stunden später? Frage Nummer drei: hatte es Raffaele vielleicht doch geschafft, mit einem zivilisierten Zweifüßler bei der R. P. M. zu sprechen?

Ich wählte noch einmal die Nummer und ließ mir den Sermon wiederholen. Die Stimme säuselte etwas von »dieser Woche«. Also war nicht auszuschließen, daß vergangenen Freitag ein menschliches Wesen aus Fleisch und Blut im Büro gewesen war und Raffaeles Anruf entgegengenommen hatte. Mir blieb nichts anderes übrig, als es am nächsten Morgen erneut zu versuchen. Oder ich überließ Spotorno die Sache. Wie sagt doch Nero Wolfe so schön: Was die Routinearbeit angeht, ist unsere gute Polizei unschlagbar.

Ich ging in mein Zimmer zurück. Auf dem Schreibtisch lag ein Papierstapel wie eine Panzerdivision auf der Lauer: großkalibrige Examensarbeiten, die schon seit Wochen auf einen Verriß meinerseits warteten. Haßerfüllt sah ich zu ihnen hin. In Wahrheit war es ein stummer Blickwechsel: Die Examensarbeiten fixierten mich ihrerseits und schwebten bedrohlich in meine Richtung. Ich schloß die Augen, und mit einem Schlag waren sie verschwunden. Als ich die Augen öffnete, lagen die Arbeiten wieder auf dem Tisch. Seltsam.

Ich stand auf und ging aus dem Zimmer. Den Aufzug ließ ich stehen und stieg zu Fuß die Treppen hinunter. Auf dem letzten Treppenabsatz stolperte ich, und wie durch ein Wunder brach ich mir nicht das Genick. Etwas ging trotzdem in Stücke, denn auf der Suche nach einem besseren Gleichgewicht machte ich eine brüske Armbewegung, und zack, riß das Hemd auf dem Rücken. Auch an diesen kleinen Dingen merkt man, ob es ein schwarzer Tag ist oder nicht. Ich sollte wohl besser nach Hause gehen und mich dort einschließen.

Das Tor im Erdgeschoß, das auf die Botanischen Gärten geht, war abgesperrt, und ich hatte den Schlüssel vergessen. So mußte es ja kommen an einem Tag wie heute! Mir blieb nichts anderes übrig, als nochmals hinaufzugehen. Jetzt aber nahm ich den Aufzug sowohl aufwärts als auch abwärts. Dann betrat ich die Botanischen Gärten und ging langsam zu Don Mimìs Behausung.

Da saß er vor der Tür im kühlen Schatten eines riesigen Maulbeerbaums. Er hatte es sich auf einem ziemlich wackligen Korbstuhl zu einem Nickerchen bequem gemacht und die Füße vor sich auf einen Holzklotz gelegt. Ein Teller mit Zuckermelonenschalen ließ auf das gerade beendete Mittagessen schließen. Ich betrachtete Don Mimìs Gesicht, und seine Physiognomie erschien mir in diesem Augenblick wie die höchst unwahrscheinliche Mischung aus dem Blut eines Indianers und dem einer Sarazenin.

Er mußte meine Schritte gehört haben, denn er schlug erst das eine, dann das andere Auge auf. Offensichtlich war er bei guter Laune, und ich glaubte, auch den Grund dafür zu wissen. »Ah, Lorè, du bist es.«

»Grüß Sie, Don Mimì.«

»Willst du ein Stück eisgekühlte Melone?«

»Nein danke, Don Mimì. Ein andermal vielleicht.«

Schweigend stand ich da und suchte nach den passenden Worten. Don Mimì hatte die Augen wieder geschlossen.

»Haben Sie die Sache mit Raffaele gehört?«

»Mit wem, Montalbani?«

»Genau.«

Er nickte vorsichtig, ohne die Augen zu öffnen.

»Sie hatten ihn wiedererkannt, nicht wahr, Don Mimì?«

Er machte ein Auge auf und zog die Augenbraue darüber zusammen. Dann schloß er das Auge wieder. Das war eine eindeutige Aufforderung, mich nicht um fremde Angelegenheiten zu kümmern. Ich wechselte das Thema:

»Hat man Ihnen schon gesagt, was heute morgen auf der Versammlung des Fachbereichsrats geschehen ist?«

Er sah mich jetzt mit beiden Augen an:

»Und was sollten sie mir schon sagen? Mir sagt doch nie einer was. Und außerdem, ich will von nichts wissen.«

»Ach, Don Mimì, Sie wollen mir doch nicht sagen, daß ...«

»*Ich* sag dir absolut nichts, aber du, was willst du eigentlich *von mir*, La Marca?«

Don Mimì tat so, als wäre seine gute Laune weg, aber es war deutlich zu erkennen, daß er immer noch Spaß hatte, wenn auch auf seine Weise. An dem Punkt weiterzubohren, war sinnlos, das war klar. Wollte ich die Gründe von Mauros Kehrtwendung begreifen, dann war es gewiß nicht Don Mimì, der mir mit entsprechenden Erklärungen weiterhelfen würde. Ich drehte mich um und wollte gehen.

»Ist gut, Don Mimì, vergessen wir's. Ich grüße Sie.«

»Lebwohl, Lorè. Dein Hemd ist zerrissen. Schämst du dich eigentlich nicht, so herumzulaufen?«

Das war eher ein Tie-Break als eine Unterhaltung. Und ich war nicht als Gewinner hervorgegangen.

Es war zum Verrücktwerden. Seit vier Tagen bewegte ich mich wie im Leerlauf. Schleppenden Schritts machte ich mich in Richtung Ficus auf den Weg und hoffte auf ungeahnte Erkenntnisse. Ich strich um den Baum herum, als könnte ich etwas von einer Maigret-Atmosphäre erhaschen, und versuchte, mir Raffaeles Bewegungen im Dunkeln vorzustellen. Nun, richtig dunkel war es ja nicht, denn an jenem Freitag war der Mond in zunehmender Phase gewesen. Ich stieg auf den berüchtigten Sitz und sprang hinunter; ein Sprung aus siebzig, achtzig Zentimeter Höhe. Aber mir fiel weder etwas Neues ein, noch fühlte ich etwas Besonderes, abgesehen von einer leichten Erschütterung am Kreuzbein. Ein Gärtner verfolgte mein Tun, staunend auf seinen Rechen gestützt. Ich machte ihm ein Zeichen zum Gruß, und verwirrt wandte er sich wieder seiner Arbeit zu. Ich aber schlenderte zum Fachbereich zurück.

Da nun einmal alles verloren war, beschloß ich den Laden dichtzumachen. Ich traf die Mädchen im Labor an, wie sie sich gerade zum Weggehen fertigmachten.

»Wohin glaubt ihr beiden eigentlich, so früh zu gehen?«

»Auf Männerjagd, Chef«

»Wieso, genüge ich euch nicht?«

»Ha, ha.«

»Um so schlimmer für euch.«

»Warum suchst du dir kein Weib und kommst mit uns? Wenn du willst, finden wir eine für dich, eine, die zu dir paßt.«

»Macht, daß ihr fortkommt!«

»Durchhalten ist die Parole, Chef. Die Hoffnung geht als letzte von Bord.«

»Da täuscht ihr euch, Mädels, es ist immer das Leben, das zuletzt dran glauben muß.«

Einen Augenblick lang ging mir durch den Kopf, sie zum Abendessen mit Darline einzuladen und vielleicht auch Giovanni mitzunehmen. Es hätte eine gute Idee sein können, ihnen etwas weiblichen Rückhalt zu bieten und für ein bißchen Umtrieb zu sorgen. Doch möglicherweise war so eine Aktion zu verfrüht: im Grunde kannte ich Darline ja nicht gut und konnte nicht wissen, wie sie auf eine so große Schar von Fremden reagierte. Und Giovanni hatte ich beinahe sofort wieder fallengelassen. Nicht, daß ich ihn als echten Rivalen betrachtete, aber ihr wißt ja, wie das ist, zu viele Hähne in einem Hühnerstall... ein wenig glaube ich schon an diese Weisheiten. Und abgesehen von dem Rivalen, bei ihm weiß man nie, woran man ist; manchmal läuft man Gefahr, durch ihn in die peinlichsten Situationen gebracht zu werden... Die Sache ist, er hält sich für eine Mischung aus Don Giovanni, Casanova, einem Mandrill und Richard Gere. Und vertraut blindlings auf die Reizwirkung seiner Duftstoffe. Ihr solltet ihn sehen, wie er sich strategisch günstig mit dem Wind im Rücken plaziert und jedes Lüftchen wahrzunehmen sucht, das unter seinen Achseln hindurchstreicht und die Düfte zu den Nasenlöchern irgendeines unbedachten, weiblichen Opfers trägt. Zwar habe ich noch nie erlebt, daß er tatsächlich bei einer gelandet wäre, doch er versucht es trotzdem immer wieder. Übrigens bin ich überzeugt, daß er als erster auf dem Trockenen säße, wenn es das eine oder andere Mal klappen sollte. Und ich glaube auch, daß er, in die Ecke gedrängt, anstatt zur Tat zu schreiten, glattweg den Rückwärtsgang einlegen würde. Meiner Meinung nach ist Giovanni, der Hohepriester des unkeuschen Denkens, aber nur des Denkens, noch strenger verheiratet als Spotorno. Seine Frau kontrolliert ihn systematisch, und seine Beziehung zu ihr geht klar in Richtung der altbewährten Garibaldischen Tradition: Gehorsam über alles. Seine Kriegserklärungen dem weiblichen Geschlecht gegenüber sind Schall und Rauch. Die Wahrheit ist, daß Giovanni sich nicht damit abfinden kann, in ein Alter zu kommen, in dem man vom Kindersport endgültig in die Jugendmannschaft überwechselt.

Als ich wieder im Wagen saß, machte ich mich auf den Weg zu Darlines Hotel. Ich hatte mir überlegt, das Auto dort abzustellen und zu Fuß nach Hause zu gehen. Auf diese Weise könnte ich mir das Verkehrschaos und die Parkplatzsuche ersparen, und wenn ich das Mädchen abholte, wären wir gleich startbereit. Unter dem Blütendach einer Erythrina corallodendron alias Korallenbaum alias Flamboyant fand ich sogar einen schattigen Platz. Um einen allzu gelehrigen Ton zu vermeiden, genügt das wohl an Namen.

Zu Fuß das Kalsa-Viertel zu durchqueren ist eine Lektion in praktischer Soziologie. Bis vor ungefähr zwanzig Jahren konnte man dort immer nur ganz gewöhnliche Vornamen wie Rosalia, Totuccio, Rosuccia, Maria, Maruzza, Peppino, Peppuccio, Mommo, Mimmo, Rosario, Tanino, Franco, Pietro, Nino, Enzuccia, Carmela, Nunzia, Cosimo, Santo, Concetta, Fina, 'Gnazio, 'Ncilina und Masina hören. Heute machen ihnen Namen wie Dimitri, Ivan, Vladimir und die höchst gefürchteten Samantha, Debora, Sabrina, Sabina, Edwige, Farah, Ornella und Stefania Konkurrenz. Der Gipfel ist der Mädchenname Wanja, jenem Russen zum Trotz, der einen Onkel desselben Namens hatte. Einmal kam es sogar zum Streit zwischen einem dallassüchtigen Vater und einem Pfarrer, der sich weigerte, den Neugeborenen auf den Namen Geiar zu taufen. Das stand sogar in der Zeitung.

Auch dahinter steckt eine Moral. Doch sie ist mir zu einfach und keiner weiteren Worte wert. Früher oder später werden wir auf der ersten Seite des Montagskuriers darüber lesen.

Zu Hause legte ich *Vendôme* des Modern Jazz Quartet auf, ich brauchte etwas reinen Sauerstoff. Dann zog ich das Hemd aus und begutachtete den perfekten Riß auf der Rückseite. Ich hätte ihn für einen echten Lucio Fontana ausgeben können. Um Putzlappen daraus zu machen, würde es wohl noch taugen. Ich begab mich unter die Dusche, um diesen Teil des Tages von mir abzuwaschen.

Zum Ausgehen hatte ich ein hellblaues Hemd, eine seidene Strickkrawatte, Jeans und ein blaues Leinenjackett bereitgelegt. Beim Zuknöpfen der Hemdsärmel sprang ein Knopf ab und rollte auf Nimmerwiedersehn davon, der letzte Gefallene im Tal der gefallenen Knöpfe. Ein Unglück kommt selten allein. Ich suchte einen anderen Knopf und nähte ihn anstelle des verschwundenen an.

Vielleicht fragt ihr euch, wie zum Teufel ich es mit den häuslichen Arbeiten halte, die über das Knopfannähen hinausgehen (und wenn ihr meint, das sei nichts Besonderes, fordere ich euch auf, mir die Namen von mindestens drei weiteren männlichen Wesen – gesunde, erwachsene Männer aus dem Süden – zu nennen, die zu so etwas in der Lage wären, ohne sich von widerlichen Kastrationskomplexen erdrücken zu lassen).

Es mag wohl etwas feudal klingen, aber für meinen Haushalt habe ich zwei echte Perlen. Sie kommen zweimal pro Woche und kümmern sich einfach um alles: sie waschen und bügeln die Wäsche, fegen, wischen Staub und räumen die Wohnung auf. Sie heißen Rani und Thambirajaia, ein Tamilenpaar aus Sri Lanka. Das geht schon seit drei Jahren so. Und der bloße Gedanke, daß sie eines Tages zu anderen Gestaden aufbrechen könnten, bereitet mir stechende Krämpfe im Zwölffingerdarm. Aus diesem Grund bekommen sie bei mir eine weit übertarifliche Bezahlung. Ich bin von Natur aus oder aus Berufung recht unordentlich und zerstreut. Doch wie ein gewisser Rudolf Arnheim in *Entropie und Kunst* sagt, ist die Unordnung nicht das Fehlen jeglicher Ordnung, sondern vielmehr das Aufeinanderprallen einzelner Ordnungssysteme, denen es an stillschweigendem Einvernehmen untereinander fehlt. Das habe ich auf der Rückseite einer Flasche dänischen Biers gelesen. Ist das nicht tröstlich? Seitdem ich das weiß, hat sich meine Lebensqualität schlagartig verbessert.

Ich kleidete mich an und sah, daß mir noch etwas Zeit blieb. Ich nutzte sie, um die Hörspielaufnahme von Tanizakis *Zwei grausame Lieben* zu hören, mit der *Kreutzersonate* als Hintergrundmusik: Liza Pózdnysheva am Klavier, Truchačevski auf der Geige. Eine echte Rarität. Sie ist praktisch nicht mehr käuflich zu erwerben. Eine höchst raffinierte Zusammenstellung von Musik und Literatur. Für den echt dekadenten Geschmack. Oder für abgetakelte Päderasten. Aber wen interessiert das schon?

Kurz darauf stand Darline in der Halle. Sie hatte sich ein bißchen Farbe ins Gesicht getan, eine Schicht Make-up oder was die Frauen in solchen Fällen eben benutzen. Ich schnupperte ein mir unbekanntes Eau de Cologne. Ihr Lächeln war leicht gekünstelt, aber ansonsten wirkte sie recht ausgeruht. Langsam fing sie sich wieder. Sie trug ein langes, geblümtes Kleid aus lila Baumwolle, im Laura-Ashley-Stil. *Molto verinais.* Ich geleitete sie zum Wagen und hielt ihr die Tür auf. Zum zweitenmal innerhalb einer Woche glitt ich mit einem Mädchen an meiner Seite die Staatsstraße 113 entlang.

»Hast du Hunger?«

»Ja, ein wenig.«

»Magst du Fisch?«

»Ja.«

»Gut.«

Auf der ganzen Fahrt Richtung Porticello vermied ich jede Anspielung auf Raffaele und alles, was damit zusammenhing. Ich erläuterte die Gegend, durch die wir fuhren, sprach von den Feldern und der Trockenheit. Ihr waren schon unsere Monumente für den Durst aufgefallen, die großen Wassertürme nämlich, die die Gemeindeverwaltung für Millionen (Lire) in sämtlichen Stadtteilen hatte aufstellen lassen. Sie sollten der privaten Trinkwasserversorgung dienen, wenn die Wasserhähne in den Wohnungen trockenblieben. In Wirklichkeit aber werden sie zum Autowaschen benutzt und für die Au-

schriften der G. R. K., was für die örtlichen Geheimen Revolutionären Kerngruppen steht. Da kann man zum Beispiel lesen: Gott ist tot, Marx ist tot, nur ich platze vor Gesundheit. Nachts verwandelt sich die ganze Umgebung in eine unglaublich ufologische Landschaft.

In Porticello angelangt, steuerte ich zum Hafen hinunter und fuhr weiter durch den Torbogen. Wir fanden nur deshalb einen Tisch im Freien, weil es für die einheimischen Gepflogenheiten noch zu früh zum Essen war. Wir bestellten beim Kellner Spaghetti mit Venusmuscheln, Schwertfischrouladen und Wein und gingen dann zum Buffet, um die Vorspeisen auszuwählen.

Wir aßen und plauderten und kamen schließlich auf sie zu sprechen. In ihrer Geschichte vom Off-Broadway war mir etwas nicht ganz klargeworden. Ich konnte mir beim besten Willen nicht vorstellen, wie sich ein Typ wie Darline mir nichts dir nichts ins Abenteuer stürzt und dafür eine häusliche Umgebung verläßt, die ich mir als vollkommene Geborgenheit ausmalte.

»Wie bist du denn beim Off-Broadway gelandet?«

Nun, es hat da einen gewissen Boyfriend gegeben ...

Ah.

Das war eine sehr wacklige Geschichte, und trotzdem verspürte ich nachträglich einen Stich von Eifersucht. Warum ich wohl nicht eifersüchtig auf Raffaele war? Vielleicht nur, weil er ein paar Meter unter der Erde ruhte?

Stück um Stück rollte sie die ganze Geschichte vor mir auf. Der Boyfriend stammte ebenfalls aus Des Moines, Iowa. Er war wenige Jahre älter als sie, Schauspieler und Autor einiger kleiner Avantgarde-Stücke, die er mit gewissem Erfolg in der heimatlichen Umgebung aufführte. Die Beziehung zu Darline hatte ein paar Jahre zuvor begonnen. Es war eine jener typisch amerikanischen Love-Stories wie aus Reagan-Filmen, aber ohne Happy-End: zwei junge Leute leben Tür an Tür, ihre Familien pflegen regen Kontakt miteinander und sehen die Verbindung zwischen den beiden mit Wohlgefallen. Der Richtigkeit halber sollte jedoch gesagt sein, daß Darlines Eltern nicht gerade begeistert von dem Vorhaben ihrer Tochter waren, nach New York zu gehen. Doch der junge Mann besaß offensichtlich ein gewisses Talent, und außerdem konnte man ja nie wissen ... Auch sie war nicht unbegabt. Und so war sie ihm gefolgt. Die Geschichte hatte viel vom sogenannten American Dream, abgesehen vom sentimentalen Hintergrund.

In New York überstürzten sich die Ereignisse. Das junge Genie erlebte einen Reinfall nach dem anderen. Bei dieser Gelegenheit hatten sich gewisse Seiten seines Charakters offenbart, die inmitten der weiten Maisfelder des staubigen Midwest verborgen geblieben waren. Diese Eigenschaften hatten Darline nicht besonders gefallen und bewirkten eine vorsichtige, zunehmende und am Ende unaufhaltsame Distanzierung von dem Herrn. Das Auftauchen Raffaeles hatte der Beziehung den Gnadenstoß verpaßt (unglaublich!). Der Rest ist bekannt.

Am Thanksgiving Day hatte sie Raffaele zum Truthahnessen zu Papa und Mama nach Hause eingeladen. In normalen Zeiten hätte das bei Raffaele mindestens zwei tödliche Allergien ausgelöst. Bei Darlines Eltern hinterließ er jedoch einen guten Eindruck (noch unglaublicher). Und zwar einen so guten, daß sie den Flug von den Staaten nach Palermo buchten, um der Hochzeit ihrer Tochter beizuwohnen. Daran war nichts Außergewöhnliches, hatte doch Darlines Großvater als Offizier des Pionierkorps am Feldzug in Italien teilgenommen, und noch heute schwärmte er von einer Stadt, Palermo genannt, wo er zwei der schönsten Monate seines Lebens verbracht hatte. Das erklärte teilweise den Erfolg, den Raffaele bei den Mitgliedern des Hauses Campbell zu verzeichnen hatte.

Wie schon am Vormittag war beim Erzählen aus jener Zeit

Leben in Darline gekommen, und so verzehrte sie mit gesundem Appetit alles, was ich ihr auf den Teller legte. Seit dem Besuch in der Leichenhalle hatte sie praktisch keinen Bissen mehr angerührt. Nur von Zeit zu Zeit erstarrte sie, die Gabel in die Luft gestreckt, und blieb in unsichtbaren Gefühlslabyrinthen gefangen. Doch ich war sofort mit weiteren Fragen zur Stelle, um sie wieder in Fahrt zu bringen. Sie war es schließlich, die an einer bestimmten Stelle des Gesprächs den Selbstmord Raffaeles erwähnte. Wenn sie darauf zu sprechen kam, benutzte sie den Ausdruck »selbstmorden«; als ich ihn zum ersten Mal hörte, zuckte ich unwillkürlich zusammen: ich erinnerte mich an unsere Abiturzeiten, als Raffaele Gefahr lief, in Englisch durchzufallen, weil er in der mündlichen Prüfung über Virgina Woolf nichts anderes als den papageienhaften Spruch »She committed suicide in Serpentine« herausbrachte (übrigens ein typischer Fall von Selbstmord in fast gepaartem Reim).

»In diesen Tagen habe ich mich immer wieder nach dem Grund gefragt, warum er das bloß getan hat.«

Ziellos, ohne nach rechts noch nach links zu schauen, war sie durch die Straßen der Innenstadt geirrt.

»Tausendmal bin ich Gefahr gelaufen, unters Auto zu kommen.«

»Darum habe ich dich nie im Hotel angetroffen. Wissen deine Eltern von Raffaeles Tod?«

»Ja, ich habe sie angerufen und ihnen gesagt, Raffaele hätte einen Unfall gehabt. Sie wollten eigentlich, daß ich sofort zurückfliege, aber ich habe abgelehnt.«

Und es sei auch nicht nötig, daß sie herkämen, hatte sie hinzugefügt. Sie komme schon allein zurecht. Und sie, diese wunderbaren amerikanischen Eltern, hatten nicht darauf bestanden.

»Kennst du die R. P. M.?«

»Nein, was ist das?«

Ich klärte sie auf.

»Ja, stimmt! Im Flugzeug hat Raffaele mir etwas von einem gewissen *Instrument* angedeutet, das er brauche.«

»Was für ein Instrument?«

»Ich habe keine Ahnung. Eure Arbeit ist für mich wie ein Buch mit sieben Siegeln. Er hat mir nur gesagt, daß er sich in Italien danach umsehen will, um es möglicherweise auszuleihen.«

»Kannst du dich nicht daran erinnern, ob er den genauen Namen dieses Instruments genannt hat?«

»Nein, das hat er nicht. Ich habe dir heute morgen schon gesagt, daß Raffaele in letzter Zeit recht merkwürdig geworden war.«

Ob sich da ein Hoffnungsschimmer auftat? Auch wenn kein Zusammenhang zu erkennen war? Vielleicht sollte man der Sache auf den Grund gehen. Und möglicherweise mit Unterstützung meines Freundes, des Bullen.

Als wir mit dem Essen fertig waren, war Darline sichtlich entspannt. Ich bezahlte die Rechnung und fügte das übliche, deftige Trinkgeld hinzu. Wir schlenderten zwischen den Ständen hindurch, an denen große Töpfe mit gekochtem Oktopus dampften. Darline erstarrte beim Anblick der Leute, die rohe Seeigel aßen. Ich schlug ihr eine Kostprobe vor. Schaudernd lehnte sie ab. Ich sagte ihr nicht, daß es ein Aphrodisiakum sei: Das wäre sicher geschmacklos von mir gewesen.

Wir stiegen wieder ins Auto, ich fuhr die Uferstraße der Aspra entlang und hielt bei einer der Bars hinter Kap Zafferano an. Wir sprachen immer noch über den verstorbenen Freund. Dieses Mal war ich es, der Episoden aus den alten Zeiten des Gymnasiums und der Universität zum besten gab. Ich erzählte ihr, wie Raffaele einmal einen LSD-Trip ins Becken der Ilyanasse-Schnecken geworfen hatte, mit denen Mauro gewisse, höchst bedeutende Experimente machen wollte; der stand anschließend kurz vor einem Nervenzusammenbruch, weil er vergeblich versuchte, die unvermittelte, frenetische Explosion des Sexualtriebs der Schnecken zu deuten. Andere Geschichten hatte sie schon von Raffaele gehört:

»Aber haben sie euch wirklich eines Nachts verhaftet, als ihr dabei wart … ich hatte immer meine Zweifel, daß er die Geschichte erfunden haben könnte.«

»Es war zwar keine regelrechte Verhaftung; aber auf alle Fälle waren wir gezwungen, eine Nacht im Polizeipräsidium zu verbringen. Wenn du willst, kann ich dir in den nächsten Tagen mal die ganze Geschichte erzählen – unmittelbar am Tatort«, ich warf einen Blick auf die Uhr, »oder sogar heute abend noch, wenn's dir recht ist. Das ist genau die richtige Stunde.«

Sie zögerte einen Augenblick.

»Ist es nicht zu spät für dich? Du mußt doch morgen früh zur Arbeit.«

»No problem. Ich gehe nie vor ein oder zwei Uhr zu Bett.«

»Also gut. Ich kann zur Zeit auch nicht früh einschlafen.«

Sie wollte den Augenblick hinauszögern, da sie wieder allein sein würde. Sie versuchte, unsere Kaffees zu bezahlen, und ich erläuterte ihr mit knappen, aber bestimmten Worten die hiesigen Bräuche. Das heißt die meinigen. Bereitwillig gab sie nach.

Ich schlug den Weg Richtung Stadt ein, fuhr das Fieravecchia-Viertel hinauf, durchquerte den Suk-al-Attarin und bog in die Via Roma ein. Unterwegs erläuterte ich alles für sie Wissenswerte. Und da wir auf der Hinfahrt eingehend von der Trockenheit gesprochen hatten, erzählte ich ihr jetzt von der Überschwemmung im Jahr 1931, als in zwei Tagen das Regenwasser einen Stand von fünfhundert Millimeter erreicht, und der Schlechtwetterfluß – der Papireto, der Kemonia und der Oreto – die Altstadt überschwemmt hatte, bis das Wasser bis zum ersten Stock der Häuser stand.

Zum Schluß fuhr ich um die Kirche der Olivella und bog auf der Höhe des Teatro Massimo in die Via Maqueda ein.

»Was ist das?«

»Das Teatro Massimo, eines der bedeutendsten Opernhäuser Europas. Es ist seit dem Jahr 1974 ›für wenige Monate‹ geschlossen.«

»Was heißt das?«

»Daß man nicht weiß, wann es wieder aufmacht.«

»Warum ist es geschlossen worden?«

»Weil Instandsetzungsarbeiten gemacht werden sollen.«

»Und warum machen sie die nicht?«

»Das weiß ich nicht. Das weiß keiner. Und es interessiert auch keinen. Eines Tages wird jemand eine Bombe legen. Rat mal wer?«

»Warum willst du unbedingt eine Bombe ins Theater pflanzen? Ich hab doch recht, wenn ich sage, diese Sache... wie sagt man nur?«

»Liegt mir auf der Seele? Nein, ich bin nur leicht zynisch.«

»Das glaube ich nicht.«

Sie glaubte es nicht. Wie sollte ich ihr klarmachen, daß zur Tat zu schreiten statt hohle Phrasen zu dreschen das unverzeihlichste Vergehen ist, das ein Sizilianer einem anderen zum Vorwurf machen kann? Bliebe sie lang genug hier, würde sie es von selbst begreifen.

Ich fuhr um das Theater herum, kam auf die Via Volturno und drang triumphierend in das Capo-Viertel ein, wo tagsüber der alte Markt ist, und durch das Stadttor Porta Carini weiter bis zur Piazza Beati Paoli. Das klingt eher wie die Beschreibung eines Liebesakts, denn es war eine Juninacht ohne Feigenblatt wie viele Juninächte in diesen Breitengraden. Die Viertel Capo, Vucciria oder Ballarò bei Markttreiben zu durchqueren ist wie ein Sniff Kokain. Zumindest für mich, der ich nicht kokse.

Jetzt war das Viertel menschenleer, bis auf die Wagen der

Straßenreinigung, die gerade Berge von Marktabfällen aus den Gassen wegschafften und auf diese Weise Hunde, Katzen und Mäuse ihres Abendmahls beraubten. Darline ließ sich nichts anmerken. Das gute amerikanische Mädchen. Wahrscheinlich war sie nach ihrer Zeit im Big Apple an ganz anderen Abfall gewöhnt.

Gemächlich fuhren wir über die Piazza der Beati Paoli und die der Heiligen Cosma und Damiano und vorbei an der Kirche mit dem Namen derselben Heiligen und der von Santa Maria di Gesù. Wir bogen noch ein paarmal ab, bis ich ihr noch eine andere Kirche mit einer durchbrochenen Rosette zeigen konnte, wo das spärliche Licht wie von einem schwarzen Loch verschlungen wurde und sich im Innern verlor. Alles wie früher, einschließlich des Mülls.

Damals waren wir noch Studenten. Der Altweibersommer hatte eine laue Nacht herbeigezaubert, der Himmel war schwarz, und dem Halbsichelmond fehlten nur noch die Minarette. Mauro de Gregori, Giovanni Di Maria und ein gewisser Lo Giudice, den wir später aus den Augen verloren haben, waren an der Regenwasserrinne bis zum Dach der entweihten, halbzerfallenen Kirche hochgeklettert. Von dort hatten sie Seile auf den Boden hinuntergelassen, mit denen Raffaele und ich Milly festbinden sollten, um sie leichter hochhieven zu können. Das Unternehmen wurde brutal durch die rhetorische Frage »Sind Sie für dieses Gebäude zuständig?« unterbrochen, die uns plötzlich in scharfem Ton in den Rücken fuhr.

Als ich mich umdrehte, hatte ich das Vergnügen, die Welt durch die Mündung einer langschaftigen Beretta, Kaliber 9, zu betrachten. Seitdem halte ich es für eine gewisse Übertreibung, wenn in einschlägigen Zeitungsartikeln Pistolenmündungen als enorm bezeichnet werden. Ich war nicht sonderlich beeindruckt. Die Beretta und die rauhe Stimme gehörten zu ein und demselben Mann. Mit dem Oberkörper lehnte er über der hohen Ringmauer, über die wir auf unserem Weg zum Sockel der Kirche eben geklettert waren, und hielt uns in Schach. Wir wurden höflich aufgefordert, langsam näher zu treten. Von dem anschließenden Wortgefecht erinnere ich hauptsächlich den sehr britischen Tonfall und die leicht surreale Atmosphäre.

»Sind Sie für dieses Gebäude zuständig?« hatte der Sbirre in Zivil im selben scharfen Ton wiederholt.

»Nein. Äh, nein«, hatte ich kleinlaut herausgebracht.

»Sie mögen sich bitte auf diese Seite bringen.«

Ich war höchst beeindruckt von dem Wortschatz, der identisch war mit dem, den Spotorno heute benutzen würde. Ich war der erste, der über die Mauer schauen konnte: mir bot sich der Anblick von sechs, sage und schreibe sechs, Mannschaftswagen der Polizei auf der anderen Seite der Piazza. Als ich von der Mauer heruntergesprungen war, wurde ich nicht besonders gründlich durchsucht. Anschließend machte es zweimal klick, das waren die Handschellen. Unterdessen hatten sich Giovanni, Mauro und Lo Giudice auf dem Dach flachgelegt, und keiner schien sie wahrzunehmen. Und so kam es, daß ich in einer frühherbstlichen Nacht wie ein Salatblatt in einem Sandwich zwischen zwei Sbirren gequetscht, den nicht gerade kurzen Weg zu den Streifenwagen zurücklegte. Die guten Freunde waren nämlich mit Sirenen und Blaulicht vorgefahren, hatten den Motor ausgemacht und sich das letzte Stück wie Sioux herangeschlichen, um sich des Überraschungseffekts sicher zu sein; auch die auf den Dächern hatten nichts gemerkt, bis dann der Oberbulle eingegriffen hatte.

Das Tolle war, daß sie beim Anblick eines weiblichen Wesens zu dem Schluß gekommen waren, wir könnten zwar nicht völlig harmlos, aber auch nicht übermäßig gefährlich sein. Aus diesem Grund blieben sowohl Raffaele als auch Milly die Handschellen erspart. Wir wurden einzeln abgeführt, und einer der Sbirren übernahm meinen alten Alpha Romeo Giulia, in den wir uns auf der Hinfahrt gezwängt hatten, und fuhr uns zum Polizeipräsidium. Auf der Fahrt bestritten wir alle aufs Heftigste die Existenz weiterer Komplizen. Sogar die alte Milly hatte ausnahmsweise begriffen, was Sache war. Wir hatten uns nicht einmal vorher absprechen müssen.

Es war so einfach, die Omertà mit lieblicheren Namen zu bezeichnen, wenn die Bullen »dreckige Faschisten« waren, und nur in ihren wildesten Träumen wagte Milly sich vorzustellen, einen trotzkistischen Sbirren zu beschimpfen, was ihr zu den einzigen multiplen Orgasmen ihrer zweifelhaften erotischen Karriere verhalf.

Der diensthabende Kommissar ähnelte Martin Balsam in der Rolle des diensthabenden Kommissars. Ihm war sofort klar, daß wir unschuldig waren. Zumindest nach dem Strafgesetzbuch. Für ihn waren wir eine Art Lichtblick, eine Unterbrechung seiner Routine. Er frohlockte beinahe.

»Nun, was gibt's?«

»Also, Herr Kommissar...«

»Was hattet ihr denn mitten in der Nacht dort oben mit Taschenlampen und Seilen verloren?«

Stimmt, kaum hatten die drei Dummköpfe auf dem Kirchdach die Stimme des Polizeibeamten vernommen, hatten sie flugs die Seile losgelassen.

»Herr Kommissar, lesen Sie nicht den Fortsetzungsroman der Beati Paoli in der ›Sicilia‹?«

»Ja und?«

»Ja, Herr Kommissar, wissen Sie nicht, daß sich in der Krypta der Kirche einer der Eingänge zu den unterirdischen Versammlungsorten der Rächersekte der Beati Paoli befindet? Wir wollten sie auskundschaften...«

»Wissen Sie«, mischte sich Raffaele mit Begeisterung ein, »es gibt sogar einen Gang genau hier, gegenüber des Polizeipräsidiums, auf dem Gelände der Villa Bonanno. Aber die Galerie ist zum großen Teil eingestürzt.«

»Und woher wißt ihr das?«

»Vor ein paar Stunden haben wir es selbst ausprobiert, bevor wir bei der Kirche gelandet sind.«

»Aber warum habt ihr dann versucht, aufs Dach zu steigen?«

»Unsere Absicht war, uns durch das Loch der Rosette ins Innere hinunterzulassen, dann aber seid ihr gekommen ...«

»Ah, sieh einer an, vielleicht sollen wir euch gar noch um Entschuldigung bitten?«

»Das überlassen wir Ihnen, Herr Kommissar!«

»Ist gut, das heißt, wir werden euch jetzt eine wunderbar feuchte Zelle mit Zugang zu den Verliesen der Beati Paoli verpassen.«

»Aber, Herr Kommissar, was für eine Zelle denn ...«

Lachend war er weggegangen. Die anderen Sbirren warteten auf die Antwort der Kollegen, die unser Vorstrafenregister überprüften. Nach einer halben Stunde war einer mit der Nachricht aufgetaucht, daß wir sauber seien. Wir waren gerade am Aufbrechen, als der Kommissar zurückkam.

»Sagt mir noch einmal«, hob er in einem Tonfall an, der mir mit einem Mal gefährlich sanft in den Ohren klang, »ihr wart also allein, nicht wahr, Picciotti?«

»Ja, Herr Kommissar, nur wir drei«, wiederholte Milly bestätigend.

»Seid ihr sicher?«

»Gewiß, Herr Kommissar, warum sollten wir Ihnen denn etwas vorlügen?« bekräftigte Milly ihre Aussage. Ich aber begann zu zittern. Das bohrende Fragen des guten Mannes war für mich zuviel.

»Ich frage euch ein letztes Mal, Picciotti ...«

Alle drei bedeuteten wir ihm mit einer Geste, daß seine Zweifel für uns eine Beleidigung darstellten.

»Aber wer sind dann die, die wir geschnappt haben?«

In diesem Moment betraten zu allem Unglück Giovanni, Mauro und Lo Giudice den Raum. Mauro war aschfahl im Gesicht, Giovanni höchst verwirrt, und Lo Giudice hatte seinen üblichen, ausdruckslosen Blick. Mauro fand sofort die passenden Worte:

»Ich bin der Sohn von Doktor De Gregori.«

Verdammt! Wir warfen ihm vernichtende Blicke zu, selbst Milly. Das waren noch andere Zeiten für die junge Dame, die zu jener Zeit sogar an die Gründung einer Kommunistisch-Marxistisch-Leninistisch-Feministischen Partei Italiens (rote Linie) dachte. Der Kommissar schnaubte und sah uns leicht angewidert an.

»Ihr wolltet mich also auf den Arm nehmen?« sagte er schließlich, jede Silbe einzeln betonend.

»Ach, Herr Kommissar, was hätten Sie an unserer Stelle gemacht?«

»An eurer Stelle wäre *ich* nie über jene Mauer geklettert. Als *ich* in eurem Alter war...«

Und los ging's mit griechischen Wehklagen und dem Wortschwall eines David Copperfield. Es war kein Ende abzusehen. Dann kam die wahre Geschichte von der »Verhaftung« Giovannis und den anderen zwei ans Licht: Nachdem die drei Idioten die ganze Szene von oben mitverfolgt hatten, beschlossen sie, sich aus Solidarität mit uns zu stellen. Ich glaube, sie haben es nur gemacht, weil sie jetzt zu Fuß waren. Sie hatten sich also in Richtung Polizeipräsidium auf den Weg gemacht und unterwegs einen Streifenwagen angehalten mit den Worten:

»Wir sind die, die ihr sucht.«

Die Beamten hatten sich fragende Blicke zugeworfen, eigentlich stand niemand auf ihrer Fahndungsliste. Schulterzuckend hatten sie sie schließlich an Bord genommen – man konnte ja nie wissen – und sie im Präsidium abgeladen.

»Was heißt hier, ihr habt sie geschnappt, Herr Kommissar? Wenn die drei nicht so blöd gewesen wären, hättet ihr auf Teufel komm raus nichts erfahren...«

Der Kommissar war trotzdem schwer in Ordnung. Bevor er uns im Morgengrauen rausschmiß, bot er uns noch Kaffee und Cornetto an. Genau das, was Spotorno heute auch tun würde. Der Zwischenfall hat mir nicht die Lust genommen, über Mauern zu klettern. Zumindest so lange nicht, bis ich kapiert hatte, daß das, was diesseits der Mauer geschieht, im Grunde wesentlich aufregender ist.

Als ich mit dem Erzählen fertig war, klatschte Darline in die Hände. Nicht übel für eine frischgebackene Beinahe-Witwe. Nach einer Weile wurden ihre Wimpern feucht. Typisch Frau. Sie hatte an Raffaele gedacht. Sie lehnte sich an mich, was mir ganz und gar nicht mißfiel. Doch es war ein kurzer Moment.

So kehrte ich um, fuhr sie zum Hotel zurück und stieg aus, um sie bis zum Aufzug zu begleiten. Wir vereinbarten, am nächsten Tag miteinander zu telefonieren. Ich diktierte ihr meine verschiedenen Telefonnummern. Dann umarmte ich sie und küßte sie auf beide Wangen.

Brüderlich.

Freundschaftlich.

Und Schluß für heute.

An die Abschlußprüfungen erinnerte ich mich erst nach dem Frühstück. Der Prüfungstermin war für Punkt neun Uhr festgesetzt. Ich hatte ihn vollständig vergessen. Wie der Blitz raste ich die Treppe hinunter, verplemperte eine Viertelstunde, um das Auto bei den sogenannten Parkwächtern »zu verzollen« und betrat die Aula Magna genau mit der richtigen Verspätung, um mir einen schrägen Blick von der Dekanin einzuheimsen.

Die Prüfungen nagelten mich bis halb zwei fest. Der übliche

Aufmarsch von Typen in Jacke und Krawatte und verpuppten, weiblichen Wesen; außerdem die Gladiolen unter Zellophan, die Familien, die Reden, der Applaus und die Entlassungen. Wie jedes Jahr um diese Zeit.

Um dreizehn Uhr fünfunddreißig stürzte ich in mein Zimmer hinauf, versuchte die R. P. M. anzurufen und mußte mir wieder die Litanei des Anrufbeantworters anhören. Ich verfluchte die strengen Arbeitszeiten der Nordländer. Für den nächsten Tag waren weitere Prüfungstermine angesetzt, und so beschloß ich, vorübergehend die Sache an Vittorio abzugeben. Ich rief ihn im Büro an.

»Vittò, wie geht's?«

»Hmmm. Was hast du mir zu sagen?«

»Hast du keine Neuigkeiten über die R. P. M.?«

»Was weißt denn du von der R. P. M.?«

»Ich nehme an, sie auf demselben Weg entdeckt zu haben wie du. Hast du mit jemandem sprechen können?«

»Noch nicht. Wir haben ein paar lästigere Sachen um die Ohren. Aber du . . .«

Ich erzählte ihm von meinen gescheiterten Versuchen. Dann machte ich eine Andeutung über das geheimnisvolle Instrument, so wie ich es von Darline gehört hatte.

»Ah, dann hast du also die Amerikanerin gesehen.«

Pause, ich sagte weder ja noch nein.

»Wir hören uns noch, Lorè.«

»Ich rufe dich an.«

Ich wählte die Nummer von Darlines Hotel. Sie klang jetzt recht entschlossen, und ihre Stimmung hatte sich merklich gebessert.

»Hast du Lust, heute abend mit mir etwas zu unternehmen?«

Sie hatte Lust. Wir verabschiedeten uns, ich legte auf und verließ das Institut.

Von dem üblichen öffentlichen Telefon aus rief ich Michelle

an. Kurz darauf war sie auch schon am Eingang und nahm meine Einladung an, schnell essen zu gehen, aber nicht Fast Food. Wir landeten im gleichen Lokal wie beim ersten Mal.

Nachdem wir unsere Bestellungen aufgegeben hatten, eröffnete sie mir die Neuigkeiten:

»Nichts, auf der ganzen Linie absolut nichts. Es gibt nicht die geringste Spur von Betäubungsmitteln oder anderen giftigen Substanzen.«

Rien ne va plus, sprach Cäsar, indem er den Würfel warf.

Ich war schwer enttäuscht.

»Besteht nicht noch die Möglichkeit, daß...«

Michelle zuckte mit den Schultern:

»Wir haben umgehend alles untersucht, was es zu untersuchen gab.«

»Sind das endgültige Ergebnisse, oder handelt es sich eher um einen Exit-Poll?«

»Teils, teils. Die Analysen sind exakt. Es stehen noch einige andere Kontrollen aus, aber dazu braucht es Zeit. Wie auch immer, es wird nichts Neues dabei herauskommen.«

Die Worte waren ihr einfach so herausgerutscht, ohne lange zu überlegen; und ich wußte aus Erfahrung, daß ich mich auf Michelles Instinkt verlassen konnte.

»Weiß Spotorno davon?«

»Noch nicht. Der Bericht über die Untersuchungsergebnisse wird gerade getippt. Hast du die Amerikanerin gesehen?«

»Ja, gestern abend.«

»Und...«

Ich erzählte ihr alles. Michelle ist krankhaft neugierig.

»Wenn du heute abend mitkommst, stelle ich sie dir vor. Vorausgesetzt dein Gatte...«

»Er ist nicht da, er ist auf einem Kongreß in Frankreich.«

»Als ob es in Paris nicht schon genügend Schnösel gäbe...«

»Hombre...«

»Also kommst du?«

»Und wenn ich dir den Auftritt verpatze?«

Ich sah sie von der Seite an.

»Ist gut, du hast mich überzeugt.«

Zumindest hatte sie in Abwesenheit des Herrn Gemahl noch keinen anderen Zeitvertreib gefunden. Oder vielleicht war sie nur noch nicht darauf eingerichtet. Ich hoffte sehr, daß sie heute abend nicht mit einem stämmigen Begleiter erschiene.

Ein paar Stunden im Fachbereich genügten, um den Papierhaufen auf meinem Schreibtisch auf die Hälfte schrumpfen zu lassen. Anschließend machte ich mich auf den Nachhauseweg. Als Begleitmusik für das Duschen und den Hüllenwechsel wählte ich *Ruby my dear* mit Monk am Piano. Eigentlich war das eher eine Musik für eine Sitzung von sechs Minuten und siebzehn Sekunden in der Badewanne.

Dieses Mal ließ mich Darline eine ganze Weile warten. Das war ein gutes Zeichen. Als sie schließlich auftauchte, sah sie merklich besser aus. Sie trug ein schlichtes, weißes Baumwollkleid mit ein paar kleinen Stickereien hie und da und zwei Aquamarine als Ohrringe. Das ganze Ensemble schien ihr wie auf den Leib geschneidert. Sie reichte mir die Hand. Ihr Händedruck war herb, beinahe männlich.

»Ich habe auch eine alte Freundin eingeladen, das stört dich doch nicht, oder?«

Selbstverständlich war ihr das nicht unrecht. Ich erklärte ihr mit knappen Worten, wer Michelle war.

»Ah, wie Frau Doktor Scarpetta.«

»Mehr oder weniger.«

»Hat sie die Autopsie vorgenommen?«

»Ja.«

Es war klar, welche Autopsie gemeint war.

Vor Michelles Haus stieg ich aus und drückte auf den Klingelknopf über dem Messingschild mit dem Markenzeichen des Großprotzes. Eine Frauenstimme mit exotischem Akzent ließ sich vernehmen:

»Frau kommt.« –

Frau Doktor erschien fast sofort im Casual-Look, der sie um hundert Jahre jünger machte. Man darf jedoch nicht glauben, daß sie normalerweise älter als achtundzwanzig aussieht. Wer hat bloß behauptet, daß Mathematik eine exakte Wissenschaft sei? Auch Darline war inzwischen ausgestiegen, so daß ich die beiden miteinander bekannt machen konnte, ohne größere Verrenkungen anzustellen. Michelle nahm auf dem Rücksitz Platz.

Während ich in Richtung Villa Giuditta fuhr, bemühte ich mich, die Unterhaltung zumindest auf Sparflamme fortzusetzen, und war gespannt, wann die zwei Frauen sich genügend beschnüffelt haben würden.

Im Restaurant geleitete ich sie zu einem der Tische unter Zitronenbäumen. Kaum hatte uns das Personal erblickt, wurden auch schon die Aperitifs des Hauses gereicht. Eine Minute Schweigen. Ich könnte nicht schwören, ob sie sich tatsächlich gründlich studierten. Vielleicht hätte es, um das zu verstehen, eines weiblichen Beobachters bedurft. Wenn sie es dennoch taten, bestanden beide die Prüfung glänzend, denn kaum hatten sie den Startknopf gedrückt, hörten sie mit dem Reden gar nicht mehr auf. Als wäre ich Luft für sie.

So kam heraus, daß Michelle das Village beinahe ebenso gut kannte wie Darline. Das hatte ich nicht geahnt. Wie viele andere Überraschungen würde ich im Laufe des Abends noch erleben müssen? Innerhalb von zehn Jahren geschieht ja eine ganze Menge.

Stumm betrachtete ich die beiden eine Weile, während sie schwatzten, ohne Atem zu holen. Mir fiel die witzige Bemerkung aus früheren Zeiten ein, mit der Giovanni regelmäßig die Erstsemester beglückte, und zwar, daß Biochemiker Personen sind, die mit Biologen über Chemie, mit Chemikern über Biologie und untereinander über Frauen reden. Hier jedoch war einer, der den Frauen *zuhörte,* wie sie miteinander sprachen. Und das war meine Wenigkeit.

Ich stellte mir vor, wie sich der gute Paris gefühlt haben mußte. Und das hier waren nur zwei Frauen, wenn auch zwei sehr verschiedene. Sie wirkten wie lebende Werbespots für ihre jeweiligen Kontinente. Der Duft der technologischen Prärien Darlines – und das jahrtausendalte Lächeln Michelles. Ich machte nicht einmal den Versuch, sie in eine Rangordnung zu stellen. Es war ja kein Pferderennen. Ich begnügte mich damit, sie zu beobachten und ihren Worten zu lauschen, und fühlte mich von den neidvollen Blicken der übrigen männlichen Wesen im Lokal gebauchpinselt.

Langsam aber hatte ich genug von dieser Art sprachlicher Fastenzeit. Ich glaube, nur Michelle bekam mit, was in meinem Kopf vorging. Ihr konnte ich jenes plötzliche Ausrutschen in amerikanischen Slang, das für mich eine weitere Offenbarung war, einfach nicht verzeihen. Wenn ich richtig verstanden hatte, war sie zu einem einjährigen Stage mit einem Postgraduate-Stipendium in New York gewesen. So etwas! Ich nehme an, dort haben sie ihr beigebracht, wie man die Toten ausnimmt, ohne sich allzu sehr die Schürze zu bekleckern. Nach jedem dritten Wort ließ sie ein »Gotcha« fallen und hörte überhaupt nicht mehr auf, von ihrem verdammten Loft zu reden, einem riesigen Raum mit nackten Backsteinwänden und mittendrin einer alten Badewanne auf Löwenfüßen.

Der Kellner, der just in diesem Augenblick mit unserem Essen kam, schien vom Himmel gesandt. Für mich war es wie eine Befreiung. Zumindest durfte ich jetzt abschließend: Okay, take a break! sagen, und heimste mir einen neugierigen Blick von seiten Darlines ein. Bislang hatte ich bei ihr noch keine Gelegenheit gehabt, mit meinem Englisch zu prahlen. Ich bin nicht sehr exhibitionistisch. Zumindest nicht in der ersten Phase des Kennenlernens der Beinahe-Witwen meiner verstorbenen Freunde.

Gegen Ende des Essens bohrte ich bei Michelle wegen ihres Aufenthalts in den Staaten, doch sie rückte nichts mehr heraus. Ich betitelte sie jetzt immer nur mit »Frau Doktor Scarpetta«, und sie wußte nicht recht, ob sie sich geschmeichelt fühlen oder eher verärgert sein sollte.

»Wie lange bleibst du noch in Palermo?« wandte ich mich an Darline.

»Noch eine Woche, auch wenn ich noch nicht weiß, wo genau. Das Zimmer ist bis morgen reserviert, und danach ist nichts mehr frei im Hotel.« Michelle sah sie fragend an.

»Mit Raffaele war geplant, eine Rundfahrt durch Sizilien zu machen; vielleicht mache ich die trotzdem. Oder ich suche mir einfach ein anderes Hotel und bleibe in Palermo.«

Michelle warf mir einen flüchtigen Blick zu, der so alt war wie die Königin von Saba.

Wir blieben sitzen und ergingen uns in allerhand dummem Gerede, während wir einer Flasche Justerini & Brooks zusprachen. Je tiefer der Pegel in der Flasche sank, desto brillanter wurde unsere Konversation. Die Mädchen waren jetzt beim Thema Literatur gelandet. Darline hatte seinerzeit an einer Examensarbeit über Mary McCarthy gearbeitet und benutzte diese als Alibi, um eine sagenhafte Tirade über die Literatur als Ort der Transgression abzulassen. Wenn euch das banal erscheint, versucht es mal in Midwest-Amerikanisch zu sagen – und vor allem zu begreifen. Ich hatte Lust, etwas Intelligentes einzuwerfen, aber es schien, als müßten meine Worte, wie Lachse gegen den Strom schwimmend, sich gegen die Aussperrung aus den motorischen Gebieten der Sprache zur Wehr setzen. Michelle und Darline waren sich einig. Der Alkohol hatte ihre intellektuellen Qualitäten erst ins richtige Licht gestellt.

Um zwei Uhr nachts brachen wir schließlich auf. Ich war

noch unentschlossen, welches der beiden Mädchen ich zuerst absetzen sollte. Für einen Gentleman aus dem tiefsten Süden war das kein leicht zu lösendes Problem. Genaugenommen lag Michelles Haus auf unserem Weg. Schließlich half sie mir aus der Verlegenheit.

»Laßt ihr mich als erste raus? Es ist schon spät, und ich bin ziemlich hinüber.«

War das Taktgefühl oder Berechnung? Auf mich wirkte sie ganz und gar nicht hinüber. Beim Abschied artete ihre Beschützerhaltung Darline gegenüber beinahe in mütterliche Fürsorglichkeit aus.

»Ich würde dich sehr gerne wiedersehen, aber morgen gehe ich auf Reisen und bleibe eine ganze Woche weg.«

Sie mußte zu einem Fortbildungsseminar in eines jener höchst angesehenen Leichenschlachthäuser irgendwo zwischen der Lombardei und Venetien.

»Und wenn ich zurückkomme, wirst du nicht mehr hier sein«, fügte sie noch hinzu.

»Wer weiß ...«, erwiderte Darline.

Sie tauschten ihre Anschriften aus. Dann verabschiedeten sie sich voneinander mit einer Herzlichkeit, die mir ehrlich gesagt übertrieben erschien. Mir warf sie gerade ein Ciao-Lorenzo-Gute-Nacht-und-danke zu, das mich ziemlich kalt ließ. Wieder im Auto, war es Darline, die todmüde war.

»Ich habe schon wieder kaum geschlafen«, gestand sie.

Ich fühlte mich ziemlich unwohl, denn schließlich war es meine Schuld, wenn sie schon zwei Nächte hintereinander so spät ins Bett gekommen war. Ich beschleunigte die Fahrt zum Hotel und begleitete sie wieder bis zum Aufzug. Jetzt umarmte sie mich und küßte mich züchtig auf die Wangen. Längst war ich der Meinung, daß der Gute-Nacht-Kuß amerikanischen Stils nichts weiter als eine Hollywood-Lüge sei.

Als ich zu Hause war, überfiel mich eine entsetzliche Müdigkeit, was mir schon lange nicht mehr passiert war. Im

Grunde genommen hatte ich in der letzten Zeit auch nicht gerade viel geschlafen. Ich suchte etwas zum Lesen, denn ohne Bettlektüre, sei es auch nur für fünf Minuten, finde ich keinen Schlaf.

Meine Wahl fiel auf einen alten Simenon, *Maigret in Nöten.* Trotz Müdigkeit knipste ich erst nach einer halben Stunde das Licht aus.

Gegen Morgengrauen träumte ich von Maisfeldern. Und von Michelle. Und von Darline. Und von mir. Und träumte eine als Raffaele alten Stils verkleidete Vogelscheuche, die uns mit einem Glas Zitronensaft verfolgte und dabei schrie: Kennst du das Land, wo Vitamine blühn?

Den Spruch hätte ich gut einer Werbeagentur verkaufen können.

Den ganzen Freitag vormittag kam ich mir wie einbalsamiert vor. Ich war mit dem linken Fuß aufgestanden und lief nur auf Sparflamme.

Während der Examina blitzten hinter meiner Stirn immer wieder Sequenzen meines morgendlichen Traums auf. Keinem werde ich je verraten, um welche es dabei ging, daran hindern mich mein Anstand und mein zurückhaltender Eros; ich bin einfach schrecklich monogam.

Das nachmittägliche Telefonat mit Spotorno war müßig, es gab keine Neuigkeiten. Vergeblich verlangte ich im Hotel, Darline sprechen zu können. Ich gab vor zu arbeiten, bis die zwei Mädchen eintrafen, die mich dazu antrieben, ernsthaft an die Arbeit zu gehen. Dank ihrer ausnehmend guten Stimmung bekam meine Laune eine leicht euphorische, aber nachdenkliche Note. Als sie gingen, ließ ich mich voll und ganz in diese Stimmung fallen.

Erneut rief ich Darline an:

»Ich hole dich ab, ist das recht?«

»Ist gut.«

Es herrschte starker Freitagabendverkehr mit lautem Hupkonzert. Ich brauchte eine ganze Weile, bis ich mich durchgekämpft hatte, und als ich im Hotel ankam, wartete Darline schon in der Halle auf mich. Ich schlug ein singhalesisches Restaurant im Viertel Borgo Vecchio vor und war die ganze Zeit recht nachdenklich, während wir uns einen viel zu scharfen Aperitif auf Ingwerbasis zu Gemüte führten, den Raffaele sicherlich »Homo homini lupus« getauft hätte. Raffaele ging mir nicht eine winzige Sekunde aus dem Sinn: es war, als würde mein Bewußtsein durch Darlines Nähe Schicht um Schicht abgetragen.

Ich tat den letzten Zug aus meinem Glas und schoß mit dem Ergebnis meiner Überlegungen heraus:

»Morgen ist also deine Woche im Hotel zu Ende.«

»Ja.«

»Was gedenkst du zu tun?«

»Ich suche mir ein anderes Hotel und bleibe noch hier.«

»Du brauchst kein Hotel. Du kannst bei mir wohnen. Ich habe ein schönes Gästezimmer mit eigenem Bad. Du kriegst von mir einen Hausschlüssel und kannst kommen und gehen, wann du willst.«

Verunsichert sah sie mich an.

»Ich würde mich riesig freuen, wenn du meine Einladung annähmest. Und du kannst bleiben, so lange du willst.«

Sie überlegte eine Weile. Dann sagte sie ganz einfach nur: »Okay, danke.«

Das war alles. Sollte ich mich geschmeichelt fühlen? Als ich ihr diesen Vorschlag machte, hatte ich keinerlei Hintergedanken. Zumindest nicht bewußter Art.

In der Zwischenzeit hatten wir unser Fleischgericht mit Paprika aufgegessen. Als wir beim Obstsalat angelangt waren, kam mir eine weitere Idee:

»Ich halte es für zwecklos, bis morgen abzuwarten, du kannst genausogut gleich zu mir ziehen. So hast du morgen den ganzen Tag für dich, ohne lästiges Hin und Her. Auch mir wäre es lieber so.«

Sie war sofort damit einverstanden.

Der Hotelportier maß mich von oben bis unten, als wäre ich Jack the Ripper. Es war immer noch derselbe Portier, der mir am ersten Tag die von Raffaele gewählten Telefonnummern aufgeschrieben hatte und mich dann mehrmals mit Darline sah. Ich begleitete sie auf ihr Zimmer, um die Koffer hinunterzutragen. Auch Raffaeles Gepäck war darunter.

Voller Zufriedenheit stellte ich fest, daß sie ein ordentliches Mädchen war. Keine an Lampenschirmen baumelnden Büstenhalter oder andere im Zimmer verstreute Dessous. Raffaeles Sachen waren schon alle in einem großen Rucksack aus Tuch und Leder verstaut. Sie hatte eine Stofftasche in Handgepäckgröße und einen Reisesack ähnlich wie der von Raffaele. Wir schleppten alles in den Aufzug. Unten beglich sie die Rechnung für die Extras, während ich ihre Sachen zum Ausgang brachte. Wir luden das Gepäck in meinen Wagen und fuhren zu mir.

Meine Behauptung, ich hätte ein schönes Zimmer für meine zahlreichen Gäste, war nicht übertrieben, denn ich mag es, wenn man sich bei mir wohl fühlt. Das Zimmer hat eine Tür auf die Terrasse; rechts davon ist die Fenstertür des Wohnzimmers und daneben die meines Schlafzimmers. Gleich nach dem Erwachen einen Schritt auf die Terrasse zu tun ist zu jeder Jahreszeit ein echtes Vergnügen.

Ich verstaute Raffaeles Gepäck in einem Schrank. Plötzlich fiel Darline irgend etwas ein. Mitten im Satz hielt sie inne.

»Warte mal.«

Mit diesen Worten hatte sie auch schon ihre Stofftasche geöffnet und kramte zwei Schachteln mit 5,25″-Disketten hervor.

»Die hat mir Raffaele gegeben, weil sie nicht mehr in seine Tasche paßten.«

»Sind sie leer?«

»Nein, es sind Texte darauf gespeichert, Raffaele nannte sie *Protokolle,* sagt man das so?«

Inzwischen hatte ich die Schachteln geöffnet. Die Disketten waren fortlaufend von eins bis zwanzig numeriert, ansonsten waren die Etiketten leer.

Ich überlebe zu Hause auch ohne Computer ausgezeichnet und mußte also bis zum nächsten Tag warten, bis ich die Disketten auf meinem PC im Arbeitszimmer des Fachbereichs lesen konnte. Wäre ich allein gewesen, hätte ich das gleich angegangen. Doch ich war froh, nicht allein zu sein.

»Hat dir Raffaele nicht gesagt, worum es sich handelt?«

»Doch, es sind Kopien von Disketten, die ihr im Fachbereich habt. Er hat mir gesagt, daß er sie im letzten Sommer heimlich kopiert hat.«

»Und er hat wortwörtlich von Protokollen gesprochen?«

»Ja.«

»Aber warum heimlich?«

»Du weißt doch, wie Raffaele war…« Mich freute, daß auch sie soweit vorgedrungen war – »er wollte einfach nicht, daß irgend jemand etwas mitbekam. Er hat die Dateien kopiert, um in New York in Ruhe daran arbeiten zu können. Nach ein paar Monaten war ihm der Verdacht gekommen, daß jemand die Daten aus seinen alten Forschungsarbeiten, die er vorübergehend weggelegt hatte, neu bearbeitet hat. Er rechnete jeden Tag damit, sie irgendwo auf der Welt in einer Zeitschrift veröffentlicht zu sehen, mit dem Namen des Schuldigen als Autor. Aber das war ein bloßer Verdacht von ihm… vielleicht sogar nur eine vage Vermutung.«

»Hat er irgendwelche Namen genannt?«

»Hm, ich weiß nicht. Mario, vielleicht. Oder war es Maria? Nein, er meinte einen Mann, und Maria ist ja weiblich.«

»Kann es sein, daß es sich bei diesem Mario um einen Mauro handelt?«

»Ja, gut möglich.«

Doch dann hatte ich noch einen anderen Einfall:

»War es vielleicht Di Maria?«

»Auch das ist möglich. Hör zu, es tut mir leid, aber die Sache ist vor über einem Jahr passiert, und ich erinnere mich nicht mehr.«

»Du hast doch wohl nichts dagegen, wenn ich morgen einen Blick auf diese Disketten werfe?«

»Nein, überhaupt nicht, du kannst sie behalten. Er braucht sie ja nicht mehr...«

Ich ließ sie allein, damit sie sich häuslich einrichten konnte, legte eine Platte von Coltrane auf und ging auf die Terrasse, um über den Neuigkeiten zu brüten.

So also war Raffaele im Sommer vorigen Jahres als Spion in Aktion getreten. Oder besser gesagt, im Rahmen der Spionageabwehr.

Im Fachbereich herrscht die Gepflogenheit, jeweils eine Kopie von den Versuchsprotokollen der Forschungsgruppen im Archiv im siebten Stock zu hinterlegen. In akademischen Kreisen ist das ansonsten nicht üblich. Bei uns hatte sich Fifì dafür stark gemacht, und er hatte anfangs manchen Widerstand zu brechen: Den Genies widerstrebt es nun einmal, die Ergebnisse ihrer intellektuellen Höhenflüge an die große Glocke zu hängen. Das ist ein Satz aus Raffaeles Mund, der sich auf Mauro bezog und den dieser irrtümlicherweise als Kompliment auffaßte. Fifì dagegen ist ein eifriger Verfechter des uneingeschränkten Zugriffs auf die mit öffentlichen Geldern finanzierten Forschungsergebnisse. Bis vor einigen Jahren bestand das Archiv nur aus schriftlichen Unterlagen. Mit dem Aufkommen der Computertechnik war man zu Disketten übergegangen. Auch die alten Protokolle wurden nach und nach auf Floppy-Disks übertragen, bis zu den zwanzig Jahre zurückliegenden. Ich bin kein Fanatiker der Informatik, muß aber zugeben, daß es wesentlich praktischer so ist.

Für Raffaele gab es nicht das geringste Problem, an die Disketten heranzukommen. Er hatte noch sämtliche Schlüssel zum Fachbereich, einschließlich der des Archivs. Alle Nachtwandler unter uns besitzen die Schlüssel, um auch außerhalb der offiziellen Arbeitszeiten Zugang zum Archiv zu haben. Das Kopieren war für Raffaele keine Schwierigkeit. Er konnte irgendeinen der zahlreichen Computer im Fachbereich benutzen, angefangen bei meinem. Damit ihm keiner auf die Schliche käme, brauchte er einfach nur nachts zu arbeiten – was voll und ganz seinem Charakter entsprach. Trotzdem zweifelte ich an einem Zusammenhang zwischen dem Inhalt der Disketten und dem Selbstmord, wenn es denn tatsächlich einer war. Darline kam nach ein paar Minuten zu mir auf die Terrasse. Der Himmel war rein und klar, die Milchstraße trotz des Widerscheins der Stadtlichter deutlich zu erkennen. Schweigend ließen wir unsere Blicke über die Dächer und die beleuchteten Kuppeln schweifen und tranken einen köstlichen De Bartoli, der zwanzig Jahre in Fässern in Soleras gelagert hatte. Die Nacht schwebte wirklich *tender* über der Großstadt. Coltrane legte sich mit *Naima* ins Zeug. Die Klänge seiner Musik nahmen sichtbar Gestalt an, mächtig wie der Nil und verschlungen wie Scheherazade. Und er spielte wirklich, als ginge es um sein Leben.

Ihm folgte ein Ellington aus dem Jahr 1932 mit Ethel Waters als vocalist in *I can't give you anything but love.* Gegen Mitternacht ging Darline schlafen. Sie hielt ein Exemplar des *Leoparden* in Originalfassung in der Hand; sie meinte es also richtig ernst mit der full immersion. Wo war wohl die Grenze?

Auch ich ging zu Bett und las meinen Maigret zu Ende. Dann machte ich das Licht aus, konnte aber nicht einschlafen. Jemand sang mit Elvis' Stimme *Are you lonesome tonight.* Aber nur in meinem Kopf. Ich wälzte mich noch eine ganze Zeitlang im Bett, bevor Morpheus mich an der richtigen Stelle des Schädels packte.

Zu den Freuden des Samstagmorgens gehört das gemächliche Erwachen. Das Radio säuselte *Fascination,* ein Arrangement, das ich im Wachzustand der allzu süßlichen Trompetenseufzer wegen vielleicht abscheulich gefunden hätte. Als sie eine spleenige Débussy-Variation spielten, waren alle meine Sinne einschließlich der metaphorischen längst hellwach. Ich begann, lang und genüßlich zu gähnen, und nur weil ich mich rechtzeitig an Darline im Nebenzimmer erinnerte, artete es nicht in einen Urschrei aus.

Ich zog mir ein Paar Shorts und ein T-Shirt an, öffnete die Läden und trat auf die Terrasse. Auch die Fensterläden von Darlines Zimmer waren schon geöffnet. Ich näherte mich und machte dabei absichtlich mit der Schulter Geräusche an der Balkontür. Ich wollte ihr Zeit lassen, sich etwas überzuziehen, falls es notwendig wäre. Nach einer Minute wandte ich den Kopf und warf einen verstohlenen Blick ins Innere. Sie schlief noch, das Bettuch um einen Fuß gewickelt. Ihre Fessel war schmal, und im Sonnenlicht waren die Achillessehnen beinahe durchsichtig. Auch sie trug keinen Schlafanzug. Und auch kein Nachthemd. Einen Tropfen Chanel No. 5, wie Marilyn?

Sie hatte am Abend zuvor nicht einmal die Innenläden geschlossen. Das helle Tageslicht störte sie offenbar in keiner Weise. Sicherlich hatte das auch mit ihrem Nachholbedürfnis an Schlaf zu tun. In Embryohaltung lag sie da, dem Licht zugewandt, es hätte nur noch der Daumen im Mund gefehlt. Mit einem Mal drehte sie sich auf den Rücken und streckte sich. Sie war gar nicht so mager, wie es ausgesehen hatte ... und das Blond war echt. Ich fühlte mich fehl am Platz. Weder besitze ich das Gemüt noch das sichere Auftreten eines Voyeurs. Heimlich nackte Frauenkörper zu betrachten, bereitet mir kein Vergnügen. Ich machte kehrt und ging ins Badezimmer. Nach der Dusche rasierte ich mich, zog mich an und stellte die Kaffeemaschine auf den Herd.

Plötzlich stand Darline in der Küche, vielleicht war sie vom Kaffeeduft oder durch das Summen der Kaffeemaschine geweckt worden. Sie trug ein viel zu weites, weißes Baumwollhemd, das ihr bis zu den Knien reichte. Auf der Vorderseite stand in roter Schrift ›I . . . New York‹ und anstelle des ›love‹ war ein Herz aufgedruckt.

»Mo'nin'.«

Sie war noch nicht richtig wach. Mit der Hand erwiderte ich ihren Gruß, deutete auf die Kaffeemaschine und goß für sie ein Glas Orangensaft ein. Vielleicht schlief sie noch mehr als nur halb: Sie schenkte sich den ganzen Kaffee in eine große Tasse. The American way of life. Offensichtlich hatte sie noch keine nähere Bekanntschaft mit dem Caffè all'italiana gemacht: Sie kostete davon und verzog den Mund. Und dann wagte sie sogar, mich um heißes Wasser zu bitten, um den Kaffee zu verdünnen! Mißmutig blickte ich sie an, nahm ihr die Tasse aus der Hand und setzte eine neue Kaffeemaschine mit ganz wenig Kaffeepulver und viel Wasser auf. Natürlich hatte ich keine Milch im Haus; die habe ich nie: seitdem mir die Mutterbrust entzogen wurde, will ich nichts mehr mit Milch zu tun haben. Für ein amerikanisches Frühstück fehlten mir die Zutaten, aber auch für ein europäisches. Außer Kaffee und Orangensaft nehme ich fast nie etwas zu mir vor dem Mittagessen.

Ich bekam richtig Lust, etwas Übermütiges anzustellen. Keine Arbeit heute. Und zum Teufel mit den Disketten von Raffaele, die konnten noch bis Montag warten.

»Ist es in Ordnung, wenn wir auf ein prächtiges Frühstück außer Haus gehen?«

»Okay.«

»Und danach spielen wir Touristen.«

»Okay.«

Die Rolle des Reiseführers ist mir hin und wieder nicht unangenehm. Auch wenn es einem passieren kann, auf großmäulige Tölpel zu stoßen, die hierher kommen und überzeugt sind, daß Skegness, der Eiffelturm, Leeds oder die Quiche Lorraine die Gipfel der Lebensweisheit sind. Aber Darline schien mir nicht der Typ zu sein.

Während sie sich zum Ausgehen fertigmachte, legte ich ihr zu Ehren eine Live-Aufnahme von Springsteen auf, und als the boss mit *I'm on fire* loslegte, drehte ich automatisch die Lautstärke auf. Was zum Teufel ist bloß das Gegenteil einer Fehlleistung?

In einer halben Stunde war sie fertig. Sie hatte sich reichlich an meinem Agua de Colonia Galatea, dem spanischen Gegenstück zu Jean-Marie Farina und zu 4711, bedient.

Die Luft war schwer und klebrig. Auch der leiseste Windhauch blieb nur ein frommer Wunsch. In der Ferne, wo sich die Straße aus dem Blickfeld verlor, ballte sich drohend eine weißliche Schicht zusammen. Die Abgase der Autos. An solchen Tagen ist es besser, das Weite zu suchen, und wenn man nur bis Monreale hinauffährt.

Genau da trafen wir am späten Vormittag ein. Wir führten uns alles zu Gemüte, was geboten wird: die Mandelküchlein den Dom, den Kreuzgang. Die Luft hier oben war etwas reiner als in der Metropole. Als es an der Zeit war, speisten wir in einer Trattoria im Freien zu Mittag; dann fuhren wir zurück in die Stadt, wo wir die Besichtigung der Kunstdenkmäler fortsetzten, bis mir ein weiterer übermütiger Einfall kam

»Hättest du etwas dagegen, wenn wir übers Wochenende zu meiner Schwester aufs Land fahren?«

»Okay.«

Für Darline war alles okay. Auch für mich, no problem. Auch für meine Schwester nicht, of course. Ich glaube sogar, daß diese sich trotz des Trubels in ihrem Haushalt manchmal recht einsam fühlt.

Wir fuhren bei mir zu Hause vorbei, um ein paar Sachen einzupacken und Maruzza zu benachrichtigen. Im Auto auf dem Weg zur A 19 sprach Darline von Iowa und der Dust bowl. Im Vorbeifahren zeigte ich ihr den Oreto, ein Rinnsal, das davon träumt, ein Fluß zu sein.

Die Strecke zu meiner Schwester führt erst ein Stück über die Autobahn, von der man an der Ausfahrt Buonfornello abfährt; von dort geht es ein Stück auf der Staatsstraße weiter, bis man auf eine alte, holprige Landstraße mit Trockenmauern zu beiden Seiten kommt, an der irgendwo ein Pfad abzweigt, der zwischen sarazenischen Olivenbäumen, Korkeichen, Agaven, Feigenkakteen und Weizenfeldern bergauf führt. Die Erntezeit war dieses Jahr früher als gewöhnlich, und die mageren, spärlich wachsenden Ähren schienen zum Mähen reif. Die Karyopse waren wegen der anhaltenden Trockenheit verdorrt, und das Erdreich war zu einem Labyrinth kleiner Canyons geworden, die aussahen wie ein Heer nach Regen lechzender Lippen.

Nach zehn Kilometern – wir waren im südlichen Teil des Madoniengebirges – bog ich auf eine geschotterte Straße ab, auf der auf halber Höhe der alte Bauernhof aus Naturstein und rotem Ziegelwerk steht. Von da aus ist es mit dem Auto eine knappe halbe Stunde bis zum Meer. Wer bei Tag die Aussicht genießt, hat den Wunsch unsterblich zu sein. Oder auf der Stelle zu sterben.

An schönen Novembertagen ergeht es einem so, wenn die Äolischen Inseln bis Stromboli so klar zu erkennen sind, daß man glaubt, nur die Hand ausstrecken zu müssen, um sie zu berühren. Auf der anderen Seite ragt der Ätna in die Höhe, und hinter dir leuchten die herbstlich gefärbten Buchenwälder. Die Nächte sind so klar, daß sich jede einzelne der verdammten Gondeln in den Marskanälen zählen ließe.

In dieser Art mediterranem Montana herrscht mein Schwager Armando über Erdreich, Gewässer und sämtliche Lebewesen mit Ausnahme meiner unbeugsamen Schwester und der Enfants, die unzähmbar und vor allem nicht zu greifen sind: das ist häufig der Anlaß für den schmerzlichen Aufschrei in sizilianischem Dialekt *Wenn ich euch zu fassen krieg, schlag ich euch den Schädel ein,* der regelmäßig, aber wirkungslos der Mundhöhle Armandos entweicht und über der furchenreichen Weite verhallt.

Armando ist ein echter Vollzeitfarmer. Bis vor einigen Jahren schlug er seine nervenaufreibenden Schlachten in der Wildnis der hohen Regionalverwaltungsbürokratie. Bis er eines Tages dank einer überaus günstigen Fügung mit einem netten Sümmchen und einem ansehnlichen Monatsscheck ausgestiegen war. Das war kein Sprung ins kalte Wasser. Sondern etwas viel Gefährlicheres. Meine Schwester und er hatten sich nämlich in jenes alte, halbzerfallene Anwesen verliebt. Mit dem Erlös aus dem Verkauf ihrer Stadtwohnung und der Abfindung Armandos kauften sie den Hof mit allem Drum und Dran; das waren zig Hektar Land ringsum, mit einem alten, verwilderten Olivenhain, einem kleinen Wald, Obstbäumen und viel Saatland. Der einzige Vorzug war ein Brunnen, der direkt aus dem Packeis des Nordpols gespeist zu werden schien.

Der Hof hat sein altes Aussehen bewahrt: kunstgerecht hochgezogene Trockenmauern und alte Ziegel. Doch im Innern ist alles verändert: hier hat man an Zement und Eichenholz nicht gespart, um die Wände zu verstärken, zu stützen und zu erneuern. In bescheidenem Ausmaß gibt es sogar städtischen Komfort.

Mein Schwager hat sich als erstes voll in die Instandsetzung der Olivenbaumpflanzung gestürzt. Er hat die hundertjährigen Ölbäume zwar stehen lassen, aber damit begonnen, sie zu beschneiden, zu düngen und zu bewässern. Daneben hat er eine Fläche mit jungen Bäumchen bepflanzt. Heute hat er es zu einem landwirtschaftlichen Musterbetrieb gebracht und bietet sogar Ferien auf dem Bauernhof an. Vor einigen Jahren hat er auch eine Reitbahn angelegt. Um nicht völlig den

Umgang mit der Kultur zu verlieren, erteilt meine Schwester umsonst Französischunterricht für einige Kinder der Landarbeiter meines Schwagers.

Oft vermitteln sie und Armando den Eindruck, als bewegten sie sich auf Messers Schneide; und in kritischen Momenten, die fast immer durch das zerstörerische Wesen des Nachwuchses ausgelöst werden, brüllt mein Schwager, daß sie alle eines Tages als arme Bettler vor dem Ecce Homo stehen werden. Doch alles in allem geht es ihnen gut. Für les Enfants ist es bis heute ein wahres Vergnügen. Mißmut wird erst in einigen Jahren bei ihnen aufkommen, wenn sie im Halbstarkenalter sind und die Stadt mit den entsprechenden Reizen auf ihre Hormondrüsen einwirkt. Heute schon ist es für meine Schwester eine Riesenbelastung, jedes Mal zehn Kilometer auf dem Feldweg zurückzulegen, um die Burschen in die Schule oder in den Ort zu begleiten und sie hinterher wieder einzusammeln.

Als wir die Zufahrtsstraße zu ihrem Landstück einschlugen, war es schon beinahe dunkel. Darline hatte eine Reihe tiefer Atemzüge genommen, als plane sie einen Rekord im Luftanhalten. Mit Kennermiene blähte sie die Nasenflügel. Wahrscheinlich roch sie Heimatluft. Das ist für alle Landmenschen so, gleichgültig auf welchem Breitengrad sie sich befinden. Bei mir passiert das am Meer.

Darline und meine Schwester fanden sich auf den ersten Blick sympathisch. Mein Schwager beschnuppert unbekannte Menschen lieber erst einmal gründlich, bevor er sich auf sie stürzt. Er ist eine Seele von Mensch, aber er hat eine etwas rauhe Schale, zumindest am Anfang.

Es dauerte viel zu lange, bis ich mich aus dem Gewirr von Hunden und Infanten befreit hatte. Endlose Gefühlsausbrüche sind mir immer lästig. Besonders wenn sie im Grunde nicht mir gelten... Die Neuigkeit war Darline, auf sie waren alle Augen gerichtet. Der Hund Malaussène, der Sündenbock, das Opfertier der üblen Launen der Enfants, legte ihr seine Vorderpfoten auf die Schultern und blickte sie lange und schmachtend an, bevor er sich entschied, sie wieder freizulassen. Wer weiß, was Hunden in solch einer Situation durch den Kopf geht: Vielleicht sind sie betrübt, daß wir nicht der Knochen ihrer Träume sind.

Sie hatten mit dem Essen auf uns gewartet, und so ließen wir das Gepäck vorerst im Auto. Nach den eigenhändig vom Schwager auf dem Holzkohlengrill zubereiteten Koteletts und Artischocken, einem frisch gepflückten Salat und einer angeregten Unterhaltung kam die Stunde des Schlafengehens.

Der Augenblick war ziemlich heikel und verlangte ein Mindestmaß an Diplomatie. Mein Schwager machte sich schnurstracks auf in Richtung Bett. Den Kindern fielen längst die Augen zu. Meine Schwester begleitete uns zum Wagen. Ich holte meine Sachen heraus, und sie nahm Darline die Tasche aus der Hand.

Meine Lagerstatt ist in einem Nebengebäude, einem ehemaligen Schafstall untergebracht; manchmal finde ich noch ein paar Haare eines früheren Bewohners. Aus dem Stall sind mittlerweile drei schöne und komfortable Schlafzimmer und ein Duschbad geworden. Mein Zimmer liegt am Ende des Korridors und hat ein großes, aus rohen Holzlatten gezimmertes Bett im alten Stil und eine Wollmatratze.

Entschlossenen Schritts ging ich den Gang entlang und trat ein. Meine Schwester mit der Tasche in der Hand schlüpfte hinter mir hinein, auf den Fersen gefolgt von Darline.

Elegant wünschte uns Maruzza eine gute Nacht und zog beim Hinausgehen einfach die Tür hinter sich zu.

Meine Schwester ist unglaublich. Sie muß einen sechsten Sinn haben, eine Antenne, mit der sie Nachrichten aufnimmt, die anderen verborgen bleiben. Vielleicht ist es nur der berühmte weibliche Instinkt. Ich zumindest besitze diese Gabe nicht. Vielleicht hat sie ein Auge zuviel wie König Ödipus.

Was die Dioptrien angeht, steht das außer Zweifel, denn Maruzza ist noch kurzsichtiger als ich. Nur daß sie diesen Makel hinter einem Paar halbweicher Kontaktlinsen tarnt.

Ich muß zugeben, eine Komponente des amerikanischen Lebensstils unterschätzt zu haben, diesen wunderbaren Pragmatismus aus Zelluloid, den Hollywood uns auf so reizvolle Weise überliefert hat und dem ich noch nie so richtig geglaubt hatte. Mit einem Wort, Darline hatte nicht die Aura einer trauernden Witwe.

Nachdem Maruzza uns allein gelassen hatte, blieben wir noch eine Weile stehen und sahen uns im Raum um. Dann öffnete sie den Reißverschluß ihres Reisesacks und zog in loser Reihenfolge die üblichen weiblichen Accessoires heraus. Ich verzog mich zu einer Katzenwäsche ins Bad. Als ich fertig war, begann ich meine Sachen in den Schrank zu räumen, und mit der Zahnbürste in der Hand verließ sie das Zimmer. Rasch trennte ich mich von meinem Frotteebademantel, schlüpfte unter das Leintuch und löschte das Licht.

Nach ein paar tiefen Atemzügen, Millionen von Durchläufen des alten atrioventrikulären Systems, kam Darline ins Zimmer zurück. Ich hörte, wie sie sich im Dunkeln mit einer einzigen fließenden Bewegung auszog und unter das Bettuch schlüpfte. Rücklings lag ich auf dem östlichen Ufer des Betts. Meine linke Hand mit der Handfläche nach oben floß nach Westen, in Richtung Grenzlinie zwischen beiden Territorien. Ich konzentrierte mich auf die Hand und ließ ihr Bewegungsfreiheit, auf daß sie ihre unterschwelligsten Reize aussenden möge. Darline rührte sich, und wie zufällig streiften ihre Finger die meinigen. Was dann kam, war in einem äußerst metaphorischen Sinn eine zweite Bestattung unseres von Herzen beweinten Raffaele Montalbani. Die endgültige. Befanden wir uns etwa nicht in der Wahlheimat von Eros und Thanatos?

Im Morgengrauen weckten mich die Spatzen. Oder was für Vögel es auch immer waren, ich bin bestimmt keiner dieser nervigen Ornithologen. Wenn sie sich so benehmen, könnten sie meinetwegen auch alle mit der Lupara niedergemäht werden. Die Vögel natürlich, nicht nur die Ornithologen. Sie machten einen Heidenlärm mit ihrem Tschilpen, Zwitschern, Piepen, Flügelschwirren und etwas anderem, das ich als Kampf bis aufs Messer deutete. Getreu dem Motto, daß der Vogel in der Früh den größten Wurm schnappt. Für mich war das ein ausreichend widerlicher Grund, um weiterzuschlafen. Auf dem Land kommt es immer so. Das ist eine der Seiten, die ich für recht bedenklich halte. Für mich gibt es nichts Besseres, als vom Hupkonzert des Halbachtstaus geweckt zu werden; und vielleicht von dem um Viertel vor acht, und wenn das nicht reicht, von dem um acht. Wie poetisch ist doch die Metropole für ein gesundes Stadtvieh, wie ich eines bin! Von wegen Erwachen in der Morgenröte beim Gesang der Vögel.

Ich blinzelte zur Uhr hinüber. Es war fast elf. Wenn ihr glaubt, daß ich jetzt alles zurücknehme, habt ihr euch getäuscht. Umsichtig entzog ich mich dem Gewirr einer überraschenden Anzahl von Armen und Beinen, die Darline im Schlaf ausgefahren hatte. Ich wollte sie nicht wecken. Auch während ich mich duschte und anzog, schlief sie weiter. Sie lag jetzt in der gleichen Haltung wie tags zuvor bei mir zu Haus. Sie hatte schöne, lange, weiße Hände: mit ganz schmalen, sehnigen Fingern und bläulichen Venen auf dem Handrücken und auf der Innenseite des Pulses. Und eine Andeutung von Fingernägeln à la Messalina.

Lautlos verließ ich das Zimmer und machte mich auf den Weg in die Küche. Dort begegnete ich nur meiner Schwester, die sich anschickte, Kartoffeln zu schälen. Mein Schwager ehrt die Feiertage nicht und arbeitet auch sonntags. Les Enfants waren mit ihm auf dem Traktor unterwegs. Maruzza nahm mir die Kaffeemaschine aus der Hand und setzte Kaffee auf. Ich tue mein Bestes, um nicht als Macho dazustehen, aber dazu muß die Gegenseite auch mitziehen.

Auf dem schwesterlichen Bauernhof geraten meine Frühstücksgewohnheiten immer durcheinander. Mit Genuß verdrückte ich einige Scheiben Landbrot mit Orangenblütenhonig und hausgemachtem Ricotta. Dann schälte ich aus Prinzip noch die letzten drei Kartoffeln. Kurz darauf erschien Darline. Sie mußte, kurz nachdem ich das Zimmer verlassen hatte, aufgestanden sein. In Jeans und T-Shirt wirkte sie noch jünger. Sie verschlang einen Kubikmeter Brot mit Honig und Ricotta und trank den Kaffee meiner Schwester, ohne das Gesicht zu verziehen.

»Willst du ausreiten?« fragte ich beiläufig. Ob sie wollte? Man hätte sie an Ketten legen müssen, um sie vom Rücken der Pferde fernzuhalten. Um so schlimmer für mich.

»Du kommst nicht mit?« fragte sie.

»Heute habe ich keine Lust.«

Das war natürlich ein Bluff. Ich reite nie. Pferde sehe ich mir lieber aus der Ferne an. Sie wecken bei mir ein gewisses Mißtrauen, seitdem im Kölner Zoo ein Pony versucht hat, mir mit einem Biß unter die Gürtellinie einen urologischen Eingriff zu verpassen. Wäre ich nicht geistesgegenwärtig nach hinten gesprungen, könnte ich heute als Sopran in der Mitternachtsmesse der Kathedrale singen. In manchen Alpträumen höre ich noch immer das Aufeinanderschlagen der Kiefer dieses »Maultiers«, wie sie ihre Beute verfehlten. Und außerdem habe ich nie den Schaum vor dem Maul der verschiedenen *Blitze* oder *Furys* vergessen, die durch meine Jugendjahre tobten. Damals war ich auf andere Mythen aus, wie Jim-aus-dem-Dschungel, Rin-tin-tin, Ivanhoe, Robin Hood oder Lassie. Vor den Zeiten James Deans, versteht sich.

Es genügte, Darline zu zeigen, wo die Pferde standen und die Stiefel und die Sättel waren, um sie in einen fiebrigen Zustand zu versetzen. Die Art und Weise, wie sie mit den Dingen umging, verriet deutlich, daß sie von Kindesbeinen an auf Pferderücken zu Hause war. Mit sicherem Griff wählte sie Riversa aus, eine dreijährige, sehnige Stute, schwarz wie ein Fluch. Sie stieg auf und ließ das Tier langsam gehen, um mit ihm vertraut zu werden, und wechselte dann in leichtes Traben über. Schließlich wirbelte sie inmitten von Staubwolken davon, auf den Fersen gefolgt von Malaussènne mit windzerzausten, aufragenden Haarbüscheln, der genau auf diese Gelegenheit gewartet hatte.

Zwei Stunden lang sah und hörte man nichts von Darline. Als sie wieder auftauchte, war sie eine andere. Ich war beinahe darauf gefaßt, daß sie nach einer Winchester verlangte um einen Angriff auf das dreirädrige Landfahrzeug der benachbarten Bauern zu starten. Ich hätte ihr im Höchstfall mit der verrosteten Doppelflinte meines Schwagers dienen können.

Ich versuchte die zwei Erscheinungsbilder Darlines, die ich bisher kannte, zusammenzubringen – die erste, die mir zwei geologischen Ären zuvor zwischen den Divanen und Teppichen des Vier-Sterne-Hotels entgegengekommen war, und die zweite, die ich in diesem Augenblick zwischen den Olivenbäumen, dem Salzkraut und den pittoresken Formen vertrockneter Distelpflanzen begutachtete. Mir kam der Verdacht, daß jene Calamity Jane die Version war, die der echten Darline am meisten entsprach. Die Darline, die den Country Club von Des Moines, Iowa, in den Wind schlug und sich ins Village und den Off-Broadway stürzte. Eine Darline, mit der man bei Gelegenheit abzurechnen hatte.

Bei ihrer spektakulären Rückkehr waren inzwischen auch die Kinder wieder aus der Wildnis aufgetaucht. Doch sie ließen sich nicht besonders beeindrucken, auch für sie gehörte Reiten zum Alltag. Sie bilden eine reizvolle Mischung aus städtischer Technologie und Bauernschläue. Bei meinem letzten Besuch auf dem Bauernhof hatte ich Pietro ein Vergrößerungsglas mitgebracht, dem Dritten und vorläufig (steht zu befürchten) letzten (ist zu hoffen) aus der Produktionsreihe Maruzza-Armando.

»Wozu braucht man das?« hatte er mich gefragt.

Ich hatte ein Stück Zeitung genommen und ihm gezeigt, wie man Sonnenstrahlen bündelt, bis sich das Auge des berühmten »Unfälle und Vergehen«-Kritikers entzündete. Pietro hatte die Linse nach allen Seiten gedreht und dann tatsächlich gefragt: »Wo ist denn der Knopf?«, und ich hätte ihm beinahe eine runtergehauen. »Bild dir bloß nicht ein, wir hätten aufgehört, Kinder zu fressen, nur weil es keine Kommunisten mehr gibt!« Schleunigst verzog er sich mit dem Vergrößerungsglas in der Hand und – nehme ich an – in der Hoffnung, den Pinienhain in Brand zu setzen, gegen den alle außer meinem Schwager große Abneigung hegen.

Der Rest des Tages verging in Windeseile. Wir hatten von Anfang an beschlossen, auch am Sonntag auf dem Hof zu schlafen und am Montag in aller Frühe aufzubrechen. Doch nachdem ich gesehen hatte, welche Wirkung das Landleben auf Darline hatte, kam es mir fast wie ein Verbrechen vor, sie wieder in die Stadt zurückzubringen.

»Warum bleibst du nicht hier?« schlug ich vor. »In Palermo habe ich eh immer den ganzen Tag zu tun. Und am Abend kann ich ja herkommen.«

Am Ende ließ sie sich überzeugen, auch dank des Aufbegehrens meiner Schwester, die solch eine exotische Gesellschaft den Bauersfrauen aus der Nachbarschaft sicher vorzog. Vor allem konnte sie die Gelegenheit nutzen, um nach Herzenslust über die Männer ihres Lebens herzuziehen: Ehemann, Bruder und Nachwuchs eingeschlossen.

Nach dem Abendessen fand Maruzza einen sentimentalen Hollywoodschinken mit Laureen Bacall und Rock Hudson im

Fernsehen. Und Darline meinte, daß die italienische Stimme der Bacall wesentlich besser sei als das Original. Und dann heißt es von den Amerikanern, sie seien Imperialisten...

V Wer Bier trinkt

Am Wochenanfang fühle ich mich immer, als hätte mir jemand den Stecker rausgezogen. Das sind die letzten Nachwirkungen der achtundsechziger Jahre. Von den Großen Besetzungen sind mir ein Magen, mit dem ich Glasscherben verdauen kann, eine Blase wie ein Strafverteidiger und unmögliche Wochenanfänge geblieben. Es handelt sich nicht um das gewöhnliche Montags-Syndrom, das heilige Merkmal der Arbeitsscheuen, denn bei mir halten die Anzeichen bis Donnerstagnachmittag an. Manchmal jedoch macht sich diese Schwäche nicht bemerkbar. Wie an jenem Tag, wer weiß warum...

Während ich Richtung Stadt fuhr, sang ich in Abständen immer wieder dieselbe Strophe von *Just like a woman* vor mich hin. Sie war mir schon beim Erwachen durch den Kopf gegangen:

She takes just like a woman
she makes love just like a woman
and she aches just like a woman
but she breaks just like a little girl.

Hätte es etwas Passenderes geben können? Erst als die Wohnbunker des Stadtviertels Romagnolo in Sicht kamen, drängte ein anderer jener Verse an die Oberfläche:

You fake just like a woman.

Traf auch das auf Darline zu? Spielte auch sie mit falschen Karten? Die neue Richtung meiner Gedanken beunruhigte mich.

Zu Hause packte ich ein paar Sachen zusammen, die ich ihr aufs Land mitbringen sollte. Dann zog ich *Briefe an ihre Tochter* von Calamity Jane aus dem Bücherschrank, eine historische Fälschung, für die vielleicht der örtliche Fremdenverkehrsverein von Deadwood, Dakota, oder wer auch immer verantwortlich war. Ich hatte meinen Spaß daran, Darline den Band zu zeigen; bei den Kindern, die ich entsprechend bearbeitet hatte, hieß sie mittlerweile nur noch Calamity.

Ich hatte auch Raffaeles Disketten mitgenommen, und als ich im Fachbereich angelangt war, verzog ich mich flugs in mein Zimmer und schaltete den P. C. I. an, was hier für Personal Computer IBM XT steht. In jedem Fall ein prähistorisches Modell, aber immerhin läßt sich damit noch gut *Genosse ärger dich nicht* spielen, das Videospiel, nach dem auf der Festa dell'Unità alle verrückt sind. Der Computer thront abseits auf dem entsprechenden Arbeitstisch in der Nähe des Fensters. Ich bin keiner von diesen Computer-Freaks, die überzeugt sind, daß die Welt nur in einem RAM-Speicher existiert. Ich bin noch nicht aus dem informatischen Urschlamm aufgetaucht. Giovanni ist der Meinung, daß eine durchgehende Linie von der Bauernschläue meiner Vorfahren hin bis zu meinem Mißtrauen gegenüber der Elektronik nachweisbar ist. Ich ließ den PC die Diskette Nummer 1 schlucken und hämmerte auf die entsprechenden Tasten ein. Die Namen der Dateien leuchteten in Reih und Glied auf und füllten den Schirm mit der grünen Schrift des Videoboards Hercules, dessen letzter Besitzer im ganzen bekannten Universum ich wohl bin.

Ein Blick genügte mir, und ich sah bestätigt, was Darline mir erzählt hatte. Jede Datei enthielt ein einzelnes Protokoll.

Ich wählte ein beliebiges aus, öffnete es, und der Text erschien auf dem Bildschirm. Er stammte von der Serradifalco-Gruppe. Auch wenn der Name des Autors fehlte, war das einfach zu begreifen. Theoretisch muß ein Protokoll jeden einzelnen Schritt der Durchführung des Experiments enthalten: Datum, Materialien, angewandte Methoden, Temperaturen, Ergebnisse und statistische Analyse. Im Idealfall muß jeder, der ein fremdes Protokoll liest, in der Lage sein, dasselbe Experiment zu wiederholen und die gleichen Ergebnisse zu erzielen. Ein solches Ereignis ist im wirklichen Leben seltener, als daß ein Reicher auf dem Weg ins Himmelreich durch den Filter einer Camel paßt. Oder so ähnlich.

In diesem ersten Protokoll war ständig die Rede von Cäsium 137. Falls ihr nach dem ganzen Tschernobylrummel immer noch nicht wißt, was das ist, solltet ihr euch wirklich schämen.

Um Mißverständnissen vorzubeugen, will ich eure Erinnerung auffrischen. Das Cäsium ist ein chemisches Element, und die Nummer 137 zeigt das Isotop 137 des Cäsiums an, das vertraulich auch Radiocäsium genannt wird. Ein sympathischer Bursche, der Beta- und Gamma-Strahlen aussendet und ein Durchschnittsalter von dreißig Jahren erreicht. Wenn ihr davon mehr als nötig abkriegt, dann ist das wirklich euer Bier.

Sicherlich fragt ihr euch, was das alles mit Fifì zu tun hat. Es hat insofern mit ihm zu tun, als seine Gruppe im ganzen Fachbereich die einzige ist, die seit eh und je das Cäsium 137 verwendet. Nein, sie bereiten keinen Atomkrieg vor. Tatsache ist, daß das Cäsium 137 als Markierer bei bestimmten, höchst komplizierten Studien zur Pflanzenphysiologie eingesetzt werden kann, mit denen ich hier nicht langweilen möchte.

Das Protokoll war über fünfzehn Jahre alt. Ich überflog es rasch, ohne auf etwas Auffälliges zu stoßen. Dann ging ich zurück zum Dateiverzeichnis und lud wahllos eine andere. Sie enthielt ein Protokoll, das dem ersten sehr ähnlich war. Ich sah mir noch weitere sieben oder acht an, entdeckte aber nichts Außergewöhnliches. Schließlich nahm ich die Diskette heraus, steckte eine neue hinein und begann wieder von vorn. Die Protokolle waren zwar neueren Datums, aber die Leier war die gleiche. Ich versuchte es noch mit einigen anderen Disketten. Da war immer die Konstante des Cäsiums 137, aber die Protokolle waren von mindestens zwölf verschiedenen Personen verfaßt.

Raffaele hatte also alle Disketten mit den Protokollen von Fifis Gruppe kopiert, angefangen bei denen vom vorigen Sommer bis zurück in die Zeit vor fünfzehn, vielleicht zwanzig Jahren. Wohin würde mich das Ganze führen? Offensichtlich nirgendwohin. Selbst wenn Raffaele entdeckt hätte, daß jemand seine alten Daten geplündert hat, warum hätte er sich das Leben nehmen sollen? Nicht einmal, wenn der Nobelpreis auf dem Spiel gestanden hätte. Und auch für einen Mord gab es kein ausreichendes Motiv. Selbst dann nicht, wenn Raffaele gedroht hätte, den Ruf des vermeintlichen Datenfälschers in den Schmutz zu ziehen; selbiger hätte nur eine jener großartigen Fehden anzuzetteln brauchen, wie sie hin und wieder die akademischen Kreise im ganzen bislang erforschten Teil des Universums so angenehm beleben.

Mit einem Mal überkam mich eine Riesenlust, aufs Land zurückzufahren. Ich steckte die Disketten weg, schaltete den Computer aus und rief Giovanni in seinem Zimmer an.

»Kaffee?«

»Ja.«

»Treffen wir uns im Aufzug.«

Eigentlich hatte ich ihm alles erzählen wollen, um zu hören, was er darüber dachte. Doch kaum sah ich sein Gesicht, ließ ich von meinem Vorhaben ab. Er war einfach zu niedergeschlagen.

»Was ist denn mit dir los?«

»Nichts.«

In der Bar fiel mir urplötzlich ein, daß heute Giovannis Geburtstag war.

»Ah, dann also – herzlichen Glückwunsch.«

»Es gibt Minuten, die endlos scheinen. Und dann wirfst du einen Blick auf deinen Jahresplaner und stellst fest, daß mit einem Schlag schon wieder zehn Jahre vergangen sind.«

»Sehr originell. Das haben vor dir nur schon einige Millionen Leute gesagt. Und andere hundert Millionen haben es gedacht. Und der Rest der Menschheit tut so, als wüßte sie es nicht.«

»Reiß du nur deine Witze, während meine Chancen, eine Affäre mit Claudia Schiffer oder im Notfall mit dieser gutausgestatteten Chilenin, die sie mir als Doktorandin verpaßt haben, dramatischerweise den Point of no return erreichen.«

»O je, dieses Jahr ist es besonders schlimm! Was denkt denn deine Frau darüber?«

»Was haben denn die Ehefrauen damit zu tun? Warum trinkst du nicht besser deinen Kaffee?«

Wir machten fast auf der Stelle kehrt und gingen zurück ins Institut, wo ich mich in mein Zimmer einschloß. Kurz vor Mittag klingelte das Telefon:

»Wo zum Teufel steckst du eigentlich? Seit zwei Tagen schon bin ich hinter dir her.«

»Ich berufe mich auf den Präzedenzfall Miranda-Escobedo.«

»Wie bitte?«

»Hast du noch nie etwas vom 87. Distrikt gehört, über das Recht zu schweigen? Schon gut, du bist praktisch Analphabet, aber zumindest den Leutnant Carella müßtest du kennen. Im Grunde gehört das zu deinem Beruf, oder nicht?«

»Wer hat denn schon zum Lesen Zeit? Falls du es noch nicht begriffen hast, sind wir dazu da, die Bösewichter einzufangen. Wir können nicht alle einen auf intellektuell machen wie du.«

»Was heißt hier intellektuell, Vittò, tu mir doch den Gefallen und laß das sein...«

»Jetzt hör mir gut zu, ich habe nach dir gefahndet, weil ich etwas über die R. P. M. in Erfahrung gebracht habe.«

»Los, raus damit.«

»Es scheint, als wollte sich dein Freund eines dieser Geräte ausleihen, mit denen man Radioaktivität mißt...«

»Einen Szintillator, meinst du. Wozu brauchte er den denn? Hier im Fachbereich haben wir mehrere davon.«

»Der Typ hat von einem anderen Ding gesprochen. Er hat mir erklärt, daß es sich um einen Geigerzähler handelt; weißt du, eine Art Sonde, mit der man die Stellen abfährt, an denen radioaktive Substanzen vermutet werden. Wenn Radioaktivität vorhanden ist, zeigt das Gerät sie an.«

»Verstehe. Aber auch so was haben wir im Institut. Manchmal messen wir damit den Grad der radioaktiven Verseuchung in den Labors und auf dem Gebiß der Dekanin, in manchen Dingen ist sie ja sonderbar. Offensichtlich war Raffaele darüber nicht im Bilde oder er wollte niemanden wissen lassen, daß er das Gerät brauchte.«

»Aber was wollte dein Freund bloß damit anfangen?«

»Keine Ahnung. Hat der Typ von der R. P. M. nichts weiter gesagt?«

»Nein, Montalbani hat ihn nur gefragt, ob sie dieses Instrument auf Lager hätten und es ihm liefern könnten.«

»Und...?«

»Man hat ihm gesagt, ja, sie hätten es da, aber sie könnten es nicht sofort ausliefern, weil sämtliche Waren schon für einen Umzug verpackt seien. Dein Freund hat mit Engelszungen auf ihn eingeredet, aber es war nichts zu machen.«

»Verstehe.«

»Was hältst du davon?«

»Hm, weiß nicht.«

Warum ich nicht einmal Vittorio etwas von den Floppy-Disks erzählte, war mir selbst unklar. Seine Informationen stimmten in einem winzigen, beinahe unsichtbaren Punkt mit dem Inhalt der Disketten überein: das Radiocäsium auf der einen Seite und das dringende Bedürfnis Raffaeles nach einem Geigerzähler auf der anderen. Eine ganz schwache Koinzidenz oder besser gesagt eine parallel verlaufende Konvergenz.

Wir schwiegen eine Weile, ein verdächtiges, betretenes Schweigen. Hatte er etwa einen Anschlag auf mich vor?

»Wie geht es der Amerikanerin?« platzte Spotorno schließlich heraus. Das war ein mieser Streich. Der gute Freund und Sbirre wußte also, wie die Dinge standen. Hundertprozentig hatte der Portier in Darlines Hotel ihm die Neuigkeiten zugeflötet.

»Und was kümmert dich das?«

»Und ob mich das kümmert. Der Fall ist für mich noch immer offen. Und im übrigen war ich der Meinung, daß Montalbani dein Freund wäre...«

Auslassungspünktchen, schwer wie Bowling-Kugeln, rollten vom einen Ende der Leitung zum anderen, glätteten unterwegs sämtliche Windungen und schlugen schließlich gegen Vittorios Schneidezähne und mein hypersensibles Trommelfell.

»Ist in Ordnung. Mach's gut, Vittorio.«

Ich legte auf. Der letzte Schlag des Freundes war entschieden zu tief gegangen, denn ich spürte mindestens auf zwei Fronten meine Chancen schwinden. Und eine davon war blond und Midwestamerikanisch.

Jetzt blieb mir nichts weiter übrig, als die Disketten Datei für Datei minutiös durchzugehen und auf einen glücklichen Zufall zu hoffen.

Sie auf dem Bildschirm zu lesen, kam überhaupt nicht in

Frage. Ich rechnete rasch aus, daß jede Diskette zwischen hundertfünfzig und zweihundert Seiten gedruckten Textes enthielt. Und das bedeutete insgesamt drei- bis viertausend Seiten. Eine höchst entspannende Lektüre. Für den Rest des Jahres wären sämtliche Wochenenden ausgebucht. Vielleicht wäre mir das Glück hold, und ich könnte den Schwindel sofort aufdecken, wenn es denn überhaupt einen gab. Ich hatte daran meine Zweifel.

Also gut. Ich schmiß den Computer wieder an, steckte die Diskette Nummer eins hinein und ließ die Datei ausdrucken. Das dauerte eine halbe Stunde; und am Ende stand mein Kopf wegen des lärmenden Druckers kurz vorm Platzen. Ich hielt es für sinnlos weiterzumachen, ich hatte ja schon einen dicken Packen zu lesen. Ohne das Wochenende abzuwarten, legte ich los und opferte meine Mittagspause.

Während der Drucker wie wild ratterte, hatte ich die Schubladen nach Eßbarem durchwühlt, das die Mädchen vielleicht vergessen hatten. Es kam nur ein Beutel mit uraltem Mandelkonfekt zum Vorschein, das von Praktikanten stammen mußte, die mindestens vor zwei Dutzend Generationen ihr Studium abgeschlossen hatten. Es schmeckte nach Rattengift. Aus Verzweiflung schluckte ich alle Mandeln und hoffte inbrünstig, daß die neunnadlige Bestie bald aufhören würde, fortlaufende Papiermeter auszuspucken. Nadeldrucker haben etwas Kafkaeskes an sich. Sie verbreiten eine Atmosphäre wie in der Strafkolonie.

Rund zwei Stunden brauchte ich, um den Inhalt der ersten Diskette zu Ende zu lesen. Ich hatte es mir schlimmer vorgestellt. Auf alle Fälle kam nichts dabei heraus. Das hatte ich von Anfang an vermutet. Aber nach dem meuchelmörderischen Schlag, den der Sbirre meinem Stolz versetzt hatte, war durchhalten jetzt zur Ehrensache geworden.

So druckte ich die zweite Diskette aus und legte die Seiten weg. Ich trödelte herum, bis ich genug hatte, machte Feierabend und packte die ausgedruckten Protokolle mit den beiden Diskettenschachteln ein.

Mit viel zu hoher Geschwindigkeit fuhr ich zum Bauernhof. Das Wiedersehen mit Darline war wie aus der *Love story.* Das sagte Armando zumindest. Was mich angeht, habe ich *Love story* immer gemieden, egal ob in Form papierner Ergüsse, als hertzsche Melasse oder als honigsüßes Kinoerlebnis. Alles hat seine Grenzen. Im Augenblick stand mir der Sinn eher nach *Die Ruhe des müden Kriegers.* Doch da es noch eine Stunde bis zum Abendessen war, widmete ich mich eifrig der Lektüre. Auch Darline ließ sich an dem Tisch im großen Wohnzimmer nieder und öffnete ihren *Leoparden.* Ich hatte ihr das Buch von Calamity gegeben, aber sie vermeidet den gleichzeitigen Kontakt mit mehreren Texten. Ich praktiziere mit Büchern eine fröhliche Bigamie, mehr noch, ich fröne einer hemmungslosen Promiskuität. Ich greife sie mir, lege sie beiseite, nehme sie wieder auf und verlasse sie erneut. Ich lese immer drei oder vier zur selben Zeit. Bücher aller Art. Das ist ein Zeichen geistiger Unordnung, gemahnen mich die ewigen Besserwisser. Von Unrast, erkläre ich. Doch wenn ich auf einen Autoren stoße, der mir wirklich gefällt, dann kenne ich keine Hemmungen mehr: Das ist wie eine Flächenbombardierung. Auf diesem Gebiet ist Frau Doktor Laurent besonders extravagant. Oder zumindest war sie es. Ich kann mich noch an eine Phase bei Michelle erinnern, in der sie nur Schriftsteller namens Roth las. Danach wechselte sie zur japanischen Literatur.

Ich las beinahe eine ganze Stunde in den Protokollen, bis meine Schwester uns zum Abendessen rief. Nach dem Mahl setzte ich meine Lektüre fort und hielt bis zum Ende durch.

Absolut nichts, auch nicht nach der zweiten Diskette. Es war ein aussichtsloses Unterfangen. Ich wußte ja nicht einmal, was genau ich suchte. Vielleicht hatte ich schon über die betreffende Stelle hinweggelesen.

Wir zogen uns für die Nacht zurück. Darline öffnete Calamity und ließ die Seiten zwischen den Fingern durchgleiten. Dann stieß sie auf die Fotos von Calamity Jane. Sie war tödlich beleidigt, weil ich gewagt hatte, sie mit diesem als Frau verkleideten Walroß zu vergleichen. Ich nahm ihr das Buch aus den Händen und erklärte, daß ich die Hollywoodsche Ikonographie und gewiß nicht die Calamity aus Fleisch und Blut meinte. Ich blätterte das Buch durch und zeigte ihr die Fotos der Schauspielerinnen, die die Rolle der Calamity gespielt hatten. Ihr beleidigter Gesichtsausdruck ging in die Schmollmiene eines verzogenen, kleinen Mädchens über. Dann legte sie mit ihrem Midwest-Amerikanisch los und meinte, während sie mir die Fotografien unter die Nase hielt, daß Doris Day fad wie eine alte Jungfer sei, daß Yvonne De Carlo dagegen eine Brünette und ihr unsympathisch sei, daß man über Jane Russel und Jean Arthur besser kein Wort verlieren sollte, und daß die einzige, die sie alles in allem annehmbar fand, Frances Farmer sei, mit der es jedoch ein schlimmes Ende genommen hat, wie man weiß. Und wenn ich unbedingt nach einer Ähnlichkeit mit einer Schauspielerin suchte – wobei sie darüber hinwegging, daß sie eine Schauspielerin *war* –, wieso mir dann nicht auffiel, daß Miss Darline Campbell eine Mischung aus Michelle Pfeiffer und Charlotte Rampling sei?

Da war ich sprachlos. Bei Darline konnte ich eher eine gewisse Affinität zu Eve Marie Saint feststellen. Nicht so sehr der Gesichtszüge als vielmehr der Augen wegen. Einmal abgesehen von der Farbe sah es manchmal so aus, als streife Darline einen mit dem gleichen, besorgten Blick, wie ihn Eve in *Die Faust im Nacken* auf Marlon wirft oder in *Der unsichtbare Dritte* auf Cary.

Jedenfalls trat hier ein gewisser nachtragender Charakterzug des jungen Mädchens zutage. Oder vielleicht wollte sie mit mir nur ein intellektuelles Spielchen auf sadomasochistischem Hintergrund treiben. Früher oder später würde ich es schon herausfinden. Einstweilen wollte ich meine Wißbegier mit etwas anderem stillen:

»Hat Raffaele dich je gebeten, six pence zu sagen?«

»WOHER WEISST *DU* DENN DAS?«

Darline blieb auch am folgenden Tag auf dem Land. Ich hatte heiße Wochen vor mir. Das ist immer so zwischen Juni und Juli. Drei Rigorosa, Abschlußprüfungen und der übliche Papierkram am Ende der Saison, ich konnte nicht hoffen, auch noch die Zeit zu finden, mich mit den Disketten zu beschäftigen. So ließ ich sie auf dem Hof meiner Schwester.

Mitten in einer Doktorandenprüfung hatte ich einen genialen Einfall. Die Idee durchzuckte mich wie ein Blitz, während ich die Dekanin beobachtete, deren Name eher zu einer Tabaksorte paßt (und wenn ihr das Funkeln des Gebisses noch hinzunehmt, habt ihr wirklich eine Virgina bright) und an Tabacco d'Harar erinnert, den alten Spitznamen Mauros. Es war nur eine Frage von Sekunden, und schon schaute ich versunken zu ihm hinüber. Während ich Mauros Gesicht studierte und an Raffaele dachte, nahm mein Einfall festere Formen an, und ich kam zu dem Schluß, daß es tatsächlich immer die Besten sind, die von dannen gehen. Und sollte es stimmen, daß die Augen der Spiegel der Seele sind – oder des Geistes, für diejenigen, die nicht an die Existenz der Seele glauben –, dann befanden sich die wäßrigen Augen Mauros, auch angesichts der Uhrzeit, in vollkommener Harmonie mit dem Titel eines Films, den ich schon zweimal gesehen habe: Todesstille. Mein Blick schweifte unauffällig von einem meiner Prozessionsgenossen zum nächsten, und mir wurde klar, daß die Kommission für die Doktorprüfungen fast ausnahmslos aus Mitgliedern der Serradifalco-Gruppe bestand. Es fehlten nur einige jüngere Neuerwerbungen, die jedoch keine Rolle spielten, weil sie nie etwas mit Raffaele zu tun gehabt hatten. Und ich begriff mit einem Schlag, daß, wenn Raffaele ermordet worden war, und zwar wegen etwas, das mit den Protokollen zu tun hatte, der Killer und seine Auftraggeber in der Kerngruppe um Fifì zu suchen waren. So studierte ich eingehend auch die Gesichtszüge der anderen drei: anwesend waren Filippo Serradifalco, der unbewegliche Buddha, der ewig an Verstopfung leidet; Milly Clemente, mit dem blonden Stoppelfeld direkt aus der Tönungstube, dunklen Lidschatten auf den Raubvogelaugen und einem Teint wie das »Vorher«-Bild aus der Werbung für eine Schönheitscreme; Giovanni Di Maria (c'est la vie, mein Freund!) sah mißmutig und abwesend zugleich drein und bemerkte nicht einmal ein paar »Jagdgöttinnen«, die sich unters Publikum gemischt hatten und abenteuerliche Dekolletès zur Schau trugen, auf denen weitvernetzte Wegspuren nachzuzeichnen waren (oder wegvernetzte Spurweiten? Es war einfach zu heiß in der Aula).

Dann setzte ich meine geniale Erleuchtung in die Tat um: in der Pause zwischen zwei Schüben von Prüfungsanwärtern, während wir in dem kleinen Raum neben der Aula Magna unseren Kaffee schlürften, ließ ich ganz beiläufig fallen, daß ich im Besitz von Raffaeles Disketten sei. Natürlich erfand ich eine Geschichte, auf welchem Weg und warum ich in ihren Besitz gekommen sei. Und schwindelte auch wegen des ganzen Rests. Lügen fällt mir immer ziemlich schwer. Was mich jedoch nicht daran hindert, dick aufzutragen, wenn es notwendig ist. Vor allem dann, wenn ich ahne, daß ich im höheren Auftrag der Wahrheit Märchen erzählen muß.

»Diese Prüfungen haben ja nie ein Ende«, fing ich aus heiterem Himmel an. »Wer weiß, wann ich endlich einen Blick auf diese Disketten werfen kann.«

»Was für Disketten?« wollte Giovanni zerstreut wissen.

»Habe ich dir das nicht gesagt? Raffaele hatte sie mir aus Amerika geschickt. Sie sind vergangene Woche bei mir eingetroffen. Ich habe sie zu Hause.«

»Und was ist auf den Disketten drauf?« fragte Milly mit affektiertem Getue.

»Ich habe nicht die geringste Ahnung. Ich habe noch keine Zeit gehabt zu prüfen, um was es sich handelt.«

»War kein Begleitschreiben dabei?« ließ sich wieder Giovanni vernehmen.

»Nein. Du weißt ja, was Raffaele für ein Typ war…«

»Ja, stimmt. Vielleicht hat er dir auf den Disketten eine Nachricht zukommen lassen.«

»Auf allen zwanzig?«

»So viele! Was hat das denn zu bedeuten?«

»Ich glaube nicht, das vor nächster Woche in Erfahrung zu bringen. Wer hat schon Zeit für so etwas? Und im übrigen, je weniger man den Computer benutzt, um so besser.«

Ich sprach absichtlich laut und studierte jedes einzelne Gesicht aufs gründlichste. Ich weiß nicht, was ich mir von diesen Lügengeschichten versprach. Was auch immer es war, ich erzielte keinerlei Ergebnis. Keiner zuckte zusammen oder stellte gezwungen beiläufige und verdächtige Fragen. Giovannis und Millys Neugier hielt ich für völlig natürlich.

Auch der Rest der Unterhaltung war für aller Ohren deutlich vernehmbar, wenngleich ich das nicht beabsichtigt hatte. Es war ein scheinbar belangloser Wortwechsel. Giovanni fing an:

»Sehen wir uns heute abend?«

»Nein. Sobald ich hier fertig bin, fahre ich zu meiner Schwester aufs Land.«

Das war alles. Alle Anwesenden hörten mit. Bis auf die Dekanin vielleicht, die taub ist wie eine Schlange.

Nach den Prüfungen der Doktoranden standen mir noch die aus meinem Kurs bevor. Ich ging die Listen durch. Es waren einundfünfzig Kandidaten. Das bedeutete mindestens fünf oder sechs halbe Prüfungstage. Mir blieb gerade Zeit für ein paar Toasts und ein Täßchen Kaffee. Sogar einen Blick in die Zeitung könnte ich werfen.

Vor ein paar Jahren hatten die Studenten nach einer denkwürdigen Reihe von Prüfungen ohne Überlebende die zwei nebeneinander liegenden Aulen, in denen ich gewöhnlich die Prüfungen abhalte, Todessaal und Reanimationsraum getauft. Der stickigen Luft und dem Gedränge nach zu schließen, mußten alle einundfünfzig Prüflinge sowie eine ganze Reihe Beobachter oder Wiederbelebungshelfer anwesend sein. Ein lehrreicher Aufzug von Miniröcken und Ernüchterung.

Die Lehre ist nicht mein Fall. Genauer gesagt, weiß ich nicht so recht, was für eine Bedeutung sie für mich hat. Nach Ansicht von Michelles Vater hätte ich auf dem Verkaufssektor reißenden Erfolg erzielen können. Und als Alternative dazu im Showbusineß. Tante Carolinas Traum war, daß ich Priester werde und es mindestens bis zum Bischof schaffe. Doch nachdem ich mit Sturm und Drang die Pubertät hinter mich gebracht hatte, sah sie ihre Hoffnungen recht bald schwinden.

Tatsache ist, daß ich regelmäßig Lust habe, mit den Studenten über alles zu sprechen, nur nicht über das, was man von mir als Gegenleistung für ein monatliches Gehalt erwartet. Wie die Dialoge über die Minimalsysteme. Das muß eine Art kodifiziertes Syndrom der heiligen Texte einschließlich Vor- und Nachnamen sein. Von der Art wie das Kronos-Syndrom, oder was weiß ich. Es ist ein Impuls, der bei mir immer stärker wird, je größer der Abstand zu der anderen Generation ist. Möglicherweise ist es nur meine Angst vorm Altern. Es geht immer so aus, daß ich mir einen Spaß daraus mache, von Zeit zu Zeit mit einigen dicken Klöpsen die Karten durcheinanderzubringen, und manchmal vergesse ich, das wieder richtigzustellen. Wie gleich der erste Student bewies, der die Entdeckung des Genkodes einem gewissen Paar Smith & Wesson zuschrieb. Anfangs ließ ich ihn reden, in der leisen Hoffnung, endlich einen geistreichen Spaßvogel gefunden zu haben. Doch dem war nicht so. Stur und mit einem echten Oarfeigengesicht machte er weiter. Ich wurde schrecklich sarkastisch. Er wehrte sich und meinte, daß ich mich während der Vorlesungen so ausgedrückt hätte. Und dafür hatte er den Beweis:

»Ich habe es auf Band aufgenommen«, schwor er triumphierend.

Dessen war ich mir sicher. Im nachhinein komme ich nicht umhin, mir meine Anfälle von schwarzem Humor einzugestehen. Trotzdem ließ ich ihn durchfallen:

»Man darf den Professoren nie trauen, dafür gibt es Bücher. Und Sie haben den Beweis erbracht, kein einziges Buch angerührt zu haben, nicht einmal, um sich während des Schirokkos damit Luft zuzufächeln.«

Damit war er abserviert.

Nach einer Weile kam Di Maria mit dem Vorwand vorbei, bei mir eine Camel zu schnorren. Sogar die Studenten wußten, daß er nur einen Blick auf die Mädchen werfen wollte, die er mit gespielter Lässigkeit Revue passieren ließ. Niemand ließ sich von ihm beeindrucken.

Um halb sieben stellte ich die Urteilsvollstreckungen ein und vertröstete die Überlebenden auf den nächsten Tag. Vom vielen Reden hatten alle einen trockenen Mund. Ich ging nach oben, um meine Sachen zu holen. Im ganzen Fachbereich war keine Menschenseele mehr zu sehen.

Als ich am Morgen vom Haus meiner Schwester aufgebrochen war, hatte ich Bescheid gegeben, daß es heute abend bei mir spät werden würde. So blieb ich einige Minuten sitzen und gönnte mir die erste Camel des Tages. Es verging eine halbe Stunde, in der ich mich in vagen und unhaltbaren Gedankengängen verlor. Ich war in einer Art Prähypnose. Schließlich kam ich wieder zur Besinnung und erhob mich.

Ich fuhr Richtung Autobahn und bog in die Via Messina-Marine ein. Erst auf der Höhe von Acqua dei Corsari bemerkte ich das rote Glasauge am Armaturenbrett, das mir nicht mehr zublinkerte, sondern mich starr fixierte. Der Benzintank war leer und mein Geldbeutel ebenso, wie mir im selben Augenblick einfiel. Ich war gezwungen umzukehren. Zu Hause hatte ich einen kleinen Notvorrat. Das wäre eine raschere Lösung, als erst lange auf die Jagd nach einem funktionierenden Geldautomaten zu gehen. In höchstens einer halben Stunde hätte ich alles erledigt.

Flüchtig kam mir der Gedanke, die Nacht zu Hause zu verbringen. Doch Darlines Bild in meinem Kopf und mein Versprechen, auf den Bauernhof zurückzukehren, verscheuchten diese Idee sofort wieder. Müßig fragte ich mich, woher wohl ihr Name käme. Vielleicht war er eine Variation des Themas Darleen? Und warum nicht von Darling? Ich fragte mich auch anderes, was sie anbetraf. Etwas, das mir vielleicht gefallen würde oder auch nicht.

Ich wendete den Wagen. Jenseits des Hafendamms La Bandita stachen die Motorkutter mit der Leuchte zum Nachtfischen in See. Wer weiß, auf was für einen Fang sie hofften. Der Golf ist in Küstennähe nur von Plastiktüten, menschlichen Ausscheidungen und von einem geruchlosen, gegen alles geimpften Schleim bedeckt.

Als Kind habe ich in dieser Gegend, in dem großen Haus mit den Deckenfresken und dem Jugendstilturm mit den schiefen Zinnen, meine Ferien verbracht. Damals war alles noch anders. Da bekam man noch direkt von den Felsen aus Skorpionfische und Seebarben an den Angelhaken. Und von den Fenstern des Turms aus konnte man mit bloßem Auge die Stacheln der Seeigel zählen. Und die Seesterne schienen im klaren Wasser zwischen den Stadtteilen Sperone und Sacramento zu schweben. Zumindest wollte ich es so in Erinnerung behalten.

Unbewußt hatte ich den Fuß vom Gaspedal genommen und den Wagen beinahe zum Stehen gebracht. Daran waren die Boote schuld, sie hatten die nostalgisch-sentimentale

Seite in mir geweckt. Jedesmal, wenn mir das widerfährt, ertrage ich mich selbst kaum. Ich beschleunigte, durchquerte einige Sträßchen gegen die Fahrtrichtung und parkte genau vor meinem Haus. Ich ließ das Auto offen, nahm aber die Schlüssel mit. Es dauerte ja nur eine Minute.

Im Briefkasten fand ich bloß einen Umschlag mit einem Flugblatt des WWF, in dem man mich aufforderte, den Regenwald zu retten, und einem Aufkleber »Save the rain forest«. Ich drückte den Knopf des Aufzugs. Er stand im vierten Stock.

Das war die erste auffällige Sache, die zumindest Mißtrauen in mir hätte wecken müssen. Genaugenommen gab es keinen plausiblen Grund, weshalb der Aufzug im vierten Stock stand, dort wohne nur ich und niemand sonst. Aber damals schenkte ich dem noch keine Beachtung, erst im Rückblick. Auch das läßt sich nicht bestreiten.

Vor der Wohnungstür suchte ich eine Weile nach dem Schlüsselbund und trällerte *Somethi'ng in the way she moves* vor mich hin.

Spätestens beim zweiten Indiz hätte es »klick« in meinem Kopf machen sollen, kaum daß ich den Schlüssel im Loch gedreht hatte. Es gab kein Klick, aber mein Kopf wurde trotzdem in Mitleidenschaft gezogen. Wenn auch auf ganz andere Weise.

Tatsache ist, daß ich beim Weggehen den Schlüssel automatisch dreimal umdrehe, bis zum Anschlag. Die Wohnungstür hat ein ganz normales Türschloß Marke Yale, das einer wie Donald Sam mit einem Streifen Zelluloid aufkriegt. Ich habe das selber unzählige Male vergeblich versucht. Meiner Meinung nach liegt es an der Qualität des amerikanischen Zelluloids.

Um es kurz zu machen, ich hätte gleich merken sollen, daß etwas nicht in Ordnung war, denn schon nach der ersten Drehung des Schlüssels sprang die Tür auf wie die Räuberhöhle Ali Babas.

Und da begriff ich sofort. Trotzdem war es ein verspätetes Sofort. Es kam eine Sekunde zu spät und hielt mich nicht mehr zurück, meinen Fuß über die Schwelle zu setzen. So war es mir endlich vergönnt, höchstpersönlich zu überprüfen, welche der unendlichen Versionen meiner geliebten Autoren des Krimi-Genres am ehesten zutrifft.

Damit meine ich natürlich die zwei Augenblicke – die in der Literatur so herrlich erzählt sind – zwischen denen sich das zeitweilige Reich der Finsternis, des Vergessens, der Träume, der Alpträume, der *Wahrheit* auftut. Ich meine natürlich die Zeit, die zwischen dem Zusammenstoß und der Wiederauferstehung liegt. Zwischen der Finsternis, in die euch der Schlag auf den Kopf stürzt, und dem Nebel, der dem hellen Licht vorausgeht.

Als Schlag war es nichts Besonderes. Nicht ohne Grund bin ich ja jetzt hier und erzähle davon. Um Spekulationen und üble Nachrede im Keim zu ersticken, möchte ich auch klarstellen, daß ich nicht von der Wasseroberfläche eines Swimmingpools in Nummer 10086 Sunset Boulevard aus und mit zwei Kugeln im Rücken und einer im Magen spreche (und für die Chronik: William Holden ähnelt mir nicht die Bohne). Es war kein großartiger Schlag, aber immerhin setzte er mich außer Gefecht, und dieser Zustand dauerte so lange, daß Darline zum Hörer griff und meine Nummer wählte.

Später erst erfuhr ich von ihr, daß sie es war, die angerufen hatte, als ihr meine Verspätung leicht übertrieben vorkam. Ich schaffte es nicht mehr, rechtzeitig zu antworten, weil sie es nicht lange genug hatte läuten lassen; es brauchte drei oder vier Klingelzeichen, bevor ich mir bewußt wurde, daß es der seltsame Klang des Telefons gewesen war, der mein Bewußtsein in so unwegsame Höhen befördert hatte.

Man weiß ja, wie das ist. Jeder Stenograph des Unbewußten könnte es erklären. Nehmen wir an, einer schläft nach einer durchfeierten Nacht wie ein Toter. Zur festgesetzten Stunde setzt der Wecker mit seiner üblichen Leier ein, aber der Typ schnarcht unbekümmert weiter, weil der obskure Bewohner seiner oberen Stockwerke einen Traum aussendet, in dem es ein Läutwerk gibt, das sich eins abrattert. So gibt es für das Klingeln eine plausible Erklärung, der Schlaf bleibt ungestört, und der Schläfer hat wahrscheinlich seinen Arbeitsplatz verloren.

Mein persönlicher Bewohner der oberen Stockwerke ist ein Genie auf diesem Gebiet. Auch bei dieser Gelegenheit legte er ein deutliches Zeugnis davon ab. Nur, daß ihm nichts Besseres einfiel, als mir die Szene vorzuspielen, wie Milly Clemente beim Geklingel ihres Zaumzeugs aus Dukatengold einherschritt. Gewiß muß man selbst als Träumer ein echter Trottel sein, um das Läuten eines Telefons mit dem Geklimpere weiblichen Putzwerks zu verwechseln. Und wenn es etwas gab, was mich mit einem Schlag aus dem süßesten Schlaf ins hellste Wachsein hätte befördern müssen, dann war es Millys Gesicht. Doch die wenigen Klingelzeichen genügten, um mein Bewußtsein aus einem Beinahe-Nirwana-Zustand zu reißen, in die es der Schlag auf den Hinterkopf zu ungewissen Gestaden hinbefördert hatte.

Wenn ich es heute bedenke, dann ähnelt diese Art von Erwachen denen, über die Toby Peters in Situationen dieser Art erzählt. In meinem Fall übernahm Milly die Rolle Kokos, des Clowns aus Tobys Alpträumen. Ich weiß nicht, ob im Besseren oder im Schlechteren.

Habt ihr je einen Schlag auf den Kopf abgekriegt? Für mich war es bestimmt nicht das erste Mal. Im Laufe meiner Abenteurerjahre bin ich auf eine ganz nette Anzahl gekommen. Doch kein Schlag hat sein Ziel mit solcher Entschiedenheit getroffen.

Jedenfalls war ich so lange kaltgestellt, daß der Täter sich aus dem Staub machen konnte.

In meiner Schulzeit hatte ich ein ähnliches Erlebnis, als ich beim Hochsprung über die zwischen den Sprungständern gespannte Schnur stolperte. Das Ergebnis war, daß einer der Sprungständer in seinem verheerenden Sturz gegen mein linkes Scheitelbein schlug. Auch damals war der schlimmste Augenblick der, als ich aus der Bewußtlosigkeit herausgerissen wurde: das ist, als würdet ihr euch bewußt, daß gerade die Schlacht von Austerlitz in eurem Kopf ausgetragen wird; wenn Pauken und Trompeten und Pferde und Kanonen herausdrängen wie Pallas Athene aus dem Schädel von Vater Zeus.

Das war die erste Auswirkung des klingelnden Telefons. Als zweites versuchte ich, mich zu erheben. Zwanzig Zentimeter weit schaffte ich es. Dann stob John Wayne mitsamt dem Filmplakat und der ganzen Wand im Galopp los und kreiste um meinen Kopf wie die Indianer um General Custer bei Little Big Horn. Und alle Dinge dieser Erde wurden wieder schwarz.

Ich mußte mich erneut auf dem Boden ausstrecken. In der Zwischenzeit hatte das Telefon zu läuten aufgehört. Ich versuchte wieder, die Augen zu öffnen. Über mir nahm ich einen eckigen, grauen und verschwommenen Mond wahr. Wo zum Teufel war ich nur? Bei mir zu Hause gibt es keine würfelförmigen Monde. Ich starrte weiter zu ihm hin, und Stück um Stück bekam ich mit, wie er seine Form veränderte. Die Ecken rundeten sich, und das Grau ging in ein immer helleres Blaßgelb über. Das Objekt blieb weiterhin verschwommen. Klar, denn ich hatte beim Sturz meine Brille verloren. Ich tastete den Fußboden ringsum ab und fand sie, welch Wunder, heil und ganz wieder und setzte sie auf. Augenblicklich verwandelte sich der Würfel in die chinesische, kugelförmige Reispapierlampe, die meine Diele mit ihrem Licht erfüllt. Sie war eingeschaltet. Zusammen mit der Brille hatte ich auch ein Stück Papier aufgeklaubt: Save the rain forest. Oder Save the brain forest? Wieder schloß ich die Augen: *Tyger, tyger burning bright in the forest off the night*... wie ging das verdammte Gedicht nur weiter? .... *Très tristes tigres en un trigal*... oder waren es die Löwen im Traum des alten Santiago, der den Marlins im Golfstrom nachsetzt?

Ich war noch halb benommen. Wieder versuchte ich, mich zu erheben, wobei ich mich an der Wand abstützte, bis es mir gelang, aufrecht zu stehen. Mein Kopf tat höllisch weh, und die Schläfen pochten wie die Maschinen der Titanic, als sie on the rocks endete. Ich befühlte meinen Nacken – da war eine Beule und etwas Feuchtes und Klebriges. Ich zog die Hand zurück und betrachtete mein Blut. Es war nicht viel, und es war leuchtend rot. Leicht schwankend erreichte ich die Küche, nahm einen Eiswürfel aus dem Eisfach und drückte ihn gegen die Beule. Die Wirkung kam einem Wunder nah. In wenigen Sekunden war der Kopfschmerz nur noch halb so stark. Ich warf ein paar Aspirin ein. Bei den hard-boiled Amerikanern funktioniert das manchmal. Anstatt sie mit einem halben Pint Old Tennis Shoes hinunterzuspülen, trank ich ein Glas Eiswasser mit Zammù. Ich fühlte mich immer besser. Meine körperlichen Reserven waren einfach phantastisch.

Ich ging durch die Wohnung. Sämtliche Schubladen waren herausgezogen und durchwühlt, ebenso die Schränke. Es herrschte zwar eine gewisse Unordnung, aber keine übertrieben große. Mir fiel sofort auf, daß mein Sony-Portable verschwunden war. Ich eilte in die Diele, wo ich meine Fotoapparate aufbewahrte. Auch die waren weg: eine elektronische Nikon und das Vorkriegsmodell der Leica, die als *Dritter Mann* herhielt; ich hatte sie ja auch von meinem ersten Stipendium aus dritter Hand gekauft. Und zwar hatte ich sie im winzigen Laden eines selbstverständlich jüdischen Altwarenhändlers in der Mariahilfer Straße entdeckt, als ich zu Fuß von der Stephanskirche bis Schönbrunn wanderte, und zwischen den Straßenbahnschienen lag Schnee, es war ja auch März, und ich fror mich zu Tode, weil ich viel zu leicht angezogen war. Gewiß hatte ich nicht vorhersehen können, daß ich, statt nach Tunis abzureisen, in Wien landen würde. Warum die Reise ins Wasser gefallen war, weiß ich nicht (oder besser gesagt, ich will es nicht zugeben, denn es war eher ein *wegen wem* als ein *wegen was,* und auch das wäre nicht richtig, denn der wahre Grund war meine Angst vor dem Mal d'Afrique, und diese Angst nimmt von Jahr zu Jahr zu).

Die Nikon und der Sony, da konnte ich nur sagen: Pech gehabt. Aber die Leica, die war ein fester Bestandteil meines Lebens. Mit ihr habe ich die Kobrabeschwörer im Tal von Katmandu, die Betelkauer und die tibetanischen Sherpas aufgenommen. Und sämtliche Gesichter Michelles.

Bei mir zu Hause gibt es nicht viel zu stehlen. Ich besitze keine Wertgegenstände, bis auf die Hi-Fi-Geräte, den Videorekorder und den Fernseher. Doch derjenige, der mich glauben machen wollte, daß ich Opfer eines waschechten Wohnungsknackers geworden sei, konnte bestimmt nicht so ohne weiteres den Diebstahl von ausladenden und schweren Gegenständen improvisieren. Die Dinge, die fehlten, und die künstliche Unordnung, die der Einbrecher hinterlassen hatte, sollten genügen, um mich hinters Licht zu führen. Meiner Meinung nach hatte der Unbekannte selbst nicht geglaubt, daß ich das schlucken würde. Vorausgesetzt, es handelte sich tatsächlich um einen Er und nur um einen.

Auf der Konsole am Eingang stand eine leere Flasche Urquell; eine kräftige Flasche, in einer schönen, dunklen Farbe und kantig. Fragt mich nicht, wie es eine zylindrische Flasche schafft, kantig auszusehen. Ich garantiere euch, daß sie es war. Und sei es nur deshalb, weil sie tschechoslowakisch war. Die Tatwaffe. Der zweite Handlungsträger beim Zusammenstoß mit meinem Hinterkopf. Das ausführende Organ.

Den Hergang zu rekonstruieren, war nicht schwierig. Während der Dieb sich in der Wohnung umsah, hörte er, wie der

Aufzug auf seinem Stockwerk hielt. Für solch einen Notfall hatte er nichts zur Hand, und verzweifelt eilte er umher und suchte nach etwas, das ihm auf so menschenfreundliche Weise von Nutzen wäre. In Ermangelung eines Besseren stellte er sich mit der Flasche in der Faust hinter die Tür. Und kaum war ich eingetreten, schlug er zu.

Vielleicht war es ein Glücksfall, daß ich die Flasche nicht weggeworfen hatte. Das Ganze ist ein Verdienst meiner Schwester. Ich sammele die Flaschen, weil sie darin Tomatensauce für den Winter einmacht. Und sie kriegt nie genug davon.

Die beste Verwendung, die man einer Bierflasche angedeihen lassen kann, ist die, die Nero Wolfe in *Die Lanzenschlange* macht, als er damit einer supernervösen Bothrops atrox den Kopf einschlägt. Als Alternative gibt es den Hinweis Papa Hemingways, der Bier, Hauptsache eisgekühlt, als Gegengift in Krisen von Aburrimiento empfiehlt, die den Zuschauer bei langweiligen Stierkämpfen befällt. In Ermangelung von giftigen Schlangen und trägen Stieren begnüge ich mich damit, das Bier zu trinken, wenn ich Durst habe. Und wenn ich beschließen würde, meinen überaus natürlichen Snobismus herauszukehren, dann müßte ich mir eine silberne Bierflasche als Exvoto machen lassen, die ich in die Grotte der Santa Rosalia neben die Ansammlung von Körpergliedern, Herzen und anderen sortierten Innereien stellen würde, weil ich die Inspiration hatte, aus dieser besonderen Flasche zu trinken.

Noch heute frage ich mich, was der Freund noch alles hätte anstellen können, wäre ihm nicht die Flasche in die Finger gekommen. Gewiß durfte er nicht riskieren, von mir erkannt zu werden. Vielleicht wäre meine Leiche am nächsten Tag in einem See von Blut entdeckt worden, eines meiner Küchenmesser strategisch günstig zwischen die Schulterblätter gesteckt.

Zur Bestätigung meiner Hypothese über die wahre Natur

des Diebes diente noch das Portemonnaie in meiner Hosentasche. Eine merkwürdige Vergeßlichkeit. Als Goldsucher durfte er nicht viel taugen: es war ihm nicht einmal gelungen, das bißchen Bargeld in einer der nicht abgeschlossenen Schreibtischschubladen aufzuspüren: es waren drei oder vier Fünfziger Scheine (the nasty by-product of work: wo zum Teufel hatte ich das nur gehört?). Zumindest konnte ich tanken.

Ich fragte mich, ob es nicht ratsam wäre, Vittorio zu benachrichtigen. Ich entschied mich dagegen, weil ich durch ihn nur Zeit verlieren würde, zumal ich mir schon meine eigene Theorie über den Vorfall gemacht hatte. Und Fingerabdrücke würden sich von der Flasche nehmen lassen. Es wäre völlig sinnlos, in der ganzen Wohnung nach ihnen zu suchen. Doch ich bezweifelte selbst, ob auf der Flasche etwas anderes als meine eigenen Abdrücke und irgendeins meiner Haare zu finden wären: der Einbrecher war ja vom Fachbereich. Und dort haben wir eine reichliche Auswahl an Einmalhandschuhen. Aber man konnte nie wissen, deshalb steckte ich die Flasche in eine Papiertüte, um sie mitzunehmen.

Da fiel mir ein, daß es vielleicht besser wäre, mich auf dem Hof anzumelden. Ich rief an und erreichte meine Schwester. Ich sagte ihr, daß ich erst in diesem Augenblick fertig geworden sei und mich jetzt auf den Weg mache. Dann ging ich hinunter. Der Dieb würde nicht mehr zurückkommen. Als ich im Auto saß, merkte ich, daß auch das Handschuhfach und der Ablagekasten von ihm heimgesucht worden waren. Das versteht sich von selbst. Ich ließ den Motor an und hatte den zweiten genialen Einfall des Tages. Doch der war wesentlich weniger gefährlich als der erste. Ich stieg aus und näherte mich dem Müllcontainer, hob den Deckel hoch und sah hinein. Nur Abfälle in Plastiktüten. Jetzt keine ironischen Kommentare, *pliiis.*

Auf dem Weg zum Auto zurück gewahrte ich einen anderen

Container hundert Meter entfernt. Ich fuhr hin und wiederholte die Operation: Ins Schwarze getroffen! (Ich hasse die Leute, die jetzt »Bingo!« sagen).

So kam ich wieder zu dem Sony, der Nikon und der Leica.

Gegen Mitternacht traf ich auf dem Hof ein. Beim Fahren hatte ich die gebotene Vorsicht walten lassen. Darline saß vor dem Haus. Meine Schwester war mit Geraniengießen beschäftigt. Und mein Schwager schlief schon wie gewöhnlich um diese Uhrzeit.

Trotz allem verspürte ich Hunger. Ich begnügte mich mit Brot, Oliven und Schafskäse. Darline beobachtete mich unentwegt. Auch meine Schwester sah mich prüfend an. Plötzlich stand Darline auf, kam zu mir, um meinen Nacken zu betasten. Ihr war aufgefallen, daß da etwas nicht stimmte. Auf ihrer Hand blieben Spuren von Blut zurück. Vor dem Wegfahren hatte ich nur eilig den Kopf unters kalte Wasser gesteckt. Offensichtlich hatte die Wunde weitergeblutet, wenn auch nicht stark.

Mir fiel auf Anhieb keine plausible Erklärung ein; ich hatte meine Fähigkeiten, Ausreden zu erfinden, überschätzt. Die zwei Frauen waren miteinander verbündet und zogen mir die ganze Geschichte Wort für Wort aus der Nase. Dann stellten sie so etwas wie einen Kriegsrat auf die Beine.

»Wir bringen ihn zu einem Arzt«, sagte meine Schwester entschieden.

»Besser, wenn wir einen herkommen lassen«, widersprach Darline.

»Schlagt euch das aus dem Kopf«, unterbrach ich sie sofort.

Ruhig, aber entschlossen – wie ein echter Macho, ganz Herr der Lage. Sie musterten mich entgeistert und besorgt zugleich.

»Ich bin o. k.«, fügte ich hinzu.

»Du bist verrückt«, entgegnete meine Schwester. »Ich rufe Doktor Abbate.«

»Eben weil ich nicht verrückt bin, laß ich mich von dem nicht untersuchen. Er hat ein Gesicht wie ein echter Unglücksbringer.«

»Dann holen wir eben einen anderen Arzt«, ließ sich Darline in sanftem Ton vernehmen.

»Nein! Und wenn ihr jetzt nicht aufhört, fahre ich sofort nach Palermo zurück.«

Ich führte mich auf wie einer, der sich kastrieren läßt, um der Ehefrau eins auszuwischen. Das rührte von meinem Widerwillen gegen die Kaste der Ärzte her. Schließlich gaben die Frauen nach.

»Aber morgen rührst du dich nicht vom Fleck«, sagte meine Schwester. Und Darline nickte bekräftigend. In diesem Punkt akzeptierte ich einen Kompromiß. Auch weil ich in Ruhe und fern von herabstürzenden Bierflaschen alles überdenken wollte, um eine Strategie für das weitere Vorgehen auszuarbeiten, die keine Schläge auf den Kopf vorsah. Zumindest nicht auf meinen.

Der Tag endete in einem Crescendo: Darline hatte ihren Rückflug storniert. Der neue Abflug war auf unbestimmt verschoben. Bei dieser Entscheidung mußte meine Schwester ihre Finger mit im Spiel gehabt haben. In jener Nacht hatte ich wieder den Traum von den Händen. Ich träumte auch von Michelle. Niemand kann etwas für seine Träume. Und dann träumte ich, daß sie den Leichnam Raffaeles mit dem Skalpell in Scheiben schnitt. Dabei trug sie einen geblümten Bikini.

Die Sekretärin des Fachbereichs heißt Santuzza. Sie wird oft wegen ihres Namens aufgezogen. Wenn sie den richtigen Tag erwischt hat, brüllt sie: Lola! Ich heiße Lola! Ansonsten schickt sie alle zum Teufel. Ich rief sie gleich nach dem Frühstück an. »Santuzza? Ich bin's, Lorenzo. Hör zu, tu mir bitte den Gefallen und gib Bescheid, daß mich heute jemand bei den Rigorosa vertritt.«

»Warum, wo bist du?«

»Ich bin auf dem Land bei meiner Schwester. Ich fühle mich nicht wohl.«

»Was ist denn passiert?«

»Mir ist passiert, daß ich einen Schlag auf den Kopf abgekriegt habe.«

»Ach geh! Und wie kam's?«

Ich erzählte ihr die üble Geschichte. Das Eintreffen bei mir zu Hause, die Bierflasche und den Diebstahl des Sony und der Fotoapparate. Geschickt überging ich den Umstand, daß ich die Geräte wiedergefunden hatte und der Diebstahl nur vorgetäuscht war. Mein Bericht war gewürzt von ihren Ausrufen des Entsetzens, der Anteilnahme und der Besorgnis. Santuzza war wirklich ein herzensgutes Mädchen.

»Du könntest mir noch einen weiteren Gefallen tun: laß bitte auch einen Aushang für die Studenten machen ...«

»Klar, du läßt auch heute nachmittag die Prüfungen ausfallen.«

»Ich verschiebe sie auf morgen.«

»Keine Sorge, ich kümmere mich darum. Ah, soll ich dem Direktor nichts sagen?«

»Nein, mit dem werde ich selbst noch sprechen.«

Wer wollte das schon glauben! Santuzza würde kein Wort für sich behalten. Innerhalb von fünf Minuten hatte die Neuigkeit die Runde gemacht. Damit rechnete ich fest. Genau aus diesem Grund hatte ich sie ja angerufen. Keiner im Institut durfte glauben, daß ich schon einen Verdacht zur wahren Natur des Unglücksfalls hatte.

Kurz darauf kam mein Schwager herein. Maruzza hatte ihn schon ins Bild gesetzt.

»Wenn du herausbringst, wer es war, laß es mich wissen. Ich breche ihm die Knochen. Und ohne deinen Freund von der Polizei zu bemühen.«

»Rein zufällig ist er auch dein Freund. Wie auch immer,

wenn ich wüßte, wer es war, würde ich mich höchstpersönlich darum kümmern.«

Wir lieferten uns den klassischen Wettstreit, wer von uns der größere Prahlhans ist. Armando hatte etwas in Palermo zu erledigen und bot sich an, das Schloß in meiner Wohnungstür auszuwechseln – was selbst mir notwendig schien. Er machte sich zusammen mit einem zuverlässigen Mann vom Schlüsseldienst sogleich auf den Weg. Ich hatte ihm auch die Bierflasche anvertraut, damit er sie Vittorio vorbeibringt, dem ich in der Zwischenzeit die ganze Geschichte am Telefon erzählt hatte: von der Entdeckung der Disketten bis zum Wiederfinden des sogenannten Diebesguts im Müll.

»Für mich hast du es wie immer darauf angelegt«, war sein vernichtender Kommentar, mit dem er provozierend, aber nicht unerwartet auf Episoden aus der fernen achtundsechziger Zeit anspielte.

»Was heißt hier, wie immer?« erwiderte ich verärgert. »Ist das der Dank, daß ich an eurer Statt meinen Kopf riskiert habe, ihr Schergen?«

»Worauf wartest du eigentlich noch, bevor du zum Arzt gehst? Du bist doch jetzt erwachsen.«

»Nur du brauchst immer noch einen Schnuller. Ist es zuviel verlangt, die Fingerabdrücke auf der verdammten Flasche zu überprüfen, ohne daß sich die Antimafia- und die Antiterrorismus-Sonderabteilung einmischen? Oder soll ich mich an die Carabinieri wenden?«

»Warum machst du dir keinen Venentropf mit Kamillentee?«

»Mach dir selber einen!«

Wir knallten gleichzeitig die Hörer auf – glaube ich wenigstens. Hinterher ging es mir besser. Der gute Vittorio würde die Fingerabdrücke untersuchen. Und für mich wäre es nicht schwer, mir die Abdrücke sämtlicher Verdächtiger zu besorgen, um einen Vergleich anzustellen.

Darline und ich fuhren auf einen erholsamen Spaziergang nach Cefalù. Ich ließ das Auto oberhalb des Ortes stehen, von dort schlenderten wir in Richtung Uferpromenade.

»Was hat denn dieser Typ bei dir zu Hause gesucht, wenn er schon nichts gestohlen hat?« Darline hatte mein Telefongespräch mit Vittorio nicht mitgekriegt.

»Er hat Raffaeles Disketten gesucht.«

»Dann war es also einer deiner Kollegen.«

»Genau.«

»Und wie ist er in deine Wohnung gekommen?«

»Er hat einen Zweitschlüssel benutzt.«

»Und von wem hat er den?«

»Er hat sich gestern nachmittag den Schlüsselbund von meinem Schreibtisch genommen, während ich im Erdgeschoß mit den Prüfungen beschäftigt war.«

Bei mir ist das eine automatische Geste: sobald ich in meinem Arbeitszimmer bin, lege ich sofort alles, was ich in der Hand habe, auf den Tisch, einschließlich der Schlüssel. Der Dieb hat sie sich ausgeliehen, während ich im Prüfungssaal war. Mein Zimmer steht immer offen. Jedermann kann hineinspazieren und sich bedienen. Er hat ganz einfach die Schlüssel genommen und sie sich im Laden nachmachen lassen. Anschließend hat er sie in meinem Zimmer wieder auf ihren Platz gelegt. Eine Blitzaktion von höchstens einer halben Stunde. In der Nähe des Fachbereichs gibt es mehrere Eisenwarenhändler mit Schlüsseldienst. Einer gehört sogar zu einem Supermarkt, wo immer viel los ist. Ich könnte wetten, daß unser Freund genau den aufgesucht hat. Auf jeden Fall war es eine sichere Sache. Er wußte, daß sich die Prüfungen über Stunden hinziehen würden. Vielleicht wäre es ganz hilfreich, unauffällig bei den Schlüsseldiensten Nachforschungen anzustellen. Kunden, die einen ganzen Schlüsselbund nachmachen lassen, dürften nicht alltäglich sein. Das sagte ich Darline.

»Und wenn du früher in dein Zimmer gekommen wärest und die Schlüssel nicht mehr gefunden hättest?«

»Das war das Risiko. Vielleicht hätte ich sogar gedacht, sie ganz einfach verloren oder irgendwo vergessen zu haben.«

Das stimmt leider. Es ist mir schon oft passiert, und das ist auch der Grund, warum ich mir nie eine gepanzerte Tür einbauen lasse. Meine Zerstreutheit ist allgemein bekannt. Es ist ein Laster der Familie: auch Maruzza ist so. Mein Schwager kriegt schon graue Haare.

Wahrscheinlich basierte auch der zweite Teil des Plans, das Verschwindenlassen der Disketten, auf meiner notorischen Zerstreutheit. Hätte ich sie zu Hause nicht mehr gefunden, wäre ich nie auf die Idee gekommen, jemand könnte sie gestohlen haben; viel eher hätte ich gedacht, sie einfach nur verlegt zu haben. Nach kurzer Überlegung wäre ich zu dem Schluß gekommen, daß ich einfach selbst die Daten auf den Disketten gelöscht und irgend etwas Harmloses oder Irreführendes draufkopiert hätte. Dabei wäre kein Risiko gewesen: Schließlich hatten alle gehört, daß ich in jener Nacht auf dem Land schlafen wollte und keine blasse Ahnung vom Inhalt der Dinger hatte.

Die Sache wäre also wirklich einfach gewesen. Zwei oder drei Stunden Arbeit an einem der Computer im Fachbereich – und noch in derselben Nacht hätte die ganze gesäuberte Beute wieder zu mir nach Hause geschafft werden können. Wäre ich nicht genau in jenem Augenblick aufgetaucht, hätte ich wohl nie etwas mitbekommen. In Sekundenschnelle mußte der Dieb seine Strategie ändern. Ich hatte ihm das ganze Unternehmen verpatzt. Er wußte ja nicht, daß es schon von Anfang an vergeblich war, weil sich die Disketten nicht in meiner Wohnung befanden.

Der Wohnungseinbruch war im nachhinein inszeniert worden, als ich im Nirwana schwebte. Wenn ich im Geiste die einzelnen Schritte zurückverfolge, erinnere ich mich noch gut, daß ich, kaum war die Tür aufgegangen, einen Schritt nach vorne gemacht und das Licht im Eingang angeknipst habe: und in der Sekunde vor dem Schlag konnte ich keine Spur von Unordnung wahrnehmen.

»Was kann denn so Wichtiges auf diesen Disketten sein?« fragte Darline nach einer Weile.

»Das würde ich auch gerne wissen. Der einzige Weg, das herauszufinden, ist, sie Millimeter für Millimeter durchzukämmen.«

»Was heißt das?«

»Alles genau zu untersuchen.«

»Ich kann dir wohl nicht behilflich sein, es ist alles wissenschaftliches Zeugs, oder?«

»Eben. Und von denen, die etwas davon verstehen, kann ich niemanden um Unterstützung bitten. Nicht einmal Giovanni.«

»Glaubst du...«

»Ich weiß nicht.«

Im übrigen mußten die Disketten jetzt dringend dupliziert und die Kopien Vittorio anvertraut werden. Für das zukünftige Angedenken. Man konnte ja nie wissen. Nicht, daß ich mir wer weiß welche Hilfe von seiten der Sbirren erwartete: Die Analyse der Protokolle war in jedem Fall eine Angelegenheit für Fachleute. Doch konnte ich mich ihnen bei all meinen Verpflichtungen momentan nicht rund um die Uhr widmen.

Darline war besorgt. Sie zog sich die Schuhe aus, rollte die Hosenbeine ihrer Jeans nach oben und testete die Wassertemperatur. Sie fand eine Muschel in Form eines Pelikanfußes, Aporrhais pespelecani. Die bringt Glück, gratulierte ich ihr zu dem Fund. Wir genehmigten uns einige Aperitifs, bevor wir zum Stützpunkt zurückmarschierten.

Nach dem Essen kehrte mein Schwager mit den Schlüsseln von neuen und sicheren Türschlössern zurück.

»Ich habe auch das Schloß am Hauseingang auswechseln

lassen; den anderen Mietern habe ich schon jeweils einen Schlüssel gegeben.«

»Hervorragende Arbeit, Mellors!«

»Ich habe auch einen Riegel an deiner Wohnungstür anbringen lassen und empfehle dir dringend, ihn immer vorzulegen, wenn du in der Wohnung bist. Und sieh zu, daß du die Schlüssel nicht mehr überall herumliegen läßt.«

»Ich werde mich bemühen. Wie ist die Sache mit Vittorio gelaufen?«

»Er hat mir den Kopf vollgelabert. Er behauptet, du seist nur aufgrund einer überzogenen Gesetzesauslegung volljährig, und wir sollten dich für unzurechnungsfähig erklären lassen, denn du seist ein gewissenloser Verrückter mit überentwickeltem Ego.«

»Du hättest ihm sagen müssen, es sei besser, ein überentwickeltes Ego zu haben als eine Prostatahypertrophie wie er.«

»Ich habe ihm recht gegeben. Was hätte ich sonst machen sollen?«

»Cria cuervos...«

Darline war den ganzen Nachmittag ziemlich schweigsam. Ich dagegen war jetzt unruhig geworden. Ich beschloß, gegen Abend nach Palermo zu fahren. Sie wollte unbedingt mitkommen und duldete keinen Widerspruch. Ich machte nicht einmal den Versuch, es ihr auszureden.

Im Handumdrehen war bei mir zu Hause das bißchen Unordnung beseitigt. Wie gewöhnlich hatte meine Schwester mich mit Vorräten versorgt. Doch ich hatte keine Lust, zu Hause zu bleiben. Ich führte Darline zum Essen in ein kleines In-Lokal hinterm Konservatorium.

An jenem Abend schleppte sich unsere Unterhaltung so dahin, schon gegen Mitternacht waren wir wieder draußen und flanierten mit einer Zigarette über die Piazza Cavalieri di Malta.

Die Zinnen der Kirche Santa Maria in Valverde warfen beinahe sonnenklare, kurze und dichte Schatten auf das Pflaster. Das Mondlicht, das sich in den Scheiben des Palazzo Pantelleria spiegelte, holte ungewöhnliche Schattierungen von Rosenrot aus den alten Steinen der ruhmreichen Privatschule Bagnera hervor, in deren Bogengängen das dumme Geschwätz so vieler panormitanischer Esel widergehallt hatte. Die Abgänger des Instituts mußten, den Blitzkarrieren zahlreicher Spitzohren nach zu schließen, im allgemeinen großen Erfolg haben. Heute ist der Palazzo verlassen und wartet auf seine Instandsetzung, anstelle der Esel tummeln sich jetzt die Katzen. Ich zählte ihrer dreizehn während einer Zigarettenlänge. Meine Glückszahl, ein gutes Vorzeichen.

Zu Hause ließ die Spannung nach, die mich nach dem Schlag auf den Kopf ergriffen hatte, und mit einem Mal fühlte ich mich müde, weise und gereift. Eine ungewöhnliche Verbindung.

Darline schlüpfte ins Gästezimmer, nahm ihre Sachen und zog ohne ein Wort zu verlieren zu mir. Das war zwar durchaus zu erwarten gewesen und mehr als folgerichtig. Trotzdem reichte es, um bei mir die entsprechenden Hormonrelais hochgehen zu lassen. Von wegen müde, weise und gereift.

Früh schon erwachte ich und war gefangen in den unzähligen Tentakeln der neben mir schlummernden Krake. Mittlerweile verstand ich es gut, mich aus dem Gewirr zu befreien, ohne Darline zu wecken. Ich trat auf die Terrasse und beobachtete eine Weile den weißen Fleck des Postdampfers aus Neapel auf dem Wasser.

Dann ging ich mich rasieren und duschen und setzte den Kaffee auf. Nach einer Weile stand Darline in der Küche, und zwar genau in dem Moment, als der letzte Tropfen Kaffee aus der Kaffeemaschine gluckerte. Ich schlug ihr vor, in meiner Prüfungspause zusammen auswärts zu Mittag zu essen. Ich mußte auch Zeit finden, die Disketten zu kopieren, und rechnete mit gut zwei Stunden dafür. Das Beste wäre, jemand anderes damit zu beauftragen. Aber wen nur? In aller Herrgottsfrühe! Spotorno hätte sehr wohl einem seiner Henkersknechte diese Arbeit anvertrauen können. Seitdem der Kommissar Cattani bewiesen hat, daß jedem Mafioso mindestens zwei Computer zu Diensten stehen, haben die Dummköpfe beschlossen, auch die Bullen damit auszustatten.

Ich legte Darline dringend ans Herz, ja niemanden hereinzulassen; vor allem nicht, wenn er sich als Freund ausgab. Im Grunde glaubte ich aber nicht, daß sie etwas zu befürchten habe.

Ausnahmsweise traf ich pünktlich wie die Nemesis im Fachbereich ein und begab mich auf der Stelle in die Aula Magna.

Dort hatte ich mir die Fragen und Kommentare zu meinem heimischen Mißgeschick anzuhören.

»Wenn ihr wollt, kann ich euch wunderwirksame, mit meinem Blut getränkte Wattebäusche besorgen«, erklärte ich. Das sagte ich vor allem für die Ohren der Dekanin, die ein Riesenfan von Padre Pius ist. Sie biß aber nicht an und brach statt dessen in ein Gelächter aus, das an die kreischenden Bremsen eines Großlasters erinnerte. Einen solchen Sinn für Humor hatte ich bei ihr nicht vermutet. Höchtwahrscheinlich hatte sie aber begriffen, was Sache war. Auch Fifì beteiligte sich an der Farce, gelassen und ohne aufzutrumpfen, wobei er einen väterlichen Habitus zur Schau trug, der mich in Rage brachte.

Selbstverständlich blieben auch die ätzenden Bemerkungen Giovannis nicht aus, von wegen »Unkraut vergeht nicht« und »starrköpfig wie ein Esel«, bezogen auf meine vermeintlichen Charaktermerkmale. Zur Erwiderung machte ich eine vulgäre Geste, die nur die Dekanin mitkriegte, worauf ihr Lachen erstarb.

Wie immer maß ich alle Anwesenden mit scharfem Blick, doch auch dieses Mal ohne Ergebnis. Jeder Gauner schafft es bei Bedarf, die Miene eines ehrlichen Mannes aufzusetzen. Nur der Gutgläubige errötet. Oder vielleicht liegt es an mir, daß ich das ganz gewöhnliche mörderische Funkeln in fremden Augen nicht zu erkennen weiß.

Darline wartete auf mich in einer Seitenstraße der Via Medina-Sidonia vor einer Bar. Ich hatte ihr die Stelle auf dem Stadtplan eingezeichnet. Wir waren uns einig, daß es klüger wäre, wenn sie sich nicht im Fachbereich blicken ließe. Je weniger die derzeit mitbekamen, desto besser. Das gehörte zu meiner Taktik, die verschiedenen Bereiche nicht miteinander zu vermengen. Zum Mittagessen führte ich sie in eine Taverne in der Nähe des Papireto, das Stammlokal der Studenten der Akademie der schönen Künste. Danach bot sie mir an, mich zu meinem Freund, dem Sbirren, zu begleiten. Eingedenk der Umstände bei ihrem ersten Besuch wunderte mich das ein wenig. Vielleicht handelte es sich um eine Form von Exorzismus.

Auf dem Weg durch die Straßen von Villa Bonanno erzählte ich ihr das Mißgeschick, das der Dekanin einige Monate zuvor widerfahren war. Nachdem sie Opfer eines Handtaschendiebstahls geworden war, ließ sie sich von einem Streifenwagen ins Polizeipräsidium begleiten, um Anzeige zu erstatten. Als sie, von zwei Beamten rechts und links gestützt, aus dem Wagen stieg, zischelte ihr im Vorbeigehen ein Alter im Slang des Viertels Foro Italico zu: Haben sie dich also geschnappt, he! Sie hätte bald einen Herzschlag gekriegt, man mußte ihr zur Beruhigung einen doppelten Kamillentee einflößen.

Die letzten Worte der Geschichte waren noch nicht ganz verklungen, als wir auch schon auf die Korridore der Mordkommission traten; auf Darlines Gesicht waren noch die letzten Spuren eines leichten Grinsens zu erkennen, und schon stand der gestrenge Doktor Spotorno vor uns. Er nahm die Sache gar nicht gut auf. Als er Darline das letzte Mal gesehen hatte, war sie bildlich gesprochen in Trauer gekleidet gewesen. Jetzt gab er sich scheinheilig und unnahbar wie ein Vorzeigezimmer, eine Mischung aus Gediegenheit und Junge-ich-hab-zu-tun. Ich habe es ihm schon hundertmal gesagt, daß er manchmal fünfe gerade sein lassen sollte. Ich sagte es ihm auch diesmal. Er wurde stocksauer. Aber das bekam wohl nur ich mit, ich kenne ihn.

»Also nun! Habt ihr Fingerabdrücke auf der Flasche gefunden?«

»Bloß deine«, lautete seine knappe Antwort, »ich nehme wenigstens an, daß es deine sind, denn sie sind alle vom selben Typ, und du hast die Flasche mit Sicherheit angefaßt.«

Damit hatte ich zwar gerechnet, aber enttäuscht war ich trotzdem.

»Auf jeden Fall laß dir Fingerabdrücke abnehmen, damit wir es überprüfen können.«

»Ich laß mir keine Fingerabdrücke abnehmen.«

Die Idee gefiel mir ganz und gar nicht. Auch wenn ich Trauzeuge bei seiner Hochzeit gewesen war, ein Bulle ist und bleibt ein Bulle. Er bestand nicht weiter darauf.

»Ich habe jedenfalls die besagten Disketten mitgebracht. Laß sie sicherheitshalber für mich kopieren, und ich überlasse dir die Originale.«

Vittorio brachte mühsam hervor.

»Wozu brauchst du die Kopien? Laß alles hier, und wir kümmern uns schon darum.«

Die üblichen Sprüche eines Sbirren. Ich zeigte ihm einige ausgedruckte Seiten der Protokolle:

»Begreifst du etwas?«

»Nein.«

»Ist jemand von deiner Mannschaft dazu in der Lage?«

»Das ist auszuschließen.«

»Eben…«

Am Ende war auch Vittorio überzeugt, daß es besser wäre,

wenn ich die Lektüre der Protokolle fortsetzte. Er wollte aus Gewissenhaftigkeit nur noch eine zusätzliche Kontrolle durchführen. Trotzdem versuchte er, das letzte Wort zu haben:

»Aber die leeren Disketten mußt du besorgen; ich kann ja schlecht die Verwendung von internem Material für nichtoffizielle Zwecke rechtfertigen.«

Zuweilen findet Vittorio Geschmack an bürokratischen Dingen. Aber nur, wenn es ihm gelegen kommt.

»Ich kaufe sie und bringe sie dir heute nachmittag«, erbot sich Darline, da ihr klar war, daß ich während der Ladenöffnungszeiten nicht das Institut verlassen konnte. Damit traf sie Vittorio an einer empfindlichen Stelle:

»Aber nein doch, das ist nicht nötig«, fuhr er dazwischen, »wir werden uns schon einigen.«

So verabschiedeten wir uns. Vittorio gab sich nicht mehr ganz so unterkühlt wie bei unserer Ankunft. Er begleitete uns sogar bis zum Eingang.

»Morgen wirst du die Kopien der Disketten haben«, versprach er.

Ich überließ Darline den Wagen. Sie bewegte sich inzwischen schon recht sicher im Stadtverkehr.

Mein Abenteuer mit Flaschenfinale war auch den Studenten zu Ohren gekommen. Das las ich an ihren Gesichtern ab, die von Neugierde bis zu bösartiger Schadenfreude alle Ausdrucksvarianten zeigten. Das heißt nicht, daß ich unbeliebt bei meinen Studenten bin. Nicht mehr als andere Dozenten zumindest. Solche Regungen gehören einfach zur menschlichen Natur.

Gegen Ende der Prüfungen brachte ein junges Mädchen mit roter Mähne erneut die Geschichte mit der Smith & Wesson. Ich hatte kein Erbarmen mit ihr. Aber das war nicht der einzige Grund, warum ich sie durchfallen ließ. Sie bemühte sich allzu sehr, einen auf Vamp zu machen: sie schleuderte die Haare nach hinten, als verteile sie Peitschenhiebe, sie trug ein Kleid mit schwindelerregend tiefem Ausschnitt und stellte die Beine verräterisch zur Schau. Gegen Verführungsversuche, die mich milde stimmen sollen, bin ich immun. Vor allem, wenn fünfzig Zeugen zugegen sind und die Ästhetik obendrein beträchtlich unter dem Niveau einer Kim Basinger liegt. Lorenzo La Marca, der Mann mit der felsenharten Ethik. Auf alle Fälle hatte sie keinen blassen Schimmer.

Ich verschob die restlichen Prüfungen auf den nächsten Tag, ging in mein Arbeitszimmer und warf ein bißchen Korrespondenz in den Papierkorb. Dann machte ich mich auf den Weg zur Verabredung mit Darline. Wir trafen gleichzeitig ein; sie stoppte den Wagen, indem sie gleichzeitig auf Kupplung und Bremse trat, ohne in den Leerlauf zu schalten. Die Karosserie hatte einige neue Kratzer, und ein Bremslicht war kaputt, doch an solchen Kleinigkeiten nehme ich keinen Anstoß. Auch sie schien es nicht tragisch zu sehen und gab unseren viel zu engen Gassen und dem kriminellen Fahrstil meiner Mitbürger die Schuld. Sie überließ mir das Steuer nicht von selbst, und ich bestand nicht darauf. Nach einem entschlossenen Start ruckelte der Wagen vor sich hin, sie hatte sich noch immer nicht an die Handschaltung und die Kupplung gewöhnt.

»Mit Pferden kommst du besser zurecht, habe ich den Eindruck. Wohin fahren wir?«

»Nach Hause.«

»Was hast du heute nachmittag gemacht?«

»Ich habe eingekauft und gekocht. Heute abend essen wir zu Hause.«

Potzblitz! Wenn das eine meiner alten, orthodoxen Feministenfreundinnen wüßte... Ich hoffte nur, daß sie sich nicht auch dem Rest des Haushalts gewidmet hatte.

Ganz im Yuppie-Stil lagen statt der Tischdecke Bastsets auf dem Eßtisch, die sie in der Küchenschublade gefunden hatte.

Wo sind nur die schön gedeckten Tafeln aus den amerikanischen Fernsehfilmen von *Lassie* bis *Bonanza* geblieben, die mit den karierten Tischdecken, Mutters ganzer Stolz, neben knisterndem Kaminfeuer?

Ich holte eine Flasche Rosé aus dem Kühlschrank und überließ Darline die Wahl der Musik. Für mich ist das immer eine Art Test. Sie legte eine CD von Tom Waits auf, *Nighthawks at the dinner.* Tom Waits könnte ich von morgens bis abends hören. Der Vorteil, ihn zusammen mit Darline zu genießen, war, daß ich nicht bei jedem zweiten Wort im Webster's nachschlagen mußte.

Sie hatte einen Hackbraten zubereitet, den sie zum Aufwärmen in den Ofen stellte. Er schmeckte zäh wie diätetischer Pappkarton und war anhänglicher als das Unglück. Im stillen gab ich die Schuld den Zutaten, die vermutlich völlig anders waren als die amerikanischen, und der geringen Vertrautheit Darlines mit meinem Ofen. Ich überhäufte sie mit Lob für ihre Kochkünste.

Ich weiß nicht, ob sie mir das abnahm, denn gleich nach dem ersten Bissen von ihrem Braten schob sie den Teller beiseite und widmete sich dem Salat, den sie mit frischen Zutaten aus dem Garten meines Schwagers zubereitet hatte; das Dressing bestand aus Schafskäse, Pfeffer und Zitronenstückchen – ein Rezept meiner Schwester. Und da die erbitterte Suche nach vollkommenen Anstandsformen seinen Preis hat, machte ich mich daran, die Fleischportion, die ich mir selbst aufgetan hatte, zu verzehren. Nach drei oder vier Stücken hatte Darline Mitleid, zog mir den Teller unter der Gabel weg, leerte ihn in den Mülleimer und stellte mir den Salat vor die Nase.

Nach dem Essen spülte ich Geschirr. Ich brauchte keine fünf Minuten, denn sie hatte schon die Töpfe und alles Übrige gereinigt. Dann schob ich zwei Sessel auf die Terrasse, und wir machten es uns bequem, tranken uralten Marsala und pafften einige Camel.

Auf Tom Waits ließ sie *Paradise and lunch* von Ry Cooder folgen. Ich brachte dann die europäische Szene mit einem selbstaufgenommenen Mix aus Brel, Montand, Aznavour und der Piaf.

Vom Hackbraten völlig abgesehen, fühlte ich mich wie Gott in Frankreich. Wer war eigentlich Raffaele?

Es ist unglaublich, das Leben zerrinnt einem wie Sand zwischen den Fingern, wenn man keinen Jahresplaner hat. Wieder war Freitag, und seit Raffaeles Tod waren schon zwei Wochen vergangen. Oder waren es zwei Jahrhunderte?

Bevor ich das Haus verließ, rief ich Vittorio an. Die Kopien der Disketten seien am späten Vormittag fertig, und er wolle sie mir nach Hause bringen lassen, versprach er. Sie im Fachbereich herumzuzeigen, daran war gar nicht zu denken. Nachdem ich aufgelegt hatte, hieß ich mich einen Idioten: da blieb ja das Problem, die Protokolle auszudrucken. Der einzige Computer, über den ich verfüge, ist meiner im Fachbereich. Es wäre absurd, mich überraschen zu lassen, wie ich die Protokolle ausdrucke, nachdem ich alles getan hatte, um mein Interesse für diese kostbaren Datenträger zu verbergen. Auch eine Nacht-und-Nebel-Aktion kam nicht in Frage. Man konnte ja nie wissen: von Zeit zu Zeit fällt irgendeinem doofen Neuling voller Tatendrang ein, daß nachts die geeignetste Zeit für seine blöden Experimente sei.

Erneut rief ich Vittorio an. Im Grunde brauchte auch er den ausgedruckten Text, denn nur so hatte er vor Augen, um was es sich überhaupt handelte. Und da kam sein Bluff ans Tageslicht.

Der Freund hatte nicht einmal die Absicht, einen Seitenblick auf die Protokolle zu werfen. Anhand der wenigen Zeilen, die ich ihm gezeigt hatte, war ihm sofort klar, daß er nichts davon verstand. Ihn interessierte einzig und allein, die Originaldisketten in den Händen zu haben. Als Beweismaterial. Falls mir etwas zustoßen sollte... nun, ihr habt verstanden. Doch er fackelte nicht lange herum und versprach mir, daß am Nachmittag alles bereitliegen würde.

Ich unterrichtete Darline über die neuesten Entwicklungen des Falls. Sie war dabei, sich die Haare zu waschen. Als ich aus dem Haus wollte, stand sie auf dem Balkon und fuhr sich mit den Händen durch die Haare, um sie an der Luft trocknen zu lassen. Die Sonnenstrahlen drangen zwischen ihren Fingern hindurch und zeichneten beunruhigend blutfarbene Reflexe. Sie sah aus wie eine Person, die nie in ihrem Leben einem Fremden namens Raffaele begegnet war. Ich wußte, daß ich dem Schein nicht trauen durfte. Je besser ich sie kannte, desto deutlicher kam ihre eisenharte Seite zum Vorschein. Die gleiche, die es ihren schottischen Vorfahren ermöglicht hatte, siegreich aus dem Kampf gegen die Indianer hervorzugehen. Wahrscheinlich hatten sie sie mit ihrem nach Haggis stinkenden Atem in die Flucht geschlagen.

Sie hörte die erste CD der *Carmen* unter der Leitung von Lorin Maazel aus dem Film von Francesco Rosi. Ich konnte mich nicht dafür begeistern. Darlines unvermitteltes Interesse für die Oper paßte nicht so recht ins Bild. Oder besser gesagt, es paßte schon, bedachte man, daß die *Carmen* Raffaeles Lieblingsoper war, wie mir plötzlich zu Bewußtsein kam.

Darline hatte eine gute musikalische Basis im Urgestein des Hardrock, sie bewegte sich auf den Spuren des elitären Jazz, strich mit vollen Segeln über den Ozean des Blues und machte einen Bogen um den Monolithen Klassik, mit raren, asymptomatischen Mozartschen Ausrutschern, wie dem Andante des Klavierkonzerts KV 467. Und dann stürzte sie wieder in unglaubliche Tiefen des ordinärsten Nashville-Sounds, trällerte honigsüße Schnulzen wie I-love-my-daddy-I-love-my-mommy-I-love-my-little-home-in-Idaho oder seichte Country-Songs eines Jim Reeves, wie zum Beispiel I-love-you-because-you-understand-me. Es schien, als gäbe es zwei Darlines. Und eine der beiden hatte nichts mit der klischeehaften Illusion zu tun, die wir west-sikulischen, hageren, raffinierten und überlegenen Intellektuellen uns von Mädchen aus den amerikanischen Provinzen machen. Darüber dachte ich auf dem ganzen Weg zur Arbeit nach.

Auch heute erwartete mich wieder ein Routinetag: Doktorandenprüfungen am Vormittag, Mittagessen mit Darline und gleich anschließend die Prüfungen der Studenten meines Kurses. Am späten Nachmittag machte ich ein Break und eilte in mein Zimmer, um Spotorno anzurufen. Die Duplikate der Disketten und die Ausdrucke der Dateien waren beinahe fertig. Darline kam vorbei, um mich an der üblichen Bar aufzupicken, und fuhr mich zum Polizeipräsidium. Das Paket mit den Sachen lag unten am Eingang für mich bereit. Danach setzten wir unsere Fahrt in Richtung Bauernhof fort.

Wir trafen zum Abendessen ein. Meine Schwester hatte rustikale Fladen mit Kartoffel- und Zwiebelfüllung zubereitet, die sie draußen im Holzofen buk, den Armando in der Zwischenzeit nach allen Regeln der Kunst temperiert hatte. Ich fühlte mich richtig wohl. Entspannt, aber mit wachen Sinnen. Am Abend ließ ich die Protokolle links liegen, und wir setzten uns alle ein paar Stunden vors Haus, unterhielten uns und sprachen dem Wein zu. Es war das erste Mal, daß ich miterlebte, wie Armando sich nach Herzenslust betrank.

Nach dem Frühstück schlüpfte Darline wieder in die Rolle der Calamity Jane und entschwand im langsamen Trott auf dem Rücken von Riversa, auf den Fersen gefolgt von Malaussène. Ich ließ mich mit dem ganzen Stapel Protokolle unter der Pergola nieder. Vor mir hatte ich einen Tonkrug mit kühlem Wasser und Zammù stehen, der mit einem formgerecht zugeschnittenen Stück Feigenkaktus bedeckt war, wie es die Bauern vor dem Aufkommen der Thermosflaschen verwendeten. Ich hatte mir sogar einen alten Strohhut aufgesetzt, und meine Schwester meinte, ich sähe aus wie auf einem alten Gemälde. Die Muskattrauben begannen zu reifen, und die Ameisen schickten ihre Kundschafter aus, um von dem Ereignis nicht unversehens überrascht zu werden.

Mit Ruhe und Systematik widmete ich mich den Protokollen und nippte immer mal wieder an meinem Wasser, um den Feuchtigkeitsgehalt der grauen Zellen konstant zu halten. Die Blätter waren sauber ausgedruckt und chronologisch geordnet. Ich las eine geraume Zeit, wobei ich immer wieder zurückblätterte, um auf den schon gelesenen Seiten etwas zu überprüfen. Nach einer Weile fiel mir auf, daß ich viel zu oft zurückblätterte. Zugleich blitzten rote Pünktchen auf, die vor meinen Augen einen Kriegstanz aufführten. Ich hatte keine Uhr dabei, aber die Sonne stand hoch, und die Schatten waren auf ihrem niedrigsten Stand. Wenn ich weitermachte, lief ich Gefahr, neben den roten Pünktchen noch Stimmen zu hören. Wie dieser Type von Orléans passiert war. Es war wohl besser, eine Pause einzulegen.

Darline war zurück und ließ sich mir gegenüber am Tisch nieder. Sie hatte Maruzza ihre Hilfe angeboten und war von ihr streng aus der Küche vertrieben worden. Meine Schwester duldet keine Einmischungen in ihrem Reich. Wir sprachen über Belangloses, bis man uns zu Tisch rief. Maruzza hat sich eine schepprige Glocke anbringen lassen, auf die sie unter Gefahr, das Gehör zu verlieren, einschlägt, um zur Raubtierfütterung zu rufen. Wie die Oma von Tick, Trick und Track.

Gleich nach dem Mittagessen machte ich mich wieder an die Protokolle. Auch Darline las, aber weniger aussichtslose Dinge als ich. Beim Herumschnüffeln in meiner Bibliothek war sie auf den *Fänger im Roggen* gestoßen. Sie hatte nicht gewußt, daß das Buch auch ins Italienische übersetzt worden war. Darin fand sie gut die Hälfte meines Jargons wieder.

Ich schlug mich noch ein paar Stunden mit den Protokollen herum, bis die ersten roten Pünktchen zurückkehrten.

Zu siebt quetschten wir uns in Armandos Kombiwagen; wir hatten unsere Badesachen eingepackt und fuhren nach Mazzaforno hinunter, um die Badesaison zu eröffnen. Mein Neffe Peppino hatte auf dem Rücksitz einen dieser dicken Schinken gefunden, die Maruzza so liest (oder besser gesagt, zu lesen wagt), während sie vor der Schule auf die Kinder wartet, und versank in der Lektüre. Nach fünf Minuten blickte er auf:

»Onkel, was ist...«

»Nenn mich nicht Onkel, sonst bring ich dich um.«

»Onkel, was ist ein Anathema?«

»Das ist eine Schlange, die aus Südamerika stammt, eine Riesenschlange, die die Päpste den Feinden der Kirche entgegenschleuderten.«

»O je, danke, Onkel.«

»Wenn die Schule wieder anfängt, denk daran, das der Lehrerin zu sagen, dann machst du einen guten Eindruck.«

Seitdem sie mitbekommen haben, daß ich es nicht ertrage wenn sie mich Onkel nennen, sind sie nicht mehr zu bremsen. Und das war jetzt die Strafe dafür.

Die Stunde des Sonnenuntergangs am Meer liebe ich besonders. Das Wasser ist dann einfach phantastisch, weder zu warm noch zu bevölkert. Ganz zu schweigen von den Farben. Danach beschlossen wir, in Cefalù auf eine Pizza haltzumachen. Es war noch recht früh am Abend, als wir auf den Hof zurückkehrten. Mein Schwager setzte uns ein besonderes Gebäck auf Blutwurstbasis vor, das ihm einer aus Polizzi Generosa besorgt hatte, und steckte die Videokassette von *Roger Rabbit* in den Kasten. Hingebungsvoll sahen wir sie uns an, kicherten und knabberten unsere Kekse. Noch heute überkommt mich Langeweile, wenn ich daran denke.

In dieser Nacht schlief ich ziemlich unruhig, da mich abwechselnd mehrere Träume verfolgten, die am Morgen nur vage Spuren hinterlassen hatten.

Ich setzte meine Arbeit fort, und Darline holte ihr Pferd aus dem Stall. Diesmal war sie bald wieder zurück: es war einfach zu heiß. Auch mein Gehirn hatte sich früher als erwartet aufgelöst. Es hatte keinen Sinn, unter diesen Umständen weiterzumachen, ich riskierte nur, daß mir beim Lesen etwas Wichtiges entging.

Ich genehmigte mir einen Pastis. Die Hausbar meiner Schwester ist gut sortiert. Das ist einzig und allein mein Verdienst. Wenn es nach den beiden ginge, könnte ich auch verdursten. Maruzza kauft nie scharfe Sachen, sie behauptet, ich trinke dann zu viel. Schwachsinn. Sie ist es, die sich gelegentlich einen Punt-e-Mes-Schwips genehmigt. Dafür reichen bei ihr schon zwei, drei Gläschen. Es ist einfach grotesk. Dann bricht sie in einen Redefluß aus, ohne auch nur einmal Atem zu holen. Und nach einer Weile verfällt sie dann in Depression. Von Zeit zu Zeit leidet sie unter sentimentalen Anfällen. Mein Schwager hingegen führt sich gelegentlich klebrig-süße Liköre und Marsala mit Ei zu Gemüt, und mich überkommt dann immer Lust, ihm eins mit der Flasche auf den Kopf zu geben (eine Nemesis: die Vergehen eines Schwagers schlagen sich stets auf dem Kopf des anderen nieder). Mittlerweile habe ich es aufgegeben, ihm in Sachen Alkoholika etwas beibringen zu wollen. Die Sache ist die, daß meine Schwester ihn häufiger sieht als ich, ihr Einfluß auf ihn ist einfach nachhaltiger.

Nach dem Pastis hatte ich einen klaren Kopf und ziemlichen Hunger. Ich fand ein Stück Preßwurst und Bauernbrot. Dann widmete ich mich wieder den Protokollen, bis meine Schwester Darline anwies, die alte Glocke zu schlagen. Nach dem Essen ging Darline ins Bett, und ich folgte ihr getreu auf dem Fuß.

Als ich mich wieder an die Protokolle machte, stand die Sonne auf halber Höhe. Mein Arbeitsrhythmus wurde zunehmend fremd gesteuert, immer öfter mußte ich eine Pause einlegen. Von der Idee, wieder ans Meer zu fahren, waren wir abgekommen.

Darline sattelte Riversa für einen Ritt in Richtung untergehender Sonne. Viel American Dream. Go west, young woman. Nach einigen Stunden packte ich alles weg. Anstelle der roten Pünktchen zuckten jetzt violette Blitze auf. Darline war zurückgekommen, hatte sich geduscht und war in ein weißes Baumwollkleid geschlüpft. Die gebräunte Haut verlieh ihr ein reiferes Aussehen, wie eine Achtzehnjährige beim Eintritt in die große Gesellschaft. Ich war wie verzaubert von dem Bild, als sie von ihrem Ausritt heimkehrte; es war wie in *Der schwarze Falke,* und das ganze in Zeitlupenaufnahme à la Peckinpah: sie und Riversa waren plötzlich auf dem Scheitel eines Hügels aufgetaucht, vor ihnen trottete der erschöpfte Malaussène, und dahinter glühte, von Erosionsfurchen halbiert, die orangerote Sonnenscheibe. Drei dunkle Schatten mit phosphoreszierenden Umrissen, die sich für wenige Augenblicke vor einem flämisch-roten Himmel abzeichneten, wie ich ihn nur in einem Lied von Brel *gesehen* habe. Very impressive.

Nach dem Essen verzog sich mein Schwager in die Heia, und wir drei Überlebenden blieben wach und sahen uns den Film *Tote tragen keine Karos* an. Die beiden Frauen kannten ihn noch nicht. Als die Synchronstimme Ava Gardners den berühmten Spruch mit dem Durchfall brachte, bekam Maruzza einen Hustenanfall. Sie wußte nicht, ob sie lachen oder weinen sollte.

Auch sie war seinerzeit ein Filmfan gewesen, bevor sie sich auf den Corral zurückgezogen hatte (so nenne ich den Hof, wenn sie zuhört).

Gegen Ende des Films hatte ich schon wieder Hunger, es war ein nervöses Hungergefühl, das ich ignorierte. Ich ging raus, um ein paar Schritte zu machen; die Frauen blieben zurück, in heiße Diskussionen über existenzialistische Themen verstrickt. Nichts für mich.

Aus den paar wurden ein paar tausend Schritte. Als ich zurückkam, war keine Menschenseele mehr zu sehen. Ich zog mich in mein Quartier zurück. Darline schickte sich gerade an, ihre Beißer zu polieren. Richtig spitze Zähnchen, gar nicht übel. Ich landete einen Angriff auf ihre Nackenmuskeln. Das ist ihr schwacher Punkt. Und auch meiner. Das könnt ihr ruhig Kim Basinger sagen.

Habt ihr je einen Biß mit Pepsodent-Geschmack abgekriegt?

Endlich hatte es ein Ende mit den Doktorandenprüfungen, und mir blieben nur noch ein paar Studenten aus meinem Kurs, die ich am Nachmittag auszuquetschen hatte. Auf dem Weg zurück in die Stadt setzte Darline mich am Fachbereich ab und fuhr weiter zu meiner Wohnung. Ich überließ ihr die duplizierten Disketten und die gedruckten Texte.

Den ganzen Vormittag über sprach ich mit den Mädchen über unsere Arbeit. Dann traf ich Darline vor unserer Stammbar, um mit ihr in eine Trattoria in der Nähe des Fachbereichs zu gehen.

Dort an einem der Tische im Freien erblickten wir auch den Herrn Direktor in Gesellschaft von Mauro de Gregori, Milly Clemente und meinem Freund Giovanni Di Maria, wie sie mit Inbrunst kauten, mit Ausnahme Millys, die sich anschickte, ein blutarmes Mini-Steak zu zerlegen. Ich tat, als hätte ich sie nicht gesehen, und führte Darline an einen Tisch in einiger Entfernung.

Milly brauchte fünf Tausendstel einer Sekunde, bis sie uns entdeckt hatte. Es war unmöglich, den Blicken der Tischrunde auszuweichen. So schwenkte ich den Arm in ihre Richtung. Nach den Antipasti erhob ich mich und ging zu ihnen, um ein paar Worte zu wechseln. Als Ausrede hatte ich mir zurechtgelegt, Giovanni vorzuschlagen, ob ich im kommenden Semester mit ihm den Stundenplan tauschen könnte. Im Grunde wollte ich nur vermeiden, daß jemand von ihnen an unseren Tisch käme, um Darlines Bekanntschaft zu machen. Mit keiner Silbe erwähnte ich Darline, und niemand von ihnen stellte eine Frage, aber sie warfen ihr fortwährend flüchtige Blicke zu und starben bald vor Neugier. Abgesehen von den üblichen Floskeln »Ah, Lorenzo, was gibt's Neues?« und »Grüß dich, Fifì« wechselte ich nur mit Giovanni ein paar Worte. Ich kehrte an meinen Tisch zurück. Nach einer Weile begannen sie eine vorsichtige Unterhaltung. Ihre Hälse waren dabei bis zur Tischmitte gereckt, um den Abstand zwischen Mund und Ohren zu verkürzen. Ich glaubte herauszuhören, wie Mauro Giovanni für sein äußerst unsolidarisches Verhalten tadelte. Milly beschränkte sich darauf, ihren Kopf hin und her zu schwenken, als verfolge sie ein Tischtennisspiel. Ich ahnte nur, wie sie immer wieder ein »Genau« zur Bekräftigung der Dialoge ihrer Tischgenossen einstreute. Von Zeit zu Zeit brachte Fifì einen Satz heraus. Aber es waren schwerwiegende Sätze, in Anführungszeichen und fett gedruckt.

Dann setzte er die letzten Schlußzeichen, bezahlte die Rechnung, und sofort erhoben sich alle, zum Gehen bereit. Wieder wollte ich ihnen zuvorkommen, stand ebenfalls auf und ging zu ihnen hinüber. Millys Gesicht verriet Anspannung. Fifì spielte wie üblich den Buddha. Giovanni und Mauro wirkten wie zwei junge Galane mit Ladehemmung.

Es war das erste Mal, daß ich den Herrn Direktor mit den Mitarbeitern des harten Kerns beim Mittagessen in der Öffentlichkeit sah. Es sah aus wie ein Versöhnungstreffen. Milly und die liebliche Darline versuchten mit gezielten, dolchscharfen Blicken, sich gegenseitig die Eierstöcke in Schutt und Asche zu legen.

Als ich im Fachbereich eintraf, war es für die Prüfungen noch zu früh. Ehe ich mich versah, stand auch schon Giovanni in meinem Zimmer. Er schwirrte umher und versuchte herauszufinden, woher der Wind wehte. Es war klar, daß er mich etwas fragen wollte und sich nicht getraute. Er hoffte, daß ich von mir aus über meine Tischgenossin von heute mittag reden würde. Ich hütete mich davor. Er machte eine vage Anspielung:

»Hör mal, die...«

»Ja, was?« drängte ich ihn mit Engelsstimme.

»Nichts, nichts. Wir sehen uns, Lorè.«

»Grüß mir deine Frau.«

An der Tür drehte er sich um und warf mir einen Dulderblick zu:

»Jetzt fängst du auch noch damit an?«

»Womit?«

Er verdrehte die Augen. Ich tat es ihm gleich und klaubte meine Sachen zusammen.

»Wart auf mich, Giovanni.«

Wir stiegen in den Aufzug, ich begleitete ihn bis zum siebten Stock und fuhr dann ins Erdgeschoß. Ich war müde. Die Hitze trocknete langsam meine besten Lebenssäfte aus. Die Prüfungen am Nachmittag gaben mir den Rest. Bei uns im Fachbereich gibt es nämlich keine Aircondition.

Darline holte mich ab und hatte Neuigkeiten für mich:

»Wir gehen heute abend mit Michelle zum Essen«, verkündete sie mit allwissendem und schrägem Lächeln. Ich hätte sie an die Wand knallen können.

»Ja wie? Ist sie nicht zu ihrem Stage gefahren?«

Ich hatte tatsächlich jedes Zeitgefühl verloren.

»Sie ist gestern zurückgekommen. Ich habe sie heute angerufen, da haben wir gleich etwas ausgemacht.«

Sie hatten etwas ausgemacht! Offenkundig war bei ihrer einzigen Begegnung ein Informationsfluß zwischen den beiden aufgebrochen, der viel stärker war, als ich angenommen hatte. Unterirdische Strömungen, ja, aber sie waren gar nicht so tief unter der Erde. Die Sache mißfiel mir überhaupt nicht. Was glaubt ihr denn!

Michelle erschien in kreolischem Havannalook mit hennaroter Haarpracht. Sie trug ein cremefarbenes Kleid ohne Schulterträger, eines dieser Modelle, die nur dank gewisser bioarchitektonischer Wunder sitzen und es sämtlichen Blicken auf der nördlichen Halbkugel untersagen, sich auch nur für eine Sekunde anderem zuzuwenden, aus Angst, es entginge einem etwas, falls es wünschenswerterweise herunterrutschen sollte. Wollte sie etwa Darline Konkurrenz machen? Das war ein läppischer, krypto-chauvinistischer Einfall, denn was mich betraf, schien ich für die beiden gar nicht zu existieren, zumindest anfangs nicht. Abgesehen von Michelles schnalzendem Begrüßungskuß auf die Wangen, nahmen mich die beiden kaum zur Kenntnis und legten mit einem lebhaften Dialog los, in den sie einen Satz nach dem anderen in breitestem Amerikanisch einfließen ließen.

Darline hatte einen Tisch bei »Grilli« bestellt. Ich hätte nichts dagegen gehabt, dort meinen Freund Giovanni Di Maria anzutreffen, um meine exhibitionistischen Neigungen ausleben zu können. Aber wenn er allein ist, speist er gewöhnlich in heruntergekommenen Beizen und möglichst mit dem Gesicht zur Wand.

Ich bestellte eine Flasche Prosecco, und während wir auf unsere Vorspeisen warteten, trank ich ein paar Gläser, um meine Lebenssäfte wieder in Bewegung zu bringen. Der Alkohol stieg mir etwas zu Kopf, ohne mich aber trunken zu machen. Absichtlich und mit hervorgekehrter Diskretion gähnte ich. Verzeiht das Oxymoron. Michelle sah es und warf ein »Have you got the blues, buddy?« herüber, was mindestens ein »Fuck you, sister!« als Antwort verlangt hätte, wäre ich dadurch nicht mit dem echten Südland-Gentleman in mir in Konflikt geraten. Ich unterrichtete sie statt dessen über die Neuigkeiten in der Affäre Raffaele und übertrieb ganz leicht die Episode mit dem Schlag auf den Kopf. Mit ernster Miene hörte sie mir zu und machte hin und wieder ein Zeichen der Zustimmung oder stellte ein paar Zwischenfragen. In ihrem Mundwinkel spielte fast unmerklich ein kleiner Muskel, und mir kam der heftige Verdacht, daß sie versuchte, ein Lachen zu unterdrücken. Hätte sie tatsächlich gelacht, ich hätte sie erwürgt. Ich beugte mich näher zu ihr, als ihr ein »Du Ärmster« rausrutschte, das sie sich hätte sparen können. Sie weiß, daß ich es nicht ertrage, bemitleidet zu werden.

Darline blickte tiefer ins Glas als gewöhnlich, und als sie richtig einen im Tee hatte, fragte sie Michelle, wie sie mich denn kennengelernt habe.

»Weißt du, was die Achtundsechziger Zeit ist?« Darline nickte beinahe beleidigt.

»Gut. Es war nicht genau '68, sondern ein paar Jahre später, und er«, und sie deutete mit dem Daumen auf mich, »war ein sehr wütender Student.«

In Wirklichkeit war ich überhaupt nicht wütend gewesen. Ich werde nie wütend. Und außerdem war sie bei der Vorgeschichte gar nicht dabei. Ich hatte ihr erst im nachhinein erzählt, wie mich plötzlich mitten auf einer Vollversammlung eine Wahnsinnslust auf Kaffee überkommen hatte; und just in dem Augenblick kreischte eine Blondine vom Dienst am Volk und daß sich die Widersprüche in der Studentenbewegung nur aufheben ließen, wenn man die Arschbacken der örtlichen Trotzkisten, in die man zuvor mit Hilfe eines Dosenöffners Kreuze geritzt hat, mit Salz einriebe. Die Montereygegen die Montessori-Methode. Nun, das waren zwar nicht genau ihre Worte, doch der Sinn ihrer Rede ging eindeutig in diese Richtung. Und da die Gerechtigkeit manchmal auch von dieser Welt ist, lebt die ehemalige Blondine heute mit einer echt trotzkistischen Lesbe von hundertzwanzig Kilo zusammen.

Ich hatte nichts gegen die Lokaltrotzkisten aus dem ehemaligen Circolo Labriola, ehemals Revolutionäre-Studenten-Liga und ehemals noch etwas anderes, an das ich mich nicht mehr erinnere, die vor kurzem bei der Manifesto-Gruppe, ehemals Kommunistische Partei Italiens, gelandet sind. Im Gegenteil sehe ich mit wohlmeinendem Neid, daß die politischen Positionen, die sie in der Vergangenheit erprobt haben, zahlreicher waren als die, welche die Zukunft dann für sie bereithielt. Eine schöne existenzielle Erläuterung. Für mich ist das wahrhaft Tragische am Trotzkismus, daß es eine Ideologie ist, die sich zwar relativ einfach aussprechen, sich aber unmöglich korrekt schreiben läßt, es ist eine beinahe randomisierte Schrift: der wahre Widerspruch des revisionistischen dialektischen Materialismus.

Auch deshalb hatte ich beschlossen, mich aus dem Staub zu machen. Und während ich zur Tür der Aula hinunterging, war Raffaele hereingekommen und hatte das Mikrophon gepackt

»Die Genossen der Medizin haben angerufen. Sie haben sich in Gruppen verbarrikadiert, weil die Faschisten angerückt sind und mit Gewalt hinein wollen. Die haben Keulen und Ketten bei sich, und die Genossen haben Angst, das Gebäude zu verlassen.«

Ich war bei der Türe stehengeblieben. Soviel ich wußte, gab es bei den Medizinern gar keine Genossen. Und wenn es sie gab, um so schlimmer für sie; sollten sie doch verprügelt werden, wie sie es als vorgezogene Strafe für die Massaker verdienten, die sie später im Dienste der Staatlichen Gesundheitsfürsorge angerichtet haben. Ich verließ die Aula, um zynischerweise meine Dosis Koffein zu mir zu nehmen. Ohne auf Raffaele zu achten, der wieder aufs Podium gesprungen war und schrie, daß ich mich allein auf den Weg zur Universitätsklinik gemacht hätte.

Als ich von meiner Kaffeepause zurück war, mußte ich feststellen, daß mir nach heftigen ideologischen Gefechten mit den Trotzkisten rund zwanzig Genossen zu Hilfe geeilt waren, die erst nach politischen Analysen verlangten, bevor sie sich schließlich in Gang setzten.

Und da mich mein Moralkodex seinerzeit stärker einschränkte als heute meine Steuernummer (wenngleich die Auswirkungen heute verheerender sind), hatte ich mich verpflichtet gefühlt, meinerseits Unterstützung zu leisten. Ich bin den Verdacht nie losgeworden, daß Raffaele genau wußte, daß ich mich einfach in die Bar verdrückt hatte. Von Zeit zu Zeit hatte er diese Anfälle von schwachsinnigem Humor. Er hütete sich jedoch, einen Schritt nach draußen zu machen. Er hat ja schon immer behauptet, daß ihm Gewalttätigkeit an die Nieren geht.

An der Universitätsklinik gab es, abgesehen von dem augenfälligen Fehlen der Mediziner-Genossen, weder die geringste Spur von Kameraden noch von Belagerungszuständen. Doch da war Michelle, eine unbekannte Studentin im ersten Semester, mutterseelenallein und ohne Herrchen.

So fing es an. Nach so langer Zeit macht es ihr noch immer Spaß, die Geschichte zu erzählen. Aber Darline schien sie schon zu kennen. Wahrscheinlich von Raffaele.

VI Don Mimì

Der Rest der Woche verging mit Versammlungen und Papierkram wegen der üblichen Anträge auf Finanzierungsbeihilfe. Aufgrund meiner Sprachkenntnisse und Fähigkeiten auf dem Gebiet der Public Relations hatte ich die Ehre, für einen zittrigen Gastprofessor aus Freiburg das Kindermädchen spielen zu dürfen. Er hatte einige Seminare über das Forschungsziel seiner obskuren Studien über Regenwürmer zu halten, denen er aufgrund einer gewissen Tendenz zum metameren Denken (was nicht zu verwechseln ist mit dem segmentären Denken, das mich so oft bei Rot an der Ampel überkommt) verdächtig ähnlich sah. Er war nicht in der Lage, auch nur einen Schritt alleine zu tun, erwies sich glücklicherweise aber als recht umgänglich. Und nach gehöriger alkoholischer Ölung brachte er mir das interessante jiddische Wort Schmock bei, wofür ich ihm ganz nüchtern unser sikulisches Äquivalent lieferte.

Als die alkoholische Taufe schon ziemlich fortgeschritten war, gestand er mir, wie nahe er dem geheimen Ziel seiner lebenslangen Forschungen sei: nämlich einen Regenwurm in Form eines Angelhakens zu züchten. Ich vertraute ihm meinerseits an, daß die Serradifalco-Gruppe in aller Heimlichkeit und verbissen an dem Projekt »Seebarbe ohne Gräten« arbeitete, und legte ihm ans Herz, das für sich zu behalten. Jeder von uns wußte, daß es nur darum ging, uns die größten Lügenmärchen aufzutischen.

Um ehrlich zu sein, war mir der alte Regenwurmforscher gar nicht unsympathisch. Erstens war er nicht aus Freiburg, sondern aus Bern. Was ja nicht wenig ist. Bern leidet unter dem alten, mitteleuropäischen Vorurteil, zwar nur halb so groß zu sein wie der Friedhof von Prag, dafür aber doppelt so tot. Doch das stimmt nicht. Die Berner sind nicht übel. Sie haben beinahe den mediterranen Charakter gewisser marxistischer Bierbrauer aus Bayern, sind aber weniger aufdringlich. Und sie haben auch mit uns aus dem Viertel Quattro Mandamenti Gebürtigen ein Merkmal gemein, nämlich das gesunde Mißtrauen gegenüber den Fahrzeugen mit Kennzeichen AG, was in ihrem Fall für Kanton Aargau steht, doch meistens als Achtung Gefahr gelesen wird. Echt zuwider sind mir die Züricher, die Genfer, die Freiburger. Auch der Alte konnte sie nicht ausstehen.

»Weißt du, was das Beste an Zürich ist?« hatte er mich nach dem ersten Aperitif gefragt.

»Nein.«

»Der Intercity nach Bern. Die Züricher sind unmöglich, sie arbeiten nicht, um zu leben, sie leben, um zu arbeiten.«

Als ich dann vom Ristorante Comercio in den Bogengängen der Spitalgasse zu erzählen anfing, hätte er mich beinahe umarmt. Der galicische Wirt, ein ziemlich unverdorbener Hidalgo, schreibt wöchentlich im »Blick« einen politischen Kommentar und begleitet mit den besten Produkten der Destillerie Domecq den schmerzensreichen Moment – das Überreichen der Rechnung –, der wegen des himmelwärtsstrebenden Schweizer Frankens zu einem wahrlich sadistischen Akt wurde.

In der Zwischenzeit hatten wir schon eine Flasche Bianco d'Alcamo geleert. Gegen Ende der zweiten lieferte ich ihm den Beweis, ein Mann von sprühendem Witz zu sein, und tischte den alten Spruch von Orson Welles über die Italiener auf, die sich unter der Herrschaft der Borgia rund drei

Jahrzehnte lang gegenseitig abgeschlachtet haben und trotzdem Leonardo da Vinci, Michelangelo und die ganze Renaissance hervorbrachten – während es die Schweizer in sieben Jahrhunderten brüderlicher Liebe, Frieden und Kuhglockengeläut nur bis zur Kuckucksuhr schafften:

»Auch das ist meiner Meinung nach eine Übertreibung, denn ich wette, daß auch die Kuckucksuhr ein verkanntes Werk Leonardos ist. Wenn meine Vorfahren überhaupt ein Verdienst haben, dann das, die Biermarke Cardinal erfunden zu haben, die ich hier bei euch so vermisse.«

»Ich ziehe das Hürlimann vor. Und von den sonstigen Schweizer Erfindungen liebe ich absolut und mit edler Zurückhaltung Ursula Andress und die Schokolade des Herrn Sprüngli, diese aber maßlos und ohne falsche Scheu.«

»Du bist eben ein zartfühlender Mensch.«

Als er mir zusäuselte, er sei Kommunist, war er schon richtig blau. Ein Schweizer Jude, Kommunist und Regenwurmforscher. Das würde mir keiner abnehmen.

Darline weitete inzwischen ihren Herrschaftsbereich über die Stadt aus. Donnerstag abend gingen sie und Michelle gemeinsam zum Abendessen ins Hotel Patria, wo ich gegen Mitternacht zu ihnen stieß, nachdem ich den Regenwurmforscher fast bis zur Gangway seines Flugzeugs nach Mulhouse begleitet hatte. Der alte Berner hatte mich gezwungen, zu mitteleuropäischer Zeit zu Abend zu speisen, und als ich zu den Mädchen stieß, verspürte ich schon ein zaghaftes Magengrimmen. Das zauderte nicht länger, und so bestellte ich einmal Vorspeisen des Hauses, Rigatoni alla Norma und frittierte, gefüllte Sardinen. Damit wollte ich auch die schwankende Laune, die mich auf dem Rückweg überkommen hatte, gewissenhaft in ihre Grenzen weisen. Die beiden Holden nahmen das zum Anlaß, noch eine weitere Flasche Wein kommen zu lassen. Was mich wiederum dazu brachte, kräftig mitzuhalten.

Das war der Grund, warum ich länger als gewöhnlich alles überschlief Am Freitag morgen tauchte ich ungeheuer spät mit den Protokollen unterm Arm im Fachbereich auf. Kaum hatte ich das Atrium betreten, erblickte ich Don Mimì, der wie ein Pfeil aus dem Aufzug schoß. Mit gesenktem Kopf erreichte er die kleine Verbindungstür zu den Botanischen Gärten, ohne sich umzusehen. Von mir hatte er überhaupt keine Notiz genommen.

»Guten Tag, Don Mimì, was führt Sie denn hierher?«

Mit einem Ruck drehte er sich um.

»Lorè, wann lernst du es endlich, deine Nase nicht in fremde Angelegenheiten zu stecken?«

Und mit diesen Worten hatte er auch schon die Tür hinter sich geschlossen. Er sah aus, als hätte er es faustdick hinter den Ohren. Nach so vielen Jahren, in denen er nie seinen Fuß in den Fachbereich gesetzt hatte, war dies schon das zweite Mal innerhalb von drei Wochen, daß er mir hier über den Weg lief. Ich verzog mich in mein Zimmer und dachte nicht länger darüber nach.

Da mich nichts Dringendes mehr erwartete, legte ich mit den Protokollen los, ließ das Essen ausfallen und las sie in einem Zug bis zur letzten Seite. Dann lehnte ich mich in meinem Stuhl zurück und kippte ihn, auf den Hinterbeinen das Gleichgewicht haltend, zurück, bis ich meinen Nacken gegen die Wand lehnen konnte. In dieser Position verharrte ich eine Weile, die Hände in den Hosentaschen, eine Camel im Mundwinkel, und dachte an die ganze schöne Zeit, die ich mit der Lektüre dieser Papierberge vertan hatte.

Nicht ein verflixter Anhaltspunkt hatte sich herauskristallisiert. Es gab nicht einen Hinweis, kein einziges Indiz weit und breit. Die Unterlagen waren nur das, was sie zu sein schienen: Protokolle von Experimenten und sonst nichts, und die meisten noch dazu recht idiotisch. Es waren all die blöden Experimente, die die Gruppe Serradifalco im Laufe der vergangenen zwanzig Jahre durchgeführt hatte. Es gab keine Spur von geistigem Diebstahl oder Plagiatsversuchen. Zumindest keine ersichtlichen. Die einzige Unstimmigkeit lag in der Schlußdatei, die nichts weiter enthielt als die Aufstellung der Spezialstoffe, die der Fachbereich in den Jahren, auf die sich die Protokolle bezogen, erworben hatte, jeweils mit genauer Angabe der Bestell- und Lieferdaten. Stoffe wie Zyankali, radioaktive Isotope, Beta-Naphtylammina und andere, mit denen man besonders vorsichtig und mit größter Sorgfalt umgehen muß, da sie höchst giftig sind. Vermutlich hatte Raffaele jene Datei irrtümlich auf eine der Disketten kopiert. Oder vielleicht lag der Fehler schon am Anfang, im Original. Aus Gewissenhaftigkeit hatte ich auch dieses Verzeichnis gründlich studiert, aber der Zeiger war nicht einen Millimeter vom absoluten Nullpunkt abgewichen.

Ohne lange zu überlegen, nahm ich den Aufzug und fuhr in den siebten Stock. Dort klopfte ich an die Tür des Herrn Direktors und trat ein.

Ich fand ihn Zeitung lesend mit einer Transfusionsnadel in der Vene vor. Mich überraschte das nicht. Ich war daran gewöhnt, Fifì vereint mit einem Venentropf zu sehen. Es ist eine Perversion, die noch aus den Zeiten Ruggero Montalbanis stammt. Der Alte war richtiggehend fixiert, er glaubte blind an die wohltuenden Eigenschaften gewisser Mineralsalze in Verbindung mit einigen Vitaminen und essentiellen Aminosäuren. Er hatte seine persönliche Mischung zusammengestellt, die nach seinen Worten wahre Wunder vollbringen sollte. In jeder Hinsicht. Doch das hat ihm auch nicht weitergeholfen...

Montalbani versuchte, alle dazu zu bekehren, sich diese Mixtur zu spritzen. Fifì war ihm gefolgt, ich weiß nicht, ob aus Überzeugung oder um dem Chef zu schmeicheln, und dann war es zu einer Gewohnheit geworden. Bis der Alte urplötzlich in die Klinik eingeliefert wurde, hatte er die Elemente eigenhändig milligrammweise auf der Präzisionswaage abgewogen und anschließend alles mit zweifach destilliertem Wasser in einem Reagenzglas gelöst. Wenn der Zeitpunkt gekommen war, injizierte er sich die Mischung mit Hilfe eines Venentropfs. Steckte die Nadel erst in seinem Arm, plazierte er die Flasche oben auf dem Ständer der Tischlampe und saß da, während Tropfen um Tropfen in seinen Kreislauf sickerte.

Das wiederholte er drei oder vier Mal im Monat. An diesen Tagen nahm er außer Wasser nichts zu sich. Es war eine Art Reinigungsritual, auch wenn er daraus eine beinahe mondäne Angelegenheit gemacht hatte. Herr Professor Benito De Blasi Bosco mußte ihm nämlich eigenhändig die Nadel in die Vene treiben und blieb dann noch ein paar Stunden, um mit dem Alten zu plaudern. Worüber sie sprachen, ist unbekannt. In erster Linie über ihre Sekte, nehme ich an.

Obwohl noch blutiger Anfänger, war De Blasi Bosco schon damals einer der Augäpfel Montalbanis; der Herr Professor himmelte ihn geradezu an. Der zukünftige Gernegroß ging bereits abwechselnd seiner Arbeit an der Universität und der ertragreicheren als Assistenzarzt in einer Privatklinik ganz in der Nähe des Fachbereichs nach. Im Laufe der Jahre ist er der unumstrittene Boß dieser Klinik geworden, denn er war es, der sie übernommen, ihr zu einem neuen Namen verholfen und sie groß herausgebracht hat. Heute trägt sie schamlos den Namen »Rosenknospe« (vermutlich als Selbstglorifizierung wegen der behaupteten – und nicht nachgewiesenen – Ähnlichkeit des aufgeblasenen Typen mit Orson Welles in *Citizen Kane;* und es ist schon viel, daß er sie nicht Xanadu genannt hat). Es ist ein beinahe schicker Laden, und er ist groß in Mode, hier verkehren vierzigjährige Landschönheiten und junge Mädchen aus der feineren Gesellschaft, die sich von den endlosen, kotzgrün lackierten Gängen (die gleiche Farbe wie bei uns im Fachbereich) nicht beeindrucken lassen. Und auch nicht die Nase rümpfen über die Ledersofas in einer Tönung, die menschliche Haut haben muß, wenn sie einmal von Fachhand gegerbt ist. Ihr könnt sicher sein, daß hier einige der schlimmsten Bastarde das Licht der Welt erblickt haben, deren Bestimmung es ist, die Menschheit des kommenden dritten Jahrtausends ins Unglück zu stürzen. Viele andere, potentielle Heilige, Dichter und Seefahrer sind auf drastische Weise mit dem genialen Absauger des guten Doktor Karma aus ihrer Bahn gebracht worden.

Im Gegensatz zu Montalbani führt Serradifalco die Krankenpflegetätigkeiten selbst aus, mit sicherer Hand treibt er sich auf der Suche nach den zugänglichsten Venen die Nadel ins eigene Fleisch.

Seit den Zeiten des alten Herrn steht im siebten Stock ein Schrank voller Transfusionsflaschen mit physiologischer Lösung. Fifi gibt sich seiner Verirrung in den Stunden hin, da der Fachbereich nur schwach bevölkert ist. Auch er läßt an den Transfusionstagen die Mahlzeiten ausfallen. Er täte nicht schlecht daran, das häufiger zu machen.

Nach den üblichen, lauen Höflichkeitsfloskeln reichte ich ihm die Seiten mit der Auflistung der Spezialstoffe. Langsam las er Zeile für Zeile, ohne irgendeinen Kommentar abzugeben.

»Was soll ich damit anfangen?« fragte er schließlich.

»Die waren unter Raffaeles Disketten. Sagen sie dir etwas?«

»Was sollten sie mir schon sagen? Das sind die Bestellungen der Spezialstoffe. War auf den Disketten nichts weiter drauf?«

»Es waren alles Protokolle deiner Forschungsgruppe, Kopien eures Archivs.«

»Und was hat er damit angestellt?«

»Ich hoffte, das von dir zu erfahren.«

»Ich weiß nicht, was ich dir dazu sagen soll. Versuch's doch mal bei Mauro und den anderen.«

»Eben, das habe ich auch schon gedacht.«

»Und das Mädchen, die Amerikanerin?«

»Sie weiß von nichts, sie hat keine blasse Ahnung.«

»Aber warum interessiert dich diese Sache mit den Protokollen so sehr?«

»Einfach so.«

»Glaubst du, daß ...«

»Ich weiß nicht, was ich glauben soll, Fifì.«

»Gib mir Bescheid, wenn ...«

»Selbstverständlich.«

Ohne Abschiedsgruß verließ ich das Zimmer. Ich war verwirrt, weil die Nachricht meiner amerikanischen Verbindungen trotz allem bis in den Fachbereich vorgedrungen war. Eigentlich hätte ich damit rechnen müssen, daß ich Darline nicht auf Dauer aus der Sache heraushalten könnte.

Ich knöpfte mir jeden einzelnen der Serradifalco-Gruppe vor, hielt ihnen die Liste unter die Nase und sagte meine Litanei über die Disketten auf, ohne recht zu wissen, was ich mir eigentlich davon versprach. Bei meinem letzten Versuch, Fallen zu stellen, hatte ich mein Leben aufs Spiel gesetzt. Auch jetzt hatte mir keiner etwas Interessantes zu sagen; Achselzucken und hochgezogene Augenbrauen, das war alles, was ich als Antwort erhielt. Am steilsten hatte Giovanni di Maria die Brauen hochgezogen, der sich ein Leben lang in dieser Kunst übte. Am Ende machte ich kehrt und ging in mein Zimmer. Francesca und Alessandra schlugen abwechselnd auf die Tastatur des Computers ein. Es war ein leicht pornographisches Videospiel mit bekannten Comicfiguren, was sie da auf dem Schirm hatten. Ich ließ ihnen ihr Vergnügen. Gegen Abend begannen sie, sich gegenseitig wegen gewisser Männergeschichten aufzuziehen. Ich ließ sie links liegen und eilte nach Hause.

Im Fernsehen gab es *Manhattan,* was Darline in nachdenkliche Stimmung versetzte.

Ich erwachte mit vernebeltem Gehirn und hatte überraschenderweise Lust auf eine Zigarette. Ich rauche so gut wie nie am frühen Morgen. Auf der Terrasse zündete ich mir eine Camel an und fühlte mich, als hätte ich einen Kater von einer mit Whisky runtergespülten doppelten Dosis Rohypnol. Zugleich war ich gereizt und brauchte dringend ein Ziel, um mich abzureagieren. Ich begann, meine Topfpflanzen unter die Lupe zu nehmen. Der Rosenbusch Stromboli war von Blattläusen befallen. Ich wollte sie schon wollüstig zwischen den Fingern zerquetschen, als ich mich doch für die chemischen Waffen entschied und ihnen einen Mundvoll Camel ins Gesicht blies, in der Hoffnung, sie bekämen Lungenkrebs. Höchstwahrscheinlich mußten sie nur husten.

Der Anblick der Pflanzen war es, der mir den Beinahe-Zusammenstoß mit Don Mimì vom Vortag wieder ins Gedächtnis rief. Ich hatte den Eindruck, als wüßte er etwas über die Geschichte mit Raffaele.

Und wenn ich noch mal zu ihm ginge? Das erste Mal hatte er mich beinahe ausgelacht. Vielleicht könnte ich es dieses Mal mit einem Bluff versuchen, ihm zu verstehen geben, daß auch ich in die Sache eingeweiht sei, und ihm vielleicht zustecken, daß mein Freund, der Sbirre, ihn, den großen Don Mimì, im Verdacht habe. Was hatte ich schon zu verlieren?

Nach dem Kaffee ging ich aus dem Haus und ließ Darline beim Sonnenbaden auf der Terrasse zurück; sie trug nichts weiter als raffinierte, japanische Technologie auf dem Leib: die Kopfhörer meines tragbaren Sony, ihre dazu passende Seiko aus Edelstahl und eine Sonnenbrille Yamaha, die irgendwer bei mir vergessen hat. Sie zog sich einen Jimi Hendrix ganz stars-and-stripes rein. Zum Abschied winkte ich ihr aus gehörigem Abstand zu; lieblich blickte sie mich über den Rand ihrer Sonnenbrille an, ohne ein Wort. Sei ein Mann, sagte ich mir, und verließ *Farewell Angelina* pfeifend die Wohnung.

Ich betrat die Botanischen Gärten durch den Haupteingang. Im Vorbeigehen machte ich der Parkwächterin ein Grußzeichen und fragte sie, ob sich Don Mimì schon habe blicken lassen. Das hatte er nicht. Rasch ging ich zum Haus des Alten. Keine Menschenseele weit und breit im ganzen Park. Wie an jenem Samstag vor zweitausend Jahren, als ich die im Wind schwankende Leiche Raffaeles entdeckt hatte.

Als ich vor der Tür eintraf, war ich ein wenig erhitzt. Ich klopfte an. Keine Antwort. Ich versuchte es noch einmal und rief lauter:

»Don Mimì!«

Noch immer nichts. Ich ging ums Haus herum. Nur die Außenläden der Fenster waren verschlossen. Die Innenläden und die Fenster standen weit offen. Ich schielte durch die Spalten der Läden. Im Haus schien alles in Ordnung zu sein. Die präparierten Tiere hingen an ihren Plätzen. Das Bett war unberührt. Es war eines jener Ehebetten alten Stils mit Holzrost und den Nachtschränkchen aus gedunkeltem Nußholz und Marmor aus Custonaci, Überreste von Don Mimìs Ehe.

Im Haus war niemand. Gewöhnlich dreht Don Mimì zu dieser Tageszeit seine Runde in den Gärten. Auch samstags hat er immer tausend Dinge zu erledigen. Andernfalls hätte er es nach seiner Pensionierung nicht länger als eine Stunde ausgehalten. Ich machte mich auf die Suche nach ihm.

Ich fand ihn am Teich mit den Seerosen. Oder besser gesagt darin. Es ist ein großes Becken in Form einer Acht mit einer kleinen Insel aus Steinblöcken in der Mitte, zwischen denen Papyrusbüschel sprießen. Eine Längsseite des Beckens verdeckt eine Wand aus dichtgewachsenem, sehr hohem Bambusrohr mit Stämmen wie Haubitzen. Hie und da stehen noch Reste von Trockenmauern, über die man das Inselchen erreichen kann.

Eine der Mauern bildete den Angelpunkt der Irreführungsstrategie. Ich fiel nicht darauf rein, auch nicht, als ich genau an der passenden Stelle den Blutfleck entdeckte, auf einem der Steine am Ende der Mauer. Ich hütete mich davor, ihn anzurühren oder das Wasser darüber laufen zu lassen, das aus meinen Schuhen und meinen Jeans rann. Ohne zu zögern und ohne die Schuhe auszuziehen oder die Hosen hochzukrempeln, stieg ich in den Teich. Ich konnte ja nicht sicher sein, daß Don Mimì wirklich tot war, als ich ihn mit dem Gesicht nach unten in dreißig, vierzig Zentimeter grünlichem Wasser zwischen den Seerosen dümpeln sah.

Mühelos zog ich ihn über den Beckenrand aufs Trockene. Er wog so gut wie nichts. Als ich ihn berührte, merkte ich sofort daß er tot war. Das Wasser hatte ihm das Blut von der Stirn gewaschen, aber die Wunde stach deutlich unter der Hautschicht hervor, die sich beim Aufprall auf den Stein gelöst hatte und jetzt nur an einem ausgefransten Rand baumelnd herunterhing.

Es bedurfte keines Gerichtsarztes, um zu begreifen, daß die unregelmäßige Prellung auf Don Mimìs Stirn ihre natürliche Entsprechung in der Spitze des blutbefleckten Steins hatte.

Nur ein völlig Ahnungsloser konnte auf so etwas hereinfallen. Man wollte glauben machen, daß Don Mimì ausgerutscht, mit dem Kopf auf den Stein geschlagen, betäubt ins Wasser gefallen und dann ertrunken sei. Ich dachte sofort an Ertrinken als Todesursache, denn auf den ersten Blick schien der Schlag auf die Stirn keine großen Verletzungen hinterlassen zu haben. Im Grunde verstehe ich ja inzwischen etwas von Schlägen auf den Kopf.

Don Mimì trug seine übliche Arbeitskleidung: Hosen und Hemd aus khakifarbenem Militärstoff, hochschaftige Schuhe aus blauem Leinen mit Gummisohlen, wie sie alte Leute häufig tragen; sie waren fest verschnürt, so daß er sie im Laufe der Ereignisse auch nicht verloren hatte.

Erst später rekonstruierte ich im Geiste den ganzen Hergang. Es mußte schon dunkel gewesen sein, doch noch nicht

Nacht, denn Don Mimì geht relativ früh zu Bett, und er war noch in seiner Tageskleidung, als er den Besucher empfing. Und das Bett war unberührt.

Meiner Version nach hat der Mörder am Abend zuvor zwischen neun und zehn Uhr an Don Mimìs Tür geklopft. Der Alte fragt, wer denn da sei:

»Freunde!« antwortet eine bekannte Stimme.

Don Mimì steckt den Kopf zur Tür hinaus und kriegt sofort den Stein auf die Stirn. Er wird ohnmächtig. Der Mörder schließt die Tür. Dann hebt er den Alten hoch und trägt ihn bis zum Seerosenteich. Dort taucht er den reglosen Körper ins Becken und drückt ihn mit dem Kopf so lange unter Wasser, bis sich Don Mimì nicht mehr rührt. Zur Sicherheit wartet der kaltblütige Mörder noch ein Weilchen ab und läßt dann den Körper mit dem Gesicht nach unten im Teich zurück. Zum Schluß setzt er den Stein wieder in die gleiche Mauernische, aus der er ihn genommen hat. Dann hält er vielleicht kurz die Fingerspitzen unter den dünnen Wasserstrahl, von dem das Becken gespeist wird.

Diese Vermutungen stellte ich erst im nachhinein an, als Spotorno mit dem ganzen Aufzug eingetroffen war. Nachdem ich Don Mimì aus dem Wasser gezogen hatte, war ich ins Wächterhäuschen gegangen, um den Herrn Kommissar anzurufen.

Es war eines unserer typischen Gespräche, wenn nicht dem Inhalt, dann der Form nach:

»Vittorio? Ich bin's, Lorenzo. Don Mimì ist ermordet worden.«

»Wer, Cannarozzo Domenico?«

»Genau der.«

»Wo bist du?«

»In den Botanischen Gärten; ich rufe dich von der Pförtnerstube aus an. Die Leiche habe ich gefunden.«

»Hast du ein Abonnement?«

»Zum Scherzen scheint mir jetzt nicht der richtige Augenblick, Vittò ; mach, daß du herkommst, und zwar sofort!«

»Immer mit der Ruhe, hörst du!«

»Von wegen Ruhe. Vielleicht sollte ich besser die Carabinieri rufen?«

»Aber hör doch damit auf, Lorè, welche Carabinieri denn... die verpfuschen doch immer alles. Wurde er erschossen?«

»Nein.«

Sie brauchten wesentlich länger als das vorige Mal. Vielleicht war mehr Verkehr unterwegs. Beinahe zeitgleich traf auch der Gerichtsarzt ein. Ein dürres, kleines Männchen mit zynischem Gesichtsausdruck, schwarzem Schnauzer und glatten, nach hinten gekämmten Haaren; von dem Charme der Frau Doktor Laurent besaß er höchstens ein Millionstel. Während er die Leiche untersuchte, pfiff er unablässig vor sich hin. Als er fertig war, steckte er sich einen Zahnstocher in den Mund, zog einen Kamm hervor und fuhr sich damit durch die Haare. Danach zog er Spotorno beiseite. Ich näherte mich ihnen, und diesmal verzog Vittorio keine Miene. Der Schnauzbärtige stierte mich an, schüttelte dann die Schultern und begann zu sprechen. Seine Stimme klang wie eine Kirchenorgel.

»Neunundneunzigprozentig handelt es sich um Tod durch Ertrinken«, lautete sein Urteilsspruch.

Der Tod sei vor zwölf Stunden eingetreten, unter Vorbehalt weiterer Ermittlungsergebnisse. Der Schlag auf die Stirn hatte augenscheinlich keine Brüche verursacht, doch war er heftig genug gewesen, um das Opfer auf längere Zeit zu betäuben. Der gute Freund hatte ja seine Schlagfähigkeit schon an meinem Kopf mit einer Flasche ausprobieren können. Ich dachte an meine Ermittlungsversuche vom Vortag im Institut. Bestand da gar ein Zusammenhang? Mein vernunftbegabtes Ich schrie: nein. Doch irgendein anderer Bereich in meinem Obergeschoß war angesichts der Schuldgefühle, die in mir aufwallten und mich auf den Grund ziehen wollten, völlig anderer Meinung.

Ich erzählte Vittorio alles. Einschließlich des absoluten Nullergebnisses bei der Lektüre von Raffaeles Protokollen. Ich berichtete ihm vor allem von den zwei Besuchen Don Mimìs im Fachbereich; was ja das Motiv war, das mich jetzt zu ihm geführt hatte. Nun mußte man herausfinden, wem der Alte seinen Besuch abgestattet hatte. Vittorio war von der Mordthese nicht recht überzeugt. Als braver Bulle wollte er die Möglichkeit des simplen Unglücksfalls nicht so ohne weiteres ausschließen.

»Zeig mir mal sein Haus«, forderte er mich auf und deutete dabei mit dem Kinn auf die Leiche, die langgestreckt auf dem Boden lag.

Der Besuch in Don Mimìs Behausung bestätigte meine Hypothesen. Dem Mörder war ein grober Fehler unterlaufen: Der Hausschlüssel steckte von innen im Schloß, einem ganz normalen Schnappschloß. Wäre Don Mimì aus freien Stücken weggegangen, hätte er den Schlüssel mitgenommen. Oder zumindest hätte er die Tür offengelassen. Der Mörder hatte nicht darauf geachtet. Doch dieser Umstand schien für Vittorio nicht wesentlich zu sein:

»Cannarozzo war schon alt. Vielleicht hat er es vergessen ...«

»Von wegen, Don Mimì hat nie etwas vergessen.«

Uns blieb nichts anderes übrig, als durch ein Fenster einzusteigen. Ich habe schmale Hände und lange Finger, daher gelang es mir, durch die Latten des Fensterladens zu fassen und den Riegel zurückzuschieben.

Die Wohnung war in Ordnung. Spotorno bemerkte das Ehebett.

»War Cannarozzo verheiratet?«

»Er war Witwer.«

»Seit wann?«

»Das liegt jetzt fünfundzwanzig, vielleicht dreißig Jahre zurück.«

»Und danach hat er nicht wieder geheiratet?«

»Aber was glaubst du denn.«

»Und warum sind nirgendwo Fotos?«

Das war keine dumme Frage. Fotografien von Hochzeiten und von den lieben Verstorbenen fehlen in keinem Heim, weder bei Bauern, Arbeitern oder Kleinbürgern. Auch in Don Mimìs Schlafzimmer hingen zwei gerahmte Fotografien, die in dem alten Sepiaton gedruckt und mittlerweile verblaßt waren. Ich wußte, daß es seine Eltern waren, er hatte es mir einmal gesagt. Es war das Bild zweier alter Leute mit müdem Blick, die sich in ihr Schicksal gefügt hatten, da sie nichts mehr zu erwarten und noch weniger zu verlieren hatten. Knapp unter den Fotorahmen stand anstelle des Flämmchens eine Plastikkerze mit Glühbirne in Mignonfassung, die ein trübes Licht auf die Gesichter der beiden Alten warf. Auf einem anderen Foto neueren Datums, das an der Wand gegenüber dem Eingang hing, war Don Mimìs älterer Bruder zu sehen. Er war vor kurzem in Americazuela verstorben, wohin er als junger Mann ausgewandert war. Andere Fotos gab es nicht, und schon gar keins von Don Mimìs Gattin.

Vittorios Frage verlangte nach Aufklärung. Auch wenn die Antwort vielleicht etwas ausgeschmückt klingen mochte, da ich im Laufe der Jahre verschiedene Versionen gehört hatte.

»Es gibt keine Fotografien«, antwortete ich, »weil er sie nicht wollte.«

»Und wie das?«

»Das ist eine alte, vertrackte Geschichte, die ich aus dem Mund der älteren Fachbereichsmitglieder gehört habe. Und nicht nur in einer Fassung.«

»Was heißt das?«

»Das heißt, daß die Gemahlin Don Mimìs augenscheinlich mit dem alten Montalbani ein Verhältnis hatte.«

»Dem Vater von ...«

»Genau.«

»Aber nein!«

»Nur, daß Montalbani damals noch nicht so alt war. Aber er hatte schon seine Frau verloren. Raffaele war noch grün hinter den Ohren.«

»Und Cannarozzo?«

»Cannarozzo war der letzte, der davon erfuhr, wie es so üblich ist. Seine Frau muß eine echte Schönheit gewesen sein. Dunkler Teint, groß, mit langen Beinen und einer dichten schwarzen Mähne. Es heißt, daß sie halbe Analphabetin war, sie stammte aus einem kleinen Ort im Nebroden-Gebirge und war etwas verwildert, mit Augen wie *Die Wölfin* von Giovanni Verga. Das Mädchen war mindestens zwanzig Jahre jünger als ihr Gatte. Und Montalbani war ein schöner Mann: elegant, vornehm und angesehen.«

»Und wie hat Cannarozzo davon Wind bekommen?«

»Die gute Dame wurde schwanger ...«

»Und?«

»Impotentia generandi ...«

»Wie bitte?«

»Don Mimì wußte, daß er zeugungsunfähig war ...«

»Ja, aber ...«

»Es geht noch weiter. Kaum war die Sache offensichtlich, ging Montalbani zum Angriff über. Und zog einen seiner Schützlinge zu Hilfe ...«

»Das heißt?«

»Das heißt Herrn Professor Benito De Blasi Bosco, der gerade seinen Facharzt in Gynäkologie und Geburtshilfe gemacht hatte, aber sich schon anschickte, die heutigen Spitzenpositionen zu erobern.«

»Nein! Und wie ging es weiter?«

»An diesem Punkt gehen die Thesen auseinander. Die einen sprechen von Geburtskomplikationen, bei denen sowohl Mutter als auch Neugeborenes ihr Leben ließen; andere wiederum behaupten, daß der Grund eine illegale Abtreibung war, die De Blasi Bosco schlecht ausführte – oder die unglücklich verlief. Fest steht nur, daß sie Frau Cannarozzo das Leben gekostet hat. Montalbani nahm daraufhin die Sache in die Hand. Schon damals war er sehr mächtig; er hatte überall die richtigen Freunde sitzen, und das auch dank der dir bekannten Bruderschaft. Er stopfte allen den Mund. Andererseits hatte keiner im Fachbereich je Lust, Nachforschungen anzustellen.«

»Und Cannarozzo?«

»Es heißt, daß es nach dem Unglück zu einem fürchterlichen Streit zwischen ihm und Montalbani gekommen sei. Sie haben sich einen ganzen Vormittag in Don Mimìs Haus eingeschlossen und angebrüllt. Danach sind sie sich bis ans Lebensende des Herrn Professors nicht ein einziges Mal mehr begegnet. Und seit damals hat Don Mimì nichts mehr von Frauen wissen wollen; und schon gar nicht zum Heiraten. Natürlich hat auch er Frauen gehabt, aber alle aus dem horizontalen Gewerbe. Auch wenn man sich erzählt, daß so manche Studentin vom Land ... aber das ist hauptsächlich Tratsch. Auf jeden Fall waren es immer Frauen, die er glaubte verachten zu können, um sich als echter Mann zu fühlen. Don Mimì war nicht besonders feministisch eingestellt.«

»Interessant. Dieser Don Mimì war offenbar ein rachsüchtiger Typ. Warum hast du mir nicht von dieser Geschichte erzählt, als man Montalbanis Sohn vom Baum gepflückt hat? Wenn es überhaupt einen Verdächtigen geben könnte ...«

»Was die Rachsucht Don Mimìs angeht, stimme ich dir zu. Aber ich habe seine Reaktion gesehen, als er Raffaeles Leiche entdeckt hat. Und ich kann dir versichern, daß er nicht darauf gefaßt war, plötzlich vor einem Toten zu stehen.«

»Das sagst ausgerechnet du, blind wie ein Maulwurf«

»Mit Brille sehe ich genau so gut wie du.«

»Wie auch immer, inzwischen...«

»Inzwischen geht es nur darum herauszufinden, wer Raffaele umgebracht und Don Mimì ertränkt hat. Es ist derselbe, der sich zwischen zwei Morden in Form gehalten hat, indem er mir eine hautnahe Begegnung mit einer tschechoslowakischen Bierflasche vermittelt hat.«

»Nun mal langsam mit deinen Unterstellungen, Lorè.«

»Das sagst du bloß, weil du den Schlag mit der Flasche nicht abgekriegt hast.«

»Ich würde es in jedem Fall sagen.«

Nur ein Funkruf für Vittorio verhinderte, daß unser Wortwechsel in die übliche Streiterei ausartete. Es hatte einen Doppelmord mit dicken Schießeisen Kaliber 12 gegeben, einen doppelten Fall von Bleivergiftung, in der Gegend bei der Zisa. Er solle sich beeilen. Vittorio beeilte sich: Treffen so bald wie möglich im Polizeipräsidium. Genauer Termin wird mitgeteilt.

In der Zwischenzeit war ein ungefähr fünfundzwanzigjähriger Mann eingetroffen, den die Wächterin benachrichtigt hatte.

Offensichtlich war er der einzige nähere Verwandte des Verstorbenen. Er schien ehrlich betroffen. Wie versteinert stand er eine ganze Weile da, ohne zu wissen, was er sagen oder tun sollte. Dann hakte sich ein Sbirre vertraulich bei ihm unter und führte ihn weg, vielleicht ins Polizeipräsidium. Nach und nach trafen immer neue Fachbereichsmitglieder ein. Als erster war Mauro aufgetaucht, aber ohne Milly an seiner Seite. Sie kam etwas später zusammen mit Filippo Serradifalco. Beide waren zu Hause gewesen, als Mauro sie benachrichtigt hatte. Dann ließ sich Giovanni zusammen mit Francesca und Alessandra blicken; sie waren bei ihrer Arbeit in den Laborräumen von der Neuigkeit überrascht worden. Sogar die Dekanin traf als gute Letzte ein. Auch eine ganze Menge Studenten hatten sich versammelt und wurden von den Ordnungshütern in gehörigem Abstand gehalten. Don Mimì war eine echte Institution.

Ich forschte in den Gesichtern nach verdächtigen Spuren.

Doch auch dieses Mal ging ich leer aus, was bewies, daß ich für solche Dinge einfach nicht geschaffen bin.

Plötzlich mußte ich an Darline denken und schrak heftig zusammen. Wenn der Mord an Don Mimì mit dem Tod Raffaeles zu tun hatte, konnte auch Darline in Gefahr schweben. Wer hätte schon den Mörder von dem Verdacht abbringen können, daß sie unbewußt Hüterin eines gefährlichen Geheimnisses war, das ihr auch Monate später vielleicht wieder ins Gedächtnis kommen könnte? Nicht einmal ich konnte diese Möglichkeit ausschließen.

Ich rannte zum Wächterhäuschen, griff nach dem Telefon und wählte meine Nummer. Es läutete zwölfmal, eine Ewigkeit. Bei jedem Klingelzeichen sah ich abwechselnd die Szene mit dem am Ficus hängenden Raffaele, die Leiche Don Mimìs im Wasser und die noch unbekannte Szene von dem nächtlichen Zusammenprall eines schwarzen Studebakers mit der nichtsahnenden und hilflosen Darline, die als Gewirr von Gliedmaßen durch die Luft fliegt und zerbrochen und auseinandergerissen wie eine Stoffpuppe auf dem regennassen Asphalt landet. Ich wollte gerade auflegen und nach Hause stürzen, als ich nach dem dreizehnten Klingeln ihre Stimme vernahm:

»Hallo.«

»Darline!«

»Ja, was gibt's?«

Meine erstickte Stimme klang alarmiert und erleichtert zugleich, was sie verwunderte.

»Darline, wo warst du?«

»Unter der Dusche. Warum? Was hast du?«

»Nichts. Nein, das stimmt nicht. Mach auf alle Fälle niemandem die Tür auf und bleib in der Wohnung. Ich komme sofort.«

»Darf ich vielleicht wissen, was passiert ist?«

»Das sage ich dir, sobald ich da bin, rühr dich inzwischen nicht vom Fleck.«

»Okay.«

Ich legte auf und machte mich schnell auf den Weg nach Hause. Nach wenigen Metern Fahrt kreuzte ich einen Leichenwagen, der zu den Botanischen Gärten unterwegs war. Wahrscheinlich würden sie Don Mimì für die Autopsie ins Leichenhaus schaffen.

Darline trocknete sich in aller Ruhe die Haare an der Sonne. Neugierig sah sie mich an, während ich ihr alles erklärte. Obwohl sie Don Mimì nicht gekannt hatte, war sie gebührend betroffen.

»Bist du sicher, daß es Mord war?«

»Ich denke schon.«

»Aber warum?«

»Das Motiv muß etwas mit Raffaeles Tod zu tun haben. Und das kann bedeuten, daß auch du in Gefahr bist.«

Sie verstand ohne weitere Erklärungen.

»Aber ich weiß doch von nichts!«

»Aber er, vorausgesetzt es handelt sich um einen Er, kann dessen nicht sicher sein; und du ebensowenig, wenn man es genau nimmt.«

»Verstehe. Von jetzt an muß ich besser aufpassen, wenn ich über die Straße gehe.«

Ich zuckte zusammen. Unwissentlich hatte sie genau auf die Szene meiner vorausgegangenen Vision angespielt.

Bislang hatte ich ihr gegenüber noch keine Silbe darüber verloren, daß Raffaele sich vielleicht nicht selbst erhängt haben könnte. Vielleicht war das ein Fehler gewesen. Hätte ich sofort eine Andeutung gemacht, hätte sie sich möglicherweise an eine bedeutungsvolle Einzelheit, einen Satz, eine Anspielung oder einen Eindruck, die ihr noch frisch im Gedächtnis hafteten, erinnern können. Also tat ich es jetzt. Daraufhin zerbrach sie sich den ganzen Tag den Kopf, um irgendwelche Anhaltspunkte zu finden, doch ohne Erfolg.

Am Nachmittag rief Spotorno an. Wir fuhren ins Polizeipräsidium, und er behielt uns eine ganze Weile da; der gute Freund war vor lauter Ärger ganz grün im Gesicht und brauchte dringend jemanden, an dem er sich abreagieren konnte. Innerhalb der letzten zwei Tage hatte es drei Morde gegeben, den an Don Mimì nicht mitgerechnet.

Für unseren Fall bestand keine Aussicht auf gründliche Ermittlungen. Vittorio war verlegen. Er wußte nicht, wie er es mir beibringen sollte. So nahm ich ihm die Bürde ab und wurde nicht einmal ausfällig dabei. Ich ahnte, wie sehr ihn die Sache bedrückte.

Auch ich hatte miese Laune. In meinem Innern fand ein Duell mit ungewissem Ausgang zwischen Verstand und Schuldgefühlen statt. Ich beschloß, den Konflikt noch zu verschärfen, und schlug Darline vor, aufs Land zu fahren. In Palermo konnte ich sowieso nichts ausrichten, und ein bißchen gesundes Meditieren würde meinen Gehirnwindungen guttun.

In Wirklichkeit machte ich mir immer noch Sorgen um Darline. Bei meiner Schwester wäre sie in völliger Sicherheit.

Wie ich diesen angebrochenen Samstag und den anschließenden Sonntag zubrachte, kann ich nicht mehr sagen. Ich erinnere mich nur noch verschwommen an Bäder im Meer und Diskussionen mit Darline.

Meine Schwester war gerade mit der Wiederaufarbeitung ihrer stürmischen Kindheit beschäftigt. Das war das Verdienst von Alice Miller und ihrem *Drama des begabten Kindes.* Mein Schwager trieb die Sache auf die Spitze und erklärte polemisch, daß er früher oder später *Das Drama des geplagten Gatten* schreiben würde. Es kam zu einem Riesenkrach, und Maruzza zog sich lange in eine Art Abstellkammer zurück, die als Umkleideraum und Leidensstätte zugleich dient.

Von Zeit zu Zeit fliegen die Fetzen zwischen den beiden, und anschließend ist die Luft wieder rein. Zeitlich fällt das meistens mit gewissen erbaulichen Lektüren meiner Schwester zusammen. Das vorige Mal war es wegen Norwoods *Frauen, die zu sehr lieben.* Nach Büchern dieser Art gebraucht sie immer einen Wortschatz, der meinem Schwager das Blut zum Kochen bringt.

Vielleicht glaubt Maruzza, daß die Vorläufer der Wechseljahre sie schon ereilt hätten. Meiner Meinung nach tut sie unrecht, sich so früh Sorgen zu machen, zumal die Frauen unserer Familie alle recht spät damit angefangen haben.

Montag früh fuhren wir nach Palermo zurück. Darline wollte unter keinen Umständen auf dem Land bleiben, zumindest aber ließ sie sich überreden, mit mir in die Universität zu kommen: mittlerweile gab es keinen Grund mehr, ein Geheimnis daraus zu machen. Sie richtete sich in meinem Arbeitszimmer ein und vertrieb sich die Zeit mit Lesen. Mittags gingen wir zusammen mit Alessandra und Francesca essen. Darline besitzt die seltene Gabe, mit anderen Frauen auf den ersten Anhieb warm zu werden. Vielleicht weil sie so aussieht, als wüßte sie nicht, was Aggressivität und Konkurrenzverhalten sind.

Am Dienstag fand in der Kirche Santa Teresa alla Kalsa die Totenfeier statt. Es waren mehr oder weniger die gleichen Personen zugegen wie bei Raffaeles Begräbnis. Doch diesmal ließ sich Spotorno nicht blicken. Und auch der aufgeblasene Ballon nicht.

Darline war aus Solidarität mit mir gekommen. Die Stimmung war wahrscheinlich wegen der bevorstehenden Urlaubszeit heiter und leicht makaber wie bei bestimmten Hochzeiten, die wegen höherer Gewalt zeitlich vorgezogen werden müssen. Dahinter stehen immer natürliche Ursachen, wie bei den meisten Todesfällen, jedoch weitaus anregender. Die Ansprache des Priesters fiel dieses Mal etwas lebhafter aus, da der zelebrierende Frater Don Mimì gut gekannt hatte. Das hinderte die Dekanin jedoch nicht daran, mit zurückgebogenem Kopf und leicht aufstehendem Gebiß einzuschlafen.

Als man vor der Kirche die ersten Anstalten zu einem Trauerzug traf, wurde Darline von Milly und Mauro bis ins innerste Knochenmark begutachtet. Dann begannen die beiden, wie balzende Krähen zu gurren. Ich erinnerte mich, daß sie eine ähnliche Szene schon bei Raffaeles Totenfeier gebracht hatten. Vielleicht haben Beerdigungen auf sie immer solch eine Wirkung. Es war ein einziges Geflöte von wegen »Mein Allerliebstes« und »Mein Augenschein«. Schon beim bloßen Gedanken, jemals diese Worte in den Mund zu nehmen, bekäme ich sofort eine Kieferstarre. Lorenzo La Marca, ein richtig hartgesottener Typ. Ein zynischer und skrupelloser Bastard.

Getreu dem Kalender war die Hitze losgebrochen. Der Juli war bereits einige Tage alt.

VII Die letzten Leuchtfeuer

An einem Nachmittag gegen Ende der Woche ging ich auf einen Plausch zu Giovanni hinauf. Ich wollte ihn wegen Don Mimìs Blitzbesuch im Fachbereich, wenige Stunden bevor er sich hatte ermorden lassen, aushorchen. Wußte er, wen Don Mimì aufgesucht hatte und aus welchem Grund?

»Er ist zu Fifì gegangen, um für seinen Neffen eine Empfehlung zu bekommen, weißt du, dieser Junge, der...«

»Ja, ich erinnere mich. Aber um was für eine Empfehlung handelte es sich?«

»Don Mimì wußte, daß im Fachbereich neues Personal eingestellt werden sollte; und er hoffte, daß Fifì seinen Neffen irgendwo unterbringen könnte, und sei es nur als einfache Hilfskraft.«

»Und Fifì?«

»Ich glaube, daß er ihm Hoffnungen gemacht hat. Aber damit nicht genug...«

»Laß hören.«

»Anschließend ist er zu Mauro gegangen und hat ihn um den gleichen Gefallen gebeten, aber diesmal wegen einer Stelle als Pförtner bei der Regionalverwaltung. Der Junge hat an der öffentlichen Ausschreibung teilgenommen, und Don Mimì wollte Mauro dazu bringen, bei seinem Vater wegen einer Empfehlung ein gutes Wort einzulegen. Mauro aber hat sich nicht erweichen lassen.«

»Verstehe. Don Mimì hatte also zwei Eisen im Feuer. Aber woher weißt du eigentlich von solchen Sachen?«

»Weil er sie mir erzählt hat. Wir sind uns zufällig auf dem Gang begegnet, und ich habe ihn in mein Zimmer gebeten und Kaffee aus der Bar bestellt. Während wir auf den Kellner warteten, hat er die Tür zugemacht und mir anvertraut, daß sein Neffe seit dem Tod seines Vaters für ihn eine echte Belastung geworden sei. Mich beeindruckte, daß er trotz Mauros abweisendem Verhalten sehr erregt war.«

»Und hat er außer euch dreien noch jemanden gesehen?«

»Die Dekanin, glaube ich. Und auch Milly, sie war bei Mauro im Zimmer. Wahrscheinlich hat er die meisten von uns aus dem siebten Stock gesehen. Zum Schluß hat er den Aufzug genommen, aber ich weiß nicht, ob er direkt ins Erdgeschoß gefahren ist oder ob er noch in einem anderen Stockwerk haltgemacht hat.«

Amen. Jetzt war ich so schlau wie zuvor. Giovannis Darstellung erlaubte mir weder, einen meiner Verdachtsmomente auszuschließen, noch umgekehrt einen davon ernsthafter in Betracht zu ziehen, angefangen bei Giovanni selbst.

Ich ging in mein Zimmer zurück, rief Spotorno an und erstattete ihm Bericht. Er war noch tiefer in seine Routinearbeit mit den Opfern von Schießereien verstrickt, und inzwischen war ein neuer Fall von recycelten Drogendollars hinzugekommen; all das ließ ihm gerade vier Stunden Schlaf pro Nacht. Er teilte mir mit, daß die Autopsie von Don Mimìs Leiche die These von der Todesursache durch Ertrinken bestätigt hat. Dagegen ließ sich offenbar unmöglich feststellen, ob an seiner Kopfverletzung der unfreiwillige Fall auf den Stein schuld hatte oder ob der Stein mit Absicht auf ihn gefallen war.

Auch Vittorio konnte nichts Bedeutendes in Giovannis Erzählung entdecken. Dafür kam ihm angesichts meiner Bereitwilligkeit zur Zusammenarbeit eine Idee:

»Warum versuchst du nicht, der alten Geschichte auf den

Grund zu gehen? Die Sache, die du mir über Cannarozzo, seine Frau und den Herrn Professor erzählt hast.«

»Mittlerweile ist De Blasi Bosco mit Sicherheit der einzige Mitwisser, weil er auch der einzige Überlebende ist. Ihn mußt du ausquetschen.«

Ich betonte das *du*, um klarzustellen, daß ich keinerlei Absicht hatte, mit Herrn Großkotz zu tun zu haben.

»Aber du bist doch ein Freund der Laurent?« hielt er mir entgegen. Vittorio versuchte sich dumm zu stellen, um sich vor der Sache zu drücken. Ich meinerseits weigerte mich anzubeißen:

»Na und?«

»Also, warum kannst du nicht...«

»Weil ich am wenigsten dazu geeignet bin. Aber du als Sbirre... dir gegenüber kann er sich nicht weigern. Aber ich bezweifle ohnehin, daß du etwas aus ihm herausbringen wirst.«

»Warum?«

»Es ist seither eine Ewigkeit vergangen. Selbst wenn er etwas von Bedeutung wüßte, hätte er einen wunderbaren Vorwand, nicht den Mund aufzumachen.«

»Aber welches Interesse sollte er denn haben, nicht...«

»Vittò!«

»Ist gut. Ich hab begriffen, daß du es nicht machen willst.«

»Meinen Glückwunsch.«

»Nicht einmal, wenn du die Laurent fragst?«

»Du bist aber auch ein Dickschädel...«

»Laß gut sein, tu so, als hätte ich nichts gesagt. Ich verabschiede mich, Lorè.«

»Lädst du mich heute abend zum Essen ein?«

Er war sprachlos. Nach einem solchen Vorspiel war meine Selbsteinladung so etwas wie eine kopernikanische Revolution.

»Aber du weißt ja, ich bin nicht allein«, fügte ich hinzu,

»Amalia bringe ich es selbst bei.« Ich legte auf, ohne ihm Zeit zu lassen, irgendwelche Einwände zu machen, und rief seine Frau an.

»Qué tal, guapa?«

»Wie? Ach, du bist es.«

»Hauen wir zusammen ab?«

»Warum haust du nicht mit dem Herrn Kommissar ab? Und vielleicht nehmt ihr auch die Blagen mit, dann komme ich wenigstens mal zum Verschnaufen.«

»Zuerst kommt das Essen. Was gibt es heute abend?«

»Was hättest du denn gern?«

»Sardinen à la beccafico.«

»Hervorragend! Und wo soll ich um diese Uhrzeit frische Sardinen hernehmen?«

»Dann bestimmst eben du den Speiseplan. Ein Überraschungsessen. Ich bringe noch jemanden mit.«

Sie machte nicht den geringsten Einwand.

»Gut, dann erwarte ich euch zum Abendessen.«

»Hasta luego, querida.«

Die Frau ist eine Heilige.

Die Anspielung Vittorios auf die alte Geschichte mit Montalbani, Don Mimì und dessen Angetrauter hatte sich in meinen Gehirnwindungen festgefressen. Konnte es tatsächlich eine Verbindung geben?

Je länger ich darüber nachdachte, desto weniger war ich davon überzeugt. Doch... wenn es mir gelänge, den Fettsack dazu zu bringen, alles auszuspucken... aber wie nur? Ich konnte ja schließlich nicht den Stier bei den Hörnern packen (wie man so schön sagt). Michelle in die Sache hineinzuziehen, kam nicht in Frage. Das wäre nicht sehr *kulturny*, wie sich eine meiner Moskauer Freundinnen vor der Perestrojka auszudrücken gepflegt hatte (dann aber, wer weiß warum, davon abließ). Vorerst wollte ich es gut sein lassen. Ich verließ das Institut und kaufte eine CD mit dem Quintett für Gitarren und Harfen von Boccherini als Mitbringsel für die Gastgeber.

Am Abend bei Vittorio fiel weder der Name Don Mimì noch der von Raffaele, und keiner machte die geringste Andeutung in diese Richtung. Die Wohnung der Spotornos befindet sich im sechsten Stockwerk eines Mietshauses in der Viale Strasburgo, ganz in der Nähe des Stadtviertels Zona Espansione Nord. Nach dem Abendessen hatten wir es uns auf den Korbstühlen auf der Veranda zwischen Pothos, Sansevieria, Glücksbringerbäumchen und Palmlilien bequem gemacht. Vittorio legte Boccherini auf und entkorkte eine Flasche Slivovitz. Der Nachwuchs hatte schon vor uns gegessen und war in die Betten geschlüpft. Zumindest sollte es so aussehen, denn aus ihrem Schlafzimmer drangen verdächtige Geräusche. Ich stand auf, schlich auf Zehenspitzen näher und öffnete die Tür einen Spaltbreit.

Sie hatten den Fernseher an und begannen, hektisch auf der Fernbedienung herumzudrücken.

»Ihr habt *Tutti Frutti* angeschaut, habe ich recht?« fuhr ich sie vorwurfsvoll an. Und mich soll der Schlag treffen, wenn ich mich getäuscht hatte. Vittorio spielte zwar den strengen Vater, aber nicht mit großer Überzeugung. Er macht langsam Fortschritte.

Natürlich sah Freund Sbirre meine Verbindung mit Darline mit wohlwollenden Augen. Vielleicht dachte er, daß es dieses Mal etwas Ernsthaftes sei. Er benahm sich zurückhaltend und umsichtig, ebenso wie Amalia. Sie unterrichtet Englisch in einem naturwissenschaftlichen Gymnasium und prahlte vor Darline mit ihrem Akzent aus Oxford und Umgebung.

Der Herr Kommissar trank, bis er einen in der Krone hatte. Boccherini hatte Spuren eines verschüttgegangenen Spotorno bloßgelegt. Es war die Vittorio-Ausgabe vor der Zeit seiner Bullenkarriere, sein verborgenes Alter Ego, Kenner klassischer Musik und Konzertbesucher. Beim Fandango des Quintetts No. 4 legte er sogar ein paar schüchterne Tanzschritte aufs Parkett.

Er trank weiter. Dann kramte er die Rede hervor, die ich schon einige Male und Amalia sicherlich noch viel öfter aus seinem Mund gehört hatten. Er legte mit der üblichen Leier von den gesunden, guten, rätselhaften Delikten los, die ihm so sehr fehlten. Dank derer alle zivilisierten Länder dieser Erde erst erträglich würden, auch für einen *echten* Polizisten. Verbrechen mit einem schönen Motiv, bei deren Ermittlungen man sich wie in einem Labyrinth verliert, wie Maigret, wie Marlowe oder realistischerweise wie Don Ciccio Ingravallo, um am Ende auf die elementaren, psychologischen Mechanismen, auf die Urtriebe der Spezies zu stoßen. Er weiß zu gut, daß selbst hier kein Mangel an solchen Verbrechen herrscht. Aber es gibt bei uns auch die Mafia, die alles überschattet und die besten Ermittlungsressourcen für sich beansprucht, weshalb ein brillanter Detektiv keine Chance hat, je aus seiner Routine herauszukommen, um einen einsamen Höhenflug zu wagen.

Warum – so hatte die unwissende Darline ihn gefragt – fände er es nicht verdienstvoll, Mafiaverbrechen aufzuklären?

»Weil die am Ende alle gleich sind. Hie die Auftraggeber, da die Killer, und dort der Mordanschlag. Und das Tatmotiv ist immer das gleiche, egal wie man es dreht. Auch wenn man den Namen der Killer nicht kennt, was hat das schon zu bedeuten? Man weiß immer, wer die Täter sind und warum sie die Verbrechen begehen. Die *wahren* Verbrechen sind etwas ganz anderes.«

Aus diesem Grund haßte er die Mafiosi. Wohlgemerkt, er haßte sie auch wegen allem anderen und mit der vorschriftsmäßigen Abscheu, die jeder Sbirre, der etwas auf sich hält, gegenüber den Mafiosi zeigen muß. Und die die *ehrlichen* Bürger nicht immer an den Tag zu legen geruhen.

Ich wußte, daß hinter seiner Schimpferei diesmal außer dem Alkohol auch die Frustration stand, nicht gründlich im

Todesfall Raffaeles und Don Mimìs ermitteln zu können. Und damit hatte ich die Bestätigung, daß es sich auch für Vittorio bei dem Tod der beiden um Verbrechen handelte.

Darline war sprachlos.

Tags darauf war der vierzehnte Juli. Es war der vorletzte Tag der Feierlichkeiten zu Ehren der Stadtheiligen Santa Rosalia, und heute sollte das Feuerwerk stattfinden. Ich konnte einfach nicht zulassen, daß Darline das Fest verpaßte.

Das Feuerwerk wird vom Freiplatz des Foro Italico aus vor den »Mauern der Witwen« gezündet. Als wir noch ein Volk von übermütigen Verschwendern waren, dauerte die Vorstellung insgesamt drei Stunden. Jetzt ziehen sie alles in knapp einer halben Stunde durch. Auch was die Qualität angeht, ist es kein Vergleich mit früher. Vielleicht wächst auch einfach in der Erinnerung alles ins Riesenhafte. Aber das Fest ist es immer wert, dabei zu sein. Zumindest denken das über einhunderttausend Personen, die sich am Ufer und in den Vororten an der Küste zusammendrängen und voller Vorfreude auf das Feuerwerk warten, während sie zentnerweise Zuckermelonen verzehren und mit lustvollem Schmatzen Millionen von Babbaluci aussaugen.

Wenn euch Menschenmengen nicht liegen, dann ist der ideale Ort zum Betrachten des Feuerwerks an Bord eines Bootes einige hundert Meter vom Ufer entfernt. Ich hatte kein Boot. Der verehrte Herr Professor Benito De Blasi Bosco, Fürst aller Großprotze, jedoch besaß eines.

Ich zögerte lange, als Darline mir die Einladung Michelles überbrachte. Ich meinte, tausend irrationale Gründe zu haben, um nicht hinzugehen. Am Ende ließ ich mich von einer beinahe krankhaften Faszination verführen und nahm an. Es war wie die Anziehungskraft des Wassers auf dem Grund des Brunnens.

Das »Boot« war, wie ich schon wußte, eine Super-Luxusyacht ganz in Weiß und lang wie ein Ozeandampfer. Ich habe keine Ahnung, wo der aufgeblasene Ballon sie gewöhnlich vor Anker liegen hat, aber an jenem Abend fand das Stelldichein im Hafen am Kai Santa Lucia statt. Das kann sich nicht jedermann leisten. Als wir eintrafen, war Michelle natürlich schon an Bord.

Sie hieß Laurent. Auch die Yacht, meine ich. Es kam mir wie ein launischer Einfall vor. Ich hätte sie »Den goldenen Löffel« genannt. Seine Yacht, natürlich. Meine, wenn ich je eine haben sollte, würde ich »Whispering winds« nennen. Und es wäre eine reine Segelyacht und weiter nichts Das ist hoffnungslos pathetisch, ich weiß.

Wir waren rund dreißig Personen an Bord. Ich staunte einigermaßen, als ich Fifì Serradifalco sah. Ich hatte nicht damit gerechnet, daß der Fettsack ihn einladen würde. Das mußte ein taktisches Manöver Michelles sein, damit meine Anwesenheit nicht so sehr ins Auge fiel. Ein schöner Schlag. Am Ende war ich einer unter vielen, denn nach einer Weile tauchte Mauro in Begleitung von Papa, Mama und Milly auf. Sie allein bot schon ein Ereignis, das ein Feuerwerk wert war. Ihre Frisur ähnelte der Gildas, wenn sie *Put the blame on Mame* oder *Amado mio* singt, und sie trug einen kurzen Bolero aus grünem Lamé über einem wattierten Büstenhalter und einen langen, schwarzen Seidenrock mit grell glitzernden Pailletten. An Kim Basinger hätten diese Gewänder eine umwerfende Wirkung gehabt. Mauro hatte eine Trauerkrawatte in der Farbe einer gefährlichen Anämie um den Hals geschlungen, die mit einer Krawattennadel mit birnenförmiger Perle als Endstück am Hemd festgeklemmt war. Mein Staunen war groß. Abgesehen von der Begrüßung ignorierten wir uns während des ganzen Abends.

Eigentlich hatte ich mich wie die Idioten in der Werbung ganz nobel mit einer Geschenkpackung Chivas mit roter Schleife an Bord präsentieren wollen. Doch da ich fürchten mußte, daß der fette Prahler die Sache als echte Huldigung seiner Person nehmen könnte und nicht wie beabsichtigt als offenkundige Beleidigung, war ich auf eine echte Rarität, ein herrliches Bukett duftender Kletterrosen, ausgewichen. Die Blumen hatte ich ausgewählt, Darline überreichte sie Michelle.

Ich ließ meinen Blick schweifen und mußte feststellen, daß ich mich zu sehr in Schale geworfen hatte. Obwohl ein Abend in salopper Kleidung angesagt war, hatte ich nicht auf die Krawatte verzichten wollen, und zwar eine aus Seide mit feinem Kaschmirmuster in Preußischblau und tiefstem Purpurrot. Dazu trug ich ein blaßblaues Hemd und darüber einen leichten Blazer aus blauer Shantungseide mit schwachen, rötlichen Reflexen, die nur bei starkem Licht zur Geltung kommen. Vor dem Weggehen hatte ich mich im Spiegel begutachtet. Bescheiden gesagt, war ich der absolute Hit. Aus jedem Knopfloch strömte Sex-Appeal. Ich war umgeben von einer Aura aus gutem Ton, Intelligenz und Eleganz. Und kam bald um vor Hitze. Darline trug eine schwarze Tunika in leicht arabischem Stil, die mit bunten Perlen bestickt war, und an den Ohrläppchen, um die Handgelenke und an den Fingern trug sie billigen Modeschmuck im gleichen Stil. Jetzt fehlte nur noch ein goldenes Kettchen um die Fessel und türkische Musik im Hintergrund. Michelle bestätigte uns, daß wir wunderschön seien. Sie nahm uns beim Arm und begleitete uns zum Hausherrn, damit wir ihm, wie es sich gebührte, unsere Aufwartung machten.

Der erlauchte Herr Professor Benito De Blasi Bosco steckte in einem marineblauen Blazer mit Goldknöpfen, in die kleine Anker geprägt waren; sein Leib hatte mindestens fünftausend Stunden unter der UV-Sonne zugebracht. Uns zu Ehren erhob er sich von seinem echtledernen Sessel. Mit gedämpft lüsternem Blick reichte er Darline seine Rechte. Mir waren seine Linke und ein breites Lächeln vorbehalten, das die letzte Eiszeit überlebt hatte und mit einer Prise Überheblichkeit gewürzt war. Als ich seine schlaffe Hand schüttelte, wünschte ich ihm im Geiste, daß er ins schlammige Hafenwasser fiele und von Alligatoren aufgefressen werde. Nicht im entferntesten kam er auf die Idee, uns auch nur einem seiner Gäste aus der Runde vorzustellen. Sie sahen aus wie magenkranke Croupiers im Ruhestand, die sich mit der bloßen Illusion von Macht abgefunden hatten. Ein paar von ihnen kannte ich aus der Zeitung. Es waren Mitglieder der Sekte und Koryphäen der Medizin. Die einzige Frau in dem Haufen war eine Matrone mit dem Profil einer Elektropumpe von fünfzig PS und einem stechenden Blick, den sie auf Darline niedergehen ließ, als werde sie im Akkord bezahlt.

»Der Herr Professor war gerade dabei, uns sein unfehlbares Heilmittel gegen Krebs zu verraten«, sagte De Blasi Bosco, ohne sich an jemand Bestimmtes zu wenden. Einer in einem Hemd aus schwarzem Seidenkrepp, mit einer Nase in Form einer Seegurke, einem Bärtchen wie ein Unglücksbringer, einem Gesicht wie eine Auster und einer Statur von knapp zweiundvierzig Kleidergröße ergriff das Wort:

»Höchst einfach. Man weiß, daß der Krebs eine von drei Personen befällt, nicht wahr? Es genügt also, wenn man immer zu viert unterwegs ist.«

Ein äußerst geschmackloser Witz, der schon seit meiner Praktikumszeit aus der Mode war. Trotzdem lachten alle. Wohlerzogen stimmte ich in das Gelächter ein und hielt dabei zur Abwendung des Unheils eine Hand auf richtiger Höhe in der Hosentasche. Hatte ich bis zu diesem Zeitpunkt mit dem Gedanken gespielt, den Wüstling wegen der alten Geschichte zwischen Montalbani und Don Mimì auszuquetschen, brachte mich der Anblick der Fauna um ihn herum schnellstens davon ab.

Nicht weit entfernt entdeckte ich in einem Grüppchen, zu dem auch der Vater von Mauro gehörte, ein paar Kommunisten von der koffeinfreien Sorte, die als Manager des Gesundheitsamts verkleidet waren. Sie machten Front gegen ein paar Ex-Sozialisten, die ihrerseits als Krankenpfleger des Gesundheitsamts verkleidet waren, und schoben sich gegenseitig die Verantwortung für die Krise in der Regionalverwaltung in die Schuhe. An der Reling lehnten ein herkunftskontrollierter Kommunist, als Talk-Show-Moderator verkleidet, sowie ein hohes Tier des Opus Dei in entsprechender Berufskleidung, die sich gerade über Frauen – so vermutete ich zumindest – ausließen und dabei so taten, als wäre es ganz und gar nicht ihre Absicht, Darline mit blinzelnden Augenaufschlägen auszuziehen. Es wirkte wie ein minutiös einstudierter Strip. Ich kannte den DOC-Kommunisten, und wir tauschten eine übertrieben knappe Begrüßung aus. Keiner von uns gab etwas darauf, in der Öffentlichkeit unsere vertraulichen Umgangsformen preiszugeben, die noch aus den Zeiten der Großen Besetzungen herrührten; damals gab er die Lektionen seiner Parteischulung in einer interessanten Serie geschlossener »Oh« wieder, beinahe Lippen-Basreliefs, die vornehmlich den Miniröcken in der ersten Reihe galten. Schon damals war das höchste an Lebensgenuß, sich gegenseitig verschiedene Variationen derselben Witze reinzudrücken.

»Guter Freund!« sprach er mich an. »Wann trittst du endlich bei?«

»Kannst du auf tausend Rubel rausgeben?« entgegnete ich, rücksichtslos auf seine Breschnew-Leidenschaft anspielend, die er jedesmal energisch abstritt, was mir wiederum verdächtig vorkam.

Vergeblich suchte ich sein Gesicht nach Spuren des Mauerfalls ab; vielleicht waren sie von der kürzlich geglückten Eroberung eines Universitätslehrstuhls auf dem halbgeheimen Sektor der humanistisch-sportlichen Gewerkschaftswissenschaften übertüncht worden: das Beste in der plastischen Chirurgie, was es in gewissen Kreisen gibt.

Wie in alten Zeiten trug er sowohl Hosenträger als auch einen Gürtel. Wie kann man jemandem trauen, der nicht mal zu den eigenen Hosen Vertrauen hat? war die Frage Henry Fondas in *Spiel mir das Lied vom Tod.*

Ein rascher Blick des Padrone zum richtigen Augenpaar genügte, und die Yacht legte ab. Steuer nach links, Kurs zwei-null-neun. Oder so ähnlich. Als wir die Reede hinter uns gelassen hatten, ging es mir gleich besser; mir war weniger heiß. Ich wollte den Abend genießen und sprach kräftig dem Champagner zu, auch wenn ich eigentlich nicht verrückt danach bin.

Ich sonderte mich ein Weilchen ab. Darline war in Gesellschaft von Michelle, Mauro, Milly und anderen im passenden Alter. Der Erzkommunist stieß zu ihnen und begann, auf Milly einzureden. Wahrscheinlich grub das Mädchen die glorreichen Zeiten aus, in denen sie und die Avantgarde der Massen ein und dasselbe waren. Schwach erinnerte ich mich an eine Szene von historischer Bedeutung, als sie bei einer Studentenversammlung das Wort ergriffen hatte und ihre ureigene Prioritätenskala bezüglich der Identifizierung des Klassenfeinds aufsagte, nach der die Trotzkisten an erster Stelle lagen, an zweiter die Revisionisten der alten Kommunistischen Partei Italiens, an dritter die Democrazia Cristiana, während den Faschos verblüffenderweise gerade der vierte Platz zukam.

Ich hörte Darline und Michelle über einen Herrenwitz lachen, und die Eifersucht versetzte mir einen Stich. Ich weiß nicht, welche von beiden die Regung hervorrief, ich nehme an beide, zum Teufel mit meinen widerlich monogamen Tendenzen. Ich spülte alles mit einem Gläschen hinunter. Dann rauchte ich eine Camel. Die Kippe schnipste ich mit einem schönen Funkenbogen ins Meer, und schon war Michelle neben mir. Wir lehnten an der Reling auf der linken Seite (ich kriege Krämpfe, wenn ich Leute höre, die Begriffe aus der

Seemannssprache wie Backbord, Steuerbord, Trosse und ähnliches Geschwafel verwenden).

»Ça va, mon ami?«

»Hm.«

»Wie sind wir aber lakonisch... Hast du schon meinen Vater begrüßt?«

»Nein, ist der hier?«

»Ja, ich schau mich mal nach ihm um, wenn du willst.«

»Warte. Wo ist Darline?«

Mir war eingefallen, daß mehr als einer der Verdächtigen an Bord war. Fifì steuerte auf uns zu, und ich beruhigte mich wieder, weil ich beinahe im selben Augenblick auch Darline entdeckte. Sie hatte zusammen mit der ganzen Gruppe von Mauro und Milly den Standort gewechselt. Serradifalco trat auf uns zu.

»Lorenzo.«

»Fifì, wie geht's?«

»Bootsfahrten sind nichts für mich. Besonders nachts. Aber ich konnte nicht widerstehen. Es ist das erste Mal, daß ich die Feierlichkeiten zu Ehren Santa Rosalias vom Meer aus verfolge.«

So ist's recht, Fifì, – dachte ich –, dann ist es also das Feuerwerk, das dich aus deiner Höhle gelockt hat... Wem willst du das nur weismachen? Du konntest es doch kaum erwarten...

Der Herr Direktor hatte sich schwer ins Zeug gelegt, was das Outfit anging. Er war einer der wenigen außer mir, Mauro und einigen der Größen im Gefolge De Blasi Boscos, die Jackett und Krawatte trugen. Doch Fifì machte eine völlig andere Figur, er wirkte ein wenig pathetisch mit seinem birnenförmigen Körper und der Ausstrahlung eines verirrten Samenfadens, der unbemerkt in die Eizelle eindringen will. Ganz im Gegensatz zu seiner Krawatte, die an eine Darmbakterienkultur unter dem Fluoreszenz-Mikroskop erinnerte. Ein echtes Gruselkabinett.

Nach einer Weile ließ ich ihn stehen und machte mich zusammen mit Michelle auf den Weg zum kleinen Salon im Heck, wo das Buffet angerichtet war. Ich schob mir ein Kaviarhäppchen zwischen die Zähne und fand nichts Außergewöhnliches daran. Ich mache mir nichts aus Kaviar, er schmeckt nach getrockneten Sardinen, ohne deren Vorzüge zu besitzen. Ein Piemontese, den ich kenne, nennt den Kaviar Flintenschrot. Ich ziehe dem Kaviar wie den Piemontesern die Sardinen vor.

Ich gab mich weiter dem Champagner hin, der alles wieder wettmachte. Auf der Tafel standen schamlose Clicquot-Witwen in braven Eiskübeln und weißen Miniröcken in Reih und Glied. Die Wand hinter dem Tisch wäre der ideale Platz für ein *Abendmahl* oder auch eines jener Fresken des Neomanierismus gewesen, die den alten Sozialisten so gut gefielen (etwas Symbolisches, wie zum Beispiel »Lefebvre, Ostrovskij und Sacristán verbrennen die Werke von Vázquez Montalbán«, obendrein langerwartetes Ereignis in der paargereimten Malerei). Statt dessen hingen da nur Reproduktionen alter Drucke mit Stadtveduten und einige Fotos. Die sah ich mir aus der Nähe an. Auf einem war die Yacht zu sehen, wie sie durch die schäumenden Wellen pflügt; andere Fotos zeigten den Fettwanst, als Sonntagsmatrose rausgeputzt, hinterm Steuerrad. Von Michelle gab es nur eine einzige Aufnahme: im einteiligen, weißen Badeanzug mit dunkler Sonnenbrille auf der Yacht. Ich wäre nicht abgeneigt gewesen, es zu besitzen.

Als ich beim letzten Foto angelangt war, traf mich beinahe der Schlag. Es war eine großformatige Momentaufnahme, die vor zwei oder drei Jahren bei der Preisverleihung eines Fußballturniers gemacht worden war. Eine der zwei Mannschaften auf dem Bild war die des Fachbereichs, umgeben von unserer gesamten Nomenklatura. Dabei konnte natürlich Herr Direktor Fifì nicht fehlen. Als Spieler waren Giovanni,

Mauro und andere zu sehen. Milly spielte zugleich den Vamp und das Mauerblümchen der Szene, außerdem war noch eine ganze Reihe superschlauer, akademischer Köpfe vertreten, die sich geschickt unter anonymen Schädeldecken und hinter erloschenen Blicken tarnten. Sogar die Dekanin war drauf, mit den versteinerten Hormondrüsen, der ätzenden Dauerwelle und dem funkelnden Gebiß, das zu dem Rokoko-Lächeln verzogen war, das sie den Gelegenheitsopfern ihrer Nächstenliebe zufügt – öffentliches Laster einer tugendhaften Dame. Nur ich fehlte in der Runde. Abgesehen davon, daß ich mich nicht gerne fotografieren lasse, und schon gar nicht für ein Gruppenbild, hatte ich mich zu jenem Zeitpunkt im Ausland aufgehalten. Natürlich war auch Herr Großkotz abgebildet. Aus welchem anderen Grund hätte das Bild auch sonst auf seinem Boot landen können? Seine Position in der Mitte der Gruppe neben Fifì, mit dem Pokal in der Hand, war die einer Respektsperson. Die Trophäe würde er kurz darauf der Siegermannschaft überreichen. Das war seine Funktion bei dieser Gelegenheit: den Pokal zu übergeben, der von irgendeiner Vereinigung, vielleicht von der Sekte, vom Rotary-Club oder weiß der Teufel von wem gestiftet worden war.

An eine Episode bei diesem Match können sich alle erinnern: wie Mauro in der Halbzeit von einem wildgewordenen Schaf in die Hand gebissen wurde und er sich dann eine Spritze gegen Tetanus und Tollwut hatte geben lassen.

Das Foto erinnerte mich daran, daß ich nicht die Runde bei den Schlüsseldiensten gemacht hatte, um herauszufinden, wer sich meine Hausschlüssel hatte nachmachen lassen und wem ich den Schlag auf den Kopf und den vorgetäuschten Einbruchsdiebstahl zu verdanken hatte. Das Foto frischte meine Erinnerung auf, weil alle abgebildet waren, die ich im Verdacht hatte, wenn auch in Gesellschaft von anderen, die nichts damit zu tun hatten, wie De Blasi Bosco oder die

Dekanin. In der Via Medina-Sidonia hängt ein Abzug dieser Fotografie im Ratssaal. Ohne Schwierigkeiten könnte ich es mir am nächsten Tag ausleihen. Der Zeitpunkt wäre ideal, da als Schlußakt des Fests zu Ehren der Stadtheiligen morgen ein Feiertag war. Im Fachbereich würde ich keine Menschenseele antreffen.

Wir entdeckten Michelles Vater unter den Leuten. Er schien ganz der Alte zu sein, abgesehen von einem leichten Bauch, den er »meine doppelte Taille« nannte. Auch er hatte uns gesehen und kam näher. Michelle verzog sich und gab vor, nach jemandem Ausschau halten zu müssen.

»Lorenzo!«

»M'sjö…«

Genüßlich zündete er sich eine Zigarre an. Die Sorte hieß Montecristo, nur um weniges kürzer als die Yacht. Die raucht er abwechselnd mit Romeo y Julieta, was eine schöne literarische Metapher ist: Dumas, der über Shakespeare oder umgekehrt den Sieg davonträgt, je nachdem, wie stark jeweils das revanchistische Klima ist. Vor zwanzig Jahren hatte ihm der behandelnde Herzspezialist seine sechzig Gitanes am Tag verboten. Doch angesichts des Ersatzgifts hätte er meiner Meinung nach genausogut mit den Zigaretten weitermachen können.

Es brauchte seine Zeit, bis er die Zigarre mit einem Schwefelholz, das er aus der Hosentasche zog, in Brand gesetzt hatte. Als die Flammen zu einem glimmenden Lagerfeuer heruntergebrannt waren, schnitt er mit einer Art Guillotine die andere Spitze ab und öffnete als Kamin ein Zugloch breit wie ein Stecknadelkopf. Endlich atmete er den ersten Kubikhektar Rauch ein. Es war eine lange, filmreife Szene, triefend vor Selbstironie.

»Wie lange hast du dich nicht mehr blicken lassen.«

»Sie wissen ja, wie es ist…«

»Nein, das weiß ich nicht. Weißt du es?«

»Ach, hören Sie doch auf, M'sjö...«

»Lassen wir das Thema. Wie findest du es hier?«

»Ich habe einen Mordsspaß. Schauen Sie nur, da ist Ihr Schwiegersohn, er macht Ihnen Zeichen. Soweit ich sehen kann, ist er als Schwiegersohn einfach unersetzlich...«

Aus der Ferne versuchte De Blasi Bosco, mit erhobenem Zeigefinger die Aufmerksamkeit Monsieur Laurents auf sich zu ziehen, als wollte er um Erlaubnis bitten, aufs Klo gehen zu dürfen.

»Vielleicht will er Sie vor schlechter Gesellschaft warnen.«

»Ich sehe ihn. Tu mir den Gefallen und verschwinde nicht wieder von der Bildfläche, komm mich doch mal besuchen.«

»Zu Diensten, M'sjö!«

Der Schwiegersohn stellte ihm eine nicht üble Vierzigjährige mit knallblond gefärbten Haaren und Kontaktlinsen vor. Sie sah aus wie eine alleinstehende, depressive Psychoanalytikerin und orthodoxe Freudianerin auf einem Kongreß nicht reinrassiger Lacan-Anhänger. M'sjö verschwand mit der Dame und tauchte erst wieder auf, als wir von Bord gingen.

So schlenderte ich über die Brücke, bezog Platz am Schiffsbug und ließ mir die frische Brise um die Nase wehen. Ein Stück weiter weg stand Michelle und fixierte einen Punkt an der Küste. Ich wußte, wonach sie suchte. Bis zu ihrem dreizehnten Lebensjahr hatte sie in jener Gegend in dem großen Haus ihrer Familie mütterlicherseits gewohnt, das längst zu einer Ruine geworden war. Deshalb hat ihr Französisch einen leichten Arenella-Akzent. Seltsamerweise fehlt dieser Akzent völlig, wenn sie Italienisch spricht. Vielleicht weil sie ihr erstes Französisch aus einer verfrühten Lektüre von *Krieg und Frieden* gelernt hat. Aus rätselhaften Gründen hat sich Monsieur Laurent immer geweigert, zu Hause Französisch zu sprechen.

Ich zündete mir die nächste Camel an. Der Wind trieb mir

den Rauch in den Hals zurück, und ich mußte so heftig husten, daß mir Tränen in die Augen traten. Ich nahm die Brille ab, um sie zu putzen. Die Lichter der Küste verwoben sich, mit meinen fehlenden Dioptrien gesehen, zu beinahe psychedelischen Bildern. Das sind Dinge, die nur wir Kurzsichtigen zu schätzen wissen. Während die Lichter an mir vorüberglitten, schwindelte mir mit einem Mal, und beinahe wäre ich ins Wasser gestürzt. Der Champagner spielte sicherlich eine Rolle, aber hauptsächlich war die brüske Wendung des Boots daran schuld. Wir waren jetzt auf der Höhe von Punta Barcarello: Der Kommandant hatte uns, nachdem wir den Außendamm umfahren hatten, das Panorama der Vororte im Nordwesten bieten wollen. Nun hatte er den Kurs gewechselt und steuerte auf den Foro Italico zu.

Der Beginn des Feuerwerks rückte näher. Ein Knallkörper wurde abgeschossen, er gab das Startzeichen. Den Rest erspare ich euch: das übliche Feuerwerk. Mein Hi-Fi im Kopf spielte die *Wassermusik* von Händel; das erschien mir recht passend. Auch die *Feuerwerksmusik* hätte gepaßt. Ich ziehe die *Wassermusik* vor, da sie auf mich gewissermaßen eine aphrodisische Wirkung ausübt. Was natürlich auch von der Gesellschaft abhängt, in der ich mich befinde.

Während der ganzen Vorstellung tuckerte unser Boot längs der Küste auf und ab, inmitten einer ganzen Flotte von Yachten, Kanus, Schlauchbooten, Motorbooten und verschiedener, kleiner Kähne, die alle randvoll besetzt waren und schweren Tiefgang hatten. Ich glaube, mindestens ein halbes Dutzend von ihnen lief Gefahr, von uns versenkt zu werden; vielleicht haben wir an jenem Abend tatsächlich einige versenkt... jedenfalls hat keiner an Bord unserer Riesenyacht etwas bemerkt. Als Kind war ich selbst mehr als einmal auf diesen winzigen Booten gewesen und hatte meinen Spaß. Gewiß nicht so wie an diesem Abend.

Zwischen einer Explosion und der nächsten hörte ich, wie

sich jemand übergab. So etwas schlägt mir immer auf den Magen. Ich bedauerte, dort zu sein. Ich war niedergeschlagen.

Das Feuerwerk endete glanzvoll mit der üblichen, orgasmischen Explosion. Mich streifte eine lauwarme Sternschnuppe, und eine rötliche Wolke überzog jetzt in voller Breite den ganzen Foro Italico bis zum Fieravecchia-Viertel. Am nächsten Tag würde der Himmel grau und rußig sein, wie immer nach dem Festino.

Doch der Abend war noch nicht zu Ende. Der Oberprotz beschloß, mit der Stärke seiner Motoren vor uns zu prahlen, und trieb die Yacht in einem wilden Ritt über die Wellen, der uns um das Kap Zafferano herum führte und weiter bis nach San Nicola l'Arena. Das Meer war flach wie der Brustkorb der Dekanin. Ich ging wieder in den Salon des Vorderschiffs und gesellte mich zu den anderen Gästen, die hauptsächlich damit beschäftigt waren, die Platten und Teller leerzuputzen. Ich trank noch mehr Champagner und ertappte eine verwelkte, aufgetakelte Alte, wie sie gerade ein halbes Dutzend belegter Toastschnitten in ihrer Handtasche verschwinden ließ. Sie erweckte den Eindruck, als wäre sie gerade aus Kampferöl gezogen worden, auch wenn sie eher nach Baby-Johnson-Produkten roch. Ich zwinkerte ihr zu, worauf sie mir einen halben Meter gräulicher Zunge voller Auswüchse herausstreckte. Gleichzeitig vernahm ich die Stimme Mauros, lasch wie ein Streichkäse, der feierlich in die Runde aus De Blasi Bosco, Darline, Milly und verschiedenen Unbekannten hinein verkündete:

Der Belugakaviar ist wesentlich besser als der Molossol. Man sehe sich nur den Preisunterschied an…«

Mythisch! Und was für eine Klasse er besaß! Man war einfach platt. Darline schien ausweglos gefangen zwischen Millys plastiküberzogenem Lächeln und dem De Blasi Boscos, das wie eine Plastikbombe wirkte.

Zwei Schritte weiter schnappte ich eine Frauenstimme auf:

»Da kommt so ein Ästhetist daher und verändert dein gesamtes Schminksystem, das ist ein echter Alptraum ...«

Potzblitz! Ich befand mich zwischen zwei Feuern. Ich ging an dem herkunftsgarantierten Kommunisten vorüber, gerade rechtzeitig, um den Klops aufzufangen, den er einer hoch aufgeschossenen Dame um die fünfzig mit rötlichem Haar reinwürgte, die versuchte, ihr Pferdegebiß zu verstecken, während sie mit geschlossenem Mund ihren Hafer aus Beluga oder Molossol kaute:

»Palermo ist keine Hafenstadt. Sie hat immer schon ins Landesinnere geschaut... Ins französische, nacb Paris nämlich!«

Ich fühlte mich noch niedergeschlagener. Zur Linderung meiner Depression suchte ich nach Michelle. Sie beobachtete mich aus der Ferne, mit schrägem Blick. Ich bahnte mir den Weg zwischen verschwitzten und parfümierten Leibern zu ihr, wir trafen uns auf halbem Weg, keine drei Schritte vom Ohr des Fettsacks entfernt. Deswegen wohl rutschte mir der viel zu laute Kommentar heraus:

»Wer weiß, ob er damals auch so war, dein Gatte.«

»Wie bitte?« entgegnete Michelle.

De Blasi Bosco hatte sich umgedreht und musterte mich über Darlines Schulter hinweg. Keiner hatte etwas mitbekommen, nicht einmal sie.

»Na ja, als er Montalbanis Frau aus dem Weg geschafft hat.«

»Was erzählst du denn da?« Michelle starrte mich mit weit aufgerissenen Augen an.

»Ich meine die Gemahlin von Don Mimì Cannarozzo.«

»Du bist besoffen. Hör bloß auf«, zischelte sie und schleifte mich eilig weg. Das Gesicht De Blasi Boscos sah aus wie aus einer verbeulten Autobuskarosserie recycelt. Bevor ich ihm den Rücken kehrte, konnte ich noch rechtzeitig den eisigen Blitz erhaschen, den seine Augen verschleuderten. Damit hätte man selbst einen Geysir zum Zufrieren bringen können.

Ich glaubte selbst nicht ernsthaft an meine Behauptungen. Und ich dachte auch nicht, daß sie in irgendeinem Bezug zu den jüngsten *kriminellen Ereignissen* stünden, wie sich Vittorio in seinen Rapporten auszudrücken pflegt. In Wirklichkeit handelte es sich um einen Auswuchs reiner Mißgunst, der nicht frei von Bitterkeit war, das gebe ich zu, und als Gast benahm ich mich bestimmt über alle Maßen unhöflich. Aber es handelte sich um eine echte Ausnahme: gewöhnlich führe ich mich nicht so auf. Und mit De Blasi Bosco war für mich jetzt ein für allemal Schluß; ich hatte jegliche Chance auf einen geistigen Austausch über dieses und andere Argumente von potentiellem Interesse verspielt.

Als wir draußen waren, verzichtete Michelle darauf, mich zur Rede zu stellen oder von mir Erklärungen zu verlangen. Vielleicht wollte sie tatsächlich lieber im dunkeln tappen. Mir war aufgefallen, daß sie und ihr Angetrauter sich die ganze Zeit über so gut wie ignoriert hatten; nicht einmal einen Seitenblick hatten sie füreinander übrig gehabt. Um so besser für Michelle.

Die Abendgesellschaft war gegen drei Uhr zu Ende, als die Yacht uns an der Mole Santa Lucia absetzte. Michelle küßte mich und Darline auf die Wange, während der Wüstling stumm und gleichgültig der Szene beiwohnte. Ich gab mir redliche Mühe, ein unverfrorenes Gesicht zu machen, und zwang mich beim Abschied zu Höflichkeit. Eisenhart wie eine mit Sidol auf Hochglanz polierte Ritterrüstung.

Auf der Schiffstreppe gingen wir hinter dem reinblütigen Kommunisten, der gerade der langen Rothaarigen, offensichtlich eine Französin, einen lehrreichen Vortrag hielt:

»... und die Dalmatika, die König Roger II. aus Anlaß der Krönungsfeierlichkeit in der Kathedrale von Palermo trug, befindet sich heute in der Weltlichen Schatzkammer der Hofburg in Wien.«

Er sprach *Weltliche Schatzkammer* so aus, als hätte er den Mund voll scharfer Pfefferschoten. Und was zum Teufel war überhaupt die Dalmatika? Trotzdem verabschiedete ich mich auch von ihm.

Auf der Mole begegneten wir erneut Monsieur Laurent mit der hochkarätigen Blondine, die weder die Brille trug noch geknickt aussah, sondern eher ein wenig zerknittert.

»Ihre Krawatte sitzt schief, M'sjö«, flüsterte ich ihm als Abschiedsgruß zu.

Die Blondine begann schrecklich zu jammern, daß sie ihre Brille nicht mehr finden könne. Michelles Vater sagte ihr, daß sie ohne viel besser aussehe. Eine Riesenlüge.

Als wir im Auto saßen, war Darline geradezu euphorisch.

Ich nicht. Während der Fahrt nach Hause hielt sie einen langen Monolog, der nur hin und wieder von einsilbigen Bemerkungen aus meinem Mund unterbrochen wurde. Dann begann sie mit rauher und etwas brüchiger Stimme *No woman, no cry* vor sich hinzusingen und wollte nicht mehr damit aufhören. Im Bett fiel sie sofort in einen Schlaf mit leichter Geräuschuntermalung.

Auch sie hatte tief ins Champagnerglas geschaut.

Ich fühlte mich sprudelnd wie eine vor zehn Jahren entkorkte Clicquot-Witwe. Und trotzdem konnte ich nur schwer einschlafen.

Spät am Vormittag wachte ich auf und hatte einen gehörigen Kater mit Kopfweh und hartnäckig schlechter Laune. Darline schlief noch. Ich machte mich rasch fertig, hinterließ ihr eine Nachricht und ging aus dem Haus.

Dann startete ich eine Blitzaktion. Ich eilte in den Fachbereich, stieg schnurstracks in den Ratssaal, machte das Foto von der Wand los und nahm es mitsamt dem Glasrahmen mit. Ich ging in mein Zimmer und suchte nach einem Ersatzfoto. In einer Zeitschrift fand ich ein Gruppenbild, das bei einer Konferenz von Coca-Cola-Handelsvertretern aufgenommen worden war. Keiner würde den Unterschied bemerken. Ich schnitt die Seite aus, legte sie fachgerecht in den Rahmen, ging hoch, um das Ganze an seinen Platz zu hängen, und machte mich davon.

Auf dem Weg zum Ausgang studierte ich das Foto. Es war ein sehr scharfer Abzug, alle Gesichter waren deutlich zu erkennen. Ich betrachtete das Gesicht De Blasi Boscos, und schon hatte ich das Fettnäpfchen vor Augen, in das ich am Abend zuvor getreten war. Ich spürte, wie mir die Schamesröte unter der Haut entlangkroch; es war ein beinahe metaphysisches Erröten.

Unterwegs machte ich in einem Blumengeschäft halt und suchte für Michelle eine blühende Gardenie aus und ließ sie ihr ins Haus bringen. Anonym. Natürlich wüßte sie, von wem die Aufmerksamkeit stammte, und kannte auch den Grund dafür. Die Gardenie ist ihre Lieblingsblume. Ich wußte, daß die Pflanze ein schlechtes Ende nehmen würde: Frau Doktor Laurent hat nämlich einen schwarzen Daumen. Das ist eines ihrer Kümmernisse. Meiner Meinung nach sollte sie den Beruf wechseln. Früher oder später werde ich es ihr sagen.

Ich hatte mir die Frage gestellt, ob ich diese Art von Gewissens-Striptease auch auf ihren Gemahl ausweiten und ihm ein paar Zeilen schicken sollte. Doch dann entschied ich mich dagegen. Alles hat schließlich seine Grenzen. Vor allem wenn man unter einem Ego mit zerbrechlichem Selbstwertgefühl leidet.

Statt dessen stellte ich einen Riesenstrauß Alstroemeria und Agapanthus für Darline zusammen, in einem Anfall von waagerechter Sublimierung.

Darline war gerade erst aufgewacht und noch im Bett. Ich schlüpfte ebenfalls wieder unter die Decke, was sich auf meine Stimmung wundersam, auf die Blumen jedoch katastrophal auswirkte.

Zur Mittagszeit erhoben wir uns ausgehungert wie Schakale.

Darline hatte keine Lust auszugehen, und ich verzichtete gerne auf die Zeitungen. Ich bereitete Bucatini mit Knoblauch und kaltgepreßtem Olivenöl des Schwagers und mit eigenen Produkten meiner Terrasse – Pfefferschoten, Petersilie und Oregano – zu. Ich hatte einen Flamenco von Antonio Sabicas aufgelegt, da der Geschmack des Knoblauchs mich unvermittelt in ein Flashback geworfen hatte; darin gab es Kastagnetten, Gitarre und *langostinos all i oli* in einem Restaurant in Rosas an der Costa Brava.

Es war ein richtiger *lazy afternoon,* wir bewegten uns zwischen Terrasse und Wohnraum hin und her und hörten Musik.

Kaum drang die Sonne in die Wohnung ein, machte ich alles dicht und holte die Videokassette *Blade Runner* heraus. Als sie zu Ende war, war es draußen schon seit einer Weile dunkel. Der Film hatte mir richtig Lust auf nahöstliche Suks gemacht. Wir nahmen vorlieb mit einem Spaziergang und einem tunesischen Abendessen in einem der arabischen Restaurants in der Altstadt.

Am nächsten Tag verschluckte der Himmel die letzten irrlichternden Rauchschwaden des Festino. Die Reste eines flüchtigen Traums schreckten mich aus dem Schlaf; als einziges, zweifelhaftes Indiz war mir die Filmmusik, ein dunkles Tamtam, in Erinnerung geblieben. Vor dem Haus verrenkte ich mir bald den Hals, um zu sehen, ob uns jemand folgte. Natürlich achtete keiner auf uns.

Wir begannen unsere Runde bei dem Schlüsseldienst in der Nähe des Instituts. Das war keine leichte Sache. Ich konnte ja schließlich nicht herumlaufen und in aller Ruhe fragen: Entschuldigen Sie bitte, hat sich einer der hier abgebildeten Gentlemen zufällig an Sie gewandt und sich an dem und dem Tag eine Kopie meiner Schlüssel machen lassen?

Wäre ich so vorgegangen, hätte ich nichts als eine breite

Palette der unterschiedlichsten »Nein« zusammengetragen, ohne daß der jeweils Befragte zuvor auch nur einen flüchtigen Blick auf das Foto geworfen hätte. Noch übler wäre es mir ergangen, hätte ich Andeutungen von Flaschenhieben, vorgetäuschten Einbruchsdiebstählen oder Mordfällen gemacht. Vergeblich hatte ich mir das Hirn zermartert, um einen passenden Vorwand dafür zu finden, die Operation so diskret wie möglich durchzuführen. Da hatte Darline eine Idee:

»Warum erfinden wir nicht etwas mit einem verrückten Verwandten?«

Wir hatten eine ganze Weile darüber gebrütet, und heraus kam eine recht wirre Geschichte über einen verstiegenen Cousin mit einer wahren Leidenschaft für Schlüssel und die Werkstätten von Schlüsseldiensten. Die Story war so verwickelt wie das Innere eines Röhrenradios. Aber immer noch besser als nichts. Zumindest hatte ich so die Gelegenheit, die Schlüssel-Frage zu stellen: Hat sich der da bei Ihnen blicken lassen?

Es gab noch eine andere Schwierigkeit: ich mußte den Cousin auf dem Foto zeigen. Das hieß eine Möglichkeit von drei, den Richtigen zu treffen. Und wenn es Milly war, die sich die Schlüssel hatte nachmachen lassen?

Vielleicht hätten wir uns besser eine Geschichte mit Ehebruch einfallen lassen. Oder eine Quizsendung mit Gewinnen. Man durfte auch nicht vergessen, daß das Ereignis schon einige Wochen zurücklag.

Zum Schluß gelang es mir jedoch, die Sache so einzufädeln, daß mein Bericht zumindest realistisch klang. Wir versuchten es bei dem ersten Schlüsselschmied. Ich erzählte ihm die Story mit dem spinnigen Cousin:

»Wissen Sie, zuweilen verläßt er das Haus und verschwindet für vier, höchstens fünf Tage. Dieses Mal aber ist er schon seit über zwei Wochen wie vom Erdboden verschluckt, das hat er bisher noch nie gemacht.«

Und auf Darline deutend fuhr ich fort:

»Und seitdem die Cousine aus New York eingetroffen ist, hat er sich in den Kopf gesetzt, daß auch er nach Amerika gehen will. Und bevor er weg ist, hat er sich an ihre Handtasche gemacht und Hausschlüssel und Geld rausgeholt.«

»Und was wollen Sie von mir?«

»Sehen Sie, heute haben wir erfahren, daß der Cousin vielleicht am selben Tag, an dem er verschwunden ist, hier war ... Er oder einer, der ihm ähnelte. Wer ihn nicht kennt, hält den Cousin für völlig normal.«

Ich brachte die Geschichte sehr überzeugend vor und holte dann zum Schlußstreich aus:

»Hören Sie«, sagte ich und hielt ihm das Foto unter die Nase, »ich zeige jetzt nicht hin, weil ich Sie nicht beeinflussen will. Sehen wir mal, ob Sie ihn so wiedererkennen.«

Er erkannte niemanden außer der Dekanin, die ihn an *seine* extravagante Cousine erinnerte.

Ich setzte meine Runde alleine fort, denn Darline hatte Einkäufe zu machen.

Erfolglos hatte ich bis zur Mittagszeit sieben Schlüsseldienste abgeklappert. Jetzt blieb nur noch der im Supermarkt. Meinem Gefühl nach erhoffte ich mir von ihm am meisten.

Zum Mittagessen war ich mit Darline verabredet. Anschließend setzte sie ihren Streifzug durch die Stadt fort, und ich ging in den Fachbereich und versuchte, bis zur Öffnungszeit der Geschäfte zu arbeiten.

Wieder steckte ich das Foto ein und machte mich auf den Weg zum Supermarkt. Es war ein Fehlschlag, weil der Techniker, der am Tag des Flaschenschlags Dienst hatte, jetzt in Urlaub war und erst in der nächsten Woche zurückkommen würde. Sie weigerten sich, mir seine Telefonnummer zu geben, ja sie rückten nicht einmal den Namen heraus.

So ging ich ins Institut zurück. Ich war nicht enttäuscht,

weil ich mir von diesem Manöver nichts Großartiges erwartet hatte. Es mußte einfach getan werden. Und aus demselben Grund würde ich auch zu dem Schlüsseldienst zurückkehren, um mit dem betreffenden Typen zu sprechen. Ich hatte ihn in der Zwischenzeit *Der verschollene Schlüsselschmied* getauft, was wie ein echter Edgar Wallace-Titel klang.

Die erste richtige Wende trat gegen Abend ein.

Ich war schon früh zu Hause, hatte mir einen Drink gemacht und eine CD von Ry Cooder mit der Filmmusik zu *Paris, Texas* aufgelegt. Ich überflog die »L'Ora« und nippte an meinem Glas.

Darline kam zurück, streifte die Schuhe ab und ließ sich aufs Sofa fallen. Sie war von ihrem nachmittäglichen Raubzug durch die Geschäfte völlig erschöpft.

Wir gönnten uns eine Ruhepause, ich lesend und Darline auf dem Sofa langgestreckt mit den Füßen auf der Lehne. Als ich von der Zeitung genug hatte, faltete ich sie zusammen und legte sie weg. Ich stand auf, um mich zu recken und zu strecken. Ich machte einen Schritt auf den Schreibtisch zu. Dann noch zwei. Schließlich ließ ich mich auf den Stuhl hinter dem Tisch fallen. Ich begann, mit dem Schubladenknauf zu spielen, zog ihn abwechselnd heraus und drückte ihn wieder hinein. Bei einem kräftigeren Ruck sprang die Schublade ein Stück weit auf. Etwas Perlgraues schimmerte in ihrem Innern: es waren die zwei Schachteln mit den Floppy-Disks von Raffaele, die Spotorno für mich hatte kopieren lassen. Ich hatte sie dort verstaut, ohne sie überhaupt geöffnet zu haben. Ich nahm eine der Schachteln in die Hand, drehte sie nach sämtlichen Richtungen und las die Beschriftungen auf den Seiten. Beiläufig öffnete ich sie und ließ meine Finger über die Disketten wandern. Ich spielte nervös mit ihnen herum, zog mal die eine, mal die andere Diskette heraus und schob sie wieder in ihre Papierhülle zurück.

Auf diese Weise kam mir auch die letzte Diskette zwischen

die Finger, die mit der Nummer 20 gekennzeichnet war. Die Hülle war dicker als die der anderen. Ich zog die Diskette heraus. Ein dreifach gefaltetes Blatt Pauspapier fiel auf die Tischplatte. Ich öffnete es und strich es glatt.

Das war eindeutig Raffaeles ungelenke Schrift. Ich griff zum Telefon und wählte ganz langsam, geradezu behutsam Spotornos Nummer. Er antwortete sofort.

»Spotorno.«

Auch zu Hause antwortet Vittorio immer wie ein echter Bulle.

»Ich bin's, Vittò .«

»Was gibt's, Lorenzo?«

Ich zwang mich, in nachlässigem Ton zu sprechen:

»Weißt du nichts von einer handschriftlichen Notiz, die zwischen Montalbanis Disketten steckte?«

»Nein, was für eine Notiz denn?«

Ich erklärte ihm, wie und wo ich sie gefunden hatte.

»Es sind nur technische Angaben«, fügte ich hinzu.

»Ich ruf dich in einer Minute zurück«, erwiderte er.

Vittorio wußte nichts von der Existenz dieses Papiers. Er wollte gleich den Beamten anrufen, den er mit dem Kopieren der Disketten beauftragt hatte. Es vergingen zehn Minuten, bis das Telefon läutete. Wahrscheinlich hatte Vittorio in der Zwischenzeit seinem Untergebenen die Ohren heißgeredet. Wenn er in Rage kommt, läßt er sich oft zu Drohungen hinreißen, wie: Ich laß dich nach Cinisello Balsamo versetzen. Aber dabei bleibt's dann auch.

»Nun?«

»Dieser Unglückselige hat das Papier in der Tüte mit der Diskette Nummer 20 gefunden.«

»Und ...?«

»Und da der Befehl lautete, nur die Disketten zu kopieren und auszudrucken, hat der Schwachkopf entschieden, daß der Zettel als ›Post‹ zu betrachten sei, die aus dem Sack gefallen ist. Er hat keinen Ton verlauten lassen und das Papier schlichtweg da hingesteckt, wo du es gefunden hast.«

»Vittò, du hast nicht etwa eine fünfte Kolonne von Carabinieri in deinem Büro?«

»Was willst du eigentlich von mir, Lorenzo!«

Wenn Vittorio meinen Namen in voller Länge ausspricht, ist es ein Zeichen, daß er stocksauer ist, aber nicht auf mich. Ich sagte ihm, daß die Sache nicht wichtig sei, und verabschiedete mich von ihm.

Ich weiß sehr wohl, warum ich das Ganze vor ihm auf diese Art und Weise herunterspielte: ich betrachtete den Fall längst als meine persönliche Angelegenheit.

Ich guckte mir noch mal den Zettel an. Wahrscheinlich war er erst vor kurzem, vielleicht nur wenige Tage vor Raffaeles Tod, geschrieben worden.

Es war die Auflistung der Cäsium-137-Bestände, die in den letzten zwei Jahrzehnten im Institut bestellt und verbraucht worden waren. Wir arbeiten immer mit Cäsiumchlorid in Mengen von je zwei Millicurie.

Die Zahlen waren in drei Kolonnen unterteilt: in der ersten standen die Jahreszahlen, in der zweiten die Bestellungen und in der dritten der jeweilige Jahresverbrauch.

Es genügte, die Kolonnen von oben nach unten zu lesen, um auf die Abweichung zu stoßen: im ersten Jahr wurden fünf Einheiten Cäsiumchlorid bestellt, und nach Raffaeles Berechnungen waren davon wenig mehr als vier verbraucht worden. Im zweiten Jahr waren wieder fünf bestellt und vier verbraucht worden. Im dritten Jahr waren vier eingetroffen, und der Verbrauch war mit fünf angegeben, was die Restbestände aus den zwei Vorjahren einschloß. Im vierten und fünften Jahr wog sich die bestellte und die verbrauchte Menge vollkommen auf. Fünf Einheiten bestellt und ebenso viele verbraucht.

Die Überraschung lag in den Zahlen der folgenden drei Jahre: der Verbrauch lag wie üblich bei vier oder fünf Einheiten, aber die Bestellungen waren auf sieben im sechsten Jahr, auf acht im siebten Jahr und auf zehn im achten Jahr angestiegen. In den folgenden zwölf Jahren war man auf den üblichen Standard der Bestellmengen zurückgekehrt, und auch der Verbrauch hielt sich bei fünf Einheiten.

Ich rechnete ein bißchen herum. Wenn Raffaeles Berechnungen stimmten, müßten sich in den Kühlschränken, die für die radioaktiven Isotope reserviert sind, statt der üblichen drei oder vier unseres regulären Vorrats nun dreizehn oder vierzehn Packungen Cäsiumchlorid befinden. Und selbst wenn man den natürlichen Abbau des Isotops in Betracht zog, blieben immerhin noch ungefähr fünfzehn Millicurie Cäsium 137 übrig, die auf bessere Zeiten warteten. Ich hatte da meine Zweifel. Sowohl was die besseren Zeiten als auch was das ganze Cäsium anging.

Mit dem Taschenrechner kontrollierte ich die Mengenangaben sämtlicher Protokolle aus einem beliebig ausgewählten Jahr. Am Ende deckten sich meine Ergebnisse mit denen von Raffaele.

Wäre ich mit der Verwendung von radioaktivem Cäsium genau so vertraut gewesen wie Raffaele, wäre auch mir nach Durchsicht sämtlicher Protokolle und Dateien mit den Bestellungen der Spezialstoffe aufgefallen, daß die Berechnungen nicht stimmten.

Tatsache ist, daß die erworbenen und für Experimente verwendeten Cäsiummengen auf der Liste und den Protokollen nicht immer mit der gleichen Maßeinheit angegeben waren. Das kommt häufig vor, wenn man es mit radioaktiven Substanzen zu tun hat, die Radioisotop-Abhängigen denken nie in Begriffen wie Gewicht und Volumen, sondern in Zählern pro Minute, in Zerfällen pro Sekunde, in Pikocurie, Nanocurie, Mikrocurie, Millicurie und was es sonst noch an Kompliziertheiten gibt. Auf der Einkaufsliste stand nie: an dem und dem Tag wurden soundso viel Milligramm Cäsium 137 bestellt, sondern: es wurden soundso viel Millicurie Cäsium 137 bestellt.

Da bricht doch die Welt nicht zusammen, sagt ihr.

Richtig, sage ich. Leider haben nur vor einiger Zeit illustre Herrschaften einer internationalen, eigens dafür eingerichteten Kommission die Spielregeln grundlegend geändert und anstelle des Curie und all seiner Vielfachen und Teiler das Becquerel als neue Maßeinheit der Radioaktivität eingeführt. Und unsere Fachbereichssekretärin hatte die Reform befolgt und von da an alle Bestellmengen Cäsium 137 in Becquerel angegeben. Aber nicht immer, denn von Zeit zu Zeit ist man aus obskuren Gründen, vielleicht wegen einer neuen Sekretärin, zum guten, alten Curie zurückgekehrt.

In den Protokollen sah es noch schlimmer aus, denn dort wechselte man zwanglos und ohne einsichtiges Kriterium von der Berechnung in Nanocurie zu der in Mikrocurie, Millicurie oder Becquerel, ganz nach den persönlichen Vorlieben der einzelnen Verfasser.

Und da nun einmal ein Millicurie siebenunddreißig Millionen Becquerel gleichkommt, oder wenn ihr es anders wollt, ein Becquerel soviel wie 0,000000027 Millicurie ist, wird deutlich, warum der Betrug so schwer aufzudecken war.

So blieb mir nichts anderes übrig, als mir erneut den Kopf über all diese Protokolle zu zerbrechen. Dieses Mal aber wußte ich genau, wonach und wo genau ich suchen mußte. Ich kontrollierte alle Zahlen Raffaeles. Dann wandelte ich die Mengen von Cäsium 137 so um, daß die Berechnungen in Becquerel ausgedrückt wurden. Das wäre eine weitere Bestätigung gewesen, denn Raffaele hatte in seiner Notiz alles in Millicurie gerechnet.

Um Mitternacht hatte ich gerade die Hälfte geschafft und konnte nicht mehr. Darline war auf dem Sofa eingeschlafen. Ich weckte sie, und sie wachte mit einem richtigen Raubtierhunger auf. Ich war noch nicht hungrig, wußte aber, daß sich mein Magen mit einer Vorankündigung von nur wenigen Sekunden in Hungerkrämpfen winden würde. Das ist die Knechtschaft eines Sturm-und-Drang-Stoffwechsels.

So gingen wir auf Jagd nach einem offenen Lokal, und ich riskierte ein vegetarisches Restaurant unterhalb von Pizzo Sella.

Ein paar Stunden später waren wir wieder zu Hause und bis in die großen Zehen mit Vitaminen angefüllt. Ich machte mich erneut an die Berechnungen und zog die Sache bis zum Ende durch.

Darline schlummerte längst tief und fest.

Raffaele hatte mit seinen Berechnungen den Nagel auf den Kopf getroffen. Ob in Becquerel oder in Millicurie ausgedrückt, der Verbrauch von Cäsium 137 war im Laufe der Jahre konstant geblieben. Und es bestand eine präzise Verbindung zwischen den Berechnungen und der Anforderung eines Geigerzählers bei der R. P. M. in Mailand. Es fehlte mir nur noch eine letzte Kontrolle, die ich am nächsten Tag im Fachbereich durchführen wollte.

Doch der nächste Tag war schon angebrochen. Und zwar seit einer ganzen Weile. Ein gelbliches Licht kam langsam hinter den Hausdächern hervor. Ich stand auf und streckte mich. Mein ganzer Körper war ein einziges Ameisenkribbeln. Ich stellte mich mindestens eine Viertelstunde lang unter die Dusche. Während ich mich abtrocknete, ließ Darline lediglich den blonden, verstrubbelten Haarschopf und zwei halbgeschlossene Augen sehen. Das Geräusch des Wassers hatte sie geweckt. Als ich mich anzog, folgte sie mir wie ein Zombie.

»Was machst du?«

»Ich gehe raus, ins Institut.«

»Warum so früh?«

Ich erzählte es ihr.

Ich traf noch vor dem Reinigungspersonal ein und ging hoch ins Sekretariat, um mir den Schlüssel für den Raum mit den Spezialstoffen zu holen; dann begann ich, systematisch die Kühlschränke zu inspizieren. Ich wühlte alle Ecken durch. Zum Schluß zählte ich sage und schreibe vier Bestelleinheiten Cäsiumchlorid. Wohin waren die anderen zehn verschwunden?

Ein paar halbstarke Ideen begannen in meinem Kopf ein heiteres »Bäumchen, Bäumchen, wechsel dich«-Spiel. Ich nahm noch einmal das Papier mit Raffaeles Notizen zur Hand und stieg in die Bibliothek im fünften Stock hinunter. Dort stöberte ich ein altes, akademisches Jahrbuch auf und verglich einige der Daten mit Raffaeles Aufzeichnungen.

Die halben Ideen hörten auf zu tanzen und bildeten mit den Daten eine kritische Masse. In einem urplötzlichen Flash explodierte die Galaxie Cäsium, beleuchtete Gehirnbereiche, Nervenknoten und Synapsen und setzte einen Neuronenfallout frei, der sich bis in meine Fersen niederschlug. Nun wußte ich, warum Raffaele tot war. Es gab ein Tatmotiv, aber noch keinen Schuldigen. Die Gruppe der Verdächtigen hatte sich eher noch vergrößert. Wenn auch nur geringfügig.

Doch jetzt tappte ich nicht mehr gänzlich im dunkeln. Und am Ende brachte ich vielleicht sogar etwas Entscheidendes aus dem verschollenen Schlüsselschmied heraus.

Es war nicht mehr notwendig. Trotzdem sprach ich eine Woche später mit ihm. Aber nur um die Bestätigung zu bekommen. Als sicheren Sargnagel für den Mörder, wie man so schön sagt.

Man weiß ja, wie solche Dinge zustande kommen. Da kaut einer immer das gleiche Stück seines Lebens ohne Höhen und Tiefen wieder, ohne etwas zu erzählen zu haben. Und an einem bestimmten Punkt passieren ihm die ungeheuerlichsten Dinge:

Er kommt nach Hause, und die Mutter seiner Kinder offenbart ihm, daß sie lesbisch ist; der Erstgeborene verkündet, daß er sein Ingenieurstudium hinschmeißen und statt dessen eine homöopathische Kondomproduktion in Gang setzen will; sein Lieblingstöchterchen läßt sich vom Brigadier Caputo beim Ladendiebstahl in großem Stil erwischen. Und er tröstet sich nach einem Leben unter dem schwärzesten Unglücksstern mit Miß Puerto Rico, die just in dem Moment seine Bahn gekreuzt hat, als er erfährt, daß er bei der Wette auf eine Schindmähre mit gleichem Namen wie seine Nochangetraute ein Heidengeld gewonnen hat.

Bis zu jenem Augenblick war ich mit Raffaeles Geschichte immer nur gegen eine Wand gerannt, ob aus Zement oder in Form eines stumpfen Gegenstands aus tschechoslowakischem Glas. Im Verlauf eines halben Tages schien mit einem Mal alles zu pulsieren wie der Quarzkristall einer japanischen Armbanduhr.

Die zweite Wende war das Ergebnis eines Mittagsschläfchens. Nach meiner morgendlichen Inspektion hatte ich wegen der üblichen Geschäfte im Fachbereich haltgemacht. Gegen Mittag rief ich Darline an und schlug ihr vor, irgendwo etwas essen zu gehen. Unter dem Laubdach einer Trattoria erzählte ich ihr, was ich herausgefunden hatte. Sie war davon so betroffen, daß sie so gut wie nichts von ihrem Essen anrührte. Die Flasche Rosé leerte ich beinahe alleine. Das gab mir den Knockout, vor allem wegen der durchwachten Nacht. Ich konnte kaum mehr die Augen offenhalten. Also ging ich schließlich mit ihr nach Hause und legte mich flach.

Fast augenblicklich schlief ich ein. Und der Bewohner meiner oberen Stockwerke strahlte den Traum mit der Beerdigungsszene aus: Die Hände, die sich längs des Schaufelgriffs hochtasteten. Es war schon das dritte Mal, daß ich diesen Traum hatte.

Dieses Mal jedoch kam es anders. Dieses Mal erwachte ich mit glasklarem Gehirn und setzte mich auf; ich hatte alle Schalter auf *On* stehen, und die bunten Signallämpchen blinkten wie verrückt.

Vielleicht entschlackt der Tiefschlaf die Träume. Oder vielleicht hatte ich zum ersten Mal nicht als Kurzsichtiger geträumt. Ich kannte diese Hände.

Es hatte sich also so zugetragen. Aber wer würde meine Hypothese je ernst nehmen? Jeder Winkeladvokat würde sich sein Vergnügen machen, meine Rekonstruktion des Tathergangs innerhalb von drei Minuten auseinanderzunehmen, wenn es jemand wagen sollte, sie der Öffentlichkeit preiszugeben.

Das Problem, den Mörder zu stellen, mußte auf einem anderen Weg angegangen werden. Der den Bluff nicht ausschloß. Oder zumindest einen halben Bluff nicht, wenn ich mit dem letzten Schlüsseldienst Glück haben sollte. Vielleicht sollte ich auch auf Raffaeles ursprüngliche Idee mit dem Geigerzähler zurückgreifen. Inzwischen wußte ich ja, wozu er das Ding gebraucht hatte. Aber dann müßte ich Spotorno einweihen. Und vor allem müßte ich ein Stück an die Öffentlichkeit treten.

So beschloß ich, alles auf eigene Faust durchzuziehen. Meinen Bullenfreund würde ich erst ganz zum Schluß belästigen. Abgesehen davon würde er mich bestimmt auslachen, wenn ich ihm meine Version der Geschichte erzählte. Vorerst war es ratsam, den Besuch beim Schlüsseldienst abzuwarten. Es bestand ja keine Eile mehr. Unterdessen wollte ich mir Gedanken über die beste Strategie machen. Geistige Arbeit dieser Art ließe sich jedoch besser auf dem Land bewältigen. Und aufgrund der bekannten, geneideten und kritisierten Privilegien, die unserem Beruf vorbehalten sind, war es mir vergönnt, für ein paar Tage nicht zur Arbeit zu gehen. Außerdem war der Fachbereich, seitdem die Serradifalco-Gruppe sich in die Organisation einer für Anfang September geplanten internationalen Konferenz gestürzt hatte, in seelischer Hinsicht nicht mehr zugänglich.

Es war schon gegen Abend, als wir aufs Land fuhren. Unterwegs klärte ich Darline über das Tatmotiv für die Morde an Raffaele und Don Mimì, über die Identifikation des Täters und die angewandten Techniken auf.

Voller Bestürzung hörte sie mir zu.

»Was willst du tun?« fragte sie nach langem Schweigen.

Ich sagte es ihr. Sie hielt mein Vorhaben zwar nicht für gut, trotzdem versuchte sie nicht, es mir auszureden.

Wir sprachen lange miteinander und fällten wichtige Entscheidungen.

Wir blieben fünf Tage auf dem Hof bei meiner Schwester. Am sechsten Tag erreichte mich telefonisch die Nachricht, daß der verschollene Schlüsselschmied zurückgekehrt war. Noch am Morgen brachen wir nach Palermo auf. Darline hatte die gute Idee gehabt, mich zu begleiten, was die Atmosphäre deutlich entspannte.

Der Anfang war schrecklich. Der Typ hatte Koteletten. Ich weiß aus Erfahrung, daß man solchen Männern, wenn sie über dreißig sind, *nie* trauen darf. Wie alt war der da wohl? Abgesehen von den Koteletten hatte er das Gesicht eines enthusiastischen Handelsvertreters für Do-it-yourself-Bücher und kam eindeutig aus dem Norden. Ich fragte mich nicht lange nach dem Grund für diese Auswanderung gegen den Strom und nahm die Sache als das, was sie war, nämlich als Glücksfall. Mit oder ohne Koteletten, mit ihm würde es weniger kompliziert werden als mit den anderen.

Ich hielt ihm das Foto hin und deutete auf den Mörder und erzählte ihm das Märchen von dem extravaganten Cousin. Ob er das Gesicht wiedererkannte? Ich bezweifelte, daß er die Geschichte geschluckt hatte. Aber gewiß doch erkenne er ihn wieder. Er vergesse nie ein Gesicht, und auch kein Datum. Aus freien Stücken sagte er mir auch, um wieviel Uhr jener Herr da die Schlüssel hatte nachmachen lassen. Es paßte.

Auf der Türschwelle drehte ich mich ruckartig um und fragte ihn:

»Wie alt sind Sie?«

»Neunundzwanzig.«

Ich schenkte ihm ein strahlendes Lächeln.

»Bravo! Ich genehmige Ihnen noch ein Jahr.«

Mit aufgerissenen Augen und hängendem Unterkiefer starrte er uns nach. Darline mußte sich schon gut eingewöhnt haben, denn sie fragte mit keiner Silbe nach dem Grund für dieses dick aufgetragene Finale.

Ich war erschöpft. Mein Adrenalinstand hatte den Nullpunkt erreicht, und ich spürte meine Beine nicht mehr; es war, als gehörten sie einem anderen.

Den Rest des Tages klebten Darline und ich aneinander wie Gymnasialschüler auf einem Klassenausflug; mal zu Hause, mal draußen, wir wechselten nur die notwendigsten Worte.

Gegen Abend empfing mein Bordcomputer Signale eines aufkommenden Schirokkosturms: die Farben, die Geräusche, die Gerüche, meine Haut kündigten das Ereignis an. Und meine Laune. Der Kreis begann sich zu schließen.

Darline schaltete den Fernseher an und stürzte sich in wildem Ritt auf sämtliche Hertzschen Pfade, bis sie schließlich auf einem Lokalsender den *Aspbaltcowboy* erwischte. Es war eine peinliche Niederlage, denn der Film wurde ständig von Werbespots unterbrochen, und wir verzichteten auf die zweite Hälfte. Den Film und vor allem die Filmmusik kenne ich auswendig. Ich erzählte ihr fast singend, wie es weiterging. Zum Abendessen gingen wir aus. Es wurde ein flauer Abend, und schon vor Mitternacht waren wir wieder zurück.

Ich schlief wenig und mit Unterbrechungen und träumte von Verfolgungsjagden durch die Abwasserkanäle Wiens.

VIII Schirokko

Als ich wach wurde, war Darline schon auf den Beinen; ich hörte das Wasserrauschen in der Dusche. Nach ein paar Minuten kam sie in ein großes, weißes Frotteehandtuch gewickelt ins Schlafzimmer. Ich erhob mich ebenfalls, und gemeinsam gingen wir hinaus auf die Terrasse.

Ich hatte recht gehabt am Vorabend. Der Schirokko begann mit seinen Aufwärmübungen. Wir standen da und schauten über die weite Ebene von Dächern und Kirchen. Der Himmel war von einem für Stunde und Jahreszeit unglaublichen Blau.

Nach einer Weile gingen wir wieder hinein. Sie zog sich an, und ich ging in die Küche, um den Kaffee aufzusetzen.

Als ich nach ihr rief, war sie schon fertig. Der Koffer und die Stofftasche standen neben der Tür. Sie trug ein weißes Baumwollkleidchen, das richtige für die Reise.

Darline kehrte in die Heimat zurück. Back home again. Letztendlich war Raffaele doch nicht richtig begraben. Noch nicht.

Sie war nicht traurig. Nur ein Hauch von Melancholie lag über ihr. Wegen der Orte, wegen der Menschen, von denen sie Abschied nahm. Wegen mir, nehme ich an: würde auch sie einen Dean Moriarty haben, an den sie denken mußte, dort in den unendlichen Weiten Iowas, in den Gegenden, wo sie die Kinder einfach weinen lassen?

Auch ich war nicht traurig. Nur der Hauch von Melancholie. Und ein Stalaktit aus Eis, der langsam in meinem Magen schmolz.

Ich hasse Abschiedsszenen. Sie sind für mich einfach unerträglich. An diesem Tag stand mir außer dem Abschied auch noch eine Abrechnung bevor.

Darline hatte sich inzwischen an meinen Kaffee gewöhnt. Sie trank ihn, ohne den Mund zu verziehen. Dann legte sie ein Live-Konzert von Springsteen auf und übersprang die ersten Stücke, um gleich mit *Independence day* loszulegen. Erwartete sie etwa, daß ich in Tränen ausbräche? In der Zwischenzeit rasierte ich mich, sie kam ins Bad und setzte sich auf den Rand der Wanne. Wir sprachen so gut wie nichts miteinander.

Nach wie vor bewegte ich mich konzentriert und langsamer als gewöhnlich. Meine Gesten waren wohlbemessen, als vollzöge ich eine Zeremonie wie bei der Einkleidung eines Stierkämpfers von Rang.

Bereitete ich mich auf meine Rolle in einem zweiten *König der Toreros* vor? Mit Blut hatte es bestimmt etwas zu tun. Was die Arena anging, würde ich in wenigen Stunden wissen, ob der Hauptdarsteller der Abrechnung ein Stier oder ein Hornochse war. Ich fühlte mich nicht besonders nach Tyron Power. Und das war ganz und gar kein schlechtes Vorzeichen.

Dem Anlaß gemäß kleidete ich mich mit besonderer Sorgfalt. Ich wählte meinen Lieblingslook, Jackett und Hosen aus hellem Leinen, wie ein echter Lord Jim, und die schlichteste meiner gestrickten Seidenkrawatten. Zum Teufel mit dem Schirokko. Ich würde zwar schmoren wie Luzifer in der Hölle, aber ich war nicht bereit, auf die ästhetische Seite meines Auftritts zu verzichten. Oder würde es heute nachmittag gar zu einer Szene kommen?

Darline sah kommentarlos zu, wie ich mich anzog. Als ich ausgehfertig war, nahm ich ihre Sachen und öffnete die Tür. Sie drehte sich noch einmal kurz um und ließ den Blick durch den Raum schweifen, als wolle sie prüfen, ob sie etwas vergessen hatte. Für ein oder zwei Sekunden hielt sie bei Christina inne. War das der Ruf der Wildnis?

Der Schirokko schien mit den Vorübungen fertig zu sein.

Der Wagen stand im Schatten einer Mauer, auf den ersten fünfzig Metern Fahrt war die Innentemperatur noch annehmbar.

Langsam fuhr ich durch die Innenstadt, den Corso Vittorio entlang und weiter über den Corso Calatafimi bis zur Umgehungsstraße. Auch auf der Autobahn nach Punta Raisi fuhr ich langsam. Wozu sollte ich hetzen?

Ab Sferracavallo wimmelte es am Strand und im Wasser nur so von Zweifüßlern. Sie zumindest schienen ihr Vergnügen zu haben. Auf das Zementfundament einer Zubringerbrücke hatte jemand mit violettem Lack den Schriftzug »byebye skrikkiolina« in Form eines Adlers gesprüht. Wie zum Teufel könnte man das in Midwest-Amerikanisch übersetzen?

In kurzer Zeit hatten wir den Flughafen erreicht. Ich stellte den Wagen auf einem der Parkplätze ab, und wir stiegen aus. Ich nahm ihr die Taschen aus der Hand; sie hatte sich noch immer nicht an diese Formen von maskiertem Machismo gewöhnt, wie Milly sich vor ein paar geologischen Ären ausgedrückt hätte.

Es war noch viel zu früh für ihren Flug, also geleitete ich sie an die Bar und ließ ihr ein Tablett mit süßem Mandel- und Piniengebäck zurechtmachen, auf daß sie davon auch Papa, Mama und den Freunden im Midwest mitbringen möge.

Sie bekam feuchte Augen. Ich nicht, weil ich zynisch bin. Ich dachte an die Nacht, die früher oder später aus dem Hinterhalt zuschlagen würde. Manche Nächte können einen auch unter der stärksten Sonne treffen.

Der Check-In war ein wenig nervenaufreibend. Der Flug AZ 642 wurde großartig als Palermo-New York angekündigt. Dabei ist nur das winzige Detail zu beachten, daß die Reisenden zunächst in einen Super 80-Flieger eingeladen werden, der sie am römischen Flughafen Fiumicino wieder auslädt. Ein paar Stunden später besteigen alle eine 747-Maschine, und erst mit dieser landen sie dann auf dem JFK.

Aus den Lautsprechern ertönte die Ansage für den Flug. Ich begleitete Darline bis zur Paßkontrolle, und wir stellten uns in die Warteschlange. Ihr Gesicht war angespannt. Das konnte ich von meinem nicht behaupten, denn es gab keine Spiegel. Als sie an der Reihe war, reichte sie dem Beamten die Bordkarte und den Paß. Ich war seitlich aus der Reihe herausgetreten. Lächelnd drehte sie sich zu mir hin (are you happy, honey?) und fuhr mir mit dem Zeigefinger über eine der Falten, die ich zwischen Nasenflügel und Mundwinkel kultiviere. Meine sogenannten bitteren Falten. Auch ich lächelte, aber ich weiß nicht, ob ich es tatsächlich für ein Lächeln ausgeben konnte. Ich fühlte mich immer mehr in der Rolle von Sam und immer weniger in der von Rick.

Beide hatten wir uns versprochen, in Verbindung zu bleiben. Die üblichen Märchen, die man sich in solchen Fällen erzählt.

Ich werde nie in die Staaten fliegen.

Sie nahm ihr Gepäck und machte sich auf den Weg. Bevor sie um die Ecke bog, drehte sie sich noch einmal um und winkte mir zu. Ich winkte zurück. Dann war sie verschwunden.

Gerne hätte ich mich mit hochgestelltem Mantelkragen und den Klängen der Marseillaise in die neblige Nacht auf und davon gemacht. Genau der richtige Wunsch für einen Freitagmittag Ende Juli, bei glühendem Schirokko und mit den synthetischen Lautsprecherstimmen der Alitalia-Ansagerinnen als Hintergrundmusik.

So hob ich das Kinn und schaute mit meinen restlichen Eigendioptrien zuzüglich zu denen aus Plastik nach oben, so wie Lord Jim alias Peter O'Toole es getan hat, als der alte Doramin mit der Pistole auf ihn zielte. Mit dem Unterschied, daß der den Tropenhimmel mit bloßem Auge betrachtete, zum letzten Mal, bevor er mit einer Kugel in der Brust starb. Ich hingegen mußte mich mit der vergammelten Decke der Flughafenhalle begnügen, die ich, klopfen wir auf Holz, noch wer weiß wie viele Male zu Gesicht bekommen werde. Dann zündete ich mir eine Camel an, das einzige Zugeständnis an das Melodrama, und ging hinaus.

Ich hatte Zeit. An der Bar trank ich einen Kaffee und stieg hoch zur Terrasse auf der Abflugseite. Ich ignorierte den Schirokko; dort oben war ich allein. Nach einer Weile aber versammelten sich eine ganze Menge Leute. Ich rauchte noch eine Camel. Die Maschine Super 80 setzte sich mit nur zehn Minuten Verspätung in Bewegung. Ich sah zu, wie sie in Richtung Startbahn rollte, dort einbog und auf die Freigabe wartete.

Plötzlich heulten die Motoren verzweifelt auf, und die Maschine startete. An Bord, auf den vordersten Plätzen sitzend, ist nur das Rauschen des Winds zu hören. Im richtigen Moment hob das Flugzeug ab, und ich sah, wie es über dem Meer hochzog und bei Cala Rossa nach Norden drehte.

Ich hasse Abschiedsszenen.

Auch wenn ich ein Zyniker bin.

Viel Glück.

So machte ich mich auf den Weg zu meiner Verabredung mit dem Mörder. Das klingt dramatisch, und das ist es auch. Wieder fuhr ich langsam Richtung Stadt. Als die Autobahnausfahrt auf die Via Belgio in Sicht war, ertappte ich mich, wie ich *Like a rolling stone* in der Version von Bob Dylan trällerte.

Die Via Medina-Sidonia war wegen des Schirokkos und der Tageszeit halb verlassen. Vielleicht hatte für die meisten schon das Wochenende begonnen. Bevor ich das Institut betrat, ging ich einen Kaffee trinken. Dann nahm ich die Treppe hinauf zu meinem Zimmer. Eine ganze Weile blieb ich am Fenster stehen und betrachtete die Washingtonien, die sich wie Models eines Videoclips im Wind bewegten. Merkwürdigerweise brüllte der Löwe diesmal nicht. Der Schirokko mußte ihm sehr zugesetzt haben. Vielleicht schlief er und träumte, wie der alte Santiago den Marlins im Golfstrom nachstellt. Oder vielleicht hatte er dieses Mal tatsächlich das Zeitliche gesegnet. Ich sah ihn im Geiste vor mir, wie ein umgekehrter Tisch die Beine stocksteif gen Himmel gestreckt auf dem Rücken liegend, und ich schwöre, mir war beinahe zum Lachen zumute.

Ich zündete mir noch eine Camel an, und mit wenigen, heißen Zügen hatte ich sie auch schon zu Ende geraucht. Sie ließ einen bitteren, teigigen Geschmack zurück wie mit Galle getränkte Asche. Ich drückte die Kippe aus und ging zu dem Regal, wo ich die Kataloge, die Handbücher und anderes Papierzeug aufbewahre. Ich schnappte mir das Merck-Verzeichnis. Es ist eine Art Bibel für Eingeweihte, sie informiert über eine große Anzahl synthetischer oder natürlicher Substanzen und Präparate, die im Handel sind.

Ich fand das Stichwort Cäsium 137. Die wenigen Zeilen Text besagten nur das, was ich ohnehin schon wußte. Aber ich brauchte Gewißheit. Ich rief Michelle an, und bestimmt nicht mit der Absicht, mich von ihr trösten zu lassen. Es war ein längeres Fachgespräch, gespickt mit medizinischen Ausdrücken und Vokabeln wie Röntgen, Rad, Gray und Sievert. Wir sprachen auch von freien Radikalen, und das nicht im politischen Sinn.

Geschickt verbarg sie ihre Verwunderung über meine plötzliche Wißbegier. Sie stellte mir keine Fragen, und ich gab ihr keine Erklärungen.

Um vier Uhr ging ich hinunter, trank noch einen Kaffee und vertrat mir die Beine, um die wachsende Unruhe zu bekämpfen. Ich hätte wohl besser daran getan, mir einen Kamillentee zu bestellen, wenn dieses Gebräu nur nicht so deprimierend wäre.

Die Farben draußen waren verändert. Der Schirokko hatte in seinem Gefolge einen unendlich langen, grauen Himmel und ein fahles Licht mitgebracht, das mir den blassen, beinahe unsichtbaren Schatten eines long rider dämmriger Western an die Sohlen klebte. *Man muß über den eigenen Schatten springen,* sagen die kartoffelessenden Krauts ganz richtig.

Nachdem ich eine halbe Stunde in Gassen und zwischen Verkaufsständen herumgeschlendert war, machte ich kehrt und ging entschlossen zu meiner Verabredung mit dem Mörder. Um ehrlich zu sein, er wußte nichts von einer solchen Verabredung: sie war einseitig.

In den kotzgrün gestrichenen Korridoren begegnete ich nur wenigen Personen. Schlag fünf stand ich vor seiner Tür. Reiner Zufall, nehme ich an. Es war kein angestrengter Rückgriff auf die fünfte Abendstunde, trotz der morgendlichen Beschwörung des Streifens *König der Toreros.*

Ich hielt inne und lauschte an der Tür. Es war kein Laut zu hören. Ich war unsicher, ob ich klopfen oder direkt eintreten sollte; schließlich landete ich einen Schlag mit den Fingerknöcheln und trat ein. Sachte schloß ich die Tür hinter mir und lehnte mich mit dem Rücken dagegen, womit ich ungewollt eine Geste aus mindestens zwei Filmen nachmachte. Welche Filme das waren? Etwas mit Barbara Stanwyck? Auf Zelluloid machte sich das gut. Auch mir gelang es ganz passabel, nahm ich zumindest an. Leider war es vertane Mühe, denn das Zimmer war leer.

Vielleicht war er auf die Toilette gegangen. Ich nahm mir einen Stuhl und wartete. Jegliche Nervosität war von mir gewichen. Im Gegenteil, eine eisige Ruhe hatte mich aufgewühlt (das ist das letzte, entscheidende und unverzichtbare Oxymoron).

Ich mußte gute fünf Minuten warten. Ich zählte sie beinahe

Sekunde um Sekunde auf dem Zifferblatt meiner alten Lorenz, auch sie ein Erstkommunionsgeschenk. Dann ging die Tür auf und ER trat ein. Als er mich erblickte, zuckte er zusammen. Er umrundete den Schreibtisch und brummte mir im Vorübergehen etwas zu, das ich nicht verstand. Wir verzichteten auf den Austausch von Höflichkeitsfloskeln.

Kaum hatte er sich in seinen Schreibtischsessel fallen lassen, schleuderte ich ihm einen Blick zu, von dem ich hoffte, daß er eindeutig, hart, unbeirrbar und entschlossen wäre, und zwar genau zwischen seine Augenbrauen. Probiert das einmal bei jemandem, der euch auf den Geist geht. Ein solcher Blick ist nicht leicht zu ertragen.

Er sah mich forschend an; eher verblüfft als aufgebracht. Ich schwieg noch immer und starrte zu ihm hinüber. Eine Sekunde lang hatte ich Lust, mit den Fingerspitzen auf die Schreibtischplatte zu trommeln. Doch das wäre übertrieben gewesen, als wollte ich eine Sicherheit zur Schau stellen, die ich im Grunde nicht hatte. Wenn die Ruhe ein Merkmal der Starken ist, ist noch lange nicht gesagt, daß die Starken zugleich auch die Sicheren sind.

In diesen Augenblicken bereute ich, keine Strategie ausgearbeitet zu haben. In den Tagen auf dem Land hatte ich es versucht, doch plötzlich hatte mich eine Art geistiger Blockade überfallen, eine Weigerung, vernünftig zu überlegen, wie ich die Sache anzugehen hätte. Zum Schluß hatte ich mir eingebildet, alles in fünf Minuten hinter mich zu bringen: ich wollte ihn schlichtweg beschuldigen, drei Personen um die Ecke gebracht zu haben, und dann das unvermeidliche Geständnis zur Kenntnis nehmen. Anschließend würde ich die Szene verlassen wie Gary Cooper, wenn er mit Verachtung den Blechstern hinwirft und zusammen mit Grace in der Kutsche davonfährt, während eine Stimme wie Frankie Lane *Do not forsake me o my darling* singt.

Das hört sich so einfach an. Doch wie ließe sich das jetzt

in Worte fassen? Es bestand die Gefahr eines Remis wie bei Fischer-Spasskij. Ich war auch versucht, ganz trocken mit »Ich weiß alles!« herauszuplatzen. Das wäre eine großartige Bemerkung gewesen. Wie bei Wodehouse, als Bertie Wooster sagt, ich weiß alles über Eulalia. Und wie durch ein Wunder läßt die Mordgier des Fettwanstes Roderick Spode nach, verpufft und verwandelt sich in Panik.

Schließlich machte er den ersten Zug, als er von dem schweigenden Blickwechsel genug hatte. Es genügte eine leichte Kopfbewegung, die beredsamer war als ein beliebiges »Was willst du?«.

»Ruggero Montalbani, Raffaele Montalbani, Domenico Cannarozzo«, zählte ich in chronologischer Reihenfolge auf und tippte dabei auf Daumen, Zeigefinger und Mittelfinger der linken Hand. Dann schwieg ich und wartete ab.

Wenn es stimmt, daß ein Mensch in Augenblicken heftiger Krisen sein ganzes Leben blitzschnell wie ein Film vor seinen Augen vorüberziehen sieht, dann war es vielleicht genau das, was Filippo Serradifalco in diesen Sekunden geschah. Und seinem Gesichtsausdruck nach zu urteilen, dürfte es nichts Großartiges an Film gewesen sein, zumindest was das Finale anging. Es war eine Anklage und zugleich eine Kriegserklärung, die ich gegen ihn vorbrachte. Und er begriff sofort, daß es sinnlos wäre, Zeit herauszuschinden, um mir in die Karten zu schauen und einen Gegenangriff zu versuchen. Sein Gesicht hatte die Farbe einer alten Militärdecke angenommen, und seine großen Ohren sahen mit einem Mal ganz traurig aus.

»Vielleicht habe ich damit gerechnet«, murmelte er schließlich und ließ das Kinn auf den Brustkorb sinken.

»Wie bist du dahintergekommen?« fragte er nach einer Weile.

Unerwartete Gefühlsregungen zeigten sich in seinem Gesicht und dämpften meine anfängliche Aggressivität; ich mußte also mein Vorgehen ändern. Für das erste Verbrechen gab es ein höchst respektierliches Tatmotiv. Die anderen zwei waren nur eine Konsequenz des ersten, sozusagen ein Muß für den Mörder. So wollte ich ihm einige Erklärungen geben, bevor ich ihn seine aufsagen ließ.

Ich erzählte ihm von Raffaeles Notizen, die genau in dem Moment aufgetaucht waren, als alles schon verloren schien.

»Das allein kann dir nicht gereicht haben.«

»Es war ein fortwährendes Anhäufen von Indizien und schließlich auch von Fakten. Erstens habe ich die Geschichte mit Raffaeles Selbstmord nie geschluckt, erst recht nicht, nachdem ich seinen gewisserweise postumen Brief erhalten hatte. Du bist vielleicht der einzige, der ihn nicht gelesen hat, aber bestimmt hast du davon gehört; Giovanni ist ja nicht gerade die Verschwiegenheit in Person. Dann sind die Protokolle aufgetaucht. Und gleich darauf folgte der schöne Streich mit der Flasche auf den Kopf Ich gestehe ja, daß ich es darauf angelegt hatte, aber du hast alles verhunzt.«

»Warum?«

»Erinnerst du dich an den Sony und die Fotoapparate, die du an dem Abend vorgeblich gestohlen hast? Ich verstehe ja, daß du die Sachen wieder loswerden mußtest, aber sie so nahe bei meinem Haus in den Müll zu werfen, das ist für mich nach wie vor unverständlich ... zugegeben, du konntest mit dem Diebesgut keine größeren Entfernungen zurücklegen: man konnte ja nie wissen von wegen Polizeikontrollen, das Risiko eines Unfalls ... aber du hättest besser daran getan, das Ganze ins Meer zu werfen, an der Cala beispielsweise, wo du sowieso vorbeigekommen bist. Aber du hast es nicht getan. Und ich habe die Sachen glücklicherweise wiedergefunden.«

»Das habe ich nicht gewußt. Aber daraus zu schließen, daß ich ...«

»Sicherlich hat das nicht genügt. Aber es hat mir geholfen, den Kreis der Verdächtigen abzustecken. Der Schuldige mußte einer aus deiner Gruppe sein, dich mit eingeschlossen; aber ich wußte noch nicht aus welchem Grund, abgesehen von dem Umstand, daß die Protokolle etwas damit zu tun haben mußten. Nach ihnen hast du gesucht, nicht wahr? Und vielleicht sollte ich mich noch bei dir bedanken, daß du mich bei der Gelegenheit nicht um die Ecke gebracht hast.«

»Für wen hältst du mich eigentlich, ich bin doch nicht Jack the Ripper.«

»Wieso, sind drei nette Mordfälle in deinen Augen die Arbeit einer Rotkreuzschwester?«

»Für den Mord an Montalbani suche ich keine mildernden Umstände; aber bei denen an Raffaele und Don Mimì kannst du die zwingenden Zusammenhänge nicht leugnen. Da hieß es: entweder ich oder sie. Und im übrigen, wenn ich auch dich getötet hätte, hätte dein Freund, der Herr Kommissar, einen Riesenaufstand gemacht: Ein etwas verdächtiger Selbstmord und ein einfacher Überfall ohne Folgen, das ging ja noch, aber einen richtigen Mord... da hätte ich wesentlich mehr riskiert.«

»Es ist trotzdem schiefgelaufen für dich.«

Bewußt verschwieg ich ihm die Episode mit dem Schlüsseldienst und daß man ihn auf dem Foto identifiziert hatte. Ich wußte ja noch nicht, wohin uns diese Art von Selbsterfahrungssitzung führen würde, und ich wollte ihm keine Gelegenheit bieten, das einzige, etwas ungewisse, aber dennoch objektive Beweismittel, das ich in Händen hielt, zu ruinieren.

»Ein weiteres Verdachtsmoment waren die zwei Telefonate, die Raffaele wenige Stunden vor seinem Tod geführt hat: die Nummern sind registriert worden. Die erste war die der Firma R. P. M. in Mailand, wohin er sich wegen des Geigerzählers gewandt hat. Die zweite Nummer war die des Fachbereichs. Und ich könnte schwören, daß er mit dir gesprochen hat.«

»Ja.«

»Und es geht noch weiter: die zwei Besuche Don Mimìs hier im Fachbereich. Der erste kurz nach Raffaeles Tod, und der zweite wenige Tage bevor er auf dem Grund dieses Beckens landete. Obwohl er seit Jahren keinen Fuß mehr hier hereingesetzt hat. Nach Don Mimìs erstem Auftauchen hat Mauro seinen Antrag, ihn aus seiner Behausung zu vertreiben, zurückgezogen; und alle wußten, daß er das nur macht, weil ihn jemand dazu zwingt. Ich nehme an, das warst du...«

»Ja.«

»Bei Don Mimìs zweitem Besuch hast du beschlossen, auch ihn umzubringen. Er muß den Sold erhöht haben...«

»Eben.«

»Die entscheidende Wende aber trat ein, als ich Raffaeles Notiz fand. Und als ich begriff, worauf sie sich bezog, war in meinen Augen sofort klar, daß du der Hauptverdächtige bist, wegen des zeitlichen Zusammentreffens und wegen allem, was nach dem Tod Montalbanis geschehen ist: dein Aufstieg in die Etage der Macht, wenn ich mich mal so ausdrücken darf. Um ehrlich zu sein, habe ich zu diesem Zeitpunkt De Blasi Bosco fast im gleichen Maße im Verdacht gehabt wie dich. Dann hatte ich so einen Traum...«

»Mach weiter.«

»An den Traum schließt sich eine weitere Komplikation an: wie hatten sich die Ereignisse genau abgespielt, die zu Raffaeles Tod führten? Warum hatte er den Hals in die Schlinge gelegt, schließlich gab es weder Spuren von Gewaltanwendung noch von Drogen oder irgendeinem Gift.«

»Und was ist dir aufgefallen?«

»Das Pflaster auf deinem Daumen.«

»Genau.«

Er gab es zu. Wieder zeigte er nicht die geringste Gefühlsregung. Er war völlig entspannt. Und während er sprach, betrachtete er unwillkürlich die Finger seiner rechten Hand, die wieder einmal damit beschäftigt waren, das scharfe Skalpell sacht über den Daumen fahren zu lassen. Aber ich heiße nicht Raffaele. Bei mir besteht nicht die geringste Aussicht, daß die Sache funktionieren könnte. Auf Fifis Daumen ist nicht einmal eine Narbe zurückgeblieben.

»Und was hat der Traum damit zu tun?«

Ich erzählte ihm den Traum von den Händen und vergaß auch die Begleitmusik nicht, denn eine solche Situation gibt es kein zweites Mal im Leben.

Und erst jetzt fiel mir auf, daß die Arithmetik dieser Geschichte gespickt ist mit magischen Zahlen:

»Ich habe dreimal denselben Traum gehabt. Aber erst beim dritten Versuch habe ich mich beim Aufwachen an das Pflaster am Finger erinnert. Das war ein richtiggehender Neuronenkurzschluß, wenn auch mit Spätzündung. Die Schlußfolgerung ließ jedoch keine Sekunde auf sich warten.«

So unterhielten wir uns weiter. Und aus meinen Intuitionen und seinen Geständnissen entstand ein richtiges, bis in alle Einzelheiten ausgearbeitetes Theaterstück. Die Anatomie der Verbrechen in der Via Medina-Sidonia. Angefangen bei Raffaeles schwarzem Freitag.

Er kommt also am Nachmittag in Palermo an und begibt sich sofort ins Hotel. Er ist nervös. Er ruft die R. P. M. in Mailand an. Er verhandelt wegen der dringenden Auslieferung eines Geigerzählers. Er bittet sie, fleht sie an, droht, wird ausfällig, aber alles umsonst. Das Gerät ist kurzfristig nicht disponibel. Raffaele wird immer aufgeregter, fast kriegt er Krämpfe. So greift er wieder zum Hörer und ruft Fifì an.

»Ich muß mit dir sprechen.«

Er will ihn sofort treffen. Fifì ist verhindert, er hat einen Gast, einen ausländischen Professor, der ihm just in diesem Augenblick gegenübersitzt. Um halb acht habe er dann einen Zahnarzttermin in der Via degli Orefici, zwei Schritte vom Fachbereich entfernt.

Raffaele läßt nicht locker.

»Wieso kommst du nicht her, so gegen neun«, schlägt Fifì vor, »dann können wir zusammen etwas essen gehen.«

Das sagt er in sanftem Ton, er ist an den verqueren Charakter seines ehemaligen Mündels gewöhnt.

Raffaele trifft vorzeitig im Fachbereich ein, geht schnurstracks in den Raum der Spezialstoffe und überprüft die Cäsiumreserven. Um neun Uhr steigt er hinauf in den siebten Stock und klopft an die Tür des Herrn Direktor. Er tritt ein. Fifì geht ihm entgegen und macht Anstalten, ihn väterlich zu umarmen; Raffaele aber weicht ihm aus und beginnt, im Zimmer auf und ab zu wandern. Fifì setzt sich wieder an seinen Platz. Er weist dem Besucher einen seiner unbequemen Stühle zu, denselben, auf dem ich jetzt sitze. Raffaele ignoriert zuerst seine Aufforderung, dann aber kommt er ihr nach. Seine Gesichtszüge sind verzerrt.

»Was hast du denn?« fragt Fifì.

Raffaele legt mit der Geschichte der Protokolle los. Er hat sie im vorigen Sommer kopiert, als ihm neue Ideen zu einigen alten, seinerzeit zur Seite gelegten Arbeiten gekommen sind. Er will auch überprüfen, ob sich sein Plagiatsvorwurf gegen Mauro de Gregori bestätigen läßt.

Um bei der Suche nach den notwendigen Dateien keine Zeit zu verlieren, kopiert er sämtliche Disketten mit den Protokollen. In Amerika zurück geht er eine nach der anderen gründlich durch. Monate später stößt er auf die Liste mit den Bestellungen der Spezialstoffe, darunter auch das Cäsium 137. Anfangs wirft er nur einen flüchtigen Blick darauf. Die Zahlen aber kreisen in Eigendynamik in seinem Gehirn weiter: Zahlenkombinationen entstehen und lösen sich auf, wie in einer umgekehrten numerischen Dyslexie. Wie es bei Genies vorkommt. Und bei ziemlich vielen Idioten. Was sonst treibt ihn dazu, die Liste wieder in die Hand zu nehmen und die Ziffern fein säuberlich in Kolonnen zu ordnen, bis er das aus ihnen herausholt, was ich später entdeckte, nachdem er es eigenhändig auf dem Zettel vermerkt hatte?

Raffaele hat keine Zweifel. Drei Jahre hintereinander lagen die bestellten Cäsiummengen deutlich über dem Verbrauch.

Es sind nur noch wenige Tage bis zu seinem Abflug nach Italien, als er den Einfall hat, der für ihn das Todesurteil bedeutet. Er beschließt, Darline gegenüber keine Silbe verlauten zu lassen: trotz seines langen Aufenthalts in den Vereinigten Staaten sind bei ihm die dominanten sozio-genetischen Merkmale des Sizilianers nicht gänzlich verschwunden.

»Aber worauf willst du mit diesen Berechnungen hinaus?« fragt ihn Fifì.

»Mein Vater ist ermordet worden.«

Eine melodramatische Erklärung, die eine besondere Reaktion verdient.

Fifì zieht statt dessen eine Augenbraue hoch, nimmt das Skalpell in die Hand und beginnt, mit der Schneide auf der Innenseite seines Daumens entlangzufahren.

»Was willst du damit sagen?« entgegnet er eisig.

»Ich will damit sagen, daß all das überschüssige Cäsium dazu diente, bei meinem Vater eine Leukämie hervorzurufen. Die Daten stimmen: Die anormalen Bestellungen setzen drei Jahre vor seiner Einlieferung in die Klinik ein. Und werden gleich nach seinem Tod wieder normal.«

Christoph Kolumbus brach auf, um Indien zu entdecken, und stolperte über Amerika. Und Colombo heißt auch die Hauptstadt von Ceylon. Der antike Name Ceylons ist Serendip. Von Serendip leitet sich aus höchst langweiligen, philologischen Gründen das englische Wort *serendipity* her. Einschlägige Wörterbücher erklären jedem, der es wissen will, dies sei »die Fähigkeit, auf korrekte Weise ein Phänomen zu bestimmen und zu deuten, das während einer auf ganz andere Forschungsgebiete ausgerichteten wissenschaftlichen Untersuchung durch einen glücklichen Zufall eingetreten ist«.

Christoph Kolumbus deutete die Sache bis zu seinem Tod nicht richtig.

Raffaele Montalbani schon. Er deutete sich zu Tode.

Wer weiß, ob der Herr Direktor den Unterschied kennt. Ich wette, er kennt ihn nicht. Mein verstorbener Freund kannte ihn wahrscheinlich schon, was ihn nicht davor bewahrte, sich vom Herrn Direktor umbringen zu lassen.

Meiner Meinung nach hat Raffaele ihm einfach alles auf den Kopf zugesagt, wie es ihm gerade in den Sinn kam. Er hatte zwar voll ins Schwarze getroffen. Aber seinen Behauptungen mangelte es an einem soliden Fundament. Für die ungewöhnlichen Bestellungen hätte es auch ganz banale Erklärungen geben können. Und die Leukämie des Alten hätte gut auch dieselbe normale Ursache haben können wie sämtliche Leukämien auf dieser Welt. Im Grunde war ich nur wegen des ganzen Aufsehens um den Tod von Raffaele und Don Mimì und wegen der anderen Ereignisse in ihrem Umfeld darauf gekommen. Aber er! ... In Ordnung, seine Intuition grenzte an Genialität, aber die Wahrscheinlichkeit stand eins zu wer weiß wieviel Millionen. Und was das Pech angeht ... einer wie Raffaele, der sein Leben lang kolossal aufschneidet, ohne daß ihm auch nur das Geringste widerfährt, trifft einmal aus Versehen ins Schwarze, und schon baumelt er in einer schirokkoheißen, sizilianischen Nacht an einem tropischen Baum.

Und selbst mit Fifìs inoffiziellem Geständnis läßt sich nicht mit Sicherheit ein kausaler Zusammenhang zwischen dem ganzen radioaktiven Cäsium, das für den alten Montalbani so appetitlich hergerichtet wurde, und der ausbrechenden Leukämie festmachen. Kein Sachverständiger würde seinen Ruf aufs Spiel setzen und ein klares Ja oder Nein hinschreiben, ohne vorher zu versuchen, durch ein Labyrinth von Abwägungen, Vorbehalten, Wenns und Abers Verwirrung in die Sache zu bringen. Auch Michelle ist dieser Ansicht. Das genau war nämlich der Inhalt unseres Telefonats. Der Punkt ist, daß Radioaktivität keine spezifische Wirkung oder Krankheit verursacht, eventuell festgestellte Symptome oder Schäden können auch auf anderem Wege hervorgerufen worden sein: durch chemische Substanzen, Pharmaka, falsche Ernährung. Keiner kann ausschließen, daß bei dem Alten nicht schon eine Leukämie im Gange war, als ihm die erste Dosis Cäsium verabreicht wurde. Wenn sich Filippo Serradifalco am Ende hat erwischen lassen, dann gewiß nicht weil der alte Montalbani gestorben ist, sondern wegen der beiden anderen Morde neueren Datums.

Serradifalco zeigt nicht die mindeste Regung, als er Raffaeles Anklagen vernimmt. Noch nicht.

»Ich werde es beweisen«, insistiert Raffaele, »sobald ich mir einen Geigerzähler besorgt habe, lasse ich das Familiengrab öffnen, um das Strahlungsniveau zu messen. In den Knochen dürfte wohl etwas davon zurückgeblieben sein.«

Jetzt kommt Fifì leicht ins Schwitzen. Raffaeles Worte sind schwerer als der Berg Tai. Über Fifìs Haupt schwebt die Drohung, daß Raffaele die Leiche des Alten exhumieren lassen will. Und obwohl Fifì weiß, daß der größte Teil des verabreichten Cäsiums noch vor dem Tod des Alten auf natürliche Weise ausgeschieden wurde und ein Teil des Rückstands dem Zerfall ausgesetzt war, besteht trotzdem die Gefahr, daß die Knochen eine Prise Radioaktivität zuviel enthalten. Egal welche Schlußfolgerung bei einer solchen Untersuchung herauskommen würde, der Herr Professor Filippo Serradifalco wäre auf alle Fälle ins Rampenlicht geraten.

Er versucht nicht sofort, Raffaele davon abzubringen, denn er will unbedingt mehr von ihm wissen. Und so versucht er die Sache ins Lächerliche zu ziehen:

»Wem sollte denn eine so üble Methode in den Sinn gekommen sein, um jemanden umzubringen?« wagt er in gezwungen lockerem Ton zu fragen.

Raffaele aber ist nicht zum Scherzen aufgelegt. Vielleicht

ist er sich nicht einmal sicher, was ihm auf der Zunge liegt. Vielleicht trägt ihn eine improvisierte Sicherheit. Doch er hält sich nicht zurück. Er schafft es nicht, still zu sein. Sondern schreit heraus, was er Fifì ins Gesicht schleudern muß:

»Ich behaupte, daß es dir in den Sinn gekommen ist.«

Seine Stimme überschlägt sich, sein Gesicht ist verzerrt, und seine zusammengezogenen Lippen entblößen die Zähne.

Fifì zuckt zusammen. Alles geschieht innerhalb einer Sekunde. Die Schneide des Skalpells dringt ins Fleisch seines Daumens. Der Schnitt ist tief, und das Blut fließt in Strömen, es ist ein schönes Blutrot, und vielleicht ist das Blut der Mörder röter als das anderer Menschen. Raffaele wird aschfahl. Fifì hebt unwillkürlich den Finger hoch und quetscht die Verwundung aus. Noch mehr Blut spritzt hervor. Er zieht ein Taschentuch heraus und drückt es auf den Schnitt.

Der Kontrast von Blutrot und schneeweißem Taschentuch löst seltsame Zusammenspiele aus.

Raffaele wird ohnmächtig.

Unvermittelt steht Fifì auf, um ihm Erste Hilfe zu leisten. Doch dann hält er inne. Mit einem Schlag kommt er zur Besinnung. Sein Kopf ist wieder klar. Er streift ein Paar Einmalhandschuhe über: so vermeidet er, Fingerabdrücke und Blutspuren auf Raffaeles Kleidung zu hinterlassen. Dann lädt er ihn auf seine Schultern und macht sich mit ihm auf den Weg Richtung Aufzug: Goliath trägt David. Er hat nichts zu befürchten: sollte ihm jemand über den Weg laufen oder sollte Raffaele zu sich kommen, könnte er immer noch sagen, daß er ihn an die frische Luft oder zur Erste-Hilfe-Station bringt, und auf die Hinrichtung verzichten. Doch er ist sich seiner Sache so gut wie sicher. Alle wissen, daß Raffaele den Anblick von Blut nicht erträgt. Fifì erinnert sich an lang zurückliegende Versuche mit roten Blutkörperchen ... Er weiß, daß Raffaeles Bewußtlosigkeit lang anhält und es nicht leicht sein würde, ihn wieder wachzukriegen.

Im Erdgeschoß wendet er sich zu der kleinen Pforte der Botanischen Gärten, geht hindurch und hält kurz inne, um eine Rolle Elektrokabel aufzuheben. Er weiß, daß es haufenweise herumliegt, das kann er täglich von seinem Fenster aus sehen.

Mit der Last auf seinen Schultern geht er in Richtung Ficus. Er bereitet die Schlinge vor. Dann legt er sie um Raffaeles Kopf, der noch immer regungslos ist und gestützt werden muß, während Fifì sorgfältig den Knoten am Hals zuzieht.

Dann wirft er die Kabelrolle über einen kräftigen Ast und zieht ein erstes Mal an der Schlinge. Vielleicht erst in diesem Augenblick kommt Raffaele für eine winzige Sekunde zur Besinnung. Als er den Knoten spürt, der in seinen Nacken eindringt. Aber es ist zu spät. Fifì reißt noch einmal an dem Kabel und zieht den Körper einen halben Meter in die Höhe, was der notwendige und hinreichende Abstand vom Erdboden ist. Dann befestigt er das freie Ende des Kabels und bleibt bis zum Schluß.

Inzwischen besteht für ihn keine Gefahr mehr.

Nachdem die Sache erledigt ist, geht er zurück in sein Zimmer und beseitigt die Spuren. Er wischt einige Tropfen Blut von der Schreibtischplatte, weiter nichts. Zu dieser Stunde ist keine Menschenseele mehr im Fachbereich.

Dann geht er nach Hause, um den vermeintlichen Schlaf des Gerechten zu schlafen.

Das Verbrechen verdankte sich dem Zufall. Oder besser gesagt, es war ein bei Gelegenheit vorsätzlich ersonnenes Verbrechen.

»Wie kommt es, daß du nicht an den Selbstmord geglaubt hast?« fragte mich Fifì.

Ich erinnerte ihn an die Position von Raffaeles Füßen, die nur knapp unterhalb der Sitzfläche baumelten. Ich klärte ihn über den Selbsterhaltungstrieb auf. Das waren Dinge, die er selbst wissen müßte.

»Gut so...«, sagte er. Und sein Kopf ging auf und ab, ohne innezuhalten. Ich hatte Lust, ihm eine böse Antwort zu verpassen. Ich hielt an mich, die Umstände erforderten ein Mindestmaß an Anstand.

»Don Mimì muß etwas gesehen oder begriffen haben«, entgegnete ich.

»Er hat mich gegen zehn Uhr aus den Botanischen Gärten ins Institut kommen sehen. Dann bekam er mit, daß ich behauptete, um sieben nach Hause gegangen zu sein. Und so hat er Verdacht geschöpft.«

»Deshalb kam er dich besuchen...«

»Mit der Forderung, die Kündigung zurückzuziehen. Das war als erster Test sehr ungewiß. Er sprach wenig und ließ viel durchblicken. Seine Unterstellungen brachte er recht vorsichtig vor. Und ich biß an. Das war ein Fehler. Wenn ich ihm von Anfang an die Stirn gezeigt hätte, hätten wir es vielleicht dabei bewenden lassen.«

»Statt dessen tauchte er nach einer Weile mit einer neuen Forderung auf...«

»Don Mimì hatte einen Neffen, für den er eine Anstellung suchte; das war einer, der nichts Rechtes gelernt hatte, ein arbeitsloser Dreißigjähriger. Diesmal war er beinahe anmaßend; ich fing an, mich zu wehren, und sagte ihm, daß das keine leichte Sache wäre. Er erhob die Stimme. Er wollte keine Einwände hören. Er war beinahe in einem Rausch der Allmacht.«

»Und so hast du beschlossen, einen Schlußstrich unter das Ganze zu ziehen...«

»Wer weiß, was ihm noch alles in den Kopf gekommen wäre.«

»Auf den Kopf aber bekam er einen Stein...«

»Was hätte ich in meiner Lage denn machen sollen?«

Er war beinahe entrüstet. Und erzählte mir die Umstände von Don Mimìs Tod. Es hatte sich mehr oder weniger so zugetragen, wie ich es am Tag der Entdeckung der Leiche rekonstruiert hatte. Aber Fifì erzählte die Sache so, als trage er einen seiner tödlich langweiligen, wissenschaftlichen Beiträge bei einem Kongreß der Italienischen Zoologenvereinigung vor. Und es schien, als führe eine dritte Person im Singular, ein großgeschriebenes, metaphysisches Es, die Oberaufsicht bei der Formulierung jedes Satzes, ohne den Wendungen zu widersprechen: »ich bin rausgegangen«, »ich habe genommen«, »ich habe angeklopft«, »ich habe ihn bewußtlos geschlagen«. Auch nicht dem abschließenden »ich habe seinen Kopf unter Wasser gehalten«, das keine Wiederkehr mehr zuläßt.

Dann war er mit seinem Bericht zu Ende und schwieg, den Blick auf die gegenüberliegende Wand gerichtet, verloren in der Betrachtung von Abgründen, die nur für ihn sichtbar waren. Stumm fixierte ich ihn und verspürte in meinem Innern eine kalte, aseptische Neugier, wie sie gewöhnlich den Insektenforschern eigen ist: Von was für einem Menschenschlag war nur unser Direktor?

Mir war, als studierte ich ihn von einer fernen Galaxie aus durch ein Vergrößerungsglas, und plötzlich schien er umgeben von der Aura eines Waisenkinds, was mich zugleich deprimierte und noch umsichtiger sein ließ.

Da ahnte ich, warum sein Schuldgeständnis so glatt gelaufen war: Fifì drängte es danach, entlarvt zu werden. Er würde es zwar bestreiten, wenn ich es ihm auf den Kopf zusagte. Von solchen Thesen habe ich schon gehört; auch Vittorio hat sie in seinen Bibeln der Kriminologie stehen: der Mörder streut Indizien aus, weil es ihn im Innersten seiner Psyche danach verlangt, gestellt zu werden.

Ich kann mich ohne weiteres als Fachmann auf dem Gebiet Unterbewußtes & Co bezeichnen, nicht zuletzt wegen meines eigenen Exemplars. Doch solchen Ideen stand ich immer skeptisch gegenüber. Ausgerechnet Fifì war es jetzt, der mich von ihrer Richtigkeit überzeugte. Als hätte er all diese Jahre über am Flußufer gesessen, darauf harrend, daß sein eigener Leichnam vorbeischwimmen würde. Er hatte den dringlichen Wunsch, seine Schuld zu büßen, und war zugleich stolz auf seine gelungene Arbeit.

Obwohl auch der Zufall seine Finger im Spiel hatte, ließen sich seine glänzende Erfindungsgabe und seine schnellen Reflexe bei der Hinrichtung Raffaeles keineswegs leugnen; auch sein Geschick bei der strategischen Planung der Affäre Ruggero Montalbani, sowohl vor als auch nach dem Tod des Professors, war beachtlich. Ebenso die Sache mit Don Mimì, von einigen Fehlern einmal abgesehen...

Am meisten beeindruckte mich sein Vorgehen in aller Öffentlichkeit: die sorgfältige Auflistung der Cäsiumbestellungen, die Organisation der Protokollablage, die er ausdrücklich gewollt, ja fast erzwungen hatte. Und nur, um all das dem erstbesten zu überlassen: die gleiche Sünde, die Filippo Serradifalco Don Mimì vorgeworfen hat, ein Delirium von Allmacht.

Mit einem Schlag begriff ich, daß sich Fifì mit Hilfe des brillant durchgeführten, ersten Verbrechens anschickte, einen grauen Wissenschaftler von seiner grauen Zukunft zu erlösen.

Ich konnte ihn mir bildlich vorstellen, wie er fleißig Monat um Monat Cäsium in die für Ruggero Montalbani bestimmten Transfusionsflaschen spritzte; des Nachts, als alleiniger Herrscher.

Es sei alles sorgfältig berechnet gewesen, denn er habe den Metabolismus des Cäsiums erforscht. Aber es war der Instinkt, der ihn bei der Dosierung jener Zeitbombe leitete: er durfte nicht übertreiben, weil ein akutes Krankheitsbild und eine eventuell anschließende Autopsie vermieden werden mußten; andererseits durfte er auch nicht zu wenig hineingeben, sonst wäre er Gefahr gelaufen, daß nichts geschah. Die Zeit war sein Verbündeter. Und die langsam stärker werdenden freien Radikalen, die sich als Wirkung der Strahlung ständig im Gewebe des Alten bildeten.

»Das eigentliche Problem bei der Bemessung der Dosis war die biologische Halbierung, die im menschlichen Organismus alle 110 Tage erfolgt. Schon nach einem Monat werden 16% des im Blutkreislauf befindlichen Cäsiums ausgeschieden. Ich hatte beschlossen, mit einer Dosis von einem Millicurie zu beginnen und sie gradweise auf drei Millicurie ständig im Blutkreislauf zirkulierendes Cäsium zu erhöhen ...

»Das bedeutet eine hundertmal größere Belastung, als sie der menschliche Organismus verkraftet: das habe ich gerade im Merck-Verzeichnis nachgelesen.«

»Genau. Ich habe ihn mit Dosierungen von einer halben Millicurie alle zwanzig oder dreißig Tage bei dieser Diät gehalten. Natürlich konnte ich meiner Sache nicht sicher sein, du weißt selbst, daß es bei Strahlungen keine Höchstmenge gibt, aber auch wiederum keine Dosis mit exakt feststellbarer Wirkung: zumindest nicht innerhalb der Grenzen, die ich nicht überschreiten durfte. Ein anderer, ungewisser Faktor ist der, daß der Tumor innerhalb eines Zeitraums von vier bis zwanzig Jahren ausbricht, nachdem der Betreffende den Strahlungen erstmals ausgesetzt war...«

»Also hast du obendrein noch Glück gehabt ... Aber hätte ein Messerstich die Sache nicht einfacher lösen können?«

Sein Geist schien bei der Planung des Verbrechens von einer unfreiwilligen Ironie durchdrungen. Denn wenn Fifì derjenige war, der weitsichtig die Transfusionsflasche für den Alten vorbereitete, war De Blasi Bosco der ahnungslose Ausführer des Verbrechens, der Ruggero Montalbani die Nadel in den Arm trieb und so die Quantendosis des flüssigen Tods injizierte.

Fifì war bei der Erzählung dessen, was bisher keinem je zu Ohren gekommen war, richtig lebhaft geworden:

»Du willst wissen, warum ich es getan habe, nicht wahr?«

Selbstverständlich bezog er sich auf das erste Verbrechen, das am Professor, das er mit Logik und Erfindungsreichtum geplant und ausgeführt hatte. Die anderen beiden Morde waren beiläufige Episoden, eine Konsequenz des ersten.

Ich brauchte wahrlich nicht seine Geständnisse, um die Beweggründe für dieses erste Verbrechen zu begreifen. Vielleicht steckte aber noch etwas anderes dahinter, außer dem gierigen Verlangen, sich den Posten des ersten Mannes im Fachbereich zu erobern.

Fifì bestätigte das. Es gab da noch gewisse mikroskopisch geringe, völlig unbeträchtliche Fehlbeträge, die der Alte aufgedeckt hatte; und eine winzige Verbindung zu Mauros Vater, was die Verwaltung gewisser Fonds anging... unwichtiges Zeug, einverstanden. Aber waren das nicht erschwerende Umstände?

Der Alte aber wollte keine Skandale. Er begnügte sich mit der Verachtung. Und mit den Erniedrigungen, die er Fifì im Privaten zufügte, ganz im Gegensatz zur Hochschätzung, die er ihm in der Öffentlichkeit bezeugte.

Und Fifì konnte sicherlich keinen Zeugen seiner eigenen Schwäche am Leben lassen, wenn dieser nicht auch sein Komplize war...

Mein Direktor sprach lange zu mir über diesen Umstand. Und er erzählte mir Dinge über den Alten, die ich nie vermutet hätte. Trafen sie tatsächlich zu? In Fifìs Innerem waren noch tiefe Ablagerungen von Haß verborgen, denen er vielleicht erst jetzt auf den Grund zu gehen bereit war.

»Raffaele war tausendmal besser als sein Vater«, schloß er seine Erzählung.

»Das hat ihm auch nicht viel genützt...«

Ein langes Schweigen auf beiden Seiten folgte. Der Film war zu Ende. Aber ich hatte den Eindruck, daß Fifì nicht so recht überzeugt war, das Spiel verloren zu haben.

»Und was hast du jetzt vor?« platzte er heraus. »Mir

scheint, du hast nichts Großartiges an Beweisen in der Hand... Die Geschichte mit dem Heftpflaster auch noch... stell dir vor, was du damit für einen Lacherfolg erzielen würdest.«

Da beschloß ich, die Ereignisse mit einer Notlüge zu beschleunigen:

»Ich habe dir nicht gesagt, daß ich einen Zeugen gefunden habe. Er hat dich nach dem Überfall mit der Flasche aus meinem Haus kommen sehen.«

»Warum zögerst du also, deinen Freund im Polizeipräsidium aufzusuchen?«

»Das tue ich nur, wenn du mich dazu zwingst und dich nicht selbst aus freien Stücken stellst.«

»Und der Kongreß im September?«

Ich bekam einen ganz trockenen Mund. Wahrscheinlich hatte ich die Augen weit aufgerissen. Unglaublich, der Herr Professor Filippo Serradifalco. Seit ein paar Stunden saßen wir jetzt hier und sprachen über drei Mordfälle – drei Morde von seiner Hand – und Fifì dachte an seinen Kongreß.

»Warum läßt du mir nicht noch ein wenig Zeit?« drängte er mich. »Es ist eine Sache von einem Monat. Der ganze Fachbereich nimmt daran teil.«

»Damit du versuchen kannst, sämtliche Spuren zu verwischen.«

Ich wäre verrückt gewesen, ihm freie Hand zu geben. Das wußte er selbst. Aber vollkommen unrecht hatte er nicht. Auch ich konnte mir das Gesicht des Prof. Naiman vom Weiß-der-Himmel-Institut der Universität Edinburgh vorstellen, das alt und vertrocknet ist wie ein Nagel der Arche Noah, oder die Gesichter so vieler anderer Professoren Naiman ringsum auf der Welt, wie sie die Nachricht lesen, der Kongreß in Palermo finde nicht statt, der Direktor des Fachbereichs verbüße gerade eine Gefängnisstrafe wegen Kaltstellens seines Vorgängers und Lehrers und dessen jungem

Nachkommen und weil er dazu noch einen alten, pensionierten Gärtner, der ein wenig zu giftig und erpresserisch war, im trüben, stillen Wasser eines Beckens ertränkt habe.

Trotzdem scherte mich der Fachbereich wenig. Meinetwegen konnte er mitsamt seinen Gründungsvätern im Erdboden versinken. Und ich hatte genügend Salz, das ich auf die Ruinen streuen konnte.

Warum zögerte ich also?

Vielleicht weil Fifì ein Gesicht machte wie ein geprügelter Hund. Oder wegen etwas anderem, das ich unterschwellig und undeutlich wahrnahm. Er bemerkte mein Zögern. Und versuchte es noch einmal.

»Es ist nicht nur wegen des Kongresses, ich brauche auch Zeit, um die Dinge hier im Fachbereich zu regeln.«

Und er legte mit ausgesucht überzeugenden Erklärungen los. Da waren einmal die öffentlich ausgeschriebenen Wettbewerbe um die Lehrstühle ... Ah ja, die Wettbewerbe.

Er sprach lange. Aber ich glaubte ihm nicht. Ich beobachtete ihn noch eine ganze Weile, als er mit dem Reden fertig war. Das Gesicht wieder wie aus Stein und zwei Ohren, die immer trauriger aussahen.

»Ist gut«, murmelte ich, »ich gebe dir deinen Monat.«

»Ich bin auch nur ein Mensch, Lorenzo...«

»Ein alter Schlag von Mensch.«

Wunderbar geistreiche Bemerkungen. Wie aus einem Film. Ich erhob mich und ging, leise die Tür hinter mir schließend. Ich spürte alle Lichtjahre des Universums in meinen Knochen.

Der Schirokko hatte an Stärke zugenommen.

Die Männer der Reinigungsfirma fanden ihn am nächsten Morgen, mit dem Kopf auf dem Schreibtisch, die Nadel in der Vene und die leere Transfusionsflasche an der Stehlampe aufgehängt. Er hatte sich eine gesättigte Natriumbarbitallösung in die Blutbahn geschossen.

Das sagte mir Michelle ein paar Tage später, während sie mit kurzen, nervösen Zügen eine Camel zu Ende rauchte.

Sie hat inzwischen auf ihre faden Zigaretten verzichtet. Jetzt raucht sie meine. Aber nicht so oft, wie ich es gerne hätte.